Ho sognato
Sharazade

Barbara Morgan

ISBN 978-1-915077-70-7

Website: http://www.ghostlywhisper.com
Facebook: https://www.facebook.com/ghostlywhisperltd
Instagram: https://www.instagram.com/ghostlywhisperltd
Twitter: https://twitter.com/GW_BooksEtc

Ghostly Whisper Storytelling

I'm all out of love, I'm so lost without you
I know you were right believing for so long
I'm all out of love, what am I without you
I can't be too late to say that I was so wrong.

("All Out of Love", Air Supply)

CAPITOLO 1

In quante fasi si suddivide il sonno? In quale fase esattamente si comincia a sognare e in quale, soprattutto, si è in grado di ricordare i propri sogni? I sogni a volte possono essere così chiari, limpidi, incredibilmente reali. Disperatamente reali.

È necessario raccontarli immediatamente però, a qualcuno oppure a se stessi. Perché, poco alla volta, istante dopo istante, i sogni iniziano irrimediabilmente a sbiadirsi, a scomporsi, fino ad appannarsi e a scomparire del tutto dalla mente, dalla memoria, non lasciando altro che un breve e vago frammento, un'immagine informe, scolorita e distorta. Che si allontana sempre di più, sempre di più... fino a diventare talmente inconsistente da rendersi irriconoscibile.

Magari serve solo un piccolo sforzo, un po' d'impegno. Comunque, anche sforzandosi di trattenerlo, il sogno attimo dopo attimo abbandona il sognatore. Quindi non resta che rituffarsi a pieno ritmo nella quotidianità, nella realtà di un nuovo giorno che nasce, cercando di non farsi cogliere troppo impreparati e di cattivo umore.

Nel frattempo, probabilmente, il sogno continuerà per conto suo a lavorare, latente, nei meandri del cervello, riemergendo magari in un pensiero fulmineo, in una frase appena accennata, in un miraggio o in un'immagine non ben focalizzata. E farà compagnia al sognatore per tutto il resto della giornata oppure, in alcuni casi, per molto, molto più tempo. Ricorrerà spesso e si riaffaccerà davanti agli occhi ancora assopiti, che lo si voglia o no, riaccendendo il ricordo e l'immaginazione.

«Sharazade...»

Diana bisbigliò proprio quel nome, o qualcosa del genere, portandosi il dorso della mano sugli occhi, con la voce ancora impastata dal sonno. Con intonazione a metà tra interrogativa e perplessa. Si voltò su un fianco seguendo l'istinto di lasciarsi ricadere nel sonno, ma poi si sforzò per aprire gli occhi. In ogni caso non voleva accettarlo. Non riusciva a credere che fosse già ora di alzarsi. Ora di muovere il suo corpo dal letto tiepido e morbidamente confortante, di prepararsi, di cominciare una nuova giornata.

Tutto da capo. La giornata sarebbe stata una copia della precedente e sicuramente anche della successiva. La mente di Diana lo comprendeva ma ancora le sue membra, purtroppo, si ribellavano e non riuscivano ad accettarlo. Anzi, erano ben pronte a ripiombare nel sonno.

«Sharazade?»

Diana pronunciò nuovamente il nome, inconsapevole, rivolgendo la domanda a se stessa più che a qualcun altro.

In effetti nella stanza non c'era nessuno oltre a lei. Era completamente sola, ancora stesa nel suo letto. In una sorta di paralisi più emotiva che fisica. Sharazade se n'era andata davvero. L'aveva lasciata sola a lottare contro un'altra mattinata intensa, un'altra giornata da affrontare. E con sé aveva trascinato via anche tutti gli altri. Tutti i suoi compagni. O meglio, tutti i suoi rivali.

Diana si tirò su a fatica e sbadigliò rumorosamente. Si guardò intorno e cominciò a mettere a fuoco ciò che la circondava. La sua stanza, sempre così familiare. I suoi mobili. L'armadio a doppia anta. La piccola scrivania inutilizzata perché stracolma di libri ammassati uno sull'altro. La sedia dove aveva abbandonato gli indumenti della sera precedente. Dopo un'altra uscita fallimentare era rincasata troppo stanca per appenderli altrove. Il comodino dov'era appoggiata la sua lampada che spesso dimenticava accesa, addormentandosi così, di colpo, senza che il cervello fosse in grado di ordinare al braccio di allungarsi e spegnere l'interruttore.

Le mensole ricolme degli oggetti più svariati; soprammobili, souvenir provenienti da altre città, da altri paesi, alcuni dei quali non aveva mai visitato personalmente. Cosmetici, libri, accessori vari, una marea inimmaginabile di piccole sciocchezze che non si sarebbe mai e poi mai decisa a buttare. E poi qualche orsetto di peluche in versione mignon. Una poltroncina stile inglese in velluto verde scuro ripiena di una dozzina di altri orsacchiotti in versione più grande, dai colori più svariati che oscillavano però prevalentemente tra il beige, il miele e il marrone scuro. Anche la loro taglia, le loro fattezze e il loro pelo si differenziavano. Scorgendoli lì, osservandoli bene, tutti ammassati scompostamente su quella piccola poltrona verde, sembravano i superstiti di un naufragio che avevano trovato rifugio su un'isoletta deserta, pochi metri di terra emersa in cui cercare la salvezza.

Diana sorrise tra sé. Non ci aveva mai pensato, nel corso degli anni. Eppure ora era stato inevitabile. Forse era stato quel pensiero. Forse era stato quell'istante, quel preciso momento. L'immagine le rievocò *La zattera della Medusa* di Géricault, un dipinto che l'aveva sempre sconvolta, fin dal primo impatto durante le lezioni di storia dell'arte. Lo giudicava inquietante. Collegamento sciocco e alquanto ridicolo. I suoi orsetti erano sani e salvi nella sua stanza, sulla sua poltroncina verde. Non avevano bisogno di affannarsi, di aggrapparsi, di avvincersi uno all'altro per non affogare in acque oscure e minacciose. Non avevano nulla a che fare con quei poveri corpi stremati raffigurati dal celebre pittore. E anche lei era salva. Ancora seduta a gambe distese sul suo letto da una piazza e mezza. Con la schiena appoggiata ai cuscini. Ma forse era stato quel momento, quel preciso istante. Forse quel sogno. Sharazade. Sì, forse quel sogno strano, singolare.

Intanto si stava facendo tardi. Pericolosamente tardi. Diana doveva trovare la forza e l'energia di alzarsi. Poteva trovarla solo in se stessa. Sharazade se n'era andata. Ma dove? Che fine aveva fatto? Cosa n'era stato di lei? Dei suoi grandi occhi scuri, del suo sguardo malizioso? Dei suoi capelli neri che le sfioravano appena le spalle? Di quella sua piccola bocca rosata e sottile?

9

Diana fece forza su se stessa e sulla sua volontà e si alzò di scatto dal letto. Con la ferma intenzione, questa volta, di rimuovere il sogno che persisteva nella mente. Tanto ormai era quasi del tutto sveglia. Il desiderio di cedere e riaddormentarsi era comunque tanto forte da poter diventare irresistibile. Diana comprese che forse una doccia le sarebbe stata d'aiuto, così si avviò diretta verso il bagno.

Mentre si lavava, mentre si asciugava, mentre si stirava i capelli castani cercando di renderli meno crespi nel poco tempo che le era rimasto a disposizione, continuava a pensarci. Mentre cercava gli abiti da indossare, mentre si sistemava la base per il trucco, il pensiero non la abbandonava.

Diana si ritrovò così, vestita di tutto punto, pettinata, truccata, seduta sul bordo del letto a fissare il vuoto, la parete chiara della stanza. Ma quella parete ora non era più bianca. Assumeva dei colori vivaci, dei toni allegri, come se nel muro si fosse ritagliato uno specchio che le consentisse di vedere, di rivivere. Diana osservava tutto stupefatta e rapita, si trovava in una situazione molto simile alla tipica attesa che precede la scena di un film.

Poi lei apparve. Eccola. La sua immagine era ora più chiara, più nitida. Sharazade. Occhi furbi, frangetta ribelle, risata argentina. Sharazade si guardava intorno e sorrideva lieta. Sharazade sapeva cosa voleva e come ottenerlo. Sharazade era scaltra e audace. Sharazade amava il rischio. Tutti gli altri erano posizionati in cerchio intorno a lei. Poi tutti improvvisamente si muovevano, rompevano il cerchio, alzavano la voce, lottavano per imporsi. Ma lei restava ferma, calma, sicura. Lei, che era solo una bambina.

Diana sospirò. Fu un sospiro che le pesò sul petto. Sentì un lieve dolore intercostale e dovette lasciare il respiro sospeso a metà per sforzarsi di riprendere fiato. Ferma, calma, sicura. Non lo era mai, non lo era mai stata. Nemmeno nel migliore dei casi, nemmeno nelle circostanze più favorevoli. Nemmeno quando si era trasformata in un'adulta coscienziosa e responsabile. Aveva sempre e soltanto fatto finta. Recitato la parte che ci si aspettava da lei.

Il sogno, intanto, si impossessò nuovamente di lei. Diana si riprese dalla momentanea distrazione e continuò a osservare lo schermo che direttamente dalla sua immaginazione si era aperto nel muro. Sharazade. Ancora lei. Mentre gli altri strillavano per imporsi. Ma lei ora si alzava, girava intorno lo sguardo. Uno sguardo che raccoglieva tutto in un semplice battere di ciglia. Quegli occhi luminosi, limpidi. Quei grandi occhi neri, quello sguardo sfrontato, audace. Come poteva appartenere a una bimba tanto piccola, una bimba di soli tre o quattro anni di vita?

Diana riprese a seguire il sogno, nel suo schermo mentale che si era aperto dinanzi a lei. Cos'era accaduto esattamente?

"Sforzati Diana!" Serrò gli occhi e si portò le dita delle mani alle tempie. "Sforzati di ricordare! Non ti voglio perdere Sharazade! Aiutami a ricordare, non andare via."

Tutti in cerchio e Sharazade al centro. Meglio ricominciare dal principio. Una stanza luminosa, ampia. Colori vivaci. Fiori di carta sui davanzali, disegni appesi ai muri. Casette in miniatura, fragili dimore costruite con plastica e stoffa. Tendine di carta alle finestrelle. E poi? Tavolini e piccole sedie accostati alle pareti, forse per lasciare uno spazio più ampio al centro della stanza.

Diana sorrise e si rianimò. C'era riuscita, l'aveva ritrovato. L'ambiente, per lo meno. Però doveva ancora riallacciarsi al pensiero precedente, ricongiungere i frammenti visivi, le sensazioni. Non era poi così difficile, in fondo. Ricollegare. Ricongiungere. Tanti colori, spazio al centro della stanza, bambini raccolti in cerchio. Un'aula d'asilo, ecco di cosa di trattava! Ma cosa aveva a che fare un'aula d'asilo con lei? Con la donna che era diventata?

"Che sciocca Diana, che sciocca!"

Poi i bambini si alzavano. Salti, strilli, urla, risate. Chi voleva giocare a palla, chi a bandiera, chi a nascondino. Ma quanti erano? Sembravano moltiplicarsi a vista d'occhio. Chi preferiva disegnare, chi costruire barchette o aeroplanini di carta, chi semplicemente rotolarsi e fare capriole sul pavimento. Le idee erano tante. Tante e variegate. Fantasia. Ciò che non manca mai ai bambini. L'immaginazione.

Fu quello il momento. Eccola, Sharazade. Attraverso lei li osservò, li scrutò, li attraversò con lo sguardo. Maschi. Con la loro insensata attitudine al comando. Ma come controbattere, come ribellarsi?

Sharazade sospirò e scosse la testa. Non andava bene, così non si poteva continuare. Proprio no. Ci voleva ordine, rispetto, collaborazione. Non si poteva sempre subire la volontà altrui, non era giusto. Rassegnarsi, accettare e ubbidire. Non era giusto. La ribellione era in agguato.

«Silenzio.»

Sharazade si espresse con convinzione ma senza alzare la voce. Alzò invece le braccia e il silenzio dominò la stanza. Tutti gli occhi erano puntati su di lei. Diana rimase perplessa. Era un mistero come gli altri bambini avessero potuto udirla. Come la sua vocina avesse attraversato quel frastuono imponendo e ottenendo il silenzio.

Quando riabbassò le braccia, tutti si rimisero a sedere ricomponendo il cerchio. Sharazade restava in piedi, così piccola, così esile eppure così alta. Agguerrita, sola contro tutti. Proprio come lei.

Diana la osservò con ammirazione mista a un vago senso di invidia. E improvvisamente era lì, con loro. Con lei, seduta proprio in mezzo al cerchio. Sharazade la vide, si avvicinò a passo deciso, inclinò leggermente la testa di lato come per scrutarla con più attenzione. Sembrava incuriosita, oppure meditare su qualcosa. Fissava Diana dritta negli occhi senza timore, senza incertezza, senza imbarazzo. Poi le si fece ancora più vicina e chinandosi, senza esitazione alcuna, la baciò sulla guancia. Un bacio delicato. Le sue labbra erano fresche e Diana sentì quel senso di freschezza diffondersi per tutto il suo viso e il suo corpo.

«Mi chiamo Sharazade» affermò la bambina, interrompendo i pensieri di Diana.

Sharazade. Ecco come conosceva il suo nome. Lei stessa l'aveva rivelato. E Diana lo ricordava. Sharazade. Ma chi era in realtà Sharazade? Diana si sforzò di rammentare. Non era forse…

«Accidenti, com'è tardi!» Diana si sollevò di scatto dal letto, riprendendosi dallo stato in cui era quasi rimasta in sospeso, come in una trance autoindotta. «Ma come posso essere così stupida! Mi sono persa cercando di ricordare un sogno!»

Tutto era improvvisamente scomparso. Sharazade, lo schermo ritagliato nella parete. Le immagini colorate che l'avevano trattenuta e rapita erano ormai svanite nel nulla. Il muro era tornato bianco. E lei era davvero in drammatico ritardo.

Tempo per fare colazione non lo aveva più, ormai. Forse appena qualche minuto per buttare giù un bicchiere di succo d'arancia. Ma a Diana non andava comunque.

Era troppo tardi e le sue mani stavano cominciando a tremare d'angoscia. Per fortuna si era già vestita. Raccolse la borsetta, controllò velocemente il contenuto. Le chiavi della macchina, la trousse di cosmetici per sistemarsi il trucco durante la giornata nella sua quotidiana e inevitabile opera di restaurazione viso e occhiaie, un fazzolettino di stoffa con i fiorellini, altri fazzoletti di carta, il portafoglio, furono gli oggetti a cui rivolse la sua attenzione. Sì, più o meno sembrava esserci tutto. Lo stretto necessario.

Ora di andare! Diana raggiunse l'anticamera e afferrò un sacchetto di plastica azzurra appoggiato sul tavolino di fronte alla porta d'uscita. Il sacchetto era stracolmo di libri. Pesava ma avrebbe resistito ancora, con un po' di fortuna. Che altro mancava? Ah sì, le cartellette con gli appunti. Diana le ritrovò poco lontano, sullo stesso tavolino, appoggiate verticalmente tra la parete e il telefono. Ecco, adesso aveva proprio tutto.

Non le restava che darsi una rapida occhiata allo specchio dell'ingresso, uscire di casa, chiudere la porta alle sue spalle, scendere le scale e iniziare a pregare. Pregare che la sua macchina funzionasse e non creasse problemi, che la sua Panda bianca si mettesse subito in moto senza fare i capricci, come accadeva ormai sempre più di frequente. Di mattina, soprattutto.

La sua macchina era vecchia e ammaccata ma lei non se ne vergognava. In fondo, solo chi fa del male dovrebbe vergognarsi. Questo era sempre stato il suo pensiero. Lei e la sua macchina non commettevano alcun crimine e non facevano del male a nessuno. Almeno così era stato fino a quel momento.

«Per favore, per favore...» supplicò appena seduta al volante, respirando profondamente. «Per favore, Pandina, fai la brava stamattina...»

Così dicendo Diana girò la chiave per mettere in moto l'auto. La Panda borbottò, diede un timido segnale di vita, ma poi si spense. Inesorabilmente. Primo tentativo fallito. Diana ne era abituata, la cosa non la stupì né la scosse eccessivamente. Provò di nuovo, questa volta con più fermezza.

«Per favore, bella! Se proprio vuoi fare i capricci aspetta domani, così mi preparo psicologicamente. Coraggio, bella! Bella e brava!»

La Panda parve apprezzare i complimenti e si mise immediatamente in moto, senza farsi supplicare oltre. Secondo tentativo riuscito. Missione compiuta. Davvero niente male. Diana quasi non se lo aspettava. Le moine allora servivano. Ci mancava soltanto che la Panda iniziasse a fare le fusa.

«Perfetto, grazie bella!»

Uscita dal garage, Diana si guardò bene dallo spegnere il motore. Sgusciò fuori rapidamente dalla macchina lasciando la portiera semiaperta, si lanciò e chiuse il portellone del garage. Poi si rituffò all'interno della Panda, inserì la retromarcia, fece manovra e si diresse verso la strada principale.

Lanciò un'occhiata all'orologio. 7 e 40. Non tardissimo ma neanche presto. Di certo non sarebbe arrivata in anticipo. 7 e 40. Le ricordava... Ah sì, una canzone di Lucio Battisti. Presto, presto. Le venne voglia di ascoltare musica, una musica

14

qualunque. Anzi, proprio Battisti possibilmente. Ma non aveva nessuna delle sue vecchie cassette in macchina. Ne aveva alcune, ma sparse chissà dove, forse anche sotto i sedili. E di certo non si sarebbe fermata per cercarle. Provò ad accendere l'autoradio. Un fruscio insopportabile la raggiunse. No, non andava bene. Proprio per niente. Diana si allungò per cambiare stazione. Ancora niente. Niente di meglio di un tipo che raccontava storielle ridicole e un po' volgari con voce stridula e tono sguaiato, illudendosi di essere divertente, di rendersi simpatico.

Cambiò stazione con un gesto nervoso. Musica classica. Dolce, rilassante. Diana aveva già sentito quel pezzo da qualche parte. La musica classica le piaceva ma non era un'appassionata. Non ricordava i nomi dei compositori, li confondeva. Non era in grado di associare il nome al pezzo musicale, anche se non lo avrebbe mai ammesso pubblicamente. L'unico che ricordava e distingueva senza ombra di dubbio era *Il lago dei cigni* di Tchaikovsky. Aveva visto il balletto da bambina e ne era rimasta affascinata. Anche la storia l'aveva coinvolta e rapita come nessuna prima. Il principe Siegfried, il cigno bianco, il cigno nero. Il mago cattivo.

Ma la musica che stavano trasmettendo in quel momento alla radio non era *Il lago dei cigni*. Era indubbiamente una melodia dolce, rilassante. Forse fin troppo rilassante per le 7 e 45 del mattino. Per una persona ancora assonnata che in macchina stava dirigendosi al lavoro. No, non andava bene. Del tutto inadatta alle circostanze. Diana non si rassegnò e decise di proseguire la ricerca, continuando a premere il tasto per cambiare programma.

The winner takes it all riempì l'abitacolo. Solitamente le piacevano gli Abba, ma non quella canzone. Non la sopportava, le provocava una sorta di fastidio in pieno petto. Diana vi si identificava e si lasciava coinvolgere emotivamente.

La sua storia. Una vecchia storia ancora troppo viva. No, meglio dimenticare. Anzi, molto meglio cancellare, cancellare tutto. In fretta. Via, via. Si accanì per cambiare frequenza ma il pulsante sembrava essersi bloccato proprio sulle strofe della canzone che più le facevano male, la colpivano in profondità.

"But tell me does she kiss
like I used to kiss you
does it feel the same
when she calls your name
somewhere deep inside
you must know I miss you
but what can I say
rules must be obeyed..."

Quando finalmente ci riuscì si ritrovò una canzone italiana. Del tutto ignoti parole, melodia e interprete. Inutile seguirne il significato, il senso delle frasi. Non aveva voglia di concentrarsi. Diana a volte era profondamente infastidita dalle nuove canzoni. Non conoscendo le parole, le veniva negato il piacere di canticchiarle sottovoce o mentalmente. E non riusciva nemmeno a ritrovarsi in ciò che esprimevano, a legare un ricordo, un'emozione. Forse stava invecchiando, semplicemente. Oppure in lei si era persa la poesia, da qualche parte lungo il cammino, lungo il processo di crescita che aveva segnato la sua esistenza.

Si sentiva stanca. Nonostante si trovasse solo all'inizio di una nuova giornata Diana si sentiva davvero troppo stanca. Se avesse potuto seguire l'istinto, se avesse avuto libertà d'azione, pieno controllo e potere decisionale sulla sua vita, avrebbe fatto manovra, invertito il senso di marcia e sarebbe tornata a casa. E una volta arrivata avrebbe ripreso a dormire, dormire, nient'altro che dormire. Dormire e tentare di sognare, di nuovo.

Ma cosa le stava accadendo? Cosa le saltava in mente tutto a un tratto? Quel sogno, quel sogno stava producendo su di lei strani effetti, effetti indesiderati. Aveva bisogno di riposo, un bisogno urgente.

"Oggi è venerdì" meditò tra sé. "Domani inizia il week end... ma non per me."

16

Sì, la settimana era quasi terminata. Diana non riusciva a decidere se fosse una fortuna oppure una seccatura. Ci doveva riflettere sopra.

«Come al solito, toccherà tutto a me. Tanto per cambiare!» brontolò irritata, ad alta voce. «Ma che ci posso fare? È la mia vita!»

Diana pronunciò le ultime parole con tono triste, rassegnato. No, forse il week end, o fine settimana che fosse, non era il momento migliore per lei. Doveva ammetterlo, la sua vita non era di certo un concentrato di emozioni e novità entusiasmanti. Calma piatta, giorno dopo giorno, settimana dopo settimana.

Lavoro, lavoro e poi... ripulire, riordinare, sistemare, cucinare. Diana sospirò amareggiata. Ecco, si stava nuovamente lasciando opprimere dalla sindrome di Cenerentola. Ma più che una sindrome era la sua verità.

«Smettila subito!» ordinò a se stessa «Tanto non cambierà niente e nessun principe verrà a salvarti! Anzi! Ci mancherebbe solo quello, uno in più!»

Certo, pure il principe! Ci mancava solo un altro uomo da accudire! Come se un padre vedovo e tre fratelli non fossero stati più che sufficienti a impegnare la sua vita e soprattutto i suoi fine settimana. Pulire, riordinare, sistemare, cucinare. Diana si immaginava già a casa di suo padre alle prese con il disastro lasciato a stagnare in sua attesa per cinque giorni consecutivi.

Ma almeno una consolazione l'aveva avuta. Cenerentola era fuggita di casa. Da quattordici anni era fuggita, dopo essere stata rinchiusa a soli dieci anni per un totale di circa quindici anni di prigionia, ad eccezione del periodo universitario in cui aveva trascorso parte del suo tempo nella sede di Bologna. Ora, da quando aveva terminato l'università e ottenuto la totale indipendenza economica, si era trasferita per conto suo ritrovandosi così in uno stato di semilibertà.

Diana non aveva alcuna intenzione di lamentarsi. La sua infanzia era stata felice, nonostante tutto. Del resto, lei era ancora una bambina. Era solo una bambina, impreparata ad affrontare le circostanze. Ma poco contava. Improvvisamente era rimasta l'unica donna in una famiglia di uomini. E aveva soltanto dieci anni. La scomparsa di Lorena, sua madre, l'aveva colta di sorpresa e lasciata in balia di un uomo distrutto e tre fratelli più piccoli. Ben poco era stato il suo tempo a disposizione per piangere e per cercare consolazione. Ma forse era stato meglio così.

Unica donna in una famiglia di uomini. Davvero era meglio così? Chissà, forse quel sogno, Sharazade, era una risposta, un messaggio. Un avvertimento, un consiglio ben preciso. Ribellarsi. Non cedere. Ribellarsi.

In effetti, perché toccava sempre tutto a lei? Le incombenze più noiose, le faccende domestiche, la spesa, cucinare... Quando lei detestava cucinare! Solo perché era una donna? Perché persisteva quell'incredibile buffonata che costringeva la donna a occuparsi della casa, quando ora la donna lavorava come e più dell'uomo?

Immersa nelle sue riflessioni, Diana si trovò ferma a un semaforo. Solo il clacson della macchina alle sue spalle la risvegliò. Stava sognando a occhi aperti. Ed erano già le otto meno cinque.

«Oh, no! Maledizione! Vado, vado... non iniziare a rompere pure tu! Mai nessuno che si rilassi un po' a questo mondo!» Diana sollevò una mano in cenno di scusa all'ignoto occupante dell'auto in fila dietro alla sua e premette il piede sull'acceleratore. «Non è possibile, sto ancora dormendo! Devo cercare di non chiudere gli occhi.»

E aveva ancora un bel pezzo di strada da percorrere. Aveva oltrepassato Viserba e Viale Dati, poi Rivabella e S. Giuliano Mare per entrare a Rimini, ma doveva ancora raggiungere e attraversare il centro storico, il Ponte di Tiberio e l'Arco di Augusto. Probabilmente in circostanze normali in pochi minuti sarebbe potuta arrivare al lavoro. Ma tutto quel traffico, proprio non ci voleva! Sembrava essersi accanito contro di lei, proprio quel giorno.

Era in ritardo. Di nuovo. E per un attimo era stata davvero tentata di fare marcia indietro, tornare a casa e telefonare dichiarandosi malata. Piuttosto di affrontare quello sguardo. La tentazione era quasi irresistibile. Perché no? Si poteva anche fare. Piuttosto che affrontare quello sguardo accusatore, indagatore.

Quante volte Diana avrebbe voluto cedere alla tentazione! Ma il senso di responsabilità in lei era più forte, vinceva sempre. Il suo lavoro in fondo era una missione. Almeno così lei aveva imparato a considerarlo. O forse le era stato detto o l'aveva letto da qualche parte. Poco importava che lei fosse quasi sempre in ritardo. Anche lo sguardo del terribile guardiano aveva smesso di turbarla ultimamente. Lo subiva tentando di mostrarsi fredda, distaccata.

Intanto erano già le otto. E le macchine incolonnate davanti a lei non si muovevano di un passo. Sapeva che non ne avevano colpa, ma si tratteneva appena dall'istinto furioso di suonare il clacson all'impazzata.

«Che rabbia! Muovetevi, per favore!»

Otto e dieci. La macchina di Diana oltrepassò finalmente il cancello raggiungendo il piazzale. Come al solito, il parcheggio era tutto occupato. No, forse no! C'era un posto rimasto ancora disponibile. Ma proprio di fianco alla macchina del direttore! Non ci voleva! Oltretutto, sembrava che tutti gli altri si fossero scrupolosamente tenuti a debita distanza. Anche gli audaci diciottenni freschi di patente avevano perso la loro impertinenza.

Che fare? Non che avesse molte alternative mentre i secondi passavano e diventavano minuti. Diana si decise a parcheggiare, destreggiandosi in manovre eccessive per riuscire a entrare nel piccolo spazio rimasto a sua disposizione, mantenendo allo stesso tempo una distanza di sicurezza. Non c'era proprio paragone. La sua Panda bianca scompariva di fianco alla Mercedes nera del direttore. Sembravano Davide e Golia, viste così. Afferrò con furia tutto l'insieme delle sue borse, oltrepassò di corsa il cortile e salì le scale cercando di non inciampare nei gradini.

Non doveva essere in giro nei corridoi. No, il terribile guardiano doveva starsene tranquillamente seduto nel suo ufficio, immerso nelle sue scartoffie. E non lanciare occhiate di fuoco a lei, che era arrivata ancora una volta in ritardo, facendola sentire una ragazzina indisciplinata.

Diana varcò con slancio la porta in vetro che dava sul corridoio. Tutto bene, nessuno in vista. In circa venti secondi avrebbe raggiunto l'aula dove aveva la prima ora di lezione. Un bel respiro e via, l'importante era oltrepassare l'ufficio di Dietmar Donati. Che razza di nome, mezzo tedesco mezzo italiano. Unicamente stronzo, però. Educazione svizzera, la sua, a quanto aveva sentito dire. In ogni caso, oltre quel limite sarebbe stata al sicuro. Non incenerita da quegli occhi di ghiaccio. In salvo.

Iniziò a contare i passi. Uno, due, tre... forza Diana! Ce l'aveva quasi fatta. L'ufficio del direttore era ormai alle sue spalle. Diana sorrise tra sé girando l'angolo. Per trovarselo proprio di fronte. E vederlo, per l'ennesima volta, sgranare gli occhi grigio verde su di lei, corrugare la fronte in modo quasi inumano e controllare l'orologio costoso che teneva costantemente al polso. Per poi tornare a scrutarla, famelico. Vivamente sdegnato, senza però rivolgerle una parola. Ma quello sguardo significava più di mille rimproveri.

CAPITOLO 2

Diana entrò in classe solo per ritrovarsi in un vortice di frastuono e movimento che si attenuò gradualmente grazie alla sua presenza. Almeno aveva la fortuna di non passare del tutto inosservata agli occhi dei suoi studenti e di non essere accolta con indifferenza.

Ora di letteratura inglese. Impegnativa, doveva concentrarsi. Non li avrebbe fregati tanto facilmente, erano troppo svegli all'ultimo anno. Se solo i ragazzi avessero immaginato quanto sonno aveva ancora! Alla fine, diventare adulti era una gran seccatura, con l'obbligo di assumere quell'atteggiamento compito tipico degli adulti, appunto! Lei in realtà non era mai cresciuta, non si era mai sentita adulta. Ma non poteva ammetterlo candidamente con degli adolescenti. Se ne sarebbero approfittati.

Si tolse la giacca, appoggiandola sullo schienale della sedia. Aveva tutti gli occhi puntati addosso. Circa venticinque paia di occhi. Sistemati anche la borsa e il sacchetto con i libri iniziò a cercare, mantenendo una sorta di calma apparente. Non aveva fatto in tempo a prepararsi. La sera precedente era crollata ripromettendosi di alzarsi prima e prendersi una mezz'ora per decidere quali sonetti di Shakespeare del programma avrebbe spiegato. Invece non ci era riuscita, quindi l'unica opzione possibile era improvvisare.

Shall I compare thee to a summer's day era la sua improvvisazione tipica. Talmente abituale da non potersi più nemmeno considerare un'improvvisazione. Era abbastanza certa di non averla ancora utilizzata in quella classe, ma se così fosse stato e se qualcuno avesse avuto il cattivo gusto di ricordarglielo soprattutto, sarebbe passata a *That time of year thou may'st in me behold*. Evitava sempre accuratamente *Let me not to the*

21

marriage of true minds. Non le importava che fosse uno dei più belli e letti della letteratura inglese. Lo detestava comunque. Pur trattandosi di qualcosa di completamente diverso le faceva lo stesso effetto di *The winner takes it all.* Quel dolore al petto, come se una morsa le agguantasse il cuore e stringesse sempre di più, sempre di più. Soprattutto giungendo a quella parte, che la sua mente traduceva sistematicamente... *"Amore non muta in poche ore o settimane... Se questo è errore e mi sarà provato io non ho mai scritto... E nessuno ha mai amato..."*

Shakespeare. Sharazade. Storie su storie. Storie nelle storie. Mentre spiegava *Shall I compare thee to a summer's day* (e nessuno degli studenti aveva dato segno di averlo già sentito raccontare prima da lei) con le parole che si susseguivano una dietro l'altra automaticamente, la mente vagava. In un altro mondo. Per conto suo. Era brava con le parole. Non aveva mai avuto problemi. Del resto, era il suo lavoro. Parole per spiegare le parole di altri e, se possibile, farle amare. Ma forse no, non era affatto brava. Era solo abitudine. Un'abitudine che non era neanche certa di aver scelto. Aveva semplicemente seguito la corrente.

Nemmeno si erano resi conto di quanto fosse distratta e stralunata quel giorno. La guardavano e l'ascoltavano, come sempre. Ad alcuni piaceva e la scrutavano spesso in una sorta di rapimento estatico. O più probabilmente piaceva il sonetto di Shakespeare, la poetica meraviglia della letteratura inglese.

Poco prima della fine della lezione si era sentita attraversare la testa da un cerchio frustrante e doloroso che non aveva fatto che intensificarsi. Dopo aver concluso e aver raccolto le sue cose era uscita dall'aula sentendosi più fragile a ogni passo. Bisognosa più che mai di sostegno e di conforto. E sapeva esattamente dove e da chi li avrebbe ottenuti.

«Buongiorno, Diana. Ti vedo un po' giù di tono oggi, mia cara.»

Mentina, la bidella storica della scuola, stava aprendo le finestre del corridoio per cambiare aria. Cambiava spesso aria, in realtà. Da anni ripeteva che lì dentro si respirava odore di chiuso e non faceva bene alla salute.

«In effetti, sono decisamente giù di tono» confermò Diana, senza però proseguire.

Quella scena non era un'eccezione. Mentina da anni era il più grande supporto psicologico di studenti e professori. Nessun'altra era come lei. Diana era certa che non la pagassero abbastanza per il ruolo svolto tra quelle mura.

«Ora ti preparo una bella tisana, allora. Così ti rilassi un po'.»

Mentina si avviò nel suo angolino speciale verso lo strumento principale del suo lavoro, il bollitore per il tè. Da quando era arrivato, nonostante qualche perplessità iniziale da parte dell'anziana bidella nei confronti dell'innovazione straniera, era stato amore. Un amore profondo e indissolubile.

«Più che di una tisana rilassante, avrei bisogno di qualcosa di energizzante» confessò Diana, trattenendo uno sbadiglio. «Una bella carica di vitalità e adrenalina!»

Mentina era lì da quando Diana era una studentessa liceale nella stessa scuola. Anzi, da prima ancora. E Mentina non era comunque il suo vero nome. L'avevano soprannominata così, chissà chi e chissà quando, per le tisane alla menta che preparava da sempre, costantemente. Lei stessa era a conoscenza di quello strambo appellativo ma non se ne curava. Le stava bene. Diana l'aveva vista cambiare nel corso degli anni, cambiare pur rimanendo sempre la stessa. Dolce, materna, protettiva. Da biondi i suoi capelli erano diventati grigi e poi bianchi. E sfoggiava le sue rughe, sempre più marcate, con classe ed eleganza. Il momento della pensione si stava avvicinando ormai e Diana si chiedeva come la scuola sarebbe sopravvissuta senza di lei. Ma forse non se ne sarebbe mai andata davvero. Non aver potuto studiare era stato il suo cruccio. Avrebbe scelto la letteratura inglese, proprio come Diana. "I poeti inglesi toccano le corde dell'anima", ripeteva sempre. Più di chiunque altro. Forse aveva ragione.

«Ho fatto un sogno stranissimo.» Diana sospirò mentre Mentina selezionava la tisana adatta tra le bustine della sua scorta. «Davvero incomprensibile.»

«Vorrà sicuramente dire qualcosa.» Mentina annuì lasciando scivolare una tisana al ginseng nella tazza.

Diana lo sapeva bene cosa voleva dire. E sapeva anche cosa Mentina le avrebbe detto che voleva dire, secondo la sua interpretazione. Che sentiva la mancanza di Francesca e soffriva ancora per la sua perdita. Che la sua morte l'aveva lasciata sola, sperduta e vulnerabile. Che non riusciva a tollerare quello strazio, non nel profondo, anche se apparentemente sembrava essersi ripresa, in grado di affrontare il dolore e di superarlo. Proprio poco dopo il trasferimento, Francesca aveva iniziato a stare male, sempre peggio. Come se le mancasse la forza di continuare a vivere, si era lasciata vincere e, dopo tanti anni, il suo cuore delicato aveva ceduto. Ma Francesca aveva preso la sua decisione. E la sua decisione era stata quella di seguire Daniele, suo marito. Diana non riusciva a impedirsi di pensare che se fosse rimasta nel suo ambiente naturale, nella città che aveva sempre amato tanto, forse il suo cuore avrebbe resistito ancora a lungo. Come aveva sempre fatto.

Daniele Santis aveva lasciato morire Francesca e aveva lasciato lei, tanti anni prima. Diana sapeva che non ne aveva colpa, si riprometteva costantemente di non prendersela con lui. Non più. Ma nel corso della sua seconda ora di lezione in un'altra classe non riusciva a fare a meno di pensarci. Metà della sua mente era focalizzata sulle regole di grammatica inglese da spiegare ai ragazzi del primo anno, l'altra metà percorreva invece la strada dei ricordi.

Un'altra ora, un'altra classe e le sue condizioni erano ancora le stesse. Prima di uscire da scuola al termine della mattinata, si augurò di riuscire a lasciare i registri in aula professori senza essere richiamata all'ordine dal direttore. Non era il giorno giusto. In realtà non era mai il giorno giusto per Diana per essere criticata e ripresa da Dietmar Donati, per incontrare quello sguardo gelido e austero, quell'espressione severa e accigliata.

Francesca e Daniele. Erano diventati un tutt'uno, troppo doloroso per lei. Diana lo sapeva, razionalmente, che stava esagerando. Che aveva sempre esagerato. E che non aveva senso continuare a nutrire un rimpianto, un risentimento. Soprattutto ora che Francesca non c'era più da un anno ormai.

Ma era stata lei la prima nel cuore di Daniele. E lui era stato il primo per lei. Il problema era che lui l'aveva lasciata per la sua migliore amica. Invece per Diana lui continuava imperterrito a essere il primo, anche dopo più di vent'anni. Non era giusto, non era salutare, non era normale. Razionalmente nessuno ne era consapevole quanto lei. Aveva avuto altri uomini, ma solo per ricaderci ancora e tornare a pensare sempre a colui che l'aveva abbandonata senza troppi scrupoli innamorandosi fulmineamente della sua amica più cara.

Daniele era arrivato a Rimini da Milano per una vacanza di alcune settimane, insieme agli amici. Non ci era voluto molto a Diana per innamorarsi di lui. Aveva quasi sedici anni e lui diciotto. Ed era bello, simpatico, atletico. Con quei capelli scuri e mossi che gli ricadevano sulla fronte e lui tirava indietro con gesto sicuro e seducente.

Diana ripercorse tutte le fasi della loro relazione di un anno, tappa dopo tappa. Terminata la vacanza era diventata una relazione a distanza, certo. Ma sempre di relazione si trattava. Intanto aveva raggiunto la macchina, la sua Panda bianca, e si era appoggiata alla fiancata. Poi era arrivata Francesca. Francesca si era presa Daniele. E Diana aveva dovuto accettare e tacere. Si erano innamorati perdutamente. Lei era la sua migliore amica. Ed era malata di cuore dalla nascita, un difetto congenito. Quindi a Diana non era rimasto altro da fare che accettare e tacere. E programmare un repentino e immediato viaggio in Inghilterra, per non vedere. Tacere e accettare per oltre vent'anni. Del resto, era una vita intera che sapeva fare solo quello, in tutte le circostanze che le si erano manifestate nel corso dell'esistenza.

Fosse stata una fumatrice quella sarebbe stata l'occasione adatta per fumarsi una sigaretta. La sigaretta malinconica, la sigaretta della noia e dell'abbandono. La sigaretta della vita ingiusta e della persona condannata a subire sempre e comunque. Ma purtroppo Diana non fumava. Peccato, perché in quel preciso istante ne avrebbe avuto davvero bisogno. Chiuse gli occhi per un attimo. Non le restava altro che aspettare che il dolore l'attraversasse per poi fuoriuscire da lei, dal suo corpo, dalla sua mente, dalla sua anima. Come accadeva abitualmente.

Tutto questo era dovuto a un sogno? Non aveva bisogno di un sogno per sapere che la sua condizione era totalmente assurda. Ma al cuore non poteva comandare. Come Francesca non aveva potuto comandare il suo cuore malato di resistere, di continuare a battere. Non era riuscita a guarire come non era riuscita a impedirsi di amare il ragazzo della sua migliore amica e di essere da lui ricambiata.

Diana non aveva calcolato per quanto tempo fosse stata appoggiata alla portiera della macchina con gli occhi chiusi. Seppe solo che quando li riaprì Dietmar Donati si stava dirigendo verso di lei con una sorta di sorrisetto stampato sul viso un po' scarno ma a suo modo attraente. Si preparò ad affrontarlo e nel caso a sorridere a sua volta. Per poi rendersi conto, appena in tempo, che l'uomo di ghiaccio non si stava dirigendo verso di lei, non stava sorridendo a lei. Ma alla Mercedes nera parcheggiata proprio di fianco alla sua Panda bianca.

CAPITOLO 3

Il piccolo appartamento di Viserbella era diventato da oltre dieci anni, con tutti i pro e i contro, il suo rifugio. La scusa per andarsene definitivamente di casa e stare per conto suo. Non era troppo distante da Rimini e la teneva al riparo. Inoltre aveva intorno tutto il necessario, compresi un supermercato e un'edicola. Del resto, Diana non aveva mai avuto bisogno di molto per sopravvivere e starsene tranquilla.

Altro punto a suo favore, non impiegava troppo tempo per tenerlo in ordine. Essendo sola riusciva a stare sempre in pari con le pulizie e a ritrovarsi senza problemi nel disordine che creava giorno dopo giorno. L'importante era che riuscisse a contenere adeguatamente la sua collezione di orsetti. Ognuno ha i propri segreti e i componenti della collezione, sparsi un po' per tutta la casa, erano più di quanti Diana fosse disposta ad ammettere.

Era comunque il meglio che si potesse permettere. Non esattamente ciò che avrebbe desiderato, ma andava bene così. Non era l'ampia e luminosa casa sulla spiaggia dei suoi sogni. Che era sua ma non sarebbe mai riuscita a sistemare adeguatamente. Lorena, sua madre, l'aveva sempre usata come rifugio per dipingere, per lasciarsi ispirare ed esporre le sue tele. Poi era passata a sua zia Linda, sorella gemella di sua madre, a cui apparteneva già per metà. E a lei. Per un patto stipulato tanti anni prima, la casa sulla spiaggia veniva tramandata di generazione in generazione per via femminile. Quindi alla morte di Lorena il padre e i fratelli di Diana erano stati automaticamente esclusi. Per quanto si potesse ritenere insensato non avevano avuto alternativa che accettare la volontà di Lorena.

Suo padre era arrivato anche a pensare che ci fosse qualche stregoneria riguardante la casa sulla spiaggia per cui veniva ereditata solo dalle donne, quindi se ne teneva diligentemente alla larga. Tutte scuse. Già, tutte scuse per non aiutarla mai a sistemare. Tutte scuse si inventavano gli uomini nella sua vita, sempre e comunque.

Anche Diana aveva tentato di dipingere durante l'infanzia, con risultati molto discutibili. Aveva compreso immediatamente che non sarebbe stata la sua strada, nonostante avesse accarezzato l'idea. Preferiva di gran lunga sedersi sulla spiaggia e leggere, mentre sua madre dipingeva e le appariva bellissima, audace, coraggiosa, sempre alla ricerca di nuovi stili da sperimentare. Lorena raffigurava prevalentemente il mare e le onde in tutte le loro incantevoli sfumature, la sabbia dorata e finissima, il faro e il porto che apparivano in lontananza. A volte però si dilettava anche in alcune rappresentazioni del centro cittadino e in qualche ritratto. Uno in particolare, di tutti i suoi figli, era appeso nel soggiorno della casa di famiglia.

Improvvisamente, quel sabato pomeriggio, a Diana era tornata una gran voglia di leggere sulla spiaggia. Metà aprile, temperatura mite e gradevole. Sì, non sarebbe stato impossibile. Se si fosse sbrigata ce l'avrebbe fatta. Però, allo stesso tempo, si era lasciata cogliere da un'improvvisa stanchezza che la obbligò a stendersi sul divano del soggiorno. Cinque minuti, disse tra sé, solo cinque minuti. Cinque minuti che la trascinarono invece in un sonno profondo.

Venne svegliata da un improvviso colpo alla porta. Si sollevò a sedere guardandosi intorno smarrita. Chi poteva essere a quell'ora di sabato pomeriggio? Non aspettava nessuno. E non aveva nemmeno molta voglia di andare ad aprire la porta e scoprirlo.

Sharazade. Abbassando lo sguardo, appena aperta la porta, la vide. Esattamente come le era apparsa nel sogno. La bambina sollevò immediatamente il viso per guardarla. Ed era proprio lei, con gli stessi capelli e occhi scuri e le guance rosate. Con quel modo di fissare lo sguardo deciso e quasi provocatorio. Prima che Diana potesse dire qualcosa le aveva afferrato la mano e l'aveva trascinata giù per le due rampe di scale, come in un vortice. Diana aveva temuto di inciampare e rotolare fino al pian terreno.

Si erano ritrovate in riva al mare. Diana era crollata in ginocchio per riprendere fiato e aveva chiuso gli occhi per un attimo. Riaprendoli si ritrovò invece stesa sul divano nel soggiorno del suo appartamento a Viserbella e sussultò.

Aveva sognato. Aveva sognato di nuovo anche se il sogno, dalla comparsa della bambina alla porta, era diventato più reale, più vivo. E forse in un certo senso aveva lo scopo di estraniarla dalla realtà della sua vita quotidiana in generale, più in particolare dai suoi doveri di quel sabato pomeriggio.

Come le pulizie settimanali a casa di suo padre. Non ne aveva voglia. Prendere la macchina, raggiungere nuovamente Rimini e come ogni sabato pomeriggio pulire e lavar via il disordine della settimana di suo padre e di suo fratello più giovane, Vittorio, che a ventinove anni si comportava ancora come il principino di famiglia.

Dovevano trovarsi una domestica, li aveva già avvisati più volte. Perché lei non aveva più tempo. O, tradotto nella realtà dei fatti, non aveva più voglia di occuparsi di due uomini adulti e in salute che avrebbero potuto rimboccarsi le maniche e darsi da fare. Con la scusa che erano "lavori da donna" si affidavano a lei e alla sua buona volontà, settimana dopo settimana, anche quando se n'era andata di casa per starsene da sola. Magari avrebbe dovuto prendere seriamente in considerazione l'idea di trasferirsi ancora più lontana oppure in un altro paese. Del resto durante i suoi soggiorni in Inghilterra se la cavavano sempre, in qualche modo.

Diana si rendeva perfettamente conto che era come se le donne fossero state "programmate" a comportarsi in un certo modo, secondo certe regole e norme imposte e tramandate nei secoli. Ma mentre alcune erano liete e soddisfatte di svolgere questo ruolo, altre come lei non lo erano affatto. Oltrepassato il 2000 era giunto il momento di cambiare, di non soccombere alla frustrazione, di non sentirsi più sminuita e sottovalutata.

Nando Vassalli, suo padre, si sarebbe opposto all'idea della domestica. Non voleva altre donne per casa. Non voleva mostrarsi gentile e cortese. Alla sua età le estranee lo mettevano a disagio. Diana già prevedeva il finale. Si sarebbe impuntata per un po', per poi cedere e rassegnarsi. Un'altra settimana, si diceva. Un'altra settimana e poi la situazione sarebbe dovuta per forza cambiare. Ma in questo modo, settimana dopo settimana, erano trascorsi anni. Davvero troppi anni.

CAPITOLO 4

«No, neanche per idea!» Ovviamente Nando Vassalli non si smentiva. Sbuffò, incrociò le braccia e scosse il capo mostrando un'espressione vivamente contrariata. «Non voglio altre donne per casa, lo sai Diana! Piuttosto vedrò di cavarmela da solo se ti infastidiscono così tanto quelle quattro cose che fai quando vieni a trovarci.»

Sì, Diana lo sapeva. Da anni, ormai. Lui non voleva altre donne per casa. Per quelle quattro cose che lei faceva, certo. E che né lui né Vittorio si degnavano di fare nel corso della settimana, dopo la morte della prima moglie Lorena, madre di Diana e dei suoi tre fratelli, Luca, Alessandro e Vittorio. E soprattutto dopo la fuga della seconda moglie di Nando, Matilde, con un uomo più giovane e meno irritabile. Era il periodo in cui Diana frequentava l'università, per cui aveva avuto poco a che fare con Matilde. Una donna che le era sembrata fin troppo tranquilla in apparenza, ma che tendeva spesso a un'indifferenza che sfiorava l'apatia.

Nando voltò lo sguardo accigliato verso il figlio Vittorio, aspettandosi una conferma da parte sua. Cercava, come sempre, di avere ragione. E spesso per raggiungere lo scopo aveva bisogno di alleati.

«Ah, non guardate me. Mi è indifferente! Può anche arrivare un esercito di casalinghe.» Vittorio rispose con una scrollata di spalle come a far capire che per lui Diana o un'altra per casa non faceva differenza. «Basta che non rompano le palle a me!»

Ovviamente. Diana lo fissò risentita. A lui cosa importava? Lui era il bello di famiglia oltre a essere il più giovane tra i fratelli. Quindi anche il più viziato, quello che sapeva sempre come ottenere il meglio per se stesso. Alto, con quei dolci occhi scuri in contrasto al volto furbo ma attraente, aveva l'aria da vigliacco che faceva impazzire le ragazze. E Diana ricordava tutte le ragazzine che giravano per casa o sotto casa durante gli anni di liceo di Vittorio. Luca e Alessandro messi insieme non erano mai arrivati a tanto. Lei invece non era proprio arrivata a niente. Per tutti i venticinque anni di permanenza più o meno costante nella casa di suo padre non aveva mai, nemmeno una volta, portato un ragazzo perché lui e i fratelli lo conoscessero. Forse se fosse stata ancora viva sua madre le cose sarebbero andate diversamente. O forse no.

Comunque una sola era la certezza, che in quel momento si fece ancora più assoluta. Suo padre e i suoi fratelli da lei sapevano solo pretendere, esattamente come quando viveva ancora lì. E toccava a lei fare in modo che la situazione cambiasse una volta per tutte.

«Devi darmi un consiglio per le foto, Di. Tu hai buon occhio.»

Vittorio lavorava sia come fotografo sia, occasionalmente, come modello. E avrebbe voluto fare l'attore, da anni aspettava il grande lancio, la sua occasione. Aveva avuto piccolissime parti in qualche fiction. Diana gli aveva consigliato di andare a cercare fortuna all'estero, di studiare inglese e recitazione, difficilmente la grande occasione sarebbe venuta a bussare alla sua porta se restava comodamente a casa o frequentava sempre gli stessi locali della zona.

«E dopo pranzo devi andare a trovare zia Rita» aggiunse Nando mentre Diana era alle prese con lo scolapasta. «Mi ha detto che è tantissimo che non ti vede e se non passi a trovarla continuerà a ricordarmelo ogni volta che la incontro o che mi telefona. E sai quanto può essere pesante e noiosa! Come tutte le donne.»

«Già, peccato che una di queste donne vi stia preparando il pranzo in modo che mangiate come esseri umani almeno una volta alla settimana e non le scorte e i residui che vi lascio alternati a pizzette e patatine!» si lamentò Diana, lanciando al

32

padre un'occhiata risentita. «Comunque, io dopo ho da fare. Sono indietro con la correzione dei compiti in classe e...»

E non era vero. Ma Diana non aveva nessuna voglia di sorbirsi zia Rita, la sorella di suo padre, che le avrebbe ricordato che era ora che si trovasse un fidanzato, un marito, uno straccio d'uomo insomma. Prima di invecchiare e cadere a pezzi, prima che il suo corpo subisse una devastazione tale che nessun essere umano di sesso maschile, né giovane né meno giovane, la prendesse più in considerazione. Con il tono di una che pretendeva fosse facile, come andare a fare la spesa al mercato cittadino. Diana evitava di ricordarle che sarebbe stata in grado di trovare uomini a volontà per una notte o due. Ma un giorno lo avrebbe fatto, lo avrebbe detto a zia Rita, con una nonchalance invidiabile da donna di mondo, solo per il gusto di sconvolgerla e vedere sul suo viso dipingersi uno sguardo inorridito.

«Diana insomma... abita a soli cinque minuti di macchina da qui!» le ricordò il padre. «Non è in capo al mondo.»

«Vero!» Vittorio confermò con un ghigno malefico. «Cinque minuti! Cosa saranno mai cinque minuti?»

«Saranno qualcosa quando diventeranno tre ore se mi va bene!» Diana gli mise in mano i piatti e gli indicò il tavolo con un cenno. «Non stai posando per un servizio fotografico in questo momento, Vittorio. Datti una mossa, sembri una statua. E visto che sono solo cinque minuti da zia Rita ci andrò, va bene. Però solo se verrai anche tu! Io da sola non la reggo. Non oggi.»

E così, zia Rita fu. E durante i cinque minuti scarsi di viaggio in macchina Vittorio aveva trovato il tempo e il modo di parlarle di tutti i suoi progetti di lavoro presenti e futuri e di chiederle un prestito per un nuovo modello di macchina fotografica con funzioni aggiornate di cui aveva assolutamente bisogno. Diana gli aveva rivolto un'occhiata gelida, quasi minacciosa. Lui aveva messo il broncio e si era rassegnato. Ci provava sempre, ogni volta. Da oltre vent'anni. Solo che vent'anni prima il prestito era per le figurine.

33

Zia Rita, dunque. Diana parcheggiò nel cortile adiacente la casa. Sulla strada non c'era posto, altrimenti l'avrebbe lasciata lì, magari anche in sosta vietata. Così avrebbe avuto la scusa di essere costretta ad andarsene subito. L'avrebbe lasciata anche in seconda fila, fosse stato per lei. Ma certamente zia Rita l'avrebbe obbligata a parcheggiare all'interno, quindi niente da fare. Non si sarebbe salvata.

E come al solito zia Rita, dopo averli fatti accomodare in soggiorno e messo loro di fronte una tazza di tè con tanto di spicchio di limone, aveva iniziato a tormentare Diana. E Diana le ricordava ogni volta che il tè lo preferiva con il latte. Ma poco importava. Per zia Rita il tè si prendeva con il limone e con un set di biscottini vari confezionati. Con il latte era sciocco e disgustoso, non aveva proprio senso. La straniera poteva farla in Inghilterra, se tanto ci teneva. In Italia il tè si prendeva con il limone.

«Allora, Diana...» Si era seduta di fronte a loro, dopo essersi passata le mani sul grembiulino rifinito con il merletto che teneva costantemente legato in vita. «Come va?»

«Molto bene zia, grazie.»

Dopo il suo "molto bene" Diana già sapeva che sarebbe arrivata la lista delle domande indiscrete. Zia Rita somigliava davvero troppo alle classiche vicine rompiscatole tipiche delle commedie romantiche. Peggio di una macchietta. Se avesse dovuto inventarla non sarebbe uscita meglio di quella reale. Aveva pure il sorrisetto stampato, la tinta rosso fuoco fatta da una parrucchiera che aveva ecceduto con la tonalità di colore e l'ombretto troppo azzurro sugli occhi. Tentava di stare in guardia contro l'avanzare dell'età, come forse le suggerivano la televisione e le riviste. Ma l'effetto esagerato la rendeva una deprimente maschera di ciò che era stata un tempo, come se non fosse riuscita a trovare in sé l'armonia di un'adeguata via di mezzo.

«Dovresti curarti di più però, alla tua età!» La zia sospirò, sorseggiando il suo tè. Diana non comprese esattamente cosa intendeva con "alla tua età". Rimase in dubbio tra "sei ancora giovane" e "ormai sei quasi decrepita". Conoscendo zia Rita probabilmente intendeva la seconda delle opzioni. «Anche l'abbigliamento così poco femminile, quei pantaloni larghi... Non troverai mai un marito se vai in giro così! Una donna dovrebbe essere sempre femminile e curata.»

Eccola, appunto. A Diana venne voglia di urlare. Invece si costrinse a ingoiare un biscotto alla crema.

«Una donna dovrebbe anche...» Saper invecchiare con grazia senza ridursi a un pagliaccio? Farsi gli affari propri e non rompere le palle al prossimo? Smettere di comprare questi biscottini schifosamente dolcissimi che si piantano sullo stomaco come un mattone lasciandoti il sapore dolciastro e nauseante per il resto della giornata? Diana evitò di esprimere il suo reale pensiero. «Essere libera di gestire la propria vita come ritiene opportuno.»

Aveva evitato di essere offensiva, ma questa volta aveva risposto. Diana quasi non riuscì a credere alle proprie orecchie. Era stata davvero lei a rispondere a tono, una volta tanto nella vita? Mentre zia Rita la fissava con la bocca semiaperta dalla sorpresa, Vittorio annuì con espressione quasi rapita. Diana si aspettò quasi che il fratello alzasse la mano per chiederle di battere il cinque.

La tappa successiva sarebbe stata la proposta da parte di zia Rita di presentarle qualcuno di adeguato. Questa volta invece la risparmiò e saltò direttamente alla parte in cui elogiava i successi di suo figlio Renato, come studente di filosofia, e del suo essere sempre circondato da amici e da ragazze adoranti. Non si rendeva conto che probabilmente a trentacinque anni il caro Renato avrebbe dovuto essere laureato già da un pezzo. Quando qualcuno incautamente glielo faceva notare lei ribadiva piccata che il figliolo aveva scelto una tesi di ricerca davvero complicata e aveva bisogno di approfondire ancora l'argomento. Renato era insomma una mente eccelsa, il filosofo del nuovo millennio. Che fosse più di dieci anni fuoricorso era solo un dettaglio. E

35

ovviamente il titolo della suddetta tesi le era ignoto, troppo complicato da ricordare.

«Ora si è trovato una ragazza. Ha ventitré anni, molto giovane e carina, davvero raffinata.» Zia Rita lanciò un'occhiata eloquente a Diana. Ecco che arrivava la sottile vendetta. No, in realtà nemmeno tanto sottile. «Meglio che la donna sia più giovane, anche per far figli e tutto il resto.»

Diana fu tentata di chiedere alla zia cosa intendesse con "tutto il resto" ma evitò. Anche perché Vittorio la precedette.

«Dovrei tornare anche io all'università e trovarmi una ragazza giovane, carina e raffinata. Di figli non se ne parla ma per tutto il resto sono sempre disponibile.» Si alzò di scatto dal divanetto e ridacchiò strizzando l'occhio alla zia. «Peccato che io abbia finito ingegneria cinque anni fa. A ventiquattro anni. Che disdetta essere stato troppo in pari con gli esami! Forse mi sono perso delle occasioni. Ma non importa, tanto io preferisco quelle da strapazzare per una notte. Comunque zia, devo per forza finire un lavoro allo studio, per lunedì, quindi…»

La zia annuì e sorrise convinta, senza probabilmente capire il senso delle frasi di Vittorio, talmente era stata colta alla sprovvista dal suo fascino. A Diana venne da ridere ma si morse il labbro inferiore per resistere. Suo fratello aveva sì finito ingegneria civile negli anni prefissati. Ma si era presentato agli esami armato di una grande faccia tosta e preparato solo il giusto per passarli. Non aveva mai avuto in vita sua intenzione di lavorare come ingegnere, trovava solo affascinante l'idea di esserlo e di poter piazzare quell'Ing. davanti al suo nome. Una mente contorta, insomma. Ma a volte, e quella era una delle volte, Vittorio era il suo fratello preferito. Aveva risposto a tono a zia Rita, svergognato con nonchalance il suo caro figliolo prodigio ancora universitario e soprattutto aveva trovato una buona scusa per togliere il disturbo. Diana, nonostante i progressi della giornata, non avrebbe saputo fare di meglio. Non ancora, per lo meno.

CAPITOLO 5

Non abbastanza femminile. A distanza di qualche giorno, inspiegabilmente, la voce di zia Rita aveva preso a risuonare fastidiosamente nella mente di Diana come un martello pneumatico. Non abbastanza femminile.

Diana si mosse verso l'armadio e lo aprì. Insomma. Per lo più pantaloni e giacche. Comodi entrambi. Qualche vestito che non indossava praticamente mai. Proprio vero, quindi. Non era abbastanza femminile. Anzi, forse non lo era proprio per niente. Magari non sarebbe stata una cattiva idea andare a fare un giro di shopping. Con chi però? Non aveva nessuno con cui potersi dedicare allo shopping. Forse il più indicato sarebbe stato proprio suo fratello Vittorio. Anche se trovava abbastanza deprimente essere costretta ad andare a comprarsi vestitini con il fratello minore. Ma del resto Michelle, la sua seconda migliore amica dopo Francesca, si trovava in Inghilterra. E, conoscendosi e conoscendo le donne della sua età con cui interagiva abitualmente, non era il caso di andarne a cercare altre.

Decise di lasciar perdere e abbandonare l'idea, almeno per il momento. Si ritirò in soggiorno e si stese sul divano. Con una mano afferrò il telecomando e lo puntò verso la televisione. Cambiò canale un paio di volte, fino a imbattersi nella scena di *Flashdance* in cui la ragazza a casa improvvisava qualche passo di danza. Si alzò convinta e la imitò. O almeno ci provò perché, invece che agile e flessuosa come l'attrice che interpretava la promettente ballerina, Diana si sentiva un sacco di patate. Era ingrassata di qualche chilo, sicuramente. Sulle cosce, come sempre.

Si mise seduta. Non valeva la pena stancarsi così. Tanto meglio godersi il resto del film in pace, prepararsi il tè e poi andare a dormire presto. La concezione di presto di Diana spaziava comunque tra mezzanotte e le due. Nonostante la stanchezza spesso era difficoltoso per lei addormentarsi. Provava a leggere, ma spesso continuava a rileggere gli stessi paragrafi più e più volte perché la mente già da tempo aveva iniziato a vagare per conto suo.

«Sinceramente. Crede che io non sia abbastanza femminile? Non abbia timore di offendermi.»

La mattina seguente quel pensiero non l'aveva ancora abbandonata. Diana aveva indossato i pantaloni più eleganti che aveva nell'armadio, una camicia con le righine rosa e la giacca leggera che le accarezzava i fianchi. Si era truccata più lentamente e con maggiore cura. Aveva usato un rossetto rosa perlato al posto del solito lucidalabbra. E aveva anche tentato, con risultati non esaltanti, di arricciarsi i capelli sulle punte. Era pur sempre un inizio.

«Per me stai bene. Come sempre, Diana. Come stavi bene anche vent'anni fa. Sei sempre stata una bella ragazza.»

Mentina la scrutò da capo a piedi con occhio clinico. Lo sguardo attento sembrava però contraddire le parole, tanto che Diana non comprese se fosse davvero sincera o volesse soltanto mostrarsi gentile. Per esperienza sapeva che Mentina era abitualmente sincera. Ma forse era una sincerità affettuosa la sua. Non una sincerità assolutamente obiettiva.

«Grazie.» Diana sospirò, con un sorriso appena accennato. Se avesse continuato ad approfondire il discorso avrebbe dovuto raccontare l'episodio con zia Rita e non ne aveva voglia. «Forse è meglio che io vada in classe, ora.»

Anzi, in effetti meglio correre. Prima che… Come non detto! Evidentemente più Diana si sforzava di non incrociarlo, più se lo ritrovava davanti. Forse doveva lasciar perdere, ignorare la sua presenza, le sue occhiate di rimprovero.

Da quando era arrivato, all'inizio di quell'anno scolastico, si respirava un'aria diversa. La vecchia preside era una donna simpatica e gioviale ma aveva raggiunto la pensione, purtroppo

38

per loro. Lui invece era... lui, Dietmar Donati. Amava definirsi "direttore" invece di preside. Lo preferiva anche alla sua qualifica ufficiale di dirigente scolastico. Molti in realtà scherzando lo chiamavano dittatore. Una specie di cerbero agli occhi di Diana, ma anche della maggior parte degli altri insegnanti. Già quel nome tedesco le faceva l'effetto di una corrente gelida lungo la schiena. Con tutti gli istituti in cui potevano mandarlo, perché proprio da loro?

«Che uomo insopportabile!» bisbigliò Mentina appena lui le ebbe oltrepassate. «Così freddo, severo. Sento i brividi ogni volta che mi passa davanti!» Mentina si massaggiò le braccia, come a riscaldarsi dal freddo. «Mi chiedo come una donna possa stare con uno così. A quanto pare però ha una fidanzata, anche se nessuno l'ha mai vista... Forse è solo un pettegolezzo.»

Diana rimase perplessa a quelle parole. Da quando Mentina si interessava ai pettegolezzi? Meglio non chiedere. Diana evitò di proseguire la conversazione, con un cenno di saluto si avviò verso la classe dove avrebbe dovuto interrogare su *Romeo e Giulietta*, *Amleto* e *Macbeth*. Giulietta e lady Macbeth erano abbastanza femminili. No, forse lady Macbeth non del tutto. Comunque lei... Non abbastanza femminile. E non capiva nemmeno perché l'osservazione di zia Rita improvvisamente le pesava così tanto. Non era certo la prima volta che aveva avuto da ridire sui suoi vestiti e stile di vita in generale!

Sospirò entrando in classe e si soffermò, come non aveva mai fatto prima, sull'abbigliamento delle ragazze. Vestitini primaverili multicolori, magliette attillate, sguardi ammiccanti. Sì, abbastanza femminili. Non tutte, ma la maggior parte. Lei non era mai stata così alla loro età. Non era così nemmeno sulla spiaggia in piena estate. Girava perennemente avvolta da una maglietta extralarge. Magari i tempi erano cambiati, erano trascorsi vent'anni. Si parlava dei primi anni Ottanta, mentre ora erano arrivati i primi del Duemila. No, in realtà non era cambiato proprio nulla! Non c'entrava l'epoca. C'entrava lei, solo lei.

Perché lei sarebbe stata esattamente la stessa anche ora. Era effettivamente la stessa!

Forse per questo motivo Daniele quell'estate aveva preferito Francesca. Perché Francesca era femminile, dolce, avvolgente con le sue forme morbide e l'espressione tenera. Lei invece no, era un pezzo di granito. Francesca non si faceva problemi a girare sulla spiaggia in bikini o a indossare vestitini sexy la sera. Diana oltre la maglietta sulla spiaggia era perennemente in jeans. E per quanto Daniele sembrava apprezzare il suo modo di essere e la sua personalità, l'anno prima di conoscere Francesca, evidentemente non gli piaceva abbastanza. Forse aveva scelto lei quell'estate perché Francesca non c'era, era andata in vacanza in Sardegna, non aveva avuto modo di incontrarla prima. Se non ci fosse andata Daniele avrebbe conosciuto anche lei lo stesso anno scegliendola immediatamente. Così magari Diana avrebbe evitato di innamorarsi di lui, di illudersi per un anno e di soffrire per i successivi...

Vent'anni? Era illogico, era innaturale ed era ingiusto. Lo sapeva perfettamente, se l'era raccontato per vent'anni! Ma Francesca era la sua migliore amica. E si era presa il suo ragazzo. Il ragazzo per cui era quasi scappata di casa e aveva raggiunto a Milano. La sua prima vera storia importante. E Francesca lo sapeva. Certo, l'amore non si poteva frenare né comandare. Questo Diana lo capiva. Quindi era ancora più illogico, innaturale e ingiusto che lei provasse ancora quella sorta di doloroso risentimento quando per tutti quegli anni aveva fatto finta che andasse tutto bene, di averla superata senza problemi.

Invece, oltre a non averla mai superata, ora si sentiva anche profondamente in colpa. Perché Francesca era morta. Invece lei era viva. Perché tra lei e Daniele si era instaurato ora quello strano rapporto di amicizia, dolore e rimpianto. Perché, che le piacesse o meno, sentiva ancora la presenza di Francesca intorno, soprattutto lì, a scuola. Come se il suo fantasma fosse stato trattenuto tra quelle mura in cui la loro amicizia era nata e cresciuta tanti anni prima, fin dalle elementari. Come se ora sapesse che una parte di lei non era mai riuscita a perdonarla del tutto. Perché Daniele era stato il primo e forse l'unico ragazzo che Diana aveva amato davvero. Il ragazzo a cui aveva donato tutta se stessa. E Francesca era la sua migliore amica. E con la sua femminilità glielo aveva portato via.

CAPITOLO 6

Solitudine. Pensieri. Eccessiva emotività. Diana lottava per trovare un equilibrio che non era mai stata in grado di raggiungere. Avrebbe dovuto, lo sapeva. Era un'insegnante, necessariamente le si richiedeva di essere matura ed equilibrata. A volte, anzi spesso, le sembrava di non essere cresciuta affatto.

Forse quella bimba che le veniva in sogno, quella piccola Sharazade, era proprio lei. Una lei più forte, nonostante fosse solo una bambina. Una lei che la spronava a prendere in mano la sua vita per darle una direzione. Una direzione qualsiasi, anche in modo ribelle e irriverente.

Diana era rimasta seduta sul divano con le gambe incrociate, una rivista di viaggi aperta e lo sguardo fisso sulla stessa pagina da circa quindici minuti. Era impegnata nella stesura di una lista mentale di tutto ciò che non andava in lei. Non era andata bene a Daniele e nemmeno agli altri. Poi, di conseguenza, questi altri non erano andati bene a lei. Come si diceva in inglese "better safe than sorry", meglio mettersi al sicuro prima di soffrire.

La distolse lo squillo del telefono. Sollevò il viso e lanciò un'occhiata sdegnata in direzione del suono persistente. Da lì riusciva a vederlo, sul tavolino dell'anticamera. Doveva davvero alzarsi per andare a rispondere?

Lo raggiunse svogliatamente e sollevò la cornetta.

«Pronto?»

«Diana, dobbiamo parlare. È urgente.» Appena sentì la voce di suo fratello Luca capì che sarebbe stato meglio seguire l'istinto e lasciarlo squillare a vuoto.

Certo, chissà come mai quando si trattava di lui era sempre urgente!

«Va bene, parla.» Diana con un sospiro profondo si preparò ad ascoltare la solita storia.

«No, non per telefono. Ci dobbiamo vedere.» Oltre alla voce di Luca, Diana percepì in sottofondo un'altra voce, proveniente proprio da dietro le spalle del fratello. «Se ti fosse possibile venire qui da noi...»

«Non mi è possibile, ho da fare. Davvero troppo lavoro.»

Diana inclinò il viso, si rigirò su se stessa e rivolse uno sguardo al divano a cui sarebbe tornata nel giro di qualche minuto.

«E comunque sarebbe anche ora che ti comprassi un cellulare, Diana!» Il tono di Luca si alzò gradualmente. Diana non riuscì a stabilire la connessione tra l'urgenza di vederla e il cellulare di cui lei non voleva ancora sentirsi succube. Probabilmente se si fosse decisa ad acquistarne uno, lui l'avrebbe tormentata fino allo sfinimento. Ecco la connessione.

«Se ci tieni a parlarmi urgentemente vieni qui tu, io non riesco ad arrivare a Cesena ora.»

«Diana, ma lo sai che Emilia non se la sente di fare troppa strada nelle sue condizioni...» sbuffò Luca, contrariato.

Troppa strada da Cesena a Viserbella? Emilia, la moglie di Luca, era incinta di... di quanto? Diana aveva perso il conto. Quattro mesi? Quattro mesi e mezzo? Erano appena tornati da un viaggio alle Canarie che avevano già programmato e a cui non volevano rinunciare. Ma la strada da Cesena a Viserbella era decisamente troppa per loro.

«Io ogni caso io al momento non posso raggiungervi.»

Diana sentì silenzio all'altro capo. Solo dei bisbigli. Evidentemente Luca ed Emilia si stavano consultando. E Diana sapeva esattamente a proposito di cosa. Non era giusto, non era normale che la casa sulla spiaggia passasse di generazione in generazione per via femminile. Era una sorta di superstizione assurda il fatto che a un uomo che l'avesse posseduta avrebbe portato male ed era assurdo continuare ad alimentare quella leggenda. Il fatto che il loro padre ci credesse non significava

43

che ci dovessero credere tutti. Poco importava che Lorena ai figli maschi avesse lasciato altro e che altro ancora avrebbero ricevuto dal padre. Loro la volevano. E volevano anche la parte di zia Linda, la sorella di Lorena, che era intenzionata a venderla. Possibilmente a Diana però, non ai suoi fratelli.

Proprio in quel momento lo squillo del campanello la salvò dal doversi inventare ulteriori scuse.

«Io devo andare, Luca.» Forse il fratello aveva dimenticato che la stava trattenendo al telefono? «Mi suonano alla porta, ho una lezione.»

Christian, accidenti! Lo aveva scordato. Il figlio della vicina di casa a cui dava lezioni d'inglese. Studente universitario di giurisprudenza, in realtà le lezioni d'inglese gli servivano a ben poco. Però voleva impararlo. Non era assolutamente portato per leggi e codici, lui lo sapeva, i suoi genitori lo sapevano, tutto il mondo che lo circondava lo sapeva. Ma avrebbe concluso gli studi per una sorta di patto con il padre. Un patto ridicolo secondo Diana, perché era chiaro che il ragazzo non sarebbe diventato mai un avvocato. Ma solo dopo la laurea in giurisprudenza Christian si sarebbe potuto ritenere libero di scegliere la strada che preferiva. E lui preferiva la letteratura, inglese e francese soprattutto.

«Ciao, Christian.» Diana sorrise mentre il giovane entrava nel suo appartamento. «Ti avevo quasi dimenticato...»

«Ah grazie, cara! E me lo dici così?» Il ragazzo sollevò un sopracciglio e poi fece il broncio. Un broncio che sul suo viso dai lineamenti perfetti risultava adorabile. E lui lo sapeva fin troppo bene. «Mi spezzi il cuore, Diana!»

«Mmh...» Solitamente Diana avrebbe sorriso. Invece la telefonata di Luca con alle spalle quella rompiscatole della moglie l'aveva irritata. Era distratta. E quella situazione la stringeva sempre di più in un vicolo cieco da cui non sapeva come uscire. Si sentiva oppressa.

«Sei di cattivo umore?» Christian inclinò il viso e le accarezzò una spalla. «Ascolta, perché non lasciamo perdere la lezione e usciamo a bere qualcosa, così ti distrai? Ci sballiamo un po' e poi... ti faccio divertire, promesso!»

«Questo non lo metto in dubbio, ma meglio di no. Hai letto i brani che ti ho passato? Ora ti interrogo!»

Certo che era meglio di no! Christian aveva ventiquattro anni ed era troppo affascinante per poter resistere. Soprattutto quando la corteggiava con quel suo modo di fare audace e Diana si sentiva sola, depressa e poco femminile. Ma lui stranamente sembrava non notare che lei in quel momento indossava i pantaloni della tuta e la sua adorata maglietta extralarge con l'immagine di Titti e Gatto Silvestro. Diana, più di una volta, aveva rimpianto di essere nata nella generazione sbagliata. Ma uscire con un ragazzo di oltre dieci anni più giovane di lei, figlio dei vicini di casa... No, non se ne parlava proprio! Avrebbe resistito alla tentazione. E finita la lezione lo avrebbe spedito a casa, da bravo bambino.

I pensieri che faceva su di lui ovviamente non poteva comandarli. Christian era giovane, ma non soltanto d'età. E non era nemmeno per il fatto che facesse sentire giovane anche lei, perché lei in fondo si sentiva sempre la stessa. Fin troppo la stessa. A prescindere. Con gli stessi sogni, gli stessi desideri. Christian aveva un modo di fare giovane, che Daniele non aveva mai avuto, nemmeno a diciotto anni. Probabilmente Daniele era nato vecchio nell'anima, per lui tutto doveva andare in un certo modo, senza incongruenze o contraddizioni. Secondo certe regole. E lei si era innamorata di un uomo vecchio nell'anima, forse lo amava ancora e non sapeva come uscirne. Anche Dietmar Donati sembrava il tipico uomo vecchio nell'anima. E lo stesso si poteva dire di Luca, il maggiore dei suoi tre fratelli minori, che aveva oltretutto due anni meno di lei. Diana era quindi bloccata in quel decennio, in quella generazione di uomini nati vecchi nell'anima e non c'era modo di uscirne. Poteva solo soccombere e sentirsi vecchia nell'anima, insieme a loro.

Luca, maledizione! Quanto rompeva con quella storia della casa sulla spiaggia di Lorena e Linda. Non si era mai impuntato in proposito negli anni precedenti. Ora quella moglie strega che si era trovato lo aveva irrimediabilmente irretito e corrotto. Pensare a loro provocava in Diana un irritante brusio all'orecchio, come un fastidio dall'interno. Quindi o aveva una sorta di malattia degenerativa e irreversibile al cervello oppure quello era un avvertimento. Nessun uomo doveva avere a che fare con la casa sulla spiaggia. I suoi genitori e zia Linda lo avevano sempre detto scherzando, ma forse in fondo c'era qualcosa di vero. Avrebbe dovuto indagare nelle generazioni passate per scoprirlo.

Liquidato a malincuore Christian e i suoi dolci occhi castano chiaro una volta finita la lezione, Diana si posò una mano sul petto. Provava un'ansia che saliva fino a farle mancare il fiato e strozzarla quasi. Aveva bisogno di parlare con qualcuno, subito. Prese il telefono, lo trascinò fino al divano e compose il numero di casa della sua amica Michelle Wilsen, in Inghilterra.

«Hello?»

Niente Michelle, invece. Al quarto squillo le aveva risposto Julian. Con il tono un po' infastidito, come al solito.

«Ciao Jules, c'è Michelle per favore. Sono Diana.»

Diana gli parlò in italiano. Sia Michelle sia Julian, suo fratello minore, lo parlavano correntemente. Diana lo chiamava Jules, come tutti gli altri. Non ricordava di averlo mai sentito chiamare con il suo nome per esteso.

«No, mmh… Diana non c'è. Arriverà quest'estateee come al solito, credooo…»

Jules replicò con il tono ora un po' cantilenante. La divertiva il suo accento. Di solito parlava bene in italiano, ma quando era stanco o annoiato strascicava le parole.

«Lo so che Diana non c'è, stupidone, perché sono io Diana!» Le strappò una risata. Quell'uomo la faceva morire dal ridere da quando erano ragazzini. «Jules, sei di nuovo ubriaco?»

«Ah, ciao miele!» E la chiamava testardamente miele traducendo letteralmente "honey" dall'inglese. Benché Diana gli avesse spiegato almeno un milione di volte che in italiano non aveva lo stesso significato. E che comunque non gradiva nemmeno essere chiamata "honey", per inciso. «No, ero a letto… mmh… sono ancora a letto, in realtà.»

«Ma quanto sei pigro! A letto a quest'ora? È pomeriggio inoltrato!»

«Miele, ho detto che sono a letto, non che stavo dormendo.»

Eccolo, sempre il solito!

«Okay, okay frena… Non lo voglio sapere!»

La stessa estate in cui era stata "tradita" da Daniele e Francesca, Diana aveva conosciuto Michelle e suo fratello Julian. Zia Linda aveva incontrato la loro madre, Denise, durante un viaggio in Inghilterra, molto tempo prima. Erano diventate amiche e si erano tenute in contatto nel corso degli anni. Denise aveva origini italiane e irlandesi e ci teneva che i figli imparassero un'altra lingua oltre all'inglese. Così avevano effettuato uno scambio di prova, una sorta di vacanza studio. Per cui per un mese circa Michelle era andata a stare da zia Linda e aveva vissuto in Italia. Diana era andata a vivere da Denise e Andrew, i genitori di Michelle e Julian. E, data la situazione che si era creata e il cuore spezzato, Diana aveva accettato la proposta senza discutere. Anzi, mentre precedentemente aveva accolto l'idea con indifferenza e scetticismo, in seguito aveva pregato la zia di affrettare la sua partenza se possibile. L'allontanamento le avrebbe impedito di continuare a soffrire mentre l'amore tra il suo ragazzo e la sua migliore amica cresceva giorno dopo giorno in quell'estate che avrebbe ricordato come la peggiore della sua giovane vita.

«Stavo leggendo un libro mooolto interessante…» spiegò Jules, contrariato. «Tu male sempre pensi di me!»

«Ma forse perché ti conosco troppo bene! E hai invertito le parole, non si dice "male sempre"… quello che hai detto, insomma!»

«Noiosa… povero ragazzo straniero io sono…» Ecco, ora lo faceva apposta. «Comunque, Michelle è al lavoro lei, da brava. Che vita va, lì?»

«Jules... non fare lo stupido per farti correggere, come al solito! L'ho capito che lo stai facendo apposta. Non sei nemmeno troppo bravo a sbagliare.»

«Mi piace quando fai la maestrina!» Lo sentì sghignazzare all'altro capo del telefono. «Sei troppo divertente, quando ti arrabbi poi...»

Diana rise e si stese sul divano.

«Sei sempre il solito stronzo. Comunque... non vedo l'ora di venirvi a trovare per cambiare un po' aria. Per farla breve, non ne posso più qui.»

«Mmh...»

Jules non sembrava intenzionato a proseguire oltre quel mugolio che voleva dire tutto e niente allo stesso tempo. Diana lo capiva. Da ragazzino si era sorbito il suo cattivo umore e anche la sua scarsa predisposizione nel fare amicizia e nell'imparare l'inglese. Si era trascinata dietro il suo dolore e la sua prima devastante delusione sentimentale. Del resto, quel viaggio in Inghilterra era stato una scelta forzata, solo per allontanarsi dall'amarezza di essere costretta a restare.

«Com'è che Michelle lavora sempre e tu invece te ne stai a letto... a leggere, diciamo?»

«Lei è sempre presa con la nuova produzione di piccoli mostri, non è mai contenta della collezione. Lo sai com'è... è sempre così!» Diana lo sentì ridere e poi sbadigliare. «Io sono solo un povero contabile. I miei sono sempre via in vacanza da quando sono in pensione. Secondo me stanno pensando di trasferirsi alle Canarie o sulla Costa Azzurra anche se a mamma non dispiacerebbe neanche l'Italia. Comunque, qui la casa è tutta mia e ne approfitto... per leggere, appunto.»

Si stava giustificando. Jules era un uomo adulto ormai, diverse relazioni disastrose alle spalle e si stava giustificando, come un ragazzino. Sia lui sia Michelle vivevano per lo più ancora a casa dei genitori, nello Yorkshire. Piuttosto insolito per gli inglesi, che appena possibile si trasferivano altrove per motivi di studio, lavoro o libertà. Ma del resto era talmente grande che non avevano di certo problemi di invasione di spazi.

Jules aveva anche un appartamento a Londra, per quando si stancava di fare l'uomo adulto ancora in casa dei genitori. Michelle aveva proseguito il lavoro nell'azienda di famiglia che era appartenuta a sua madre e a sua nonna prima di lei. Un'azienda di produzione di orsetti di peluche che erano stati, fin da piccola, la sua passione. E non aveva tutti i torti, gli orsetti erano quasi un oggetto di culto in Inghilterra. Jules, che aveva studiato economia come suo padre, teneva la contabilità e si occupava dell'aspetto commerciale, quando non vagava per il mondo, preso tra corse di macchine, moto, sport estremi come l'arrampicata, il rafting, il paracadutismo e chissà che altro. Per quello non riusciva mai ad avere una relazione stabile. Diana era un'insegnante d'inglese di liceo iscritta a un corso di yoga che il più delle volte dimenticava di frequentare, ma in quanto a relazioni stabili era messa anche peggio.

«Jules, potresti dire a Michelle di chiamarmi se ne ha voglia, vorrei parlarle un po'…»

«Mmh… se vuoi parlare con me posso anche smettere di leggere. Non è tanto importante.» Lo sentì muoversi, come se si stesse spostando in un'altra stanza.

«No grazie, cose di donne. Tu continua pure a…»

Diana si passò una mano sulla fronte. Era fuori luogo confidarsi con Jules, lui non l'avrebbe capita. In un certo senso, per lui era tutto o bianco o nero, lo conosceva. Non aveva mezze misure. Per lui soffrire per un tradimento non aveva avuto senso nemmeno tanti anni prima. Era un uomo. Simpatico, divertente, un po' folle, ma sempre un uomo.

Cosa avrebbe potuto dirgli? "Soffro ancora per quel tizio che amo da vent'anni e mi ha tradito con la mia migliore amica. Te lo ricordi, vero? E ora oltre a soffrire mi sento pure in colpa, lei è morta e io sono ancora qui a pensare a suo marito. E poi… Mia zia mi ha accusata di non essere femminile e mi ha dato, nemmeno troppo velatamente, della vecchia zitella facendomi

soffrire anche se ho fatto finta di niente. E per concludere…
Provo un desiderio quasi irrefrenabile per un ragazzo di
ventiquattro anni che mi fa gli occhi dolci."

Come minimo Jules le avrebbe risposto: "Vai miele, buttati
sul ragazzino e divertiti! Fanculo tutto il resto!"

E no, non andava bene. Perché lei non era un uomo, non
poteva buttarsi, divertirsi e fanculo tutto il resto. Lei doveva
essere matura e responsabile, come sempre.

«Diana, ascolta… per qualsiasi cosa… stare male non vale la
pena, okay?»

«Lo so, Jules. Ora devo andare.» In realtà non doveva andare
da nessuna parte. Ma rischiava di cedere e raccontargli davvero
ogni cosa. Erano cose da donne, troppo da donne. Jules non
avrebbe potuto capire. «Ci vediamo presto, comunque.»

Dopo i saluti riagganciarono entrambi. Ecco, Jules. Lui non
era nato vecchio nell'anima. Tutt'altro. Il suo era piuttosto un
trascinarsi adolescenziale. Eppure aveva parecchi anni più di
Christian. Ma sicuramente non aveva nulla a che fare con
Daniele e Luca. Perché Jules era… era sempre lo stesso, ecco.
Anche con qualche ruga in più. Gli stessi capelli biondi, gli stessi
occhi azzurri un po' canzonatori e quell'aria da ragazzaccio, da
selvaggio conquistatore. Le donne impazzivano per lui, Diana lo
ricordava bene. Sia in Inghilterra sia quando veniva in vacanza a
Rimini. Lei stessa sarebbe impazzita per lui se Jules fosse stato
il suo tipo e se avesse avuto il cuore libero. Ma il suo cuore libero
non lo era mai stato. Perché in realtà era la paura a occuparlo,
oltre a Daniele.

Rimase stesa a fissare il soffitto mentre il soggiorno si faceva
sempre più buio. Non si era premurata di abbassare le tapparelle
così le sembrò quasi che la sera piombasse su di lei, incombendo
all'improvviso. Aveva perso il conto delle ore. Diana chiuse gli
occhi per pochi istanti, poi si alzò di scatto, raggiunse la terrazza
e puntò il cannocchiale verso il cielo. Già si intravedevano le
prime stelle.

CAPITOLO 7

L'aveva sognata di nuovo. E questa volta faceva pure la linguaccia. Probabilmente la prossima sarebbe arrivata ai gestacci e alle botte. Ormai non c'erano più dubbi. Quella bambina che le appariva in sogno da giorni, Sharazade, rispecchiava il suo inconscio, la volontà intrinseca di Diana di prendere il mondo a calci. Una volontà che non era mai riuscita a manifestare apertamente. Era il suo atto di protesta nei confronti delle persone che la circondavano. E forse anche di una vita che non stava vivendo, che non corrispondeva ai suoi desideri.

Con maggio le giornate, oltre ad essersi allungate, erano diventate sempre più calde. Quel giorno in particolare, Diana aveva deciso di osare. In un negozio del centro si era comprata un vestitino color arancione pastello, niente di troppo audace ma la fasciava un po' sui fianchi. Non in modo provocante, ma abbastanza da non nasconderle le forme.

Specchiandosi prima di uscire si chiese se fosse il caso di andare davvero a scuola così. Non lo aveva fatto mai, mai in tutta la sua vita, nemmeno quando era una studentessa. Né al liceo né all'università. Magari osava di più durante le feste e le ricorrenze, ma a scuola aveva sempre mantenuto un contegno forse esagerato. Soprattutto da ragazzina. Francesca, al contrario, non si era mai fatta problemi. Ma a lei i vestiti stavano bene. Diana invece si era sempre sentita inadeguata, le poche volte che li aveva indossati. Quel giorno non faceva differenza, ma aveva deciso solennemente di fare uno sforzo, cercare di mostrare più sicurezza e autostima. Stava bene e il suo fisico si adattava a quel vestito, tanto che sembrava fatto su misura per lei. Doveva solo abituarsi ad averlo addosso e a muoversi di conseguenza.

Certo che arrivare al lavoro in orario per una volta nella vita, essere entusiasta del nuovo look, pensare positivo il più possibile, per poi beccare in bagno la collega più antipatica e arcigna, significava proprio essere perseguitati dalla sfortuna!

Adele Strimpelli, l'insegnante di fisica e scienze, la percorse da capo a piedi. E rimase in silenzio stranamente, sistemandosi meglio gli occhiali sul naso. Diana si era aspettata una battutaccia, da un momento all'altro. Adele poteva essere una donna piacevole volendo, Diana non capiva perché si impegnasse così tanto per risultare insopportabile a colleghi e studenti. Forse non aveva avuto una vita particolarmente felice in passato e non l'aveva tuttora. Sembrava subire la condanna di dimostrare un'età indefinibile, compresa tra i cinquanta e i sessanta. Ma poteva averne anche molti meno. Se solo non si fosse intestardita a tingersi i capelli di un biondo slavato e li avesse fatti crescere un po'...

Diana sospirò e abbassò desolata lo sguardo. Stava ricadendo nel tipo di giudizio che lei stessa aveva subito e condannato. Si stava comportando, nei confronti di Adele, esattamente come zia Rita aveva fatto con lei, pur non esprimendo il suo parere ad alta voce.

In ogni caso, da quello che Diana sapeva, Adele oltre alla scuola non aveva una vita. Non che lei l'avesse, in realtà. Da quel punto di vista erano molto simili. Ma almeno cercava di non scagliare la sua frustrazione e insofferenza contro il resto del mondo.

Diana salutò cortesemente e sgusciò fuori dal bagno prima che la collega potesse ripensarci e dirle qualcosa di spiacevole. Forse si stava solo preparando mentalmente qualche frase a effetto perché il suo biasimo nei suoi confronti risultasse più efficace e ne avrebbe approfittato alla prossima occasione.

Entrata in classe si ritrovò addosso gli sguardi dei suoi studenti. Alcune delle sue studentesse, senza eccessivo imbarazzo, si complimentarono per il suo nuovo look. Diana si riscoprì compiaciuta dai complimenti di adolescenti, tanto che non riuscì nemmeno a nasconderlo. Comprese che, da qualunque parte provenissero, le facevano piacere. E in quel preciso momento ne aveva più bisogno che mai.

Probabilmente Adele le avrebbe parlato alle spalle. Non era la prima volta, del resto. Avrebbe detto che il suo non era un abbigliamento consono alla situazione in cui si trovava. Che il vestito era troppo attillato e il trucco eccessivo. Che avrebbe dovuto comportarsi da insegnante, non da ragazzina. Ma a Diana non importava. Né di lei né di nessun altro. Nemmeno di zia Rita le importava, né di suo padre e dei suoi fratelli. Neanche di quel cerbero odioso di Dietmar Donati. Di nessuno, davvero. In quel momento di totale pace con se stessa non le importava più nemmeno di Francesca e di Daniele.

Aveva bisogno di una nuova vita, di una nuova consapevolezza, di una nuova Diana. E avrebbe avuto tutto quanto, avrebbe lottato con tutta se stessa e anche contro tutta se stessa per averle. A tal punto che se il giovane Christian Vitali avesse ancora insistito per uscire con lei, avrebbe accettato con entusiasmo.

CAPITOLO 8

Di nuovo sabato. Diana stava incominciando a pensare seriamente che sarebbe impazzita se non avesse al più presto dato un taglio a quella maledetta routine. Per fortuna la scuola stava per finire e appena possibile avrebbe fissato la partenza per l'Inghilterra. In realtà non sarebbe stata davvero libera fino alle prime settimane di luglio.

Intanto però stava parcheggiando nel piccolo piazzale davanti alla casa di suo padre. Non aveva intenzione di trattenersi a lungo, quel giorno. E nemmeno sarebbe riuscito a corromperla obbligandola ad andare a trovare zia Rita. Aveva assoluto bisogno di un cambiamento. C'erano troppe situazioni stagnanti nella sua vita, situazioni che Diana non era più propensa ad accettare.

Appena entrata in casa, se solo non si fossero accorti della sua presenza, avrebbe voltato i tacchi per uscire di soppiatto senza farsi vedere. C'erano praticamente tutti. Oltre a suo padre e a Vittorio, anche Luca con Emilia e Alessandro con Moira, fidanzata da oltre un decennio. In effetti più che una fortuita combinazione sembrava un agguato. E quel fastidioso brusio all'orecchio le era tornato, improvviso ma inequivocabile.

«Diana, ti stavamo aspettando...» Luca la guardava con l'aria di un avvoltoio pronto a scagliarsi sulla preda. Da qualche tempo aveva l'espressione perennemente stanca, tanto da sembrare invecchiato e privo di energia vitale. Pur essendo più giovane di lei di due anni sembrava più vecchio. Forse suo fratello stava davvero invecchiando al di là di ogni controllo.

Diana lasciò vagare lo sguardo su tutti quanti, un po' distrattamente. Scappare era fuori questione, purtroppo. Però, tutto sommato, chi avrebbe potuto impedirglielo? Di certo non

54

l'avrebbero legata a una sedia pretendendo che li ascoltasse. Meglio non scommetterci, però.

«Non sapevo ci fosse in programma una riunione di famiglia.» Si soffermò infine sul padre che si sistemò gli occhiali sul naso per riprendere la lettura del suo giornale e si strinse nelle spalle come se la faccenda non lo riguardasse affatto. E la sua presenza lì fosse puramente casuale.

«Dovremmo parlare, Diana.» Eccola, l'onnipresente Emilia. Con i suoi capelli biondi e liscissimi sciolti sulle spalle e l'aria perfettissima nel suo abitino premaman a fiori rosa acceso in tinta con il rossetto. Le labbra erano contornate da una matita leggermente più scura per evitare sbavature.

«Voi siete capitati tutti qui per caso o c'è stata un'organizzazione per questo incontro?» Diana la ignorò volutamente e si rivolse ad Alessandro. Possibile che Luca avesse convinto anche lui?

«Diana, non prenderla così...» Alessandro si passò una mano tra i capelli scuri. Luca lo aveva corrotto, come sempre. Aveva un anno e mezzo meno di lui, erano cresciuti insieme. Non solo come fratelli, anche come coetanei. Avevano frequentato gli stessi ambienti, lo stesso giro di amicizie. Ovvio che stesse dalla sua parte. La sola speranza di Diana restava Vittorio.

«Questa storia del passaggio di proprietà femminile mi sembra assurdo. Non l'ho mai detto ma l'ho sempre pensato, quando ho iniziato a capire.» Luca aveva incrociato le braccia riprendendo la parola, mentre la moglie si appoggiava a lui accarezzandogli la spalla. Diana notò che le unghie smaltate avevano lo stesso colore dei fiori del vestito e del rossetto. «Ma potrebbe starmi anche bene, se tu avessi intenzione di comprare la parte di zia Linda.»

Quando aveva iniziato a capire? Diana strinse gli occhi sforzandosi di analizzare le parole del fratello. Quando la loro madre era morta lui aveva solo otto anni, ovvio che non capisse. Quella proprietà di Lorena era stata data "in gestione" a Linda fino alla maggiore età di Diana. Ma anche in seguito... gli anni erano passati, tanti anni. E Luca sicuramente aveva iniziato a capire, però non aveva mai manifestato alcun problema a riguardo, tanto meno pretese. Cos'era cambiato quindi?

«Mi sembra di aver inteso che zia Linda voglia vendere a me, non a qualcun altro... e mi sembra di aver compreso anche che è disposta ad aspettare.» Diana sospirò nervosa. Sì, zia Linda era disposta ad aspettare. Forse non in eterno, ma ancora un po'. Diana non sapeva ancora come, ma un modo se lo sarebbe inventato per acquisire anche la sua parte. Cosa c'entravano i suoi fratelli in tutto questo ancora non lo capiva. Ancora meno capiva questo loro improvviso interesse, la pressione a cui la costringevano settimana dopo settimana, senza darle tregua. Nemmeno la cugina Antonia, figlia di zia Linda, era interessata. «A meno che voi abbiate notizie diverse di cui io non sono ancora a conoscenza... o nel frattempo siate riusciti a farle cambiare idea.»

«Io non ne voglio sapere...» intervenne improvvisamente Nando, sollevando le mani in segno di resa. «Io ci tengo alla mia salute! Vedetevela voi con la casa delle streghe!»

Così il padre si alzò dalla sua poltroncina di lettura nell'angolo del soggiorno e lasciò la stanza. Certo, lui era davvero convinto a proposito della leggenda della casa stregata. Ma a questo punto, benché Diana fosse consapevole dell'assurdità dell'ipotesi, l'atteggiamento di suo padre giocava a suo favore.

«Per quanto mi riguarda anche io non ne vorrei sapere, però ho bisogno di soldi. Se ci fosse da guadagnarci qualcosa...» Vittorio fissò lo sguardo su Diana con espressione a metà tra dispiaciuta e colpevole. Ecco, se anche lui la tradiva facendone una questione di soldi, allora non c'era proprio speranza. «Però tutto sommato preferirei non rischiare, come dice papà. Meglio salvarsi le palle secondo me e lasciar fare a Diana, come aveva stabilito la mamma. Queste faccende stregonesche mi inquietano, sinceramente.»

«Io potrei ritirare la parte di zia Linda anche domani, se Diana rinunciasse.» Luca non sembrava disposto a cedere, nonostante tutto. Parlò in generale per poi rivolgersi direttamente a Diana. «E magari più avanti anche la tua, se...»

«No. Io non rinuncio. Se zia Linda non può più aspettare io non posso oppormi ovviamente, la capirei. Ma per quanto mi riguarda questa conversazione finisce qui.» Diana si morse le labbra per non aggiungere altro. Voleva solo andarsene. Quel sabato non avrebbe né pulito né cucinato. No, niente affatto. Sarebbe andata al cinema, piuttosto. Quel sabato si sarebbero arrangiati. Del resto si erano radunati tutti lì, già che c'erano avrebbero potuto anche rimboccarsi le maniche. «Ora ho da fare. Ci vediamo la prossima volta in cui vi metterete d'accordo per...» fu tentata di dire "per tendermi un agguato" ma rinunciò. «...per parlarmi.»

Non aveva dato loro modo di rispondere. Se n'era davvero andata, ma fu pienamente consapevole della sua azione solo quando si ritrovò fuori di casa. Lanciò un'occhiata risentita alla villa in mattoni dove aveva trascorso gran parte della sua vita. Perché suo padre non riusciva mai davvero a difenderla, a stare dalla sua parte? Avrebbe dovuto al più presto chiamare zia Linda per conoscere le sue intenzioni. Sempre che fosse raggiungibile. Per quanto ne sapeva poteva essere come sempre in giro per qualche viaggio, in India, in Cina, in qualche tempio buddista a ritrovare se stessa. Ecco, forse sarebbe servito anche a Diana ritrovare se stessa. O meglio, forse le sarebbe stato più utile perdersi. Perdersi e non tornare più.

Salita in macchina iniziò a guidare senza una meta precisa. Era troppo arrabbiata per prendere una decisione. Non voleva tornare nel suo appartamento. Se avesse potuto sarebbe partita immediatamente. Magari per andare davvero a rintanarsi in qualche tempio buddista. Ma non poteva, aveva delle responsabilità che la costringevano a restare.

Attraversò nuovamente il centro di Rimini, oltrepassò viale Principe Amedeo verso Marina Centro. Avanzò lungo la strada alberata. I giardini erano fioriti ormai, solitamente la vista contribuiva sempre ad allietare il suo animo. Ma in quel momento tanta bellezza la fece sentire ancora più nervosa, turbata.

Percorse la costa fino alla periferia della città, fiancheggiando la fascia del litorale riminese. Raggiunse la casa sulla spiaggia senza nemmeno comprenderne il motivo. O forse sì. Forse non avrebbe dovuto, rischiava solo di ritrovarsi i suoi fratelli nuovamente tra i piedi. Si chiese fino a che punto sarebbe arrivato il loro complotto contro di lei. Al punto da non rispettare la volontà della loro madre, temeva. Quindi non aveva molte speranze. Perché sapeva che non sarebbe mai stata in grado di acquistare la parte di zia Linda. Solo un miracolo avrebbe potuto salvarla.

Diana trovò parcheggio sul lungomare, ma rimase seduta in macchina. Non aveva la forza, l'energia di scendere e percorrere quei pochi passi che la separavano dalla grande casa bianca che si ergeva solitaria e austera a poca distanza dalla riva, come a sfidare il mare e le sue onde. Si limitò a sollevare lo sguardo per fissarla in lontananza e si rese conto di quanto apparisse imponente, quasi solenne. Come se possedesse un orgoglio innato, un'anima. Ed era un'anima materna, assolutamente femminile.

Ci aveva trascorso così tanto tempo, da piccola, tanti giorni di sole. Lorena dipingeva e lei leggeva. Spesso anche Francesca era con loro. Costruivano castelli di sabbia sulla spiaggia. Erano diventate sempre più brave e i castelli erano ogni volta più elaborati con tante guglie fatte di sabbia bagnata lasciata scivolare con abilità sulla cima. Tanto che poi era sempre un dispiacere doverli abbandonare o lasciare che il vento, il mare o il passaggio di qualcuno li distruggesse. Francesca aveva un senso artistico migliore del suo nella costruzione di castelli di sabbia. "Il castello del principe e della principessa", così li chiamava. E lei sembrava davvero una piccola principessa, con i lunghi capelli dorati e gli occhi azzurri.

Ora l'avevano lasciata da sola a combattere. Sia sua madre sia Francesca se n'erano andate in un mondo dove erano libere di non occuparsi più di quelle faccende terrene che ancora opprimevano la vita di Diana. L'avevano abbandonata e lei non sapeva cosa fare, non aveva armi a sufficienza per combattere e salvare il castello. Si passò le mani sul viso. Qualunque cosa accadesse, non doveva piangere. Era qualcosa da imparare, smettere di piangere e anche di compiangersi. In assoluto la prima della sua nuova lista di cose da fare. Piangere non le sarebbe servito a trovare una soluzione.

Scese di scatto dalla macchina. Richiuse la portiera e voltandosi sollevò il viso verso la casa. Non doveva avere paura. Non aveva motivo per avere paura. Un passo dopo l'altro, con calma. Diana respirò profondamente, come se stesse per immergersi restando in apnea. Un passo dopo l'altro e percepì chiaramente il senso di oppressione sciogliersi. No, non aveva paura ora. Era una donna adulta e sicura. O almeno doveva sforzarsi per diventarlo. Nessuno le avrebbe teso la mano per guidarla lungo il cammino. Doveva tutto esclusivamente a se stessa.

La casa, ecco. Ora l'aveva raggiunta e sostava di fronte alla porta di legno un po' scrostata. Frugò nella borsa per cercare le chiavi. Una raffica di vento le scompigliò i capelli e portò alle sue narici quell'odore di sabbia e di mare che vicino alla riva diventava più intenso e le era sempre stato tanto familiare. Era nata lì, in una città di mare. Ma faceva di tutto per scostarsene, da sempre. Come se non ne facesse parte, come se ne fosse infastidita. Come se fosse capitata lì per caso. Effettivamente era capitata lì per caso. Non aveva mai sentito una grande connessione con il mare. Anzi, aveva sempre provato una sorta di estraneità, di timore. Di solitudine e smarrimento.

Aprì la porta e la spinse per spalancarla del tutto. Restò immobile a contemplare l'interno. Odore di chiuso misto a polvere, naturalmente. Il sole filtrava appena dalle persiane chiuse. L'istinto di voltarsi, chiudere e sparire era fortissimo. Ma

Diana decise di combatterlo. Chiuse gli occhi e si immerse nel sole di pomeriggi estivi di almeno trent'anni prima. Si morse le labbra posandosi le mani sulle guance. No, non doveva piangere. Nulla sarebbe cambiato. Sua madre e Francesca non sarebbero tornate comunque. Perché erano morte, entrambe. Mentre lei era viva. Era viva e doveva continuare a vivere, anche senza di loro. Doveva vivere come se la vita fosse tutto ciò che possedeva, al momento.

«Io sono viva» annuì come in risposta a una domanda che la sua anima le stava ponendo.

Si lanciò verso una delle finestre quasi con furia e aprì i vetri, poi la persiana. La luce inondò l'interno della casa. Era una bella giornata di sole. Quella vecchia casa che da lontano appariva maestosa e solenne al punto da poter essere considerata inespugnabile, da vicino era al contrario quasi in rovina, proprio come lei, aveva bisogno di luce e di aria fresca. E così si sentiva anche Diana, vecchia e diroccata. Così l'avevano fatta sentire, oltre a perennemente triste, stanca, rabbiosa. Una rabbia che riusciva a sfogare solo internamente. Perché esternamente il suo volto esprimeva una tranquillità che mascherava accettazione, rassegnazione, rimpianto. E timore. Soprattutto timore.

Rimase affacciata alla finestra per qualche minuto, meditando sul da farsi. La casa aveva senz'altro bisogno di una bella ripulita. Si chiese se quello fosse il giorno giusto per iniziare i lavori di pulizia e dovette combattere contro il suo abituale istinto di rimandare a un tempo indeterminato ciò che non aveva voglia di fare al momento.

La ragione però le suggerì che non aveva nulla per pulire. Niente stracci, niente detersivi. Si rispose che poteva andare a comprarli al più vicino supermercato. Ma alla fine... un po' di polvere non l'avrebbe uccisa! Poteva semplicemente restare lì per quel giorno, riposare. E programmare i compiti dei giorni successivi. Dormire lì, tra la polvere e i ricordi del passato, cercando di renderlo presente ogni istante di più.

Diana uscì di casa e si sedette sui gradini del portico, guardando verso il mare. Riusciva a scorgere l'imbocco del porto popolato dalle barche dei pescatori e il faro, in lontananza. Uno sfondo bellissimo e pittoresco, soprattutto al tramonto. Decise di restare lì ad aspettarlo per godersi lo spettacolo. Cercò nella borsa e sfiorò la confortante copertina del libro che stava leggendo. Elizabeth Gaskell con le sue *Storie di bimbe, di donne e di streghe* era inconsapevolmente adatta alla situazione. Forse c'era davvero della magia nell'averlo preso dallo scaffale della sua biblioteca e iniziato a leggere proprio quel giorno. Forse suo padre non aveva tutti i torti con la sua irrazionale paura della casa. Voltò per un attimo il viso e le rivolse uno sguardo, come a interrogarla.

«Tu mi terrai lontano i mostri?» Si alzò e si girò su se stessa trovandosela di fronte. Quasi per magia tornò ad apparirle imponente, inattaccabile. «Facciamo un patto. Io mi impegnerò a sistemarti, non so ancora come ma lo farò. Tu invece... terrai lontano da me gli uomini cattivi, quelli che mi usano, che mi tradiscono. Gli stronzi, insomma! L'unico degno di entrare qui dentro sarà quello giusto per me. Sempre che esista in questo mondo.»

CAPITOLO 9

Non era una buona idea dormire lì. La casa era un disastro. Pessima idea, quindi. Ma Diana aveva deciso così e non sarebbe tornata indietro. Appena rientrata si era nuovamente guardata intorno. Era come se tutto lì dentro fosse stato cristallizzato dal tempo. Come se la sua mente si potesse dividere in due, tra ciò che era reale e attuale e ciò che era immaginario e passato. E lei restava come sospesa a metà, tra quel passato un po' magico e un presente poco gradevole.

Sì, in sospeso, a chiedersi se ci sarebbe stato ancora un futuro per lei in quel luogo. Non era certa di sentirlo suo. Non era nemmeno certa di sentire ancora qualcosa. La sua parte razionale le suggeriva che avrebbe dovuto dare una bella pulizia ai pavimenti, ai vetri delle finestre, ai mobili su cui era scesa una spessa patina di polvere. Non poteva restare in quelle condizioni, questo era certo.

Si mosse e fece un giro per la casa, proprio come un girotondo o un cerchio. Si arrestò di fronte a una poltroncina in stile barocco che sua madre aveva sicuramente acquistato in qualche mercatino locale. Lorena era un'entusiasta frequentatrice di mercatini di antiquariato. Era una delle passioni che le aveva trasmesso. A parte il fatto che Lorena era un'intenditrice di certi oggetti antichi e preziosi, Diana invece no. Andava più che altro a caso, a istinto e a gusto personale. Spesso ciò che le piaceva non aveva alcun valore.

«Gigiotto…»

Chissà come era rimasto abbandonato lì, su quella poltroncina color rosa antico con le rifiniture dorate. Era il suo orsetto preferito da piccola. Semplice, marrone chiaro, con il muso un po' schiacciato e il pelo consumato. Ora la polvere gli dava un aspetto ancora più vissuto.

Qualche altro passo e si trovò di fronte al divanetto che era stato accuratamente coperto da un telo. Non ricordava neppure se fosse stata lei o qualcun altro. Possibile fosse stata Lorena, tanti anni prima? No. Quando sua madre era ancora in vita frequentava la casa quasi ogni giorno. Probabilmente era stata zia Linda. Diana si sentì invadere e schiacciare dal senso di colpa. Per un motivo o per l'altro aveva sempre troppo da fare. Ma il problema fondamentale era che non aveva mai voluto chiedere aiuto a nessuno, come se anche lei avesse una sorta di timore e reticenza a far intervenire altre persone. E zia Linda ormai era quasi sempre in viaggio.

Sollevò cautamente il telo e si sedette sul divano. Accarezzò per un attimo la testa di Gigiotto. Certo che aveva proprio una pessima fantasia con i nomi! Tutte le bambole, gli orsetti e gli animaletti di peluche vari a cui aveva tentato di affibbiare un nome potevano essere testimoni della sua pessima fantasia. Ruotò su se stessa e sollevò le gambe. Il divano non era troppo impolverato. Un motivo in più per non creare ulteriori obiezioni. Trascorrere lì la notte? In parte era come cercare una conferma che a lei in quella casa non sarebbe accaduto nulla. O almeno così sperava.

Chiuse gli occhi e si sentì esausta. No, non si sarebbe mossa. Era come immobilizzata in quel luogo. Aveva un gran bisogno di dormire. E non solo dormire. Dormire proprio bene, riposare, rilassare il corpo e l'anima, finalmente. Strinse l'orsetto tra le braccia. Qualcosa avrebbe combinato, prima o poi. Avrebbe trovato una soluzione. Tutto si sarebbe risolto. Come per magia.

E improvvisamente lei era di nuovo lì. Era tornata a farle visita, anche in quella casa. Ridendo le strappò dalle braccia l'orsetto e lo lanciò in aria, poi verso di lei. Aveva voglia di scherzare, questa volta.

«Ciao Diana. Come stai oggi?»

Per un attimo Diana aveva creduto che fosse Sharazade stessa a parlare. Invece no. Era l'orso. Era Gigiotto. Sgranò gli occhi guardandolo. Stava impazzendo? Sì, ormai non c'erano più dubbi in proposito. Si sentì repentinamente scivolare nel vuoto e aprì gli occhi. Era ancora stesa sul divano con l'orsetto tra le braccia. Era stata la sua immaginazione. Aveva sognato. Ma comunque stava davvero impazzendo, questa ormai era una certezza.

Si portò una mano sul viso per coprirsi gli occhi dalla luce accecante che filtrava attraverso la finestra. Questo significava che era mattina e che aveva davvero trascorso la notte lì. Le era sembrato di essersi assopita solo per pochi minuti, invece si era addormentata prima di sera. Quindi aveva dormito diverse ore. Si tastò l'orologio al polso e poi lo portò all'altezza del volto per controllare l'ora. Le dieci! Si sollevò come una molla, poi si rese conto che era domenica. Tutto bene, allora. Poteva permettersi di prenderla con calma.

Chiuse gli occhi portandosi una mano sul petto, cercando di controllare il respiro. Avrebbe desiderato annientare quel senso di oppressione che non le concedeva tregua. Almeno per un giorno, almeno per qualche ora. Il suo sogno, quella sua immaginazione di cui stava perdendo il controllo ogni giorno di più erano un chiaro segnale. Era quasi alla deriva, ormai. Stava pericolosamente oltrepassando i limiti. E, cosa peggiore, non aveva nessuno con cui confidarsi davvero. Forse non avrebbe potuto farlo nemmeno con Francesca. Perché, che le piacesse o meno, che lo ammettesse o meno, anche Francesca faceva parte del "problema".

Sospirò mettendosi seduta e posando Gigiotto accanto a lei. Si passò entrambe le mani sul viso, ripetutamente. Si era stesa lì senza struccarsi. Quindi tra gli abiti sgualciti, i capelli scompigliati e le macchie scure che sicuramente le erano apparse sotto agli occhi poteva vantare la certezza assoluta di avere un aspetto orribile.

Ma al momento aveva scarsa rilevanza. Nessuno avrebbe davvero badato a lei se avesse attraversato la spiaggia e poi il vialetto solo per raggiungere il piccolo negozio di alimentari dall'altra parte della strada. Non ricordava più se fosse aperto la domenica, ma poteva fare un tentativo. Di certo da qualche parte in zona qualcosa da mangiare lo avrebbe trovato. Così da organizzare un piccolo picnic sulla spiaggia, come un tempo.

Diana vagò per le altre stanze della casa. Non essendo mai stata davvero abitata, almeno non negli anni di vita di Diana, c'era ben poco oltre ai mobili del soggiorno e a quelli di una stanza al piano superiore. Sapeva che era appartenuta alla bisnonna di sua madre e poi era stata tramandata, come un oggetto prezioso ma inutilizzato. Anche i suoi nonni materni non avevano mai vissuto lì, si erano comprati una villetta in una stradina più interna dove ora viveva zia Linda quando risiedeva stabilmente a Rimini.

Quindi la casa sulla spiaggia era stata usata più che altro da Lorena come atelier per i suoi quadri e da zia Linda per riporre tutta la raccolta immensa di souvenir che aveva collezionato durante i suoi viaggi in giro per il mondo.

Diana rammentò un grande specchio appeso al piano superiore. Salì i gradini della scala laterale e raggiunse la stanza in cui oltre allo specchio si trovavano scatoloni contenenti tutte le cianfrusaglie di zia Linda e qualche cornice di sua madre. Si mosse verso la finestra per tentare di aprirla e fare un po' di luce, sperando di non inciampare negli oggetti sparsi sul pavimento.

Lo specchio, sebbene vecchio e impolverato, confermò a Diana la sua certezza di avere un aspetto orribile. Si passò le mani sulla testa e tra i capelli, cercando di districare le ciocche. Per il viso comunque c'era poco da fare. Nel contorno occhi erano comparse due grandi macchie nere a causa del rimmel che nel sonno si era cosparso intorno.

Diana sbuffò e si strinse nelle spalle. Il bagno era ancora funzionante ma non aveva portato con sé il necessario per potersi fare una doccia. Voltando lo sguardo intercettò all'interno di uno scatolone aperto un paio di grandi occhiali da sole, un po' da vamp anni Cinquanta, appartenenti quasi sicuramente a zia Linda. Sorrise tra sé afferrandoli.

«Ecco fatto!»

Poteva affrontare il mondo con un paio di grandi occhiali scuri che proteggevano buona parte del suo volto? Non ne era certa ma era decisa a provarci.

Così, dopo essersi sistemata al meglio delle sue possibilità, uscì per comprare qualcosa da mangiare. Non che avesse molta fame ma niente e nessuno avrebbe rovinato la sua decisione di concedersi un picnic sulla spiaggia. Come ai vecchi tempi, anche se da sola.

Cosa le restava in fondo, da perdere? Doveva solo imparare a vivere. Imparare a fissare i suoi obbiettivi per poi raggiungerli. Non era così complicato. Non poteva essere davvero così complicato se si fosse impegnata ad affrontare una giornata alla volta. Qualcosa sarebbe accaduto, prima o poi.

Diana attraversò la spiaggia fino al marciapiede. Prima di decidersi a raggiungere la strada per il negozio di alimentari si voltò nuovamente, verso la casa.

«Se sei davvero stregata... è il momento di manifestare la tua magia. Io cercherò di fare del mio meglio ma tu dammi un segno. Uno qualunque.»

CAPITOLO 10

Il segno richiesto, pessimo per Diana, fu essere fermata dai carabinieri mentre prima di sera si dirigeva verso Viserbella per raggiungere il suo appartamento.

Eccesso di velocità. Mentre i due lanciavano uno sguardo sospettoso alla sua Panda bianca. Difficilmente Diana superava i cinquanta chilometri all'ora, ma poteva anche essersi distratta. Alla fine, avevano solennemente deciso di non multarla. Diana li aveva ringraziati con un sorrisetto appena accennato. Era più che certa di non aver oltrepassato il limite e la mancata multa lo confermava. Perché risparmiarla, altrimenti? Per bontà d'animo?

"Se dovete multarmi, multatemi e non rompete le palle!" Diana si morse forte le labbra per non dare voce al suo pensiero.

«Però gli allacci la cintura, la prossima volta» ridacchiò il più giovane e carino dei due. «Perché altrimenti non potremo più chiudere un occhio...»

Diana lo fissò perplessa, poi voltandosi verso l'altro sedile notò l'orsetto Gigiotto seduto accanto a lei. Altro che magia! Aveva rischiato di prendersi una multa o peggio un arresto per oltraggio a pubblico ufficiale, se avesse davvero espresso a parole ciò che stava pensando. E uno dei due carabinieri l'aveva anche presa in giro a causa del suo insolito compagno di viaggio.

Salì le scale di corsa sentendo il telefono squillare dal suo appartamento. Forse però avrebbe fatto meglio a prenderla con calma e ignorarlo.

«Pronto?» rispose sperando di non sentire la voce di Luca dall'altro capo.

«Oh, finalmente! È tutto il giorno che ti chiamo e ti lascio messaggi! Jules mi ha detto che avevi bisogno di parlarmi. Perché non mi hai chiamata sul cellulare?»

La voce di Michelle, con il suo marcato accento inglese, la rincuorò all'istante. Stranamente Jules riusciva a mascherarlo abilmente. A tal punto che dopo una permanenza prolungata era addirittura in grado di imitare l'accento romagnolo. Michelle invece, nonostante si fosse sempre impegnata più del fratello per imparare bene la lingua, non era mai riuscita a nascondere le sue origini.

«Sì, in effetti sì... Ma sai che non ho un buon rapporto con i cellulari, mi sembra sempre di dare fastidio...» Diana dovette ripensare alla conversazione con Jules. Non rammentava più quale fosse il suo dilemma al momento. Ah, sì! Zia Rita che l'aveva accusata di essere vecchia e sciatta. E il suo desiderio fisico per un audace ventiquattrenne. «Non era nulla di importante, comunque. Soliti problemi sul lavoro e familiari rompiscatole...»

«Dai, raccontami! Non essere così vaga. C'entra anche chi penso io?»

"Chi penso io", anche soprannominato "chi sai tu", era il nome con cui abitualmente Michelle chiamava Daniele durante le loro conversazioni. Invece per Jules era, da circa vent'anni, "lo stronzo" intervallato da un più gentile "quello là".

«No... cioè non più del solito. Ci sentiamo ogni tanto, ma...» Ma nulla di fatto. Nessuna novità. Lui se ne stava a Milano e molto probabilmente non sarebbe tornato mai più a Rimini. Non stabilmente, almeno. «C'entrano i miei fratelli. Insomma, Luca soprattutto e sua moglie. Vogliono a tutti i costi la casa sulla spiaggia. E non mi daranno pace finché non l'avranno ottenuta, a quanto pare. Alessandro esegue ciò che dice Luca, come sempre.»

Improvvisamente i commenti poco carini di zia Rita e le proposte indecenti di Christian non sembravano a Diana così importanti. Aveva già accennato a Michelle qualcosa in proposito della casa, ma mai come ora il bisogno di trovare una soluzione era diventato impellente.

«Oh, accidenti Diana. Luca era un così bravo ragazzo!»

«Sì, appunto. Hai detto bene. Era.» Diana sbuffò lasciandosi scivolare lungo la parete e si sedette a terra con il telefono in mano.

Sentì l'amica sospirare ripetutamente, come se stesse valutando qualche soluzione da proporre. Senza trovarne di adeguate, però.

«Mmh... Diana, ascolta... siamo in maggio. Credi di riuscire a tenerli buoni per qualche altro mese? Poi quando sarai qui potremo parlarne meglio e cercare insieme una soluzione.»

Ovviamente Michelle non possedeva una bacchetta magica per aiutarla. Poteva offrirle esclusivamente il suo sostegno morale. Che era già molto, considerata la situazione.

«Sì, io penso di sì. Ci posso provare.» Diana decise di non appesantire il discorso mostrandosi frustrata e avvilita come effettivamente si sentiva. Del resto, si trattava solo di resistere per qualche mese.

«Benissimo! Vedrai che andrà tutto bene.» Diana non poteva vederla, ma sentì Michelle sorridere. Immaginò i suoi grandi occhi verdi, le guance rosate e le piccole efelidi che non avrebbero mai abbandonato il suo bel viso. «Per il resto, come va? Lavoro? Oltre a "chi sai tu" qualche novità in amore?»

CAPITOLO 11

Si stava facendo insistente. Oppure Diana si stava seriamente ammalando. Una grave malattia degenerativa al cervello che la induceva a sognare costantemente una bambina sconosciuta dal nome esotico. Quello della principessa di *Le mille e una notte.* Ecco, questo aveva evitato di raccontarlo a Michelle. Le sembrava troppo folle, soprattutto da raccontare al telefono. Magari era arrivato il momento di rivolgersi a uno psicologo.

Diana decise però di prendere tempo prima di giungere a una decisione così estrema, almeno per lei. Per cui si affrettò per raggiungere la scuola non soltanto in orario, ma con un'ora d'anticipo.

«So che non ha molto senso... la prima volta pensavo fosse un caso, ma... continuo a sognarla. Non proprio tutte le notti, ma spesso.» Sospirò appoggiandosi con le spalle alla parete, vicino alla finestra dove si trovava l'angolo delle tisane di Mentina. Sorseggiò piano il tè alla menta che la bidella le aveva preparato.

«Io credo che ci sia un nesso, un collegamento...» Mentina inclinò leggermente la testa con aria pensierosa, osservandola con attenzione.

Poi all'improvviso entrambe si ricomposero, come soldatini sull'attenti.

Dietmar Donati, passando davanti a loro, sgranò gli occhi grigio verde su Diana per poi rivolgere tutta la sua attenzione all'immancabile orologio che portava al polso. Salutò con un cenno del capo muovendo appena le labbra in un muto "buongiorno", poi si diresse cupo e austero verso il suo ufficio. Diana poteva giurare sul fatto che dopo averle oltrepassate avesse sollevato nuovamente il braccio per ricontrollare l'ora.

«Mi arriverà una punizione per l'eccessivo anticipo, questa volta? Potrebbe anche non sapere che ho lezione solo alla seconda ora, quindi l'anticipo è davvero esagerato!»

«Ma figurati! Secondo me quello sa tutto!» Mentina ridacchiò volgendo lo sguardo verso la porta dell'ufficio. «Secondo me cerca di tenersi informato anche sugli intervalli in cui vai in bagno e quanto tempo ci trascorri.»

«Oh, no! Sarebbe folle farlo con tutti gli insegnanti!»

«Non lo fa proprio con tutti, Diana.» Mentina strinse gli occhi su di lei con un'aria vagamente cospiratrice. «È un uomo davvero poco simpatico, diciamo. Ma non mi sembra che dedichi a tutti le stesse attenzioni. Non controlla gli altri quanto controlla te.»

«Ah, quindi sono proprio fortunata!» Diana sospirò alzando gli occhi. «Oppure l'unica qui dentro a poter vincere un premio per i ritardi. O magari ha un tic nervoso per cui deve sempre controllare l'ora.»

«Sì, potrebbe anche essere. Ma è svizzero, non dimenticare che è svizzero!» Mentina sorrise, poi tornò subito seria. «Tornando al tuo sogno ricorrente... Io credo che questa bambina che sogni, Sharazade, sia la tua parte infantile che si sta risvegliando. Però nessuno può davvero interpretare i sogni, secondo me... ad eccezione della persona che li ha sognati. Se cerchi dentro di te capirai il significato.»

«Mmh... è quello che penso anche io.» Diana annuì e sospirò, sorseggiando il suo tè. «Forse dovrei fare quello che ritengo giusto senza pormi troppi problemi.»

«Esattamente! Segui il tuo cuore, Diana. Ti porterà sulla strada giusta.»

Sarebbe stato semplice seguire il consiglio di Mentina. Se seguire il cuore non avesse fatto sentire Diana estremamente colpevole e ingiusta.

Seguire il cuore l'avrebbe inevitabilmente portata a intrecciare la sua strada e il suo destino a quello del marito della sua migliore amica. E se Sharazade fosse stata un monito, una

71

messaggera celeste che le appariva per suggerirle di non farlo? Oppure di buttarsi e non pensare al passato?

La sera stessa ebbe la risposta al suo interrogativo. La telefonata di Daniele che la invitava a pranzo per il giorno seguente. Era tornato a Rimini per sistemare definitivamente la casa in cui aveva vissuto con Francesca. Quindi si trattava di una chiusura decisiva, da parte sua.

«Trascorrerò qui gran parte dell'estate, Diana. Credo di averne bisogno.»

La sua voce così calda ma anche sofferente le diede un brivido. Molto simile a quello che aveva provato fin dal loro primo incontro, ma diverso al tempo stesso.

«Sì, ti capisco.»

In realtà non capiva. Forse credeva solo di capire. Ne aveva bisogno ora? Dopo aver lasciato tutto per trascorrere quasi un anno lontano, tornando solo di tanto in tanto nei fine settimana per una visita occasionale alla tomba di Francesca e di conseguenza anche ai suoi genitori, più che altro per cortesia. E per prendere un caffè con Diana, prima di ripartire per Milano come se fosse in fuga da tutto e da tutti.

«L'estate scorsa è stata difficile per me. E durante quest'anno sono riuscito a pensare solo al lavoro. Ho tentato di mettere da parte tutto il resto, perché altrimenti...»

Già, il lavoro come responsabile commerciale per un'azienda di telecomunicazioni. Un'offerta che Daniele non aveva potuto rifiutare. Un'offerta che aveva portato via Francesca, in ogni senso. Diana strinse forte la cornetta e sospirò. Non era colpa sua. Razionalmente sapeva che non era colpa di Daniele. Francesca era malata, era sempre stata fragile. Sarebbe potuto accadere ovunque.

«Sì, anche per me è stato lo stesso. Il lavoro mi ha evitato di pensare.»

Diana si premette una mano sulla fronte. Stava mentendo anche se lui non poteva sospettarlo. Il lavoro non la coinvolgeva e non l'assorbiva. Non le dispiaceva insegnare, ma era comunque stata una scelta forzata, non sua. Una scelta di Francesca che lei aveva assecondato per amicizia, per lealtà. Per non lasciarla sola. Anche quando le avevano proposto di insegnare in Inghilterra aveva rifiutato. Ancora una volta per Francesca. Per non lasciarla sola.

«Allora posso venirti a prendere a scuola, per pranzo?» La voce di Daniele la risvegliò e le sembrò talmente invitante e seducente da rendere impossibile un rifiuto.

«Certo.» Diana arrossì e sentì il cuore pulsarle nel petto, tanto che dovette posarci una mano sopra per placare i battiti. L'aveva colta impreparata e temeva quasi che lui potesse leggere la sua bugia anche nel tono di voce. In ogni caso doveva prepararsi psicologicamente all'incontro. «Ti aspetto domani, finisco all'una. Buonanotte, Daniele.»

CAPITOLO 12

Diana era scattata fuori dall'aula appena terminata la lezione. Quasi come se si sentisse in imbarazzo. Daniele sarebbe venuto a prenderla e, sebbene non avesse osato dirglielo la sera prima al telefono, preferiva che nessuno li vedesse insieme davanti alla scuola.

In un certo senso si sentiva ancora come se stesse portando via il marito alla migliore amica. Ed era una sensazione assurda, ne era consapevole, ma terribilmente reale.

Dopo un rapido abbraccio e un casto bacio sulla guancia, Diana aveva seguito Daniele verso una tavola calda sul lungomare. Aveva comunque preso la sua macchina, per non rischiare che restasse chiusa all'interno dei cancelli della scuola.

«Sto per lasciare questa città per sempre, Diana. Per cui venderò la casa in cui ho vissuto con Francesca. Forse te l'avevo già accennato.» Daniele posò entrambe le braccia sul tavolo protendendosi verso di lei. «Una parte di me respinge ancora l'idea, ma è necessario.»

Diana annuì e scrutò il suo viso, le ciglia folte che socchiudendosi infondevano ai suoi occhi un'espressione vellutata, i capelli castani leggermente mossi che gli incorniciavano il volto. Erano trascorsi più di vent'anni dalla prima volta in cui lo aveva incontrato, ma Daniele fisicamente per lei restava sempre lo stesso. E per lui provava ancora le medesime sensazioni, come se lui la seducesse a ogni parola, a ogni sguardo. Come se questa fosse la sua intenzione, indipendentemente da ciò che stava dicendo.

«Certo, ti capisco.» Non lo capiva. Ma continuava a ripetere automaticamente le stesse parole. Ti capisco. Ti capisco. In realtà capiva soltanto che doveva lasciarlo andare, non trattenerlo. Anche se il suo cuore gridava per fermarlo. Ma che diritto aveva lei su Daniele? Nessuno. «Quindi resterai definitivamente a Milano?»

«Sì. No, insomma... qualche volta potremo vederci comunque. In ogni caso, come ti ho già detto, ho intenzione di trascorrere qui gran parte dell'estate. E io spero che noi troveremo il tempo per stare un po' insieme, di tanto in tanto.»

Cosa intendeva esattamente con "di tanto in tanto"? Una volta al mese? Una volta alla settimana? Oppure ancora più spesso?

«Certo, mi farebbe piacere.» Diana sospirò mentre Daniele allungava la mano per cercare la sua. Si sforzò di controllare i fremiti mentre si preparava al suo tocco e rimase con la mano freddamente posata sul tavolo, senza voltarla in modo che i loro palmi si incontrassero. Lui non poteva capire. Lui non doveva capire che per lei non era cambiato nulla. Che mentre lui era cambiato, aveva vissuto una vita con la donna di cui si era innamorato ed era diventata sua moglie, Diana era rimasta ancora là. Ancorata ai suoi sedici anni e al suo primo amore.

Trascorrere il pomeriggio con lui, vagare per il lungomare e poi verso il centro di Rimini non le era di aiuto. Anche la città era rimasta la stessa, ai suoi occhi. Dalla Fontana dei Quattro Cavalli si erano diretti in Piazza Tre Martiri e dopo aver passeggiato sotto i portici erano tornati indietro. Invece di fermarsi alle macchine avevano preso la direzione del porto e del faro, dove i primi turisti estivi erano alla ricerca dei luoghi più caratteristici e pittoreschi. E dove loro avevano, più di una volta, aspettato l'alba.

Aveva evitato di vestirsi in modo troppo provocante come aveva tentato di fare nei giorni precedenti, per tornare ad essere la solita Diana. Aveva optato quindi per una via di mezzo, pantaloni larghi e camicetta azzurra che le accarezzava le forme, accompagnata da una giacca leggera. Un filo di trucco e i lunghi capelli castani sciolti sulle spalle. Temeva che le sue sensazioni le si leggessero nell'espressione del viso, nei gesti e anche nell'abbigliamento.

Erano amici. Niente più che amici. Lo erano da quando lui aveva scelto Francesca e lei aveva finto che non le importasse granché. Lo erano da quando aveva accolto la notizia con una scrollata di spalle mostrandosi interessata al nuovo bagnino che era stato assunto per la stagione estiva, di cui ora nemmeno rammentava il nome. Da quando si era lasciata abbracciare e baciare da lui proprio di fronte a Francesca e Daniele. Perché non le importava di loro. Perché non si era sentita tradita. Perché non le avevano spezzato il cuore.

Possibile che nessuno dei due avesse compreso che fingeva? Che il suo interesse per un altro era una messa in scena? Possibile che Francesca non avesse intuito che aveva accettato la proposta di zia Linda di partire per l'Inghilterra per non vedere lei, la sua migliore amica, con il ragazzo che amava?

«Trascorrerai l'estate in Inghilterra, come ogni anno?» Lo sguardo tranquillo di Daniele la colse impreparata, ancora più della domanda che le aveva rivolto. Stava pensando proprio a quello, anche se la sua riflessione era rivolta a un'estate di oltre vent'anni prima.

«Sì, credo di sì.» Pensare di cambiare programma per lui non aveva senso. Soprattutto non aveva senso ammetterlo. «L'anno scorso ne ho avuto bisogno per…»

«Sì, lo so. Anche io ho avuto bisogno di trovarmi altrove.»

L'anno precedente Francesca era morta da soli due mesi. Fine aprile. Diana era riuscita a tirare avanti a fatica, fino al termine della scuola, per poi andare a rifugiarsi da Michelle, Jules e i loro genitori. Si sentiva persa, aveva avuto bisogno del loro affetto, del loro calore. Daniele invece era partito per la Grecia con il fratello. Ognuno aveva avuto bisogno del proprio tempo per riprendersi, per riuscire a superare un dolore intollerabile. Lontano da lì.

«Le cose andranno meglio, Daniele. Ma non si aggiusteranno mai.»

Diana si fermò all'improvviso, costringendo anche lui a fermarsi. Finse di osservare il movimento di una barca a vela che

76

si muoveva all'orizzonte sull'acqua che i raggi del sole in quel punto rendevano simile a una distesa azzurra e argentata. Parlava di Francesca o di se stessa? Dell'impatto che la sua scomparsa aveva avuto sulle loro vite o dei suoi sentimenti?

«Lo so. Ma ricordi ciò che Francesca continuava a ripetere?» Daniele sorrise e posò una mano sulla sua spalla, guardando nella sua direzione. Diana voltò per un istante lo sguardo e si chiese cosa gli estranei avrebbero pensato di loro vedendoli così. Potevano essere una coppia. Potevano amarsi ancora.

«Non ho mai voluto ascoltarla. Perché avrebbe implicato il fatto che lei non ci sarebbe stata più.»

Si sarebbero dovuti prendere cura l'uno dell'altra. Questo diceva Francesca, a volte scherzando altre seriamente. Ma Diana troncava sempre il discorso sul nascere. Cambiava argomento o addirittura si allontanava volutamente. Non poteva lasciare che proseguisse, non voleva ascoltarla ed essere obbligata a rispondere. Temeva che l'amica leggesse sul suo viso l'amore che provava ancora per Daniele. E questo implicava anche lasciarle intendere che non l'aveva mai superato. Non solo l'amore, anche il fatto di sentirsi tradita. Da lei, soprattutto.

«Io sono pronto a mantenere la promessa. Per questo, Diana... anche se non sarò sempre qui, vorrei che non ci perdessimo. Non ho mai avuto grandi amici qui, nessuno mi mancherà particolarmente. Ma con te è diverso.»

Daniele le accarezzò con dolcezza le spalle, costringendola a voltarsi del tutto verso di lui. I suoi occhi scuri così dolci erano su di lei, sul suo viso.

Mantenere la promessa. Era questo che stava facendo? Per questo motivo aveva voluto vederla e stava cercando di conservare un rapporto con lei?

Diana annuì distrattamente, senza replicare. Daniele sorrise in modo più aperto, rasserenato. Probabilmente l'aveva interpretato come un cenno di consenso. Mantenere la promessa. Ciò che Daniele però non sapeva era che Diana non aveva mai promesso.

CAPITOLO 13

La verità. La verità era che non aveva mai sopportato di vederli insieme. Mai. Si sentiva invadere dalla rabbia quando mostravano troppo palesemente la loro felicità. E si sentiva distruggere, internamente. Era come un tarlo che non le concedeva un attimo di tregua. Con il tempo aveva imparato a conviverci, era diventata un'abitudine. Così come un dolore diventa un'abitudine, con il tempo. Si sopravvive e fa meno male. Ma rimane sempre lì. Fisso, imperterrito. Immutabile.

Non poteva confessarlo apertamente. E poi erano trascorsi così tanti anni, ormai. Ma Diana non aveva dimenticato quell'estate. E l'estate precedente, soprattutto. Il sole, il mare, le canzoni di quell'anno. Le aveva registrate tutte su una musicassetta che conservava ancora, in un cassetto della scrivania. In seguito non l'aveva più fatto, mai più. Per gli amori successivi non ne era valsa la pena. Sarebbe stato come ripercorrere un dolore già attraversato per poi tentare di rinchiuderlo in uno scrigno.

E non osava nemmeno ammettere che Francesca non le era mancata affatto quell'estate che aveva trascorso in Sardegna. Era come se si fosse liberata di lei. Come se non fosse obbligata a preoccuparsi costantemente per il suo benessere, per la sua felicità. Era libera. Sì, era stata libera. Ma poi l'estate successiva Francesca era rimasta a Rimini. E il sogno di Diana era svanito nel nulla.

Aveva scritto a Daniele per un anno intero. E per mesi aveva atteso le sue lettere, qualche telefonata senza farsi ascoltare dal padre e dai fratelli. Finché era riuscita a incontrarlo, una volta soltanto. Zia Linda l'aveva accompagnata a Milano in treno, assecondando l'organizzazione segreta dell'incontro. Le aveva raccomandato soltanto di non mettersi nei guai. Se solo avesse intuito che il guaio sarebbe subentrato in seguito e avrebbe imprigionato Diana per gli anni successivi forse avrebbe evitato di aiutarla a incontrare il suo grande amore. Diana si era sentita a disagio ma aveva capito cosa intendeva zia Linda. Del resto, non aveva idea di cosa aspettarsi da Daniele. Però poi le era apparso tutto così spontaneo e naturale, a casa sua. E lui le aveva detto che l'amava, più e più volte. Ma evidentemente era un amore a tempo determinato perché quando l'estate successiva aveva incontrato Francesca, il suo amore per Diana era finito.

Diana era tornata dopo un'uscita in pedalò con gli amici e li aveva trovati sulla riva. Aveva compreso immediatamente. Il modo in cui Daniele guardava Francesca. Come Francesca arrossiva e rideva sotto il suo sguardo, come gesticolava. Erano assurdamente belli, agli occhi di Diana, come i protagonisti di un film estivo adolescenziale. E lei era diventata quella di troppo. Lei era la nemica. L'ostacolo.

Quell'imbarazzo che si era creato salutando Daniele, le parole d'amore che le aveva rivolto, le lettere. Doveva fingere che non le importasse più. O che le importasse, certo, ma non così tanto. Erano giovani. Da un anno all'altro tante situazioni mutano, si evolvono. Anche se si erano scritti, telefonati, incontrati.

Ma Diana aveva visto la fine sul suo viso. Letteralmente. Sì, proprio come in quella canzone di Lucio Battisti, *Mi ritorni in mente*.

Tornata alla sua macchina e al presente, Diana si appoggiò con le braccia al volante, dopo aver salutato Daniele. Aveva visto la fine sul suo viso, sì. Proprio così. Che senso avrebbe avuto allora litigare, complicare le cose? Cercare di trattenere qualcuno che chiaramente se ne voleva andare? Comunque sarebbe stata lei a perdere, solo lei.

Avevano solo parlato un po', le aveva rivelato Francesca, mentre la aspettavano. Daniele era appena arrivato da Milano, con la solita compagnia di amici. E non l'aveva baciata né abbracciata. Solo un saluto frettoloso. I suoi occhi e la sua mente erano già altrove. Sulla bionda, delicata ragazza che gli aveva fatto compagnia mentre aspettava Diana.

Un amore a prima vista, per entrambi. Nonostante Daniele avesse ripetuto per un anno intero a Diana di amarla. Nonostante Francesca avesse ascoltato per un anno intero i racconti di Diana e sapesse che quella con Daniele era la sua prima storia importante. La sua prima storia in assoluto.

Non le era rimasto altro da fare che ritirarsi in silenzio. Non poteva, non voleva interpretare il ruolo della cattiva della situazione. Non sarebbe stata l'ostacolo alla felicità dei protagonisti di una storia che improvvisamente non era più la sua.

Così, negli anni successivi, non aveva fatto altro che fingere. Che andasse tutto bene. Che per lei non fosse stata altro che una storiella estiva. Come avrebbe potuto rinfacciare a Francesca di averle portato via il ragazzo che amava? Non era una situazione normale. Non poteva lottare per trattenerlo a sé. Forse sarebbe stato comunque inutile. Ma il problema essenziale era che Francesca non era la tipica amica con cui si litiga per un ragazzo. Francesca era delicata. Francesca andava protetta. E a Diana non restava altro che accettare, rassegnarsi e soccombere. Fingere di non provare più interesse per Daniele. Fingere di accettare che per tutti, compresa Francesca, fosse assolutamente normale.

Partire per l'Inghilterra, assecondando la proposta di zia Linda. Incontrare per qualche giorno quella ragazza, Michelle, che poi sarebbe andata a stare per alcuni mesi con la zia. Conoscere la sua famiglia, cercare di integrarsi in quel nuovo mondo. Portare la sua delusione, il suo dolore, la sensazione di tradimento oltre confine sperando che in un modo o nell'altro l'abbandonasse, prima o poi.

Ma era stato complicato. Non conosceva bene l'inglese. Sapeva mettere insieme qualche frase per chiedere informazioni, dire sì e no, grazie, prego. Non era in grado di intrattenere una vera e propria conversazione. Riusciva a dialogare soltanto con Denise, la madre dei due ragazzi, che parlava discretamente italiano. Per il resto era come se fosse stata abbandonata in un mondo estraneo, un pianeta alieno in cui lei era un'ospite dall'atteggiamento remissivo e curioso.

Era così che Jules la considerava, probabilmente. I suoi occhi azzurri indugiavano su di lei e la osservava come se fosse profondamente incerto su come trattarla. A volte rideva con i genitori o con qualche amico che passava per casa. Diana era convinta che ridesse di lei, di quello strano esemplare di ragazza taciturna, smarrita, che articolava a stento qualche parola con un accento incomprensibile.

Se si aspettavano qualcuno come zia Linda, com'era stata zia Linda da giovane o da ragazzina, si sbagliavano. Forse Denise aveva creduto che Diana fosse proprio così, come la sua amica Linda. Vivace, divertente, spericolata. Invece si erano ritrovati per casa un concentrato di paura e di sofferenza sottoforma di ragazzina italiana sedicenne che pronunciava soltanto qualche frase in inglese saltuariamente e con grande sforzo, quando non poteva farne a meno.

Le loro abitudini erano troppo consolidate e Jules, a quattordici anni, si trovava ancora in quell'età tra l'infanzia e l'adolescenza in cui avere a che fare con una coetanea inizia a essere complicato. Diana non era sua sorella, aveva due anni più di lui ed era straniera. In pratica per lui doveva essere davvero come avere un'aliena per casa. Un'aliena a tavola, un'aliena che aveva occupato la stanza accanto alla sua, non quella di Michelle ma quella dei giochi, un'aliena con cui condividere il bagno e con cui non poteva nemmeno discutere, ridere, scherzare. Ma con cui in qualche modo si trovava costretto a interagire.

Jules era stato così, il primo anno. In parte anche il secondo. Michelle era stata più a lungo con lei, in seguito. Durante gli anni successivi si erano alternati e anche Jules aveva trascorso alcuni mesi in Italia. In seguito, erano diventati entrambi parte della vita di Diana, del suo mondo, dei suoi anni. E la barriera culturale e linguistica che li aveva ostacolati all'inizio si era poco alla volta affievolita fino ad assottigliarsi sempre di più e svanire.

Le successive relazioni sentimentali di Diana erano sempre state a breve termine, da pochi mesi a un anno al massimo. Lei stessa evitava accuratamente che il coinvolgimento oltrepassasse il limite. Quando lo percepiva avvicinarsi e intensificarsi percepiva allo stesso tempo una sofferenza che le si insinuava al centro del petto, spezzandole il respiro.

Francesca e Daniele si erano sposati sei anni dopo quell'estate, sei anni dopo il loro primo incontro. Non avevano avuto figli, sebbene li avessero desiderati. Francesca le aveva ribadito più volte che la causa principale era la sua salute. Si sentiva responsabile e colpevole, per questo. Avevano riflettuto sull'idea dell'adozione ma Daniele si era mostrato poco propenso a crescere un figlio non suo.

Era stato durante una di quelle conversazioni che Francesca aveva manifestato a Diana la sua ipotesi. Se non si fosse intromessa, se lei e Daniele fossero rimasti insieme, magari avrebbero costruito una famiglia, un futuro. Diana aveva tagliato il discorso sul nascere. Non voleva, non poteva permettere all'amica di approfondirlo. Non le avrebbe lasciato intuire quanto profondamente l'avevano ferita.

«Se mi dovesse accadere qualcosa, Diana...» Lì la richiesta di Francesca si interrompeva sempre, a causa di un gesto infastidito di Diana che negava l'eventualità. Tranne la prima volta, la prima volta che non sapendo cosa aspettarsi le aveva permesso di terminare la frase. «Promettimi che ti prenderai cura di Daniele. Lui tiene tanto a te, avrà bisogno di te. Sei l'unica che io potrei vedere accanto a lui.»

Non aveva promesso. La sua replica era stata vaga ed evasiva. Non aveva mai promesso.

«Non dire sciocchezze. Non ti accadrà proprio niente.»

Invece le era davvero accaduto qualcosa. E a lei, cosa aveva lasciato? Dopo tanti anni in cui erano state amiche, quasi sorelle. Un uomo, che era stato il primo amore di entrambe, di cui occuparsi. Come un lascito. Ma era giusto? Era sensato? E Diana, nonostante lo amasse ancora, nonostante non fosse stata più in grado di amare un altro dopo di lui, era disposta ad accettarlo?

Una parte di lei lo rifiutava, ne era consapevole. Si sentiva irritata da quella promessa che Francesca non era riuscita a strapparle ma che in ogni caso considerava come un tacito accordo, tra loro. Quello che non riusciva ancora a determinare era la ragione. Orgoglio o imbarazzo? O forse la netta sensazione di essere usata come un rimpiazzo, una seconda scelta?

Nella mente di Diana restava viva l'ipotesi che Francesca avesse le sue personalissime ragioni per proporle quel patto e fare in modo che assecondasse la sua richiesta. Anche se il più delle volte non osava ammetterle, nemmeno con se stessa. Se Daniele l'aveva lasciata per lei, Diana non avrebbe mai preso il suo posto nel suo cuore. Poteva avere questa certezza che sarebbe venuta meno nel caso Daniele avesse incontrato una nuova donna e se ne fosse innamorato. Invece con Diana lei sarebbe stata ancora la prima, sempre e comunque, nel cuore di suo marito. E in questo modo sarebbe stata sempre con loro. Tra di loro.

CAPITOLO 14

In qualche modo, Diana era riuscita a resistere ancora qualche mese. E ora, in previsione della partenza, si sentiva più leggera. Staccare per un po' le sarebbe stato d'aiuto. Per prendere decisioni che non poteva affrontare restando lì, in quel vortice continuo di emozioni e forzature.

Aveva liquidato i suoi fratelli con un irremovibile "ne riparliamo dopo l'estate". E aveva deciso di non modificare i suoi piani per farli coincidere con quelli di Daniele. Si erano visti ancora per pranzare insieme, ma nessuno dei due si era sbilanciato in proposito e il loro incontro non aveva avuto un risvolto propriamente romantico. Non ancora. Diana aveva bisogno di pensare, di prendere tempo. Forse Daniele l'aveva capito e non l'aveva forzata. Tra loro sarebbe potuto nascere qualcosa, anzi rinascere. Ma qualche mese non avrebbe fatto differenza, ormai. Lo amava ancora, di questo era convinta. Lo aveva amato per più di vent'anni, in silenzio. Non era certa di essere preparata a spezzarlo.

Per cui sarebbe partita per l'Inghilterra, come aveva programmato. Come ogni estate, per un periodo di circa due mesi.

«Diana, cara. Che piacere vederti!»

In realtà si vedevano abbastanza spesso. Marisa, la madre di Christian, viveva con il marito e il figlio nell'appartamento adiacente al suo. Ciò che intendeva era vedere Diana per più dei due minuti in cui solitamente si incrociavano mentre usciva di casa per affrettarsi al lavoro o altrove, oppure rientrava stressata per la giornata appena trascorsa.

«Sono venuta a lasciarti la copia delle mie chiavi, come ogni anno.» Diana sorrise sostando sull'uscio. Non aveva animali da accudire e non aveva piante da annaffiare. Lasciava una copia delle sue chiavi a Marisa solo per eventuali emergenze. «Partirò per l'Inghilterra tra due giorni.»

«Vieni, entra per qualche minuto. Lo so che sei sempre di fretta, ma vorrei offrirti un caffè o un tè se preferisci.»

Marisa era una donna gentile, esile e bruna. Il suo aspetto, soprattutto nello sguardo, ricordava vagamente quello del figlio Christian. Diana era ancora una volta di fretta in effetti, voleva raggiungere la casa sulla spiaggia per un ultimo saluto, raccogliere le idee per capire cosa fare. Nei successivi due mesi doveva prendere una decisione, definitiva possibilmente. Acconsentire alla richiesta di Luca oppure inventarsi una soluzione. Però non se la sentì di liquidare l'offerta di Marisa. Forse aveva anche bisogno di una pausa e di una conversazione amichevole. Si poteva permettere di perdere mezz'ora o anche un'ora. Non avrebbe fatto molta differenza.

«Va bene. Dovrei iniziare a prendere le cose con più calma, hai ragione.»

«Beata te che hai ancora una vita!»

Diana seguì Marisa all'interno del suo appartamento, senza comprendere cosa intendesse. Ancora una vita?

«Sabrina è venuta a trovarmi. Ti ricordi di mia figlia, vero Diana?»

«Sì, certo.»

Diana sorrise indirizzando alla giovane donna seduta sul divano un cenno di saluto. Si era sposata qualche mese dopo il suo trasferimento nell'appartamento di Viserbella, ma Diana l'aveva riconosciuta immediatamente anche se non passava spesso a far visita ai genitori. La sua espressione triste e stanca la sorprese.

«Ciao, Diana. È un po' che non ci vediamo. Come stai?» Anche la voce di Sabrina sembrava triste, tanto quanto il suo aspetto. Occhiaie profonde le solcavano il viso e aveva i capelli castano chiaro raccolti in una coda bassa. Diana, in altre circostanze, sarebbe stata confortata dal fatto di incontrare una donna all'incirca della sua stessa età con un aspetto più dimesso del suo.

«Abbastanza bene. Sto per partire per l'Inghilterra, come ogni estate.» Diana sorrise e si sistemò sulla poltrona di fronte a Sabrina, seguendo l'invito ad accomodarsi di Marisa.

«Tu hai una gran fortuna, lo sai Diana cara?» Marisa incrociò le braccia e rimase in piedi tra di loro. «Guarda Sabrina. Ecco cosa si ottiene a sposarsi, fare figli... Tre bambini e mai un attimo di riposo. Lavoro, occuparsi della casa, niente vacanze, un marito che pensa solo a risparmiare ma se ne esce quasi ogni sera con gli amici e per le sue gite fuori città... Sì, per quelle i soldi ci sono sempre! Un egoista si è presa, ecco! Ma sembrava tanto innamorato, quindici anni fa. È così che ti fregano, sempre! Io forse con mio marito ho avuto un po' più di fortuna, ma alla fine... sempre la solita vita. Con la scusa che viviamo in una cittadina sul mare, mai una vacanza. Tu non farti fregare, Diana, stai bene attenta! Perché sono sempre bravi, loro, a fregarti!»

«Io credo...» Diana corrugò la fronte senza sapere cosa rispondere. Non aveva esperienza in merito, non poteva in alcun modo paragonare la sua vita a quella di Sabrina o di Marisa. «Insomma, penso che abbiate fatto delle scelte. Io non saprei dire se la mia vita è migliore delle vostre.»

«Ma senza dubbio lo è, Diana! Tu sei libera ed è una cosa meravigliosa!» Marisa si lasciò andare a un sospiro quasi sognante. «Cosa ti offro? Un caffè, un tè?»

«Un caffè va benissimo, Marisa. Grazie.»

Non aveva voglia di spiegare, per l'ennesima volta, che il tè lo prendeva inesorabilmente con il latte dalla prima volta che aveva messo piede in Inghilterra. Denise Wilsen l'aveva assuefatta al tè con il latte da oltre vent'anni e ormai non c'era più rimedio per lei.

«Potreste uscire un po' voi due, almeno Sabrina si svagherebbe dalla solita vita. Ha davvero bisogno di distrarsi. Ha perso anche tutte le amiche...» La voce di Marisa le arrivò dalla cucina, dove si era avviata per prepararle il caffè.

«Sì, senz'altro…» Diana accennò un sorriso forzato a Sabrina che annuiva timidamente alle parole della madre. «Magari quando tornerò.»

Diana non aveva bisogno di perderle, le amiche. Non le aveva mai avute. Mai reali. Erano solo conoscenze. Un po' come le sue ex compagne di liceo e di università. Oppure le amicizie estive che si riproponevano, anno dopo anno, durante il periodo dell'adolescenza e della gioventù. Che c'erano ancora, ogni tanto si incontravano più o meno casualmente. Ma il suo concetto di amicizia era un altro. E, nonostante tutto, lo aveva vissuto soltanto con Francesca e con Michelle.

Trascorse circa un'ora in cui Diana tentò, senza successo, di formulare nella mente e poi ad alta voce una frase gentile per togliere il disturbo. Marisa e Sabrina si erano lanciate in resoconti poco entusiasmanti sulla loro vita matrimoniale. Nel frattempo, Christian era rientrato e le aveva guardate con aria divertita, dirigendosi nella sua stanza.

«Quindi stai ancora con quel ragazzo inglese, Diana?» La domanda di Marisa la colse impreparata. Quale ragazzo inglese? «Ma sì, quello tremendamente sexy che sta da te ogni tanto. Con quei due occhi azzurri da sogno! E così galante, educato le volte che l'ho incontrato. State insieme così, senza impegno?»

«Ah… ti riferisci a Jules? No, no… è solo un amico. Ci conosciamo da tanti anni.»

Evidentemente un uomo per casa, anche una presenza saltuaria, aveva dato ai suoi vicini un'idea sbagliata. Avevano pensato che avesse una storia con Jules! Ciò dimostrava quanto fosse triste e desolante la sua vita sentimentale!

«Ovvio che è solo un amico!» Christian intervenne, lanciandosi sul divano. «Diana sta con me, in realtà. Vero, Diana? Volevo andare a ordinare qualche libro in inglese a Rimini. Non è che mi accompagneresti per consigliarmi?»

«Ah, sì! Volentieri. In effetti devo già andare a Rimini.»

Ecco che Christian aveva trovato la formula adatta per permetterle di svincolarsi dalla morsa persistente di sua madre e sua sorella, senza offenderle. Diana si alzò, forse con eccessivo slancio. Se avesse sentito parlare ancora di matrimoni, di mariti egoisti, di bambini, di vacanze mancate… sarebbe impazzita. «Grazie davvero, Marisa. E spero di vederti quando torno, Sabrina.»

L'avevano salutata con due baci sulle guance e poi le avevano finalmente permesso di andare. Diana le trovava simpatiche e gentili, ma il mal di testa che le avevano provocato era un'aggiunta spiacevole alla giornata che si era programmata.

«Dovresti darmi un premio per averti salvata dalle grinfie delle due mogliettine disperate.» Christian le rivolse un'occhiata a metà tra sarcastico e audace appena raggiunto l'ingresso. «Non ti avrebbero mollata fino a stasera, stanne certa. Per loro andrai in Inghilterra a darti alla pazza gioia con qualche bel maschione inglese dalla vita avventurosa, tipo James Bond. E vorrebbero essere al tuo posto!»

«Sei stato piuttosto bravo, lo ammetto. Io non avrei osato…» Diana scoppiò a ridere alle sue parole. «Temo che si siano fatte un'idea della mia vita molto diversa dalla realtà. Nessun bel maschione inglese per me.»

«Perfetto, ci sono già io!» Christian sorrise cingendole la spalla per attirarla a sé. «Andiamo con la mia macchina, non mi va di farmi scarrozzare da una ragazza. Ti va di bere qualcosa?»

«Ah, così giovane e così maschilista!» Diana sospirò e lo seguì verso la sua auto, parcheggiata lungo la strada. «Ma non dovevi andare in libreria?»

«Non proprio. Sì, insomma… se vuoi ci andiamo. Stavo cercando di salvarti, se non l'avevi capito.»

«Mi dispiace per tua sorella…» Christian le aprì la portiera e Diana salì in macchina. Attese che anche lui salisse per mettersi alla guida. «Ma davvero hanno una concezione della mia vita completamente errata. È diversa ma non migliore della loro.»

«Mio cognato è un cazzone avido ed egoista. Lo è sempre stato, fin dall'inizio. Io l'avevo capito subito. Mia sorella e mia madre invece no, non se ne sono accorte. Lo adoravano come fosse un dio. E ora si lamentano per il suo egoismo e la sua incostanza.» Christian sbuffò, si strinse nelle spalle e avviò il motore.

«Tua sorella è sposata da oltre dieci anni, tu eri solo un bambino allora.» Diana sorrise volgendo lo sguardo verso di lui e osservando il suo profilo perfetto. «Non potevi esserti fatto un giudizio così preciso a riguardo.»

«Avevo undici o dodici anni. E ti assicuro che certe cose si intuiscono, anche da ragazzini.» Christian ricambiò lo sguardo, indugiò su di lei per un istante e poi prese la strada verso Rimini. «Anzi, proprio perché ero un ragazzino avevo l'intuito più acutizzato. Nessuno faceva caso a me... e intanto io osservavo...»

Diana sospirò senza replicare. Non poteva dargli torto. E forse lei stessa aveva lo stesso difetto di Marisa e Sabrina, di esaltare e degnare di considerazione esagerata persone che non meritavano affatto. Forse era intrinseco nell'essere donna lasciarsi abbagliare da qualcosa che pur luccicando era molto distante dall'oro.

«Allora, dove ti porto? In un bel locale?» La voce di Christian la ridestò dalla sua riflessione.

«In realtà dovrei andare alla casa sulla spiaggia di mia madre. Se non ti va però... Christian, forse è meglio che mi riporti alla mia macchina. Ho delle questioni da sistemare, non ho tempo per andare in un locale. E non vorrei annoiarti.»

Era rimasta coinvolta da lui e dalla sua sfrontatezza, a tal punto che lo aveva seguito senza replicare. Diana si vergognò di se stessa per essere caduta, alla sua età, in balia del fascino e dell'audacia di un ragazzo di ventiquattro anni. Ma forse la verità era che aveva estremo bisogno di quel suo modo di fare affascinante e quasi protettivo, nonostante fosse tanto giovane. Aveva bisogno della sua allegria e ne stava volutamente approfittando.

«Non c'è alcun problema, Diana. Andiamo alla casa sulla spiaggia.»

CAPITOLO 15

«Quindi… il problema è convincere i miei fratelli, soprattutto Luca, ad aspettare. Anche se in realtà non avrebbero diritto di pretendere nulla.» Diana si stese sulla sabbia, socchiudendo gli occhi mentre sollevava il viso verso il cielo limpido. Neanche una nuvola lo offuscava, a differenza dei suoi pensieri. «E sperare che mia zia Linda non abbia bisogno di vendere subito.»

«Vorrei davvero poterti aiutare, Diana. Questa casa è strepitosa!» Christian lanciò un'occhiata alla struttura alle sue spalle, poi si stese imitando la posizione di Diana. «Grazie di avermi portato qui.»

«Grazie a te di avermi aiutata a dare una sistemata prima di partire!» Diana sospirò spettinandogli il ciuffo di capelli castani che gli ricadeva su un occhio. «Mi hai reso questa giornata più leggera, meno triste e faticosa.»

«In qualche modo troverai una soluzione, ne sono sicuro.» Il tono di voce di Christian era esitante. Diana comprese che stava cercando di consolarla, senza sapere esattamente come. «Mi piacerebbe partire con te per l'Inghilterra, il mio sogno è vivere lì un giorno.»

«Potresti farlo davvero. Intendo dire… vivere lì.»

Sapeva di non dover mettere idee folli in testa al ragazzo ma non comprendeva quale fosse l'ostacolo. A parte il patto con suo padre di laurearsi in legge, prima di prendere una decisione alternativa. Del resto Christian era giovane ma non era un bambino, quindi sarebbe stato libero di decidere da solo della sua vita.

«Non conosco nessuno… e poi non conosco nemmeno bene la lingua, lo sai…» Christian sbuffò sollevandosi sui gomiti e giocherellando con un po' di sabbia che raccoglieva con le dita per poi disperdere.

«Tutto è risolvibile.» Diana si strinse nelle spalle, poi si voltò su un fianco e gli sorrise. «Una volta lì ti trovi un piccolo lavoro, conosci gente… Ho degli amici, Michelle e Jules. Devi averli sicuramente incontrati, vengono spesso in Italia e stanno da me. Potrebbero aiutarti, darti qualche indicazione. Jules ha un appartamento a Londra e tanti amici anche lì.»

«Sì, li ho visti. Lei è una donna bellissima!» Christian sorrise entusiasta. Diana non intendeva spostare la sua attenzione sull'aspetto fisico di Michelle, ma non poté fare a meno di sorridere di fronte all'impeto del ragazzo.

In fondo Christian era davvero molto simile a Jules. Probabilmente sarebbero andati d'accordo. Per loro le donne erano tutte bellissime.

«Tu ci provi con tutte, vero Christian?»

«No, non proprio con tutte. Però è vero, un po' ci provo. A volte mi va bene, altre no. Come con te che non mi consideri proprio.» Christian rise per poi incurvare le labbra in una smorfia offesa.

«Sei troppo giovane, Christian. Cerca di capire.» Diana imitò la sua espressione, poi sorrise.

«Non credo che sia quello il vero problema. Il problema è che ti interessa un altro.» Christian si passò una mano tra i capelli e la trattenne un istante, per poi lasciarla scivolare e tornare a stendersi sulla sabbia. «E da come ti vedo… voglio dire, io ti osservo… dev'essere uno che non ti tratta bene. Un po' come mio cognato tratta mia sorella. Anche se forse per motivi diversi hai il suo stesso sguardo triste e sconsolato, quasi assente. Da ciò deduco che deve essere uno stronzo.»

«Analisi interessante, anche se forse il paragone non è molto azzeccato.»

Diana comprese che doveva fare attenzione con lui. O avrebbe finito per rivelargli tutto. Davvero tutto, non solo i suoi problemi con la casa sulla spiaggia. Christian aveva quel modo di fare così dolce, accomodante... Un atteggiamento quasi troppo maturo per la sua età. E per una donna come lei, bisognosa di affetto e attenzioni, poteva diventare davvero pericoloso, una tentazione irresistibile.

«Nessuna donna merita di stare così male, in ogni caso.» Christian posò la mano sulla spalla di Diana e la mosse piano, in un massaggio leggero, delicato.

«Allora ricorda di non maltrattare nessuna donna.»

Diana gli rivolse uno sguardo sereno. Avrebbe voluto assecondare l'istinto. Stendersi proprio lì, sulla spiaggia. E dormire. Lasciarsi cullare dal rumore delle onde e forse anche dalla mano di Christian che la massaggiava teneramente. Lasciare che accadesse. Invece si alzò di scatto e tese la mano verso di lui.

«Credo che sia ora di andare. Si sta facendo tardi e io devo ancora preparare la valigia. Grazie per avermi accompagnata qui. E grazie dell'aiuto!»

«Mmh... ma non hai ancora un giorno prima della partenza?» Christian strinse la sua mano ma la scrutò con aria delusa.

«Sì, ma ho ancora un sacco di cose da sistemare e il mio volo partirà la mattina presto.»

E soprattutto non aveva nessuna intenzione di lasciarsi andare e complicare il rapporto con il vicino di casa. Sebbene fosse un ragazzo dolce e attraente, molto meglio di tanti altri che avevano attraversato la sua vita, era anche il figlio di Marisa, sua amica e vicina da anni.

«Ho capito. Allora torniamo a casa.» Christian annuì e si alzò, accogliendo il suo invito. «Chissà, magari presto riuscirò ad accompagnarti in Inghilterra.»

«Christian... sei un ragazzo sveglio e maturo...» Diana non aveva intenzione di dire quello che stava per dire. Ancora meno aveva intenzione di creare scompiglio tra Christian e la sua famiglia. Però sapeva anche di non potersi trattenere dal metterlo di fronte a quella che riteneva fosse una verità imprescindibile. Non poteva restare chiuso in una gabbia, in un tipo di percorso di studio, di vita che non gli apparteneva. «Devi decidere tu quello vuoi, quello che è giusto per te. Non farlo decidere ad altri. Se riesci a esprimere quello che pensi, quello che provi... le tue vere aspirazioni... vedrai che non te ne pentirai.»

CAPITOLO 16

Si sentiva più stanca di quanto fosse ragionevolmente ammissibile. Appena rientrata in casa aveva posizionato la valigia nel soggiorno e girandoci intorno, poco alla volta, ci infilava dentro ciò che riteneva indispensabile. Di solito si affidava a una lista di cose necessarie ma quella volta non l'aveva ancora preparata.

Non aveva fame, si era fatta soltanto un toast e un tè. Forse avrebbe fatto meglio ad andare a dormire e rimandare tutto al giorno dopo. Quasi si stava pentendo di aver rifiutato la proposta di Christian di andare a bere qualcosa in un locale. Ma c'era un fondo di verità… anzi, c'era fin troppa verità nelle parole di quel ragazzo. Stava ancora male per qualcuno che non l'aveva trattata bene. E aveva lo sguardo triste, sconsolato, assente. Come se essere maltrattata fosse diventato parte della sua esistenza, del suo destino. E non potesse aspettarsi nulla di diverso.

Diana raccolse dal tavolino la tazza di tè, ormai tiepido, e si spostò verso il terrazzo. Le stelle sembravano splendere più del solito, quella sera. L'avevano sempre affascinata. Le stelle, i pianeti, l'astronomia. Non era mai stata la sua materia preferita, ma c'era qualcosa che l'attraeva inesorabilmente, la coinvolgeva. Qualcosa di misterioso e lontano. L'idea che la maggior parte delle stelle fosse così lontana da aver viaggiato milioni di chilometri per rendersi visibile dalla Terra. Non era mai riuscita a riconoscere le costellazioni con certezza assoluta, ma non aveva importanza. Sapeva che le costellazioni erano ottantotto e ognuna aveva un nome, in alcuni casi in base al disegno che le stelle formavano in cielo. Quindi spesso lasciava correre l'immaginazione e tirava a indovinare.

Le stelle sembravano così vicine, nelle notti serene, come proiettate sulla volta celeste. Aveva letto su un testo acquistato qualche tempo prima che sarebbe bastato seguire il percorso da una stella luminosa all'altra per scoprire altre costellazioni e imparare a riconoscerle. Ma lei non era mai riuscita nell'impresa, nemmeno con il cannocchiale che teneva costantemente puntato verso il cielo. A un certo punto aveva quasi deciso di studiare fisica invece di letteratura inglese. Forse si trattava semplicemente di un'altra parte di lei, di cui auspicava il risveglio pur non essendoci portata.

Ripensò ai capelli e alla barba bianca del suo professore di scienze e astronomia delle superiori. Il professor Giullari. Aveva sempre incoraggiato il suo interesse, cercando di risvegliarlo, di tenerlo vivo. Ormai era in pensione da anni, ma Diana lo vedeva ancora, ogni tanto andava a trovarlo. Era stato proprio lui a regalarle il cannocchiale, qualche anno prima. Per vedere meglio la Via Lattea, le stelle, la base dell'universo visibile. Così lontane, anni luce, eppure all'apparenza così vicine, così vive. Milioni di stelle visibili dalla Terra. Il professore amava ripetere che ormai l'unico limite tra loro e le stelle era il cielo. E che le galassie erano il più bel prodigio celeste che adorna l'universo. Solo l'amore poteva creare qualcosa di così bello, anche se seguendo quell'idea si abbandonava il campo scientifico per entrare in quello metafisico. Forse esisteva davvero una connessione tra la letteratura e le stelle.

«*"L'amor che move il sole e l'altre stelle"*...» sospirò Diana, sorseggiando il suo tè.

Del resto, se lo diceva anche Dante nell'ultimo verso della *Divina Commedia*, doveva essere vero. Ma era davvero l'amore il motore pulsante, il principio e l'anima di tutto l'universo? L'amore che scandiva ogni battito del cuore, ogni respiro degli esseri umani?

Diana appoggiò la tazza sul tavolino nell'angolo del terrazzo e si incurvò leggermente per poter osservare il cielo attraverso il cannocchiale. Il professor Giullari aveva sempre una parola

95

buona per lei. Una parola saggia, soprattutto. Forse sarebbe riuscita a ritagliarsi qualche ora per andare a trovarlo il giorno seguente, se lui avesse avuto tempo.

Spostò il cannocchiale per seguire una stella dopo l'altra, cercando di riconoscerle. Era una dilettante ma amava la sensazione che quella luce infondeva in lei. E le piaceva ascoltare il racconto di chi ne sapeva di più, proprio come quando i suoi studenti si lasciavano incantare dalla sua spiegazione dei sonetti di Shakespeare. Lei amava sentir raccontare delle stelle e delle costellazioni: Orione, Cassiopea, Sagittario, Scorpione, Orsa Maggiore, Andromeda... E poi le comete luminose visibili dalla Terra, così spettacolari, così rare... La cometa di Halley nel 1986, la più famosa e luminosa, che quasi sicuramente non avrebbe rivisto mai più.

In realtà Diana aveva sempre preferito ascoltare. Raccontava soltanto per sopravvivere. Come Sharazade. Com'era la sua storia? Diana sbadigliò passandosi entrambe le mani sul viso. Si sentiva davvero stanchissima, come se fosse destinata a crollare dal sonno da un momento all'altro.

Raccolse la tazza di tè e la ripose in cucina. Si trascinò verso la camera e si stese sul letto. Non avrebbe resistito un minuto di più, stava davvero per cedere. Rimase con l'abito leggero e colorato che aveva addosso, non aveva nemmeno la forza di cambiarsi. La sua non era solo una stanchezza fisica, ma soprattutto mentale, emotiva.

Sì, sarebbe andata a trovare il professor Giullari. E Daniele... no, non avrebbe rivisto Daniele prima della partenza. No, non gli avrebbe concesso di accompagnarla in aeroporto. Ormai era già d'accordo con Vittorio, quindi l'avrebbe accompagnata lui. E no, non sarebbe nemmeno rientrata prima dalla sua vacanza. Non per Daniele, non per...

Diana sospirò abbandonandosi definitivamente al sonno. Fu allora che la vide. Non la sognò, la vide con gli occhi della mente. In quell'istante che precede il sopraggiungere definitivo del sonno. Sharazade. La prendeva per mano, ballava, cantava e saltellava frenetica intorno a Diana, in un vortice che le faceva girare la testa.

Forse aveva ancora qualcosa da raccontare. Forse era il tentativo di cambiare, di riguadagnare il suo spazio, a indurla a quello stato di abbattimento, di sfinitezza.

Sharazade era più di una strana bambina che le appariva in sogno. Era il suo desiderio di vita, di amore, di gioia che ancora non ne voleva sapere di arrendersi, di abbandonarla. E Diana era consapevole di dover rincorrere quel desiderio, di doverlo afferrare e stringere a sé. Anche se ancora non sapeva quando, come e dove lo avrebbe incontrato, ne aveva la certezza assoluta. Lo avrebbe incontrato.

CAPITOLO 17

Quindi, qual era esattamente la leggenda di Sharazade? O Sherazade, Shahrazad... insomma, comunque la chiamassero era sempre lei.

Diana aprì gli occhi e si alzò dal letto con quel pensiero. Cercando nella sua enciclopedia generale avrebbe sicuramente trovato qualcosa in proposito. Era la fanciulla che raccontava storie per salvarsi la vita. La protagonista di *Le mille e una notte*. Questo già lo sapeva.

Scoprì quindi che Sharazade si era offerta di mettere fine a un crudele rituale del sultano che, per vendicarsi sul genere femminile di una donna che lo aveva tradito, faceva giustiziare le sue spose dopo aver trascorso una notte con loro. Ammessa alla sua presenza, Sharazade iniziò a raccontargli una storia, interrompendola però in un momento saliente, al sorgere dell'alba. Così obbligò il sultano a rimandare la sua esecuzione per conoscere il seguito del suo racconto. In questo modo continuava a raccontare storie e a interromperle, andando avanti per mille e una notte. Finché il sultano si innamorò di lei, decise di salvarle la vita e tenerla con sé per sempre.

No, decisamente quella storia non c'entrava proprio nulla con lei. Diana sbuffò richiudendo il volume dell'enciclopedia ancora prima di finire di leggere. Se si fosse trattato di lei il sultano l'avrebbe sicuramente fatta fuori dopo cinque minuti.

Ma, con un po' di fortuna, il professor Giullari l'avrebbe accolta con gentilezza per ascoltare le ultime novità. Diana superò il timore di disturbarlo, timore che la coglieva sempre, con chiunque, e compose il suo numero di telefono. Così ottenne un invito a pranzo.

Era un uomo affascinante, a modo suo. Aveva una vaga somiglianza con Sean Connery. Di questo Diana non si era resa conto durante gli anni del liceo, ma l'aveva sentito dire. In effetti, ora che era vicino all'ottantina, doveva ammettere che la somiglianza c'era. Il professor Attilio Giullari, 007 delle stelle. Non male come idea. Un giorno probabilmente avrebbe scoperto un nuovo pianeta, una nuova costellazione, una nuova cometa.

Non viveva troppo lontano e non doveva nemmeno inoltrarsi in centro a Rimini per raggiungerlo. Il professore abitava tra Viserba e Rivabella. Ci sarebbe potuta arrivare anche a piedi, volendo. Ma Diana non aveva tempo per una lunga passeggiata. E si sentiva anche troppo stanca, nonostante si fosse addormentata presto e avesse dormito discretamente per tutta la notte. Più che stanca si sentiva frustrata, in realtà. Avvilita. Immersa nei pensieri e nelle preoccupazioni. Una parte della sua mente si chiedeva perché mai la vita le fosse sempre stata così avversa. Era come un malessere interiore che non riusciva a sradicare, ad annullare. Persisteva lì, immutato. Da sempre.

«Benvenuta, Diana. Sono contento di vederti.»

Il professor Giullari aveva aperto la porta della sua villetta ancora prima che Diana finisse di parcheggiare e scendesse dalla macchina.

Non sapeva esattamente come avrebbe introdotto il discorso, ma gli avrebbe parlato. Di Sharazade. Anche se l'idea di rivelargli il suo sogno la imbarazzava, la faceva sentire un po' folle. Comunque, nessuno più del professor Giullari avrebbe potuto comprenderlo. Non si fidava del tutto dell'interpretazione di Mentina. Per qualche ignoto motivo la sua vita era circondata da strani personaggi. No, in realtà erano i loro nomi a essere strani o quantomeno curiosi.

Mentina, appunto. Il cui vero nome era Clara, ma quasi nessuno ormai la chiamava così. Probabile che nemmeno lei stessa si riconoscesse più come Clara. Il professor Giullari, che da sempre nell'immaginario di Diana era raffigurato come una sorta di buffo clown colorato con un cappello a tre o quattro punte. Il suo stesso nome, Diana, derivava da un'auto che i suoi possedevano durante i primi anni del loro matrimonio. Anche se suo padre giurava che la macchina era arrivata dopo e il suo nome derivava invece da una canzone. E poi c'era Francesca… un nome letterario. Come quello della sua storia preferita nella *Divina Commedia* di Dante. Paolo e Francesca.

«Grazie per avermi invitata, professore.»

Diana oltrepassò il cancelletto, percorse il breve sentiero e salì i pochi gradini che portavano all'interno dell'abitazione.

In realtà forse era stata lei a invitarsi. Ma il professore annuì con vivacità, aprendole la porta della veranda per lasciarla passare. Viveva solo, dopo la morte della moglie avvenuta circa dieci anni prima. Avevano un figlio medico che si era trasferito a Rimini, con la famiglia. E non comprendeva le bizzarre idee del padre che, pur avendo raggiunto gli ottant'anni, aveva ancora delle aspirazioni, degli obbiettivi da realizzare. Così il professore aveva vissuto ogni giorno della sua vita. Così viveva ancora.

«Ho preparato la pasta alla carbonara! E ho messo a punto una nuova teoria, Diana. In realtà le due cose non sono avvenute così in successione.» Attilio Giullari rise di sé e delle sue stesse parole. «Te ne vorrei parlare, comunque. Della mia teoria, intendo. Potrebbe essere una scoperta rivoluzionaria! La scoperta del secolo.»

«Sarebbe ottimo mentre ci gustiamo la pasta. Io ho portato dei pasticcini.»

Diana sorrise raggiungendo la sala da pranzo. Il professore era un ottimo cuoco, uno dei migliori che conoscesse. La cucina infatti era la sua seconda passione, dopo l'astronomia.

Le sue teorie erano abbastanza folli, ma in un modo o nell'altro riusciva sempre ad affascinare a tal punto le persone da indurle a credergli. Forse avrebbe riscosso un ottimo successo se gli avessero affidato uno spettacolo televisivo.

«Ascoltami bene, Diana… Come ben sai, la Terra si trova nel sistema solare, il sistema solare si trova nella galassia della Via Lattea, la galassia della Via Lattea si trova nell'universo… Ma l'universo, ecco... dove si trova l'universo? L'universo potrebbe essere il contenuto di un buco nero a sua volta contenuto in un universo parallelo del quale noi siamo un sottoinsieme microcosmico. Ma la vera domanda è... saremo mai in grado di comunicare con luoghi e spazi al di fuori del nostro universo? La scienza nega questa possibilità, ovviamente. La chiamerebbe fantascienza. Però io sono convinto che la scienza abbia dei limiti. L'universo invece...»

«Mmh...»

Diana cercava di fare del suo meglio per seguire le parole del professore ma si sentiva frastornata dal suo entusiasmo. Probabilmente altri scienziati non sarebbero stati totalmente d'accordo con lui.

In ogni caso, già da tempo era riuscito a convincere anche Diana che esistessero uno o più universi paralleli in cui le situazioni e le persone erano completamente modificate rispetto a quello attuale. Diana aveva pensato a lungo a un universo in cui Daniele non l'avrebbe lasciata per Francesca. Francesca si sarebbe innamorata di un altro. Magari in quello stesso universo la sua migliore amica viveva ancora. Forse anche sua madre. E magari Diana non avrebbe fatto l'insegnante di inglese ma l'astrofisica. Oppure la creatrice di orsetti di peluche.

Ecco, magari una Diana creatrice di orsetti di peluche esisteva davvero da qualche parte, in uno degli universi paralleli ipotizzati dal professor Giullari. Era un'idea confortante ma allo stesso tempo dolorosa, la sua. In uno di quegli universi Diana poteva essersi sposata con Daniele, avere dei figli, una famiglia. O forse non con lui, ma con...

«Diana... ti vedo pensierosa, oggi.» Mentre erano già seduti a tavola il professore si allungò verso di lei. «Cosa ti preoccupa, cara?»

«No, niente. Cioè in realtà un bel po' di cose, ma non è soltanto oggi. Stavo pensando alla sua idea... quella degli universi paralleli. Magari esiste una versione di me più... più felice, ecco. Io lo spero. Non che questo mi consoli molto, però…»

«Certo che esistono gli universi paralleli!» Il professor Giullari annuì vigorosamente restando con la forchetta a mezz'aria. Del resto Diana se lo aspettava. «E sì, potrebbe esistere una versione più felice di te da qualche parte. Ma io credo che ciò che tu debba fare qui, in questo universo, sia cercare di essere felice. Qui e ora, capisci? È un po' come con i buchi neri. Il buco nero in cui è contenuto l'universo. Ma se ne può uscire, volendo. E trovare un universo migliore, non necessariamente un universo parallelo, ma una dimensione universale che ti renda felice. Qui e ora. Non nel passato e nemmeno nel futuro. Non sei in trappola, Diana. E se ti senti così puoi sempre uscirne!»

«Mmh…» Diana abbassò la testa sul suo piatto. Qui e ora. Facile a dirsi.

«Lo spazio e il tempo sono solo dei concetti elaborati dalla mente dell'uomo. In fisica quantistica…»

«Lo so, me l'ha ripetuto tante volte. Lo spazio e il tempo potrebbero non esistere. Ma io… io lo sento lo spazio, è qualcosa di imprescindibile per me. E sento ancora di più il tempo… che passa lasciandomi sola e vuota. Non posso pensare a una me stessa di vent'anni fa che percorre un destino diverso. Ma forse è meglio cambiare discorso, parlare della sua teoria astronomica rivoluzionaria.»

Il professore la fissò in silenzio. I suoi occhi scuri e attenti erano posati su di lei, come se volesse indagare nella sua mente. E spesso ci riusciva.

«Tu cosa vuoi, Diana? Accantoniamo la mia teoria, la fisica quantistica e gli universi paralleli, per il momento. Tu cosa vuoi? E cosa stai facendo per ottenerlo?»

«Sono al punto… Sono arrivata al punto di non saperlo neanche più, per certo. Prima… credo che prima volessi tutto ciò che di norma vogliono le ragazze, le donne. Ma ora io ho quasi paura di volere qualcosa che non accadrà mai. O qualcuno.»

Diana sospirò pesantemente, poi decise di soffermarsi sulla pasta alla carbonara. Indugiò con la forchetta che si portò alla bocca. Soltanto per non essere costretta a rispondere ancora, per concentrarsi su qualcosa di estraneo ai pensieri che le opprimevano il cuore e la mente. Fu costretta a masticare più del dovuto perché nel frattempo le si era formato un nodo in gola che le impediva di deglutire.

«Tu sei una donna coraggiosa, Diana. Non avere paura di volere ciò che vuoi. Anzi, pretendilo!» Così dicendo il professore strinse la mano a pugno, per amplificare il significato delle sue parole. Poi si versò un abbondante bicchiere di vino bianco. Diana gli fece segno di versargliene solo un goccio. Lui aggrottò la fronte e le sopracciglia, leggermente cespugliose, poi sorrise. «Ti spetta di diritto. Non permettere a nessuno su questo pianeta, in questo universo, di farti credere il contrario.»

«Dovrei mandare tutti al diavolo.» Diana sospirò, poi afferrò il bicchiere e sorseggiò appena il vino bianco. «Come... come Sharazade.»

«Intendi la narratrice di *Le mille e una notte*?» Il professore la guardò vagamente sorpreso.

«No, si tratta di un sogno. Un sogno che ho fatto e poi... ho continuato a sognarla.» Diana stava cercando le parole adatte per spiegare senza essere presa per pazza. Non che corresse questo rischio con il professor Giullari, ma preferiva descrivere il sogno senza fraintendimenti. «Ho sognato una bambina, mi ha detto di chiamarsi Sharazade...»

Cercò di raccontare il sogno nel modo più dettagliato e chiaro possibile. Anche se nemmeno nella sua mente era veramente chiaro.

«Il sogno ricorrente è portatore di un messaggio. Nel tuo caso sta a te comprendere quale.» Il professore non le stava dicendo nulla di diverso da ciò che aveva già intuito da sola. La stessa interpretazione di Mentina, alla fine. «Lo dovrai riconoscere da sola.»

«Avrei voluto saperlo da lei, il messaggio. Io non riesco a comprendere.» Diana sospirò, intrecciò le dita posando i gomiti sul tavolo. Poi si strinse nelle spalle appoggiandosi con la schiena allo schienale della sedia.

«Ne sei proprio sicura? Di non comprenderlo?» Il professore aggrottò la fronte, diventando improvvisamente serio, più del solito. Tanto che Diana raramente lo aveva visto così. «Sembri tanto calma e paziente, Diana. Ma dentro sei come un vulcano. Pronta a esplodere. Anzi, direi più una bomba a orologeria.»

«In effetti è proprio come mi sento. Ultimamente, soprattutto. Anche se in parte credo di essere sempre stata così, ma di aver cercato di negarlo e di reprimermi con tutte le mie forze.» Chiuse gli occhi per un istante. Quella consapevolezza non l'avrebbe portata a nulla. Non avrebbe comunque potuto cambiare il passato, quindi forse nemmeno il presente. Non avrebbe nemmeno potuto influire sulle decisioni di altre persone, anche se la coinvolgevano direttamente. E riguardo al futuro aveva ben poche certezze. Tranne una, al momento. Diana decise di cambiare completamente discorso. «Sto per partire per l'Inghilterra per la mia solita vacanza studio. Tenterò di portare a termine alcune traduzioni che ho lasciato in sospeso e di occuparmi della stesura di un manuale di grammatica inglese a cui ho accettato di collaborare.»

«Sei sicura che sia davvero quello che vuoi? Dedicarti alle traduzioni e alla stesura di un manuale?»

«Sì… forse…» Diana indugiò per un attimo. «Credo di sì.»

Non era la prima volta che il professor Giullari metteva in dubbio la sua reale vocazione per l'insegnamento. Forse non era un granché come insegnante. Sì, se la cavava in qualche modo. Però forse lui riusciva a comprendere che lei non era così brava come avrebbe dovuto essere.

«Non dimenticare le tue passioni. Non escludere la passione dalla tua vita. Mi sembra che fin da piccola tu abbia conosciuto soltanto doveri, per un motivo o per l'altro.» Il professore si tirò indietro con la sedia, che scricchiolò un po' sotto al suo peso.

«I miei sono hobby più che passioni. Non posso certo avviare un'attività come creatrice di orsetti di peluche, qui. Oppure scrivere storielle per bambini che li vedono protagonisti. Non so nemmeno disegnare bene, non sono Beatrix Potter con Peter Rabbit. Poi mi piace l'astronomia, però... mi rilassa guardare il cielo, soprattutto la notte, immaginare altri mondi. Universi paralleli, forse. Non credo di essere mai riuscita a riconoscere una costellazione!» Diana sospirò profondamente. Le sembrò di aver detto tutto, di aver espresso le sue motivazioni senza riuscire a prendere fiato. «E credo... ecco, credo di aver scelto l'insegnamento come professione perché non sapevo che altro fare. Poi, considerato il fatto che anche Francesca...»

«Francesca ha scelto per te.» Concluse il professor Giullari sfruttando l'esitazione di Diana. «Francesca ha scelto per entrambe, direi.»

«Sì. Forse è vero. Ma in parte è stato il caso. Io ho scelto inglese, lei lettere. Francesca è stata così tanto parte della mia vita che io...» Diana abbassò lo sguardo, mordendosi appena le labbra. Cosa stava per dire? Qualunque cosa fosse aveva la certezza che il professore non l'avrebbe tradita. In ogni caso non ne aveva motivo. E nessuno in particolare a cui raccontarlo. «Io suppongo che continuerei a fare qualcosa per lei, anche se adesso non sono più tanto sicura. Vorrei esserlo. In parte lo sono, lo sono sempre stata. È quello che ho sempre voluto, in fondo.»

Il professor Giullari annuì. Si schiarì la voce poi scosse la testa. Aveva davvero compreso la difficoltà di Diana? Sapeva cosa stava per dire?

«Hai scelto di diventare insegnante per essere più vicina alla tua migliore amica. Ci sei sempre stata, ti sei sempre preoccupata per lei, per il suo benessere, per la sua salute. Hai sempre messo lei al primo posto. Ricordo che tempo fa avresti voluto trasferirti in Inghilterra, mi avevi confidato il tuo proposito. Invece non l'hai fatto. Ora Francesca non c'è più, purtroppo. Ma tu, Diana, una vita ce l'hai ancora. Sei davvero disposta a prendere il suo posto? A continuare anche ad amare per la tua amica?»

CAPITOLO 18

Era davvero disposta a continuare ad amare per Francesca? A occupare il suo posto accanto a Daniele, a prendersi cura di lui? Era questo che il professor Giullari voleva dire. La conosceva bene. Forse fin troppo. La scrutava leggendo nel profondo della sua anima. Sicuramente più di suo padre. Più di qualunque altro uomo a cui Diana potesse pensare. E soprattutto aveva conosciuto bene anche Francesca.

No. Forse non era affatto disposta ad amare Daniele al posto di Francesca. Ma la verità era che non sapeva che altro fare. Lo amava. Questo era un dato di fatto, non un'ipotesi. Lo aveva sempre amato. Che fosse per Francesca o per se stessa non contava, in fondo.

Prima della partenza per l'Inghilterra era stata fortemente tentata di chiamare Daniele. Solo per salutarlo. Ma era consapevole del fatto che se lui avesse voluto vederla non sarebbe stata in grado di rifiutare. Perciò aveva deciso di mandargli soltanto una e-mail. Lui le aveva risposto pochi minuti dopo offrendosi di accompagnarla in aeroporto, ma Diana aveva replicato spiegandogli di aver già chiesto il favore a Vittorio. Era la verità, ma suo fratello non si sarebbe di certo offeso se lei lo avesse liberato da quell'incombenza per accettare il passaggio di un altro. Forse era solo una scusa per vederla, però Diana aveva resistito alla tentazione. E si era complimentata con se stessa. Aveva bisogno di pensare con calma. Di mantenere le distanze per capire. Non era sui suoi sentimenti che doveva riflettere, ma sul suo desiderio e sulla sua volontà di lasciarsi andare e assecondarli.

Si trovava a Leeds da un paio di giorni e non aveva più ricevuto e-mail da Daniele, anche se lei era stata l'ultima a rispondere e lui aveva concluso il suo messaggio sperando che non stesse via molto e con un "ci sentiamo presto". Non aveva importanza. Michelle la distraeva tenendola impegnata. E stava facendo del suo meglio per concentrarsi sulle traduzioni e sul manuale di grammatica.

«Non ti sembra di lavorare troppo?»

Diana sollevò la testa e sorrise, sentendo la voce di Michelle alle spalle. Il suo forte accento inglese tendeva a migliorare dopo qualche giorno di pratica. Le conversazioni con lei erano sempre buffe. Metà in italiano e metà in inglese. Spesso Michelle si rivolgeva a Diana in italiano e lei le rispondeva in inglese. Michelle continuava in inglese e Diana la seguiva per un po' per poi scusarsi e tornare all'italiano. Perché si era resa conto che l'amica desiderava fare pratica. Difficilmente parlavano entrambe la stessa lingua nello stesso momento. Con Jules invece solitamente riusciva a portare avanti la conversazione in una sola lingua, senza mescolarla con l'altra, a meno che uno dei due non avesse qualche dubbio su un determinato termine. Se esistevano termini su cui Jules non aveva mai dubbi erano le parolacce, la prima cosa in assoluto che aveva imparato in italiano.

«In realtà faccio solo finta… sono sempre distratta.» Diana si voltò verso Michelle e appoggiò la penna sul tavolo.

«Perfetto! Allora andiamo a fare un giro. Facciamo un po' di shopping, io ho appena deciso di prendermi una giornata libera.»

«Mmh… non impiegherai molto a convincermi…» Diana si stirò sbadigliando, poi si massaggiò i lati del collo. «In questi giorni mi sto trasformando nella persona più pigra del mondo.»

«No, impossibile!» Michelle rise di gusto, scuotendo la testa e lasciando ondeggiare i capelli biondi sulle spalle. «La persona più pigra del mondo è Jules, non riuscirai mai a sconfiggerlo!»

Diana non si sentiva pigra, in realtà. Era triste. Demoralizzata. Come se fosse costretta a vagare senza meta alla ricerca di qualcosa che non sapeva identificare. Forse il professor Giullari aveva ragione. Aveva compiuto scelte che non erano mai state davvero sue. Erano le scelte di Francesca. Poi, in alcuni casi, erano state le scelte di suo padre, dei suoi fratelli. In un certo senso anche di sua madre. Ma Diana su se stessa non aveva certezze, non le aveva mai avute.

Molti anni prima era rimasta affascinata dall'idea dell'azienda di orsetti di peluche di Michelle, la "Bríd Teddies and Friends". Era una tradizione di famiglia che Michelle aveva ripreso e rimodernato completamente. Era il suo sogno da bambina ed era riuscita a realizzarlo. Diana aveva iniziato a collezionarli dalla prima volta che aveva messo piede in Inghilterra. In seguito, aveva chiesto a Michelle e a Denise di insegnarle a crearli. Aveva imparato a riconoscere i primi modelli, creati in Germania agli inizi del Novecento da Margarete Steiff. Poi gli Hermann, altro marchio storico. L'azienda di Michelle era stata fondata da sua nonna, la madre di Denise, una caparbia donna irlandese che aveva conosciuto Margarete Steiff e aveva imparato le tecniche tradizionali da lei e anche dagli Hermann. L'intento di entrambi i marchi era sempre stato quello di distinguersi dalle imitazioni inferiori per la loro qualità. Brighid, la nonna di Michelle, aveva fatto tesoro dei loro insegnamenti e del loro esempio fondando la "Bríd Teddies" che derivava proprio dal suo nome irlandese. Diana l'aveva incontrata durante le prime vacanze trascorse dai Wilsen e ne aveva ricavata l'impressione di una donna forte, indomita, con idee chiare sui risultati che desiderava ottenere. Michelle aveva aggiunto "and Friends" al nome dell'azienda quando, molti anni dopo, aveva deciso di introdurre altri animaletti di peluche oltre ai tradizionali orsetti.

Nel corso degli anni, Diana aveva imparato alcune tecniche ma sapeva fin dal principio che non sarebbe mai potuta diventare la sua professione futura. Di una cosa era certa, non lo stava facendo per compiacere la sua amica. Così aveva iniziato a collezionare orsetti. Niente di paragonabile all'enorme collezione che Michelle aveva ereditato da sua nonna. Non potendosi permettere i modelli esclusivi o le edizioni limitate,

Diana collezionava quelli che trovava carini anche se a buon mercato e quelli che Michelle le regalava, spesso le nuove collezioni quasi complete della "Bríd Teddies and Friends". Erano diventati talmente tanti che alcuni erano rimasti nella sua stanza in casa di suo padre, a Rimini. Tanto che Diana recentemente aveva pensato bene di concentrarsi sugli orsetti in miniatura, per guadagnare spazio. Anche perché le collezioni per periodi o per artisti potevano diventare davvero troppo costose. Ma un giorno, comunque, li avrebbe presi tutti con sé e radunati sotto lo stesso tetto.

Michelle le aveva proposto, qualche anno prima, di espandere l'attività anche in Italia, oltre che in Inghilterra, Scozia e Irlanda. Di aprire qualche negozio, magari. Avrebbe avuto bisogno del suo sostegno e della sua collaborazione. Ma Diana le aveva ricordato che gli orsetti di peluche in Italia non erano amati come nei paesi anglosassoni. Non esistevano aziende come la sua o come i famosi e tradizionali marchi inglesi, Dean's e Merrythought. Non avrebbero riscosso altrettanto successo, quindi la loro impresa sarebbe stata condannata al fallimento. Non ne era certa, in realtà. Ma aveva paura. Non faceva parte del suo carattere lasciare il certo per l'incerto. Lasciare l'insegnamento, nonostante non fosse mai stata la sua vera vocazione, per una passione che molti avrebbero considerato ridicola, quasi infantile. No, non era da lei. Anche se, arrivata alla sua età, ancora non era riuscita a identificare e a stabilire cosa fosse e cosa non fosse da lei. Viveva per lo più di riflesso, in base alle considerazioni altrui. Questo la irritava mortalmente ma era costretta a riconoscere di non aver mai avuto il coraggio di opporsi.

«Lasciami guidare...» sorrise a Michelle mentre si avvicinavano alla macchina. «È da un po' che non guido dalla parte sbagliata della strada.»

«Approfitti di me perché sai che Jules non ti farà mai guidare! Sempre convinta che la vostra sia quella giusta?» Michelle sollevò gli occhi al cielo allungandole le chiavi.

«Jules non fa mai guidare nessuno, non la prendo più sul personale, ormai.» Diana rise e salì sul lato del guidatore, a destra. Attese che Michelle la raggiungesse per avviare la macchina. «Comunque sì, la nostra è quella giusta. È folle guidare a destra e tenere la sinistra. Non so come vi sia venuto in mente! Ma io ho deciso che da ora in poi sarò sempre più in vena di follie. Quindi inizio a fare pratica.»

CAPITOLO 19

«Ah, eccovi!» Jules appoggiò la nuca sullo schienale del divano sforzandosi di rivolgere un'occhiata dietro le sue spalle. «Avete svaligiato l'intero centro cittadino?»

«Ovviamente. Ma non è stato abbastanza!» Michelle posò le borse a terra con espressione distrutta. «La prossima volta ti costringeremo a seguirci per portarci i sacchetti.»

«Scordatevelo!» Jules si alzò di scatto, sgranò gli occhi squadrandole entrambe da capo a piedi. «Non mi sembrate affatto in splendida forma...»

«Lo shopping è uno sport davvero estenuante.» Diana sbuffò e allargò leggermente le braccia per mostrare i suoi sacchetti. «E tu comunque non sei un gentiluomo, Jules. Dovresti seguirci in giro, portare i nostri pacchi, parcheggiare per noi dove c'è troppo traffico...»

«Voi non cercate un gentiluomo, ma uno schiavo.» Jules si diresse verso la cucina strascicando i piedi. «E io sono troppo vecchio per farvi da schiavo. Il meglio che vi posso offrire è di accendere il bollitore per un tè. Io stesso avrei bisogno di una geisha in questo momento, ma mi consolo con Dorothy. Sono contento di averla, almeno lei mi è devota e fedele.»

«Ma non mi dire!» Diana rise sollevando gli occhi al cielo. «E cosa ti fa credere che questa sia diversa dalle altre?»

«Aspetta di conoscerla, miele.» Jules accese il bollitore e posò tre tazze sul ripiano. «Poi mi saprai dire cosa ne pensi.»

«Oh, sì. Non vedo l'ora! Tu l'hai già conosciuta, Michelle?» Diana tornò in soggiorno dall'amica che aveva occupato il posto di Jules al centro del divano e stava armeggiando con il telecomando per cambiare canale. «Questa Dorothy... la nuova conquista di tuo fratello?»

«Non me ne parlare. Ne cambia un paio al mese e ti pare che io perda pure tempo a incontrarle e a ricordare i nomi? Ormai ci ho rinunciato.» Michelle focalizzò lo sguardo su un film in costume. Era appassionata di film storici, soprattutto se tratti dai classici, e da anni aveva contagiato anche Diana con la stessa passione. «Ormai è un uomo senza ritegno, senza...» sbuffò alla ricerca della parola adatta in italiano. «Shameless... e insomma anche un po' scemo sì, ecco.»

«Senza vergogna!» Diana rise sul gioco di parole di Michelle e lanciò un'occhiata verso la cucina. «Vuoi dire questo, se poi è anche un po'...»

«Voi due... vi sento, eh!» La voce di Jules le raggiunse dalla cucina. «La prossima volta il tè ve lo preparate da sole quando siete stressate per il troppo shopping!»

«Ovviamente lo siamo. Ma almeno avrai la tua Dorothy a difenderti!» Diana si sedette accanto a Michelle posando la testa sullo schienale del divano e chiuse gli occhi.

In qualche modo Michelle e Jules riuscivano a distoglierla dai suoi pensieri, dalle sue preoccupazioni. Come se avesse aperto un sipario separato e vivesse tutto in un'altra dimensione. Ci riuscivano sempre, quando si trovava in Inghilterra. Forse perché, in un modo o nell'altro, avevano una vita instabile e anticonvenzionale. Un po' come lo era la sua.

«Te la farò conoscere presto, miele. Se tanto ci tieni!»

Jules era stato sposato due volte. La prima volta da giovanissimo, con una scandinava di nome Elise che aveva conosciuto durante un viaggio in Svezia. La seconda con Jasmine, un'ispano-americana che si era trasferita a Londra per studio. Amava a tal punto l'Inghilterra che Jules si era offerto di aiutarla a restarci. E poi i loro nomi stavano bene insieme. Più di quanto stessero effettivamente loro due, dal carattere diametralmente opposto. Jasmine, nonostante il sangue ispanico, era seria e pacata. Jules, cresciuto in Inghilterra, irruento e vivace. Forse la sua componente irlandese e italiana influenzava il suo temperamento più del dovuto. Entrambi i matrimoni erano finiti. Elise era tornata in Svezia e Jasmine aveva lasciato Jules per un uomo a lei caratterialmente più affine.

Ci sarebbe stato anche un terzo matrimonio, qualche anno prima, con una certa Susannah di Manchester. Oltrepassati i trent'anni Jules si riteneva più maturo e responsabile. E aveva superato l'entusiasmo nei confronti delle straniere. Ma tutto era stato annullato e Jules aveva riferito a Diana che la sposa era scappata con il testimone. Un gran peccato perché Susannah, a suo dire, sarebbe stata proprio quella giusta. Diana dubitava che fosse andata davvero così ma si era limitata a lamentarsi del fatto di aver comprato il biglietto aereo apposta per partecipare alla cerimonia. Non si era risentita più del dovuto e l'aveva presa sul ridere. Da Jules, ormai ne aveva la certezza assoluta, c'era da aspettarsi qualsiasi cosa in qualsiasi momento.

La situazione sentimentale di Michelle era diversa. Più stabile forse, ma non migliore. Da più di dieci anni era fidanzata con un coetaneo che frequentava dai tempi dell'università ma che si era trasferito negli Stati Uniti per seguire l'espansione del settore americano dell'azienda del padre. Il trasferimento doveva essere solo temporaneo, per avviare l'azienda e poi affidarla a un amministratore fidato. Solo per un anno o due, aveva promesso a Michelle. Così vivevano una relazione a distanza e l'amore che li teneva legati si affievoliva sempre di più, anno dopo anno. Michelle si sentiva tradita, forse non fisicamente ma emotivamente. Come se fosse stata consapevolmente ingannata. Costretta a cedere, a rinunciare ai suoi sogni e a trasferirsi negli Stati Uniti per non perdere l'uomo che amava. Ma il dubbio che ormai non si preoccupava nemmeno più di celare, almeno quando si confidava con Diana, era di non amarlo abbastanza. Lo avrebbe seguito altrimenti, rinunciando alla sua stessa attività o affidandola ad altri. Oppure no?

Di una cosa Diana era certa. Con Jules e Michelle, indipendentemente dalla loro situazione, non si sentiva inadeguata, fuori luogo. Nonostante le oggettive difficoltà iniziali, si era sempre sentita a casa in loro compagnia. Si era sempre sentita libera. Soprattutto, si era sempre sentita viva.

CAPITOLO 20

"Mi manchi, Diana. Vorrei vederti, parlarti... Vorrei poterti raggiungere ma al momento, purtroppo, non posso."

Diana rilesse ancora una volta l'e-mail soffermandosi su quel passaggio. Lui era impegnato e non poteva raggiungerla. Era per caso un invito, implicito, a tornare a casa? Tornare a casa. A Rimini. Stare con lui. Ma sarebbe stata la cosa giusta? Stare con Daniele. Era il suo desiderio da sempre. Nonostante il tempo. Nonostante Francesca. E Diana ormai non era più in grado di resistere. Non poteva più evitare di ammetterlo, almeno con se stessa. Forse era questo il significato del sogno. Vivere la sua vita, finalmente. Lasciarsi andare.

Un esito lo aveva avuto, il messaggio di Daniele. Toglierle l'allegria di quei giorni. Dopo aver controllato la sua posta elettronica era andata a dormire con un'ansia che le opprimeva il petto. Un nodo in gola che quasi la soffocava. Aveva tentato di concentrarsi sulla lettura, senza riuscirci. Dopo essersi rigirata più volte nel letto, si era finalmente addormentata. L'ultima volta che aveva controllato la sveglia erano le tre di notte.

Poi, verso mattina, l'aveva sognata di nuovo. Era la prima volta che le capitava lì. Si trovava nella stessa stanza che era stata sua tanti anni prima, da quando aveva messo piede nella casa dei Wilsen. In un certo senso tutto era rimasto lo stesso. Il letto piuttosto alto con la coperta ricamata, il doppio cuscino. Anche il tendaggio e la piccola poltrona all'ingresso con seduto sopra un orsetto Paddington di media grandezza creato da nonna Brighid. Era più piccola della stanza di Michelle e di quella di Jules e anche di altre stanze al piano superiore che tenevano per gli ospiti. Tanti anni prima era stata la stanza dei giochi dei bambini. Ma Diana aveva sempre voluto quella quando stava da loro. Era accogliente, era calda. Ed era sua. Aveva raccolto le sue lacrime del primo anno che aveva trascorso in Inghilterra. Ed ora, dopo tanto tempo, si ritrovava ancora lì. Confusa, smarrita, sola.

Così Sharazade le era apparsa in sogno, di nuovo. E a Diana sembrava che le parlasse in inglese. Evidentemente riusciva ad adeguarsi all'ambiente anche meglio di lei. Forse anche il suo accento era migliore. La esortava ad alzarsi, a muoversi. Senza specificare la direzione. Forse doveva davvero tornare in Italia, da Daniele. Ma intanto i suoi passi stanchi la condussero solo sotto la doccia. Non aveva quasi dormito. Però se fosse rimasta a letto avrebbe continuato a pensare. Non aveva bisogno di pensare. Forse se avesse raccontato tutto a Michelle avrebbe saputo darle un consiglio. Non tanto su Sharazade, ma su Daniele. Cosa doveva fare? Tentare di prendere così, impudentemente, il posto della sua amica al fianco dell'uomo che aveva sempre amato? O rassegnarsi a lasciarlo andare? Evitare il senso di colpa, di inadeguatezza. A volte aveva l'impressione di essere rimasta lì, come in agguato, ad aspettare un momento giusto che prima o poi sarebbe arrivato. Non era così, ovviamente. O forse sì?

Diana sospirò, sotto la doccia. Il senso di angoscia e frustrazione non l'abbandonava. Ma doveva fare in modo di tranquillizzarsi. Si augurò che l'acqua, scorrendo su di lei, lavasse via tutti i pensieri.

Purtroppo, una volta vestita e scesa per la colazione, si rese conto che non era così. A questo punto non le restava altro da fare che dire la verità, almeno a Michelle, o presto si sarebbe resa conto che qualcosa non andava. Approfittando del momento in cui Jules non c'era. Forse era già uscito o più probabilmente, essendo solo le nove del mattino di domenica, stava ancora dormendo. La sera precedente era uscito, mentre lei e Michelle avevano deciso di restare in casa a guardare *Orgoglio e Pregiudizio*. La serie televisiva della BBC con Colin Firth nella parte di Darcy e Jennifer Ehle in quella di Elizabeth. La migliore, secondo Diana. Da quando aveva incontrato Michelle e sua madre Denise, Diana aveva visto praticamente tutte le versioni televisive e cinematografiche di tutti i classici della letteratura inglese. Quasi anche di tutta la letteratura mondiale. Entrambe erano appassionate di film e telefilm in costume. L'esatto contrario di Jules che invece derideva quei modi aristocratici e manierati e, insieme al padre Andrew, preferiva i film d'azione. Mentre Andrew possedeva la collezione completa dei film di James Bond, Jules prediligeva guerre intergalattiche e fantascienza, del genere di *Guerre Stellari* e *Matrix*.

Diana sospirò, reggendo tra le mani la tazza di tè. Non aveva idea di come introdurre il discorso. Si sentiva sciocca e infantile. Forse era effettivamente sciocca e infantile.

«Ho fatto un sogno strano.» Prima che se ne rendesse conto, aveva iniziato a parlare. Ma non di Daniele, come aveva pianificato. «Anzi, in realtà è da un po' che faccio uno strano sogno.»

«Quale sogno?» Michelle posò la sua tazza e afferrò uno dei biscotti al cioccolato disposti sul piattino in centro al tavolo.

«Ecco... è davvero strano. Sogno una bambina, dice di chiamarsi Sharazade. Sì, insomma come quella di *Le Mille e una Notte*. Ma ovviamente non è lei. Cioè non è lei... è una bambina, infatti.»

«E cosa fa questa bambina? Ti racconta la storia della buona notte?» La voce un po' assonnata di Jules le arrivò alle spalle. «Ce lo dirai dopo... c'è tuo fratello al telefono, miele.»

«Oh...» Diana sbuffò rassegnata, non aveva alcuna voglia di alzarsi e andare a rispondere in soggiorno. Era talmente concentrata su se stessa che non aveva nemmeno sentito suonare il telefono. «Quale dei tre?»

«Tu quale preferisci?» Jules le lanciò un'occhiata divertita.

«A questo punto fa lo stesso!» Diana si posò la mano sulla bocca, sbadigliando svogliatamente e tentando di darsi la spinta per alzarsi.

«Vado io a rispondere!» Michelle scattò in piedi prima di lei, con entusiasmo esagerato. «Voglio salutarlo. Magari è il mio preferito! E se rompe vedo di distrarlo, gli racconto che hai avuto una notte folle con un tizio di nome Darcy e sei ancora a letto.»

«Oh, sì… magari!» Diana sbuffò e si stirò allungando le mani in avanti.

«Ecco, vedi quanto sei fortunata, miele.» Jules, nel frattempo, aveva acceso il bollitore e si voltò verso di lei. Il ciuffo di capelli gli copriva un occhio e parte del viso. «Tu non sei nemmeno obbligata a scegliere un preferito tra i fratelli di Michelle. Hai già la perfezione fatta persona davanti ai tuoi occhi!»

«Sì, davvero. Vanitoso, egocentrico, megalomane e anche vagamente fanatico.» Diana gli puntò contro il cucchiaino del tè, dopo averlo immerso nel miele. «Proprio una bella scelta… ma diciamo che sono costretta a preferirti!»

«Ma lo so che preferisces… sì, insomma, quella roba lì…» Jules si inceppò con il verbo e sbuffò risentito.

«Preferiresti…» lo aiutò Diana ridacchiando.

«Ecco, appunto. Sarei comunque io il preferito anche se Michelle avesse dieci fratelli!»

«Sì, è molto probabile che tu abbia ragione.»

Diana sorseggiò il suo tè. Si stava impegnando, con tutta se stessa, per essere serena. Lasciarsi andare, non pensare. Ma evidentemente chi era rimasto in Italia rifiutava di "lasciarla andare".

«Quel sogno che dicevi…» Jules la raggiunse al tavolo e si sedette accanto a lei, incoraggiandola a proseguire.

«Ho sognato questa bambina, mi ha detto di chiamarsi Sharazade… e faceva cose folli, istigando anche me a…»

Non aveva intenzione di raccontare il sogno a Jules. Ma ci si era ritrovata, nonostante i suoi propositi.

«Una bambina che fa cose folli…» Jules ripeté con espressione maliziosa. «E anche tu…»

«Ma no, sciocco! Oh Jules, non intendevo…» Diana scosse la testa ridendo, poi sospirò e tornò seria. «Lei è sempre molto decisa e poco disposta a farsi comandare. Il contrario di me, insomma.»

«Interessante. Potresti essere tu da piccola... oppure uno spirito che ti guida a fare quello che...»

«Allora, Diana vuoi sapere chi era dei tre?» La riflessione di Jules venne interrotta dall'entusiasmo con cui Michelle rientrò in cucina. «Era davvero il mio preferito! Ho un sesto senso, l'ho sempre saputo.»

«Mmh... Alessandro, quindi...» Diana aggrottò la fronte, confusa. Si era aspettata Luca, in realtà. O magari Vittorio, con qualche problema insormontabile come l'acquisto di qualcosa che al momento non poteva permettersi. Cosa poteva mai volere Alessandro da lei? Era possibile che fosse stato incoraggiato da Luca a chiamarla, ancora per la questione della casa sulla spiaggia. Aveva sicuramente più probabilità che non gli sbattesse il telefono in faccia. Si alzò stancamente per andare a rispondere. «Chissà che accidenti vuole...»

«Non ti preoccupare, Diana. Gli ho detto che lo richiamerai dopo.» Michelle tornò a sedersi al suo posto. «So io cosa vuole. Si è lasciato con la ragazza, quella Moira un po' rompipalle. L'ha detto lui questo, non io. Comunque... è rimasto senza casa al momento, poverino, perché lei lo ha sbattuto fuori e chiede se può usare il tuo appartamento mentre tu non ci sei.»

«Ma no!» La risposta di Diana giunse istintiva. «Sarà la decima volta che si lasciano in... più di dieci anni. E nel periodo in cui hanno vissuto insieme lei è sempre tornata dai suoi!»

«Una media di una volta all'anno, non è male.» Jules intervenne inclinando leggermente la testa e increspando le labbra in una smorfia. «Non capisco perché poi tornino insieme, però! Io quando lascio, lascio. E anche quando mi lasciano... meglio che non tornino più!»

«Perché evidentemente si amano! Non come te che...» Michelle riprese il fratello mentre Diana già visualizzava la scena di Alessandro a bere e fumare depresso nel suo appartamento, stravaccato sul divano.

«Contenti loro… Per me quando è finita è finita!» Gli occhi azzurri di Jules si fissarono proprio su Diana che ricambiò lo sguardo corrucciando la fronte. «O sbaglio, miele?»

Diana si strinse nelle spalle simulando un'espressione indifferente. Non aveva idea se le parole di Jules fossero rivolte proprio a lei o riguardassero ancora Alessandro. Del resto, nemmeno le importava.

«Mi chiedo perché non torni a casa da papà. La sua stanza è ancora lì, non l'hanno data via!» Diana evitò di rispondere alla provocazione di Jules tornando sul discorso del fratello scaricato dalla ragazza. «Suppongo che dovrò acconsentire, come sempre.»

«Per questo gli ho detto che eri sotto la doccia e lo avresti richiamato. Per darti il tempo di pensarci.» Michelle le strizzò l'occhio e sorrise. «Ah, comunque ha detto anche che tenterà di non combinare disastri. Vuole andare da te perché ha bisogno di stare un po' solo e pensare.»

«Tanto si starà già trasferendo da me, con o senza il mio consenso. Disastri inclusi.» Visualizzò l'immagine di Alessandro che bussava alla porta di Marisa per prendere le sue chiavi di scorta. Ma se lei avesse richiamato per dargli esplicitamente il suo consenso, forse per una volta sarebbe stato dalla sua parte. Non da quella di Luca, come sempre. «Pensare… Quando un uomo parla di "bisogno di pensare" mi inquieta di più di quando beve, fuma e sparge cartoni di pizza e lattine di birra per tutta la casa.»

«Io non ho mai bisogno di pensare, per fortuna.» Jules buttò giù l'ultimo sorso di tè e si alzò di scatto, raccogliendo la propria tazza per portarla verso il lavandino. «Io vado a trovare Dorothy. Puoi venire con me, miele, ma devi prepararti subito. Alessandro lo potrai richiamare più tardi. Tanto sarà impegnato a pensare, vero? Quindi non c'è fretta.»

«Ma sì, andiamo a conoscere questa Dorothy!» Diana annuì e sorrise. «Io invece per una volta avrei davvero bisogno di non pensare. Devo solo capire come.»

120

CAPITOLO 21

Michelle aveva rifiutato di andare a trovare Dorothy, adducendo la scusa di averla già vista, anche se solo di sfuggita, e di voler trascorrere la giornata a leggere il thriller che aveva lasciato in sospeso. Inoltre, era intenzionata a rivedere gli appunti per la fiera a cui la sua azienda avrebbe partecipato prossimamente e voleva buttare giù qualche schizzo per la nuova collezione. Diana aveva pensato che la nuova ragazza di Jules suscitasse in Michelle la stessa simpatia che lei provava per Emilia e in parte anche per Moira.

«Sei sicuro che io non sia di troppo?» Diana sbuffò rivolgendo un'occhiata sdegnata a Jules. Ma ormai erano in macchina da più di quindici minuti, diretti a Scarborough, la cittadina del North Yorkshire dove viveva Dorothy. Troppo tardi per cambiare idea. Jules aveva insistito e lei aveva ceduto. Tanto per non smentirsi. Cedeva sempre, con tutti.

«Ma no, figurati.» Jules sorrise e le lanciò un'occhiata divertita sollevando le spalle. Si passò una mano tra i capelli chiari, poi armeggiò con il lettore cd della macchina. «Puoi scegliere quello che preferisci, se vuoi un po' di musica.»

«Okay, basta che non ti metti a fare il solito. Insomma, non voglio vedere niente di osceno tra te e questa Dorothy. E non voglio restare lì, come una cretina, a fissare il soffitto o il panorama mentre tu e lei…»

Diana raccolse il contenitore dei cd da sotto il sedile e li passò distrattamente, uno dopo l'altro.

«Ehi, ma io non ho mai fatto niente di osceno!» Si girò verso Diana con espressione contrariata, poi riprese a fissare la strada di fronte a sé. «Cioè, non in pubblico almeno.»

«Certo, come se non ti conoscessi Jules! Qui, a Rimini... ovunque, direi!»

«Ma non è colpa mia se le ragazze mi saltano addosso!» Jules le prese il contenitore dei cd dalle mani e destreggiandosi con il volante ne inserì uno, apparentemente a caso, nel lettore. «Non mi sento di rifiutarle, abbasserei la loro autostima.»

«Oh, sì. Che bontà d'animo, la tua. Il salvatore del genere umano femminile!» Diana scosse la testa e sollevò gli occhi al cielo. Gli Abba, *Dancing Queen*. Forse non era stata una scelta così casuale ma almeno era una canzone allegra. «Perché hai scelto gli Abba? Non li ascolto più da una vita.»

«Ti piacevano, ricordo. Me lo hai regalato tu questo cd.» Jules sorrise posandole la mano sulla testa per un breve istante. «Canti ancora *The winner takes it all* davanti allo specchio pensando sempre a quello là?»

«Oh, piantala Jules! Mi avrai beccata una o due volte...» Diana gli rivolse un'occhiataccia e simulò una spinta. Si trattenne solo perché Jules stava guidando.

«Io direi almeno una decina di volte!» Jules scoppiò a ridere e si ritrasse preventivamente contro la sua portiera per evitare di essere colpito. «Con la tua faccina melodrammatica. E a volte ti dimenticavi di cantare in playback con l'auricolare, quindi io mi sorbivo lo spettacolo dal vivo!»

Quello là era Daniele, ovviamente. In effetti Diana non ricordava che Jules lo avesse mai nominato. Anche le volte che si erano incontrati, nel corso degli anni, Diana aveva temuto che Jules si rivolgesse direttamente a lui chiamandolo "quello là". Sempre meglio, comunque, di "lo stronzo". Ricordò una gara tra ragazzi, fino agli scogli, e l'istinto competitivo di entrambi. Nonostante Jules fosse più giovane di qualche anno rispetto a Daniele e agli altri ne aveva fatta una questione di principio e si era messo in testa di vincere a tutti i costi, anche rischiando di farsi male. Aveva perso, alla fine, anche perché era meno allenato. Ma Diana aveva la sensazione che non avesse mai mandato giù la sconfitta. Era stato un ragazzino orgoglioso e testardo.

«Idiota...» sospirò Diana. Un po' passivamente, senza eccessiva enfasi. In ogni caso Jules aveva ragione. Quella canzone era la sua canzone. E finiva per imbattervisi più spesso di quanto avrebbe desiderato, come se involontariamente la richiamasse.

«Va bene, ho capito. Cambiamo prima che ti deprimi troppo, sei già sulla cattiva strada a quanto vedo.»

Jules tornò ad armeggiare con i cd e ne inserì un altro nel lettore. Dalle prime note Diana li riconobbe immediatamente.

«Jules... con gli Air Supply non andiamo meglio. Ma non ascolti mai qualcosa che stia tra gli anni Novanta e il Duemila?» rise e buttò la testa indietro.

Jules non replicò. O meglio, replicò mettendosi a cantare *I'm all out of love* ad alta voce e con aria concentrata. Diana rise più forte tappandosi le orecchie. Ma non riusciva a non sentirlo, quindi non poté fare a meno di cedere alla tentazione e cantare lei stessa la canzone.

"I'm all out of love, I'm so lost without you
I know you were right believing for so long
I'm all out of love, what am I without you
I can't be too late to say that I was so wrong."

Inevitabilmente anche queste parole non facevano altro che richiamare la sua situazione. Diana appoggiò la tempia al finestrino e chiuse gli occhi, sospirò mordendosi le labbra. Jules intanto lasciò proseguire il cd senza più cantare. Rimase stranamente tranquillo, in silenzio fino alla fine. Diana si lasciò scivolare addosso musica e parole che aveva già ascoltato tante volte nel corso degli anni. Il dolore era ancora lì, come bloccato nella sua anima, ma si lasciò cullare dalla guida sicura di Jules e dalla melodia delle canzoni.

Tornò a rivolgere lo sguardo a Jules soltanto quando si accorse che aveva inserito un nuovo cd nel lettore. Lo fissò con espressione perplessa.

«Non siamo arrivati, miele. Puoi riposare ancora un po'.»

«No, non è questo.» Diana raddrizzò la schiena e si massaggiò entrambe le spalle con le mani. «Non sapevo che ti piacessero i Carpenters.»

«Non puoi sapere tutto di me.» Jules sorrise arricciando il naso e alzò leggermente il volume. «Ecco, questa è la mia canzone preferita.»

«Mmh…» Diana si concentrò sulle parole. *Solitaire*. L'aveva già sentita. «Molto bella. Molto triste. Non mi sembra da te ma ammetto che lei la canta in un modo eccezionale. È comunque strano che tra tutte le loro canzoni questa sia la tua preferita.»

«Karen Carpenter aveva una voce profonda e vibrante al tempo stesso. E in ogni caso… non è la mia canzone preferita dei Carpenters. È la mia canzone preferita in assoluto, Diana.»

Il tono di voce di Jules si era fatto improvvisamente serio. Poi rimase in silenzio e Diana ripercorse mentalmente le parole della canzone.

"There was a man, a lonely man
Who lost his love through his indifference
A heart that cared, that went unchecked
Until it died within his silence
And solitaire's the only game in town
And every road that takes him, takes him down
And by himself, it's easy to pretend
He'll never love again
And keeping to himself he plays the game
Without her love it always ends the same
While life goes on around him everywhere
He's playing solitaire…"

No, non aveva davvero molto senso. Non c'era nulla in quelle parole che rispecchiasse il carattere di Jules o la sua vita. Proprio nulla.

A chi pensava? Quale delle donne che aveva avuto lo faceva sentire così? Sicuramente non Elise, la prima moglie che aveva sposato quasi per gioco. Più probabile che fosse Jasmine. Forse erano tanto diversi, lui l'amava però non era riuscito a cambiare per lei. O magari Susannah… Jules scherzando diceva che era scappata con il testimone. Non aveva mai spiegato cosa fosse accaduto esattamente. Magari soffriva ancora, soffriva troppo. Oppure… Elise però era stata il suo primo amore, quindi forse si trattava proprio di lei, quella che aveva ritenuto meno probabile. Diana sospirò profondamente. Anche lei aveva avuto altri ragazzi, dopo Daniele. Era uscita con un ragazzo inglese nel corso di un'estate, un amico di Tim, il ragazzo di Michelle. Si chiamava Greg ed era simpatico, divertente. Però Diana non era riuscita a lasciarsi coinvolgere a tal punto da trasformare l'avventura in una relazione seria. Forse nemmeno lui, del resto. Certo, non era detto che Jules fosse come lei. Sicuramente c'erano state anche altre ragazze nella sua vita di cui lei non era a conoscenza. Forse erano state importanti, per lui.

«A cosa stai pensando?» Jules le rivolse uno sguardo incuriosito.

«Sto pensando a quello che pensi tu… Voglio dire, a chi pensi tu mentre ascolti questa canzone. Sto cercando di indovinarlo. Visto che tu sai a chi penso io quando… a chi pensavo…» Diana sbuffò guardando fuori dal finestrino. Vide una distesa azzurra in lontananza. Il mare, erano quasi arrivati ormai. «Ti do un consiglio. Se ora sei felice con Dorothy non ti conviene pensare ancora a un'altra. Cambia canzone preferita, Jules.»

«Io non sono come te. Non collego necessariamente le parole di una canzone a una persona, a una storia… e nemmeno a un'esperienza.» Jules si strinse nelle spalle con aria indifferente, lanciando un'occhiata verso di lei, poi oltre lei. Al mare. «Per me una canzone è solo una canzone. Amo la sua voce, mi piace la musica così intensa… Sì, anche le parole ma non perché riguardano me direttamente. Non faccio come te, Diana.»

«E va bene, se lo dici tu!» Diana si passò le mani tra i capelli, poi scosse la testa. «Però io non ti credo. È impossibile non collegare le parole di una canzone a una propria esperienza o a un'emozione che si è vissuta, anche se passata. Quindi…»

«Quindi se pensi di indagare nella mia vita per riuscire a identificare la persona o il momento che mi ha fatto sentire come l'uomo in *Solitaire* sei un'illusa, mia povera miele.» Jules ridendo prese la strada che dalla cittadina conduceva verso la baia e il porto. «Ti assicuro che non lo scoprirai mai. Per il semplice motivo che non esiste!»

CAPITOLO 22

Diana non aveva più insistito nell'indagare sul motivo della preferenza di Jules e si erano ritrovati a canticchiare *Top of the world*, sempre dei Carpenters, mentre giungevano a destinazione. Una canzone decisamente più allegra.

Jules e Diana si erano serviti spesso delle canzoni per imparare le rispettive lingue. L'idea era stata lanciata da Denise, durante il primo soggiorno di Diana a Leeds. Pensava fosse un modo decisamente più divertente e meno noioso. Si era rivelato un ottimo suggerimento. Jules aveva ascoltato tutti i dischi in italiano della madre e anche quelli più vecchi appartenuti ai nonni. Diana talvolta utilizzava lo stesso metodo anche con i suoi studenti.

Quando Diana si ritrovò di fronte alla tanto amata e celebrata Dorothy si rese conto che Jules l'aveva presa in giro per tutto il tempo. E, pur conoscendolo bene, questa volta ci era davvero cascata.

«Allora, cosa ne pensi di Dorothy?»

«Ne parli da una vita, ma non avrei mai creduto che un giorno saresti riuscito ad averla davvero!» Diana mosse qualche passo avanti e indietro per osservarla meglio. «Sei sicuro di riuscire a tenerla? Non voglio mettere in dubbio le tue capacità…»

«Oh, invece sì. Hai sempre messo in dubbio le mie capacità, anche quando si è trattato di moto, macchine, arrampicata o rafting.» Jules rivolse a Diana un'occhiata risentita. Solo qualche istante dopo la stessa occhiata divenne adorante, su Dorothy. «Non ci uscirò con il mare in tempesta, ovvio. Ma se hai così poca fiducia non ti porterò mai con me!»

«Non ti offendere, ragazzino. Non ho mai messo in dubbio…» Invece sì. Jules aveva ragione, lo aveva sempre fatto.

Diana si aggrappò al suo braccio, iniziando a fargli il solletico. «Lo so che l'hai sempre voluta. E devo ammettere che è proprio bella. Ha una linea così...» Diana gesticolò cercando di descriverla, senza riuscirci. Non se ne intendeva affatto. Era bella, sì. Bianca e blu, in legno all'interno e dalla linea affusolata. Con la vela tesa a sfidare il vento. Decise di cambiare tattica e passare ai complimenti al nuovo proprietario, per farsi perdonare. «Sì, tutto sommato sarai un ottimo marinaio.»

«L'amo follemente.» Jules fece un respiro profondo e fissò la sua barca a vela con uno sguardo ancora più adorante. «A vent'anni sognavo di farci il giro del mondo. Probabilmente farò solo un piccolo giro del Mare del Nord, forse salirò fino a Edimburgo se mi va bene.»

«Perché l'hai chiamata Dorothy?» Diana non riuscì a trattenere la curiosità. «Da piccolo ti piaceva il mago di Oz? Non lo sapevo. O è davvero il nome di qualche tua ex?»

«No, niente mago di Oz e niente ex. In realtà si chiamava già così. E io non sapevo come altro chiamarla, quindi è rimasta Dorothy. Era la moglie dell'uomo che me l'ha venduta, è morta due anni fa. Non mi ha chiesto molto e mi ha aiutato a sistemarla. Così, anche in segno di rispetto, ho lasciato il suo nome.» Jules increspò le labbra e si strinse nelle spalle con un sospiro profondo. «Dalla sua morte era rimasta ancorata qui. Navigavano quasi sempre insieme. Mark non era più riuscito a salirci a bordo o a uscire in mare senza di lei. Abbiamo fatto qualche breve giro e ovviamente gli permetterò di usarla quando se la sentirà. Magari un giorno la rivorrà indietro... Per questo l'ha ceduta a me. Se la rivorrà io gliela restituirò.»

«Sei un bravo ragazzo, Jules.» Diana sospirò aggrappandosi al suo braccio, posò la testa sulla sua spalla.

«Non esagerare. Sono... normale, direi.» Jules sorrise accarezzandole fugacemente la schiena. «Allora... vuoi salire o hai paura?»

«Jules, sono nata in una città di mare! Non ho certo paura di una barchetta.»

«Sarai anche nata in una città di mare ma da quanto ricordo sei piuttosto scarsa come nuotatrice. È già tanto se riesci a stare a galla.»

Diana si staccò da lui e incrociò le braccia con una smorfia. Era vero. Ma non lo avrebbe mai ammesso.

«Voglio proprio vedere come te la cavi tu come marinaio!»

Andarono a comprare fish and chips in un negozio di fronte, poi Jules saltò a bordo e le tese la mano per aiutarla a salire in barca. Rimasero a mangiare ancorati al molo. Era una splendida giornata. Il sole picchiava fin troppo forte, trattandosi pur sempre di un sole del nord dell'Inghilterra. Ma Diana sapeva per esperienza che aveva il potere di scottare anche di più di quello di Rimini. Almeno su di lei aveva questo effetto. Aprì la borsa alla ricerca della sua crema protettiva che si spalmò sul viso, sulle braccia, sulla porzione di gambe che i pantaloni al ginocchio lasciavano in parte scoperte. Poi la passò a Jules che però la rifiutò con una scrollata di spalle.

Diana sospirò profondamente osservando il mare così blu, così intenso. Adorava quel paesaggio marino, totalmente diverso dal suo ma ugualmente splendido, affascinante. Una parte di lei avrebbe desiderato poter restare lì per sempre e ricominciare tutto da capo, dimenticare tutto il passato. La sua vita, la sua casa, il mondo a cui apparteneva. Anche lui. Sì, anche lui.

Si voltò, rendendosi conto che Jules la stava osservando senza dire niente.

«Michelle l'ha già vista?» disse la prima cosa che le venne in mente solo per non fargli capire a cosa e a chi stava realmente pensando.

«Sì, ma come sempre preferisce lavorare. Ora non ha altro in mente che quella fiera e le idee per la nuova collezione. Pretende che tutto sia perfetto, nei minimi particolari.» Jules sbuffò trattenendo uno sbadiglio. «Vive per la sua azienda. Io invece...»

«Tu sei un ragazzino viziato, Jules. Come tutto il genere umano maschile, del resto.»

«Ho solo due anni meno di te e continui a chiamarmi ragazzino.» Jules rise scuotendo leggermente la testa. Poi si alzò e Diana lo seguì con lo sguardo. Senza avvisarla aveva sganciato la corda che teneva la barca ancorata a riva. Dorothy così si mosse oscillando piano. «Tieniti, miele.»

«Hai deciso di uscire in mare perché ti ho chiamato ragazzino viziato?»

«Sì, potrebbe essere. Mi voglio vendicare e gettarti in acqua al posto dell'ancora. Lontano però da sguardi indiscreti.»

«Ma tu sei davvero viziato, Jules. Come i miei fratelli.»

Diana si aggrappò alla panca dove stava seduta, strinse forte il legno con entrambe le mani.

«Io non sono uno dei tuoi fratelli.» Jules si trattenne saldamente all'albero maestro della barca. Poi con una mano si tirò indietro il ciuffo di capelli che gli ricadeva sugli occhi. La sua maglietta azzurra disegnava perfettamente il torace piatto e le spalle larghe. No, decisamente non era più un ragazzino. E non era uno dei suoi fratelli. Ma era come se lo fosse. Diana non poteva e non voleva dimenticarlo. «Mi occupo della parte amministrativa dell'azienda, non mi porto il lavoro a casa o in giro quando ho bisogno di staccare per divertirmi. Faccio il contabile, non il creatore di mostriciattoli, quegli orsetti odiosi li lascio a Michelle.»

«Non sono affatto odiosi! Dici così perché quando hai provato tu a crearli hai combinato un disastro dopo l'altro, proprio come me! E non ti sta bene non riuscire in qualcosa, Jules.» Nonostante tutto Diana non poté fare a meno di ridere. Jules la raggiunse tornando a sedersi accanto a lei. «Ma io li adoro comunque! Anzi, un giorno...»

«Un giorno?» Jules inclinò il viso posando gli occhi azzurri su di lei.

«No, niente... sono cose che si dicono tanto per dire...»

«Potresti entrare in società con Michelle... Se non vuoi restare a Rimini puoi trasferirti da noi. Michelle stava pensando di fondare una rivista proprio quest'anno, in occasione del centenario. In quello potresti davvero aiutarla. E poi nel disegnare vestitini per i mostriciattoli non sei affatto male, lo sai. Ne hanno già utilizzati diversi dei tuoi!»

La voce di Jules si fece dolce, quasi carezzevole. O forse no, era sempre la stessa. Era solo una sensazione di Diana che la percepiva in modo differente perché il suo invito corrispondeva in parte a uno dei suoi desideri inconfessabili. O meglio, inattuabili. Però era vero... nel 2003 si festeggiava il centenario degli orsetti, in tutto il mondo. Sarebbe stata un'occasione unica e irripetibile far coincidere il suo cambiamento di professione proprio con quella data.

«Lo sai che non posso, per me è solo un hobby.»

«Perché no? Tutto è possibile. Guarda me, ho sempre voluto una barca e ora è mia! E la amo più di tutte le mie ex messe insieme! Mogli, fidanzate, amanti...»

«Jules... tu sei tu!» Sì, Jules era fatto a modo suo. Amava la sua barca Dorothy più delle sue ex mogli, fidanzate, amanti. Ma Diana non era così. Diana aveva amato solo un uomo nella vita. E trasferirsi in Inghilterra avrebbe significato lasciarlo andare, perderlo per sempre. Soprattutto ora. Nel timore che Jules le leggesse nel pensiero deviò il discorso altrove. «Io devo pensare a mio padre, ai miei fratelli... Poi ho il mio lavoro.»

«Diana, tuo padre e i tuoi fratelli non sono dei bambini. Comunque, potresti sempre tornare di tanto in tanto. E il lavoro non deve essere per forza lo stesso che hai scelto quindici anni fa. Si può anche cambiare, lo sai?» Jules increspò le labbra e la fissò negli occhi, questa volta l'espressione ridente e scherzosa era scomparsa dal suo viso. «Sempre che siano davvero queste le vere ragioni.»

Diana scosse la testa, evitando di rispondere. Lui aveva capito. Ovvio che avesse capito. La conosceva bene, esattamente quanto la conosceva Michelle. Forse anche di più perché quell'anno in cui era arrivata a casa loro con il cuore a pezzi lui c'era ed era rimasto tutto il tempo. In silenzio spesso, a osservarla. Non potevano fare altro i primi tempi, quando Denise non era presente per fare da interprete. Si erano scrutati per settimane, iniziando poi a pronunciare le prime frasi di senso compiuto in una lingua straniera per entrambi.

«Sono solo un po' irritata per la richiesta di Alessandro. Sembra che tutti mi usino solo quando fa comodo a loro.» Diana tentò abilmente di deviare il discorso su un altro argomento spinoso.

«Sei sicura che sia solo per questo?»

«Non è solo per questo.» Non gli avrebbe parlato di Daniele. Si sentiva una stupida. Era effettivamente una stupida. Ma l'altra questione che la angosciava non era comunque di minor importanza. «I miei fratelli vogliono vendere la casa sulla spiaggia. Luca soprattutto, vorrebbe la parte di zia Linda che lei aveva deciso di vendere a me… ma io al momento non posso proprio acquistarla. In realtà non posso e basta. Non credo che la situazione cambierà in futuro. E insomma… la mia parte sarebbe solo mia, però…»

«Se è tua, cosa c'entrano i tuoi fratelli?» Jules incrociò le dita e appoggiò i gomiti sulle ginocchia. Poi si girò verso di lei, fissandola concentrato.

«Era ciò che avrebbe voluto mia madre. Ecco, vedi… la casa sulla spiaggia si è sempre tramandata per via femminile, quindi lo ha dato per scontato. Anche se effettivamente suppongo sia una sciocchezza. Mio padre però ha paura, dice che è una casa stregata e non ne vuole sapere. Luca invece la vuole. Alessandro sta sempre con lui, in qualunque questione. Vittorio se ne frega. Forse con lui vado più d'accordo ma gli interessa soprattutto ciò che gli conviene al momento, il più delle volte.»

«Sì, ricordo che tua zia aveva raccontato qualcosa sulla casa stregata che non doveva appartenere a un uomo.» Jules annuì sorridendo. «Possibile che tu discenda davvero da una dinastia di streghe.»

«Sarei un fallimento anche come strega perché non so fare nessuna magia.» Diana si appoggiò con i gomiti alla barca, spinse leggermente la testa all'indietro e chiuse gli occhi per un

132

attimo, lasciandosi accarezzare dalla brezza leggera. Quando li riaprì vide che Jules la stava ancora osservando. «Devo dare una risposta quando torno. O meglio, devo prendere una decisione. E non vorrei, davvero. Non voglio…»

«Se non vuoi allora non cedere, Diana. Quella parte della casa è tua. Ti basta dire di no. Non possono fare niente per obbligarti, quindi tu… ribellati, da brava strega.»

«Jules…» Diana abbassò il viso scuotendo la testa, lentamente. «Non basta dire che non voglio qualcosa. I miei fratelli con me non si comportano come con Michelle o con te. O forse io non sono mai riuscita a farmi rispettare, è colpa mia. Ricordo che hanno sempre trattato Michelle come una regina, quando è stata da noi. Anche mio padre. La adoravano tutti. Io invece sono sempre stata una specie di servetta non pagata, ai loro comandi.»

«Beh… c'ero io a trattarti da regina quando stavi con noi. Vero?»

Diana sollevò il viso, lo guardò seria per poi scoppiare a ridere.

«Tu? Ma se mi trattavi come un oggetto non identificato appartenente a un altro pianeta?» Scosse la testa, continuando a ridere. «Ti sei sempre fatto gli affari tuoi, altro che regina! Ogni estate ne avevi una diversa, anzi… anche più di una. Ricordo la francese, la greca… la svedese.»

«Ho sposato la svedese. Quella che intendi tu era finlandese.» Jules si passò entrambe le mani tra i capelli e guardò il cielo. Poi socchiuse gli occhi. Diana osservò il suo profilo, le labbra appena socchiuse e l'ombra che le ciglia disegnavano sul suo volto. Si rese conto che in fondo non era molto cambiato, nonostante fossero trascorsi così tanti anni dalla prima volta in cui lo aveva incontrato. «Ma tu non mi consideravi, in ogni caso. Anche quando tentavo di essere gentile. E quando mi sforzavo di parlarti in italiano mi guardavi con quell'espressione schifata…»

«Jules, la cosa che ti riusciva più facile memorizzare erano le parolacce! Per questo avevo l'espressione schifata! E poi...»

«E poi avevi l'aria sofferente cronica a causa di quello là, lo so.» Jules tornò a puntare gli occhi azzurri su di lei. E Diana comprese immediatamente cosa stava per chiederle. «Come va ora? Visto che lei...»

«No, no. Non è possibile.» Diana corrucciò la fronte distogliendo lo sguardo. «Anche se lei avrebbe voluto che...»

«Che tu ti prendessi cura del maritino inconsolabile.»

Ne avevano già parlato. Jules e Michelle sapevano. Ma a Diana era sembrata un'assurdità, qualcosa che si dice tanto per dire.

«Non poteva intendere davvero.»

Non riuscì a trattenersi. Del resto, Jules era suo amico da tanto tempo. E Diana aveva bisogno di confidarsi con qualcuno, di un parere esterno a sé stessa e a Daniele. Gli unici di cui sapeva potersi fidare ciecamente erano Jules e Michelle.

«Lei non c'è più, Diana. Che intendesse davvero o no non cambia. Importa ciò che vuoi tu. E ciò che vuole lui, suppongo.»

«Lui sembra che... Ecco, prima di partire ci siamo visti. E mi è sembrato che volesse...»

«Stare con te?»

Diana annuì brevemente ma allo stesso tempo si sentì assalire dalla confusione. Era incerta, quasi incredula. Anche tanti anni prima aveva creduto. E si era sbagliata. Gli anni erano trascorsi ma il timore di sbagliare ancora, di fraintendere parole e atteggiamenti non l'aveva mai abbandonata. Non solo con Daniele.

«Te l'ha chiesto?» La domanda diretta di Jules la fece trasalire.

«Non è così facile...»

«Ma certo che lo è, invece! Basta dire...» Jules sospirò e si schiarì la voce, fissandola serio negli occhi. «Vuoi stare con me, Diana?»

«No, insomma… non così direttamente. Mi ha mandato una e-mail, dicendo che gli manco e vuole parlarmi.»

«Se è quello che vuoi, quello che hai sempre voluto…» Jules sbuffò sollevando le spalle. «Io ne approfitterei se fossi in te. Hai avuto anche il consenso della prima moglie, come Rossella O'Hara.»

Jules aveva lo straordinario talento di trasformare una discussione seria in una burla. La stava prendendo in giro?

«Rossella O'Hara?»

«Sì, alla fine… quando la moglie del tizio le dice di prendersi cura del maritino…»

«Melania… e il tizio è Ashley. Jules tu sei…»

«Oh, no. Io mi vedo più come Rhett Butler. Comunque sì, Ashley. Quel tipo floscio che lei ama per tutta la durata del film.» Jules annuì ridacchiando.

«Ti rendi conto che stai paragonando me… a Rossella O'Hara? Io… io non sono così stronza! Io sono una vittima delle circostanze!» No, Diana non aveva proprio nulla a che fare con Rossella. Non aveva proprio senso il paragone. Lei aveva semplicemente abbandonato la presa, lasciato andare. Sofferto in silenzio, almeno per Daniele e Francesca. «E poi come fai a ricordare *Via col vento* così bene? Io, Michelle e tua madre lo abbiamo visto un sacco di volte, ma tu… In ogni caso io ho sempre preferito Ashley. Rhett Butler era un mascalzone impenitente!»

«Sei probabilmente l'unica donna al mondo a preferire Ashley. Devi essere proprio una strana creatura, un'aliena proveniente da un altro pianeta.»

«Non è vero! Sono certa che ci siano altre donne…»

«O forse il tuo è un vizio. Preferire chi non ti vuole, anche nei film.»

Jules si morse il labbro inferiore appena terminata la frase. Forse si era reso conto di aver esagerato, di essersi spinto troppo in là. Si voltò verso Diana con aria dispiaciuta, come a scusarsi.

Ma Diana non si era offesa, non seriamente. Gli stava mettendo il muso, ma non era davvero ferita dalle sue parole.

«Davvero ti sembro Rossella, così avida e manipolatrice?» Stranamente sembrava che il paragone la intrigasse. «Non so se la ricordi bene nel film... non è una brava ragazza.»

«In realtà ho letto anche il libro, miele. E no, non è una brava ragazza anche se a suo modo è adorabile.» La rivelazione di Jules la colse di sorpresa. «Io credo che tu... forse dovresti un po' più...»

«Il libro è diverso. Forse è anche peggio nel libro. Però è un personaggio significativo e indimenticabile. Io significativa e indimenticabile non lo sarò mai.»

«Allora cerca di diventarlo. Datti una mossa, insomma! Prendi a calci nel culo i tuoi fratelli. E riprenditi quello là, se proprio lo vuoi. Secondo me non fai un buon affare, ma lo hai sempre voluto.» Jules si alzò e andò a scrutare l'orizzonte. «Portiamo Dorothy a casa, si sta facendo buio.»

Diana annuì con un sorriso appena accennato. Per Jules era sempre tutto talmente facile, talmente "raggiungibile". Lui raggiungeva sempre i suoi obbiettivi, infatti. In un modo o nell'altro. Forse avrebbe dovuto davvero seguire i suoi consigli e trasformarsi in una sorta di Rossella O'Hara del ventunesimo secolo. Ma ne aveva veramente l'indole, la propensione? Indipendentemente da questo c'erano questioni su cui quel ragazzino scapestrato di Jules Wilsen aveva indubbiamente ragione. Doveva darsi una mossa. Prendere a calci nel culo i suoi fratelli. E riprendersi quello là, se proprio lo voleva. Quello là. Daniele.

CAPITOLO 23

Il vecchio che li attendeva al molo aveva la pelle ruvida e abbronzata, tipica dei marinai. A Diana apparve come un pescatore di altri tempi. Un personaggio che avrebbe fatto la sua degna figura in un romanzo d'avventura.

«Mark!» Jules lo salutò sollevando il braccio, poi preparò la fune mentre la barca lo aveva quasi raggiunto e stava per essere inserita nel suo spazio tra altre due barche.

Ancora prima che lo nominasse Diana aveva intuito che si trattava di lui. Avvicinandosi comprese che l'uomo non era solo segnato dal tempo e dalle giornate trascorse in mare. Ma i suoi occhi, di un azzurro ancora limpido, erano attraversati da un dolore da cui probabilmente non sarebbe mai guarito. Una perdita, una mancanza ancora viva, immutabile.

«Splendida giornata per un giro in barca, vero signorina?» Mark salutò Jules con un cenno del capo e si rivolse direttamente a Diana posando gli occhi sul suo viso. Poi tornò a scrutare Jules. «Ti sei trovato una fidanzata? Hai buon gusto, ragazzo.»

«No, assolutamente. Non porto in barca le fidanzate.» Jules saltò sulla banchina allungandosi per avvicinare la barca, attraccarla e legarla al molo. «Lei è Diana. La mia... non fidanzata.»

Diana rise di gusto mentre Mark tendeva la mano verso di lei per aiutarla a scendere. Con un piccolo salto si ritrovò di fronte a lui.

«Non starei mai con un tipo poco raccomandabile come Jules. Lo conosco troppo bene, ormai.»

Mark sorrise e annuì. Nonostante il dolore ancora vivo in lui lo sguardo che rivolse a Diana era sereno, rassicurante.

«Secondo me è meno peggio di quel che sembra. Dagli una possibilità.»

«Forse ha ragione, si può ancora recuperare.» Diana confermò e lanciò un'occhiata a Jules, perso a rimirare Dorothy ormai ormeggiata al porto. «Nonostante la scorza ruvida ha un cuore tenero.»

Jules percorse pochi passi e li raggiunse, posando la mano sulla spalla di Mark. «Andiamo a bere qualcosa?»

Mark acconsentì e Diana li seguì verso il pub poco distante. Non si sbagliavano. Né lei né Mark. Jules era proprio così. Nonostante i suoi guai, nonostante i suoi errori, non aveva mai avuto intenzioni crudeli o egoiste. Si perdeva e poi tornava sui suoi passi con l'ingenuità di un ragazzino, spesso. Per questo persisteva a chiamarlo così. Spesso confidarsi con lui le infondeva un'energia e una vitalità che da sola non riusciva a possedere o a esprimere. Non la compativa e non la consolava mai, non le forniva il suo appoggio e nemmeno la sua comprensione incondizionata. Se cercava questo era preferibile Michelle, molto più adatta all'empatia femminile. Jules invece le dava come una scossa di impetuosità quasi virile e anche un po' egocentrica. Il coraggio di lottare per prendersi ciò che desiderava davvero. La forza di non arrendersi e di sfidare il mondo.

Michelle, nei giorni seguenti, fu ancora più impegnata con la preparazione della fiera. Nonostante tentasse di controllarsi non riusciva a reprimere la tensione. Creava non solo giocattoli, ma opere d'arte per collezionisti. Ed era alla costante ricerca di fonti d'ispirazione per nuove idee. Aveva vinto numerosi premi per le sue creazioni e di conseguenza attirava molti collezionisti, forse ancora di più di sua madre e di sua nonna. Il suo nome stesso, legato a quello dell'azienda fondata da Brighid e al loro marchio, era diventato una garanzia. Gli orsetti erano in gran parte fatti a mano e venivano utilizzate le stesse tecniche tradizionali e spesso anche gli stessi materiali di quando l'azienda era stata avviata. Erano state introdotte delle macchine per aumentare la produzione e assicurare l'esportazione anche all'estero, ma queste non venivano utilizzate in ogni passaggio. Michelle garantiva che il primo passaggio, tagliare le componenti del peluche in base al modello, veniva fatto a mano, così come la riempitura. Era necessaria una combinazione di vari materiali e abilità perché il risultato fosse eccellente e l'alta qualità indiscutibile.

Diana l'aveva seguita in azienda per darle un supporto, più che altro morale. Non era inserita nell'ambiente, nonostante fosse uno dei suoi sogni. Per quanto Jules disprezzasse apertamente quegli orribili orsetti, Diana li aveva sempre trovati di conforto, anche prima di conoscere Michelle e la sua famiglia.

«Cosa ne pensi?» Di fronte a un grande tavolo stracolmo di schizzi Michelle le mostrò i progetti per i nuovi modelli. Nonostante gli orsetti fossero la sua passione principale e la tradizione dell'azienda com'era stata ideata da sua nonna, aveva iniziato a creare anche altri animaletti, seppur in misura minore. Cuccioli per la maggior parte: gattini, cagnolini, scimmiette, coniglietti, cavallini, paperelle, pecorelle, un'intera gamma di animali della fattoria. «Sono solo i primi schizzi, i disegni veri sono più elaborati. Se vuoi più tardi ti faccio vedere qualche prototipo, sono in lavorazione al momento. Poi c'è la nuova serie di orsetti musicali. Ce n'è anche uno che russa quando lo stendi e uno che ride quando lo abbracci. Forse mi sono spinta troppo in là!»

Michelle rise di gusto andando a recuperare altri schizzi da mostrare a Diana.

«Secondo me è un'idea divertente! E anche gli altri animaletti mi piacciono molto. Sono più moderni e si vede. Però non si discostano troppo dal modello originario, almeno per quanto riguarda gli orsetti. I classici orsetti Steiff o quelli in stile Paddington sono intramontabili, non potranno mai essere sostituiti. Ricordo ciò che diceva tua nonna… il musetto è ciò che più importa, come se ti dicesse: "Vieni a prendermi e portami a casa con te!" A questo invito io non riesco mai a resistere, lo sai!»

«Abbiamo apportato qualche piccola modifica ai nostri Milton e Freddie.» Michelle continuò a ridere mostrando un altro modello a Diana. «Questo, ad esempio, è il nostro nuovo Julbear. Jules lo ha odiato fin dal primo istante, dice che se tenterò di piazzarlo sul mercato andremo in fallimento, saremo rovinati e sarà tutta colpa mia! Però l'aria un po' sorniona e assonnata insieme mi ha suggerito il nome.»

Diana scoppiò a ridere e sollevò lo schizzo per osservarlo meglio. Michelle da tempo si era lanciata anche nella produzione di orsetti somiglianti a personaggi storici o comunque famosi, per lo più scrittori e artisti. Così come aveva tentato di creare orsetti vagamente somiglianti a gran parte delle persone che conosceva, Diana inclusa.

«In effetti noto una forte somiglianza. Non ti era mai riuscito così bene! Ne prenoto già uno tutto per me, fin da ora!» Davvero l'orsetto disegnato aveva l'espressione furba ma noncurante di Jules. Ancora più dei tentativi fatti da Michelle in precedenza. «Non far caso a quel che dice Jules, secondo me avrà un gran successo! Lui li odia tutti solo perché, come me, è incapace di crearli. Per fortuna tu invece sei un genio! Io riesco molto meglio come semplice collezionista.»

«Tu non sei un disastro come credi, Diana. Hai tentato solo una volta o due, non ti devi arrendere. Devi provare ancora, tutti hanno creato disastri all'inizio, io compresa! Jules è un caso a parte.» Michelle sospirò alzando gli occhi e rigirandosi per appoggiarsi al bancone. «Non sa cosa voglia dire la pazienza, anche se si era messo d'impegno per un po'. Potrei rivolgermi a lui solo se volessi creare il "modello Frankenstein" da come metteva insieme i pezzi!»

«Non farti sentire da lui!» Diana rise e poi sospirò con espressione corrucciata. «Tu hai creato il tuo primo orsetto a otto anni… e sei migliorata sempre di più!»

«Io non conto come paragone, tra mia nonna e mia madre sono nata in questo mondo.»

«Questo è vero, però magari...» Diana sorrise. Avrebbe potuto fare un altro tentativo. Sì, forse un giorno. Appena raggiunta un po' di calma, di tranquillità. Decise di cambiare discorso, per non pensarci troppo, al momento. Continuò a sfogliare l'album che Michelle le aveva presentato. «Anche questi modelli mi sembrano più moderni rispetto al solito.»

«Sì, sono modelli più innovativi. E anche idee per altri animaletti, alcuni più tradizionali, altri decisamente moderni. Uno dei nostri nuovi ragazzi ha suggerito anche di produrre dinosauri, brontosauri e animali primitivi vari.»

«Si potrebbe tentare... con espressioni carine o buffe non sarebbe male come idea.» Diana sorrise un po' incerta e poi annuì più convinta. Raccolse in una mano un piccolo esemplare di Freddie, uno dei primi orsetti prodotti da Michelle per la "Bríd Bears and Friends". «Lui rimarrà sempre e comunque il mio preferito, lo sai.»

«Certo, come si dice... il primo amore non si scorda mai.»

«Mmh...»

Involontariamente Michelle aveva battuto proprio sul tasto dolente. Diana si sforzò di non collegare quella semplice battuta alla sua vita personale. Dopo un istante di disorientamento ci riuscì. Ma per farlo dovette cambiare completamente discorso.

«Non ti sembra di lavorare troppo, ultimamente?»

«Questa fiera a York è importantissima, lo sai. Poi in coincidenza con il centenario...» Michelle sospirò e si strinse nelle spalle. «E sai che... insomma, non mi sento di affidare la gestione a nessuno anche se la mamma tornerà a breve, proprio per aiutarmi con la fiera. Mi fido dei miei assistenti, ovviamente. Ma voglio mantenere il controllo. Avrò tempo dopo per riposare. Quando le grandi catene e i negozi acquisteranno i nuovi modelli dal mio catalogo e aumenteremo la produzione. E dovremo gestire anche i nostri negozi originali, al meglio. Ne stiamo aprendo uno anche a Dublino e dovrò andare per l'inaugurazione appena sarà pronto. In realtà alla fine progettavo un viaggio in America per vedere Tim, ma purtroppo...»

«Purtroppo?» Diana riprese il discorso lasciato in sospeso dall'amica. «Perché no, Michelle? Per un po' puoi affidare l'azienda a tua madre e a Jules, oppure...»

«Non si tratta di questo. Timothy mi aveva promesso che sarebbe tornato in giugno. Ancora prima doveva essere aprile... e siamo ormai agli inizi di agosto.» Michelle scosse la testa rimettendo in ordine l'album e i fogli con gli schizzi dei nuovi modelli. «Sapeva che sarebbe stato un periodo difficile per me, che ci stavamo ampliando. E probabilmente lo è anche per lui, lo capisco. Ma mi chiedo che senso abbia andare avanti, a questo punto. Se non riesce a rispettare le promesse e continua a prendere tempo.»

«La distanza è un fattore superabile. Io credo che prima o poi tornerà qui.» Diana non ne era sicura. Ma non voleva scoraggiare Michelle con eccessiva negatività. «Tu sei... insomma, sei ancora innamorata di lui?»

«Questo è uno dei problemi. Non lo so.» Michelle sollevò il viso su di lei e il suo sguardo divenne improvvisamente schietto, sincero. «La verità, Diana. La verità è che non mi manca nemmeno, ultimamente. So che sto con lui perché... ci sto da anni, ecco! Ma non lo sento...»

«Io credo che dovresti... provare a uscire un po' forse...» Con un altro. Del resto, Michelle era una donna bellissima, molto corteggiata ovunque. Diana non osò pronunciare quelle parole apertamente.

«Forse hai ragione ma al momento ho troppo lavoro e pochissima voglia di distrarmi.» Michelle inclinò leggermente il viso, in un atteggiamento che ricordava incredibilmente Jules. Fissò gli occhi verdi su Diana con aria vagamente indagatrice. «Tu, piuttosto?»

«Io... lo sai...» Lo sguardo di Diana si incupì. Certo che Michelle sapeva. Da tanti anni sapeva. Sapeva tutto, era l'unica a cui aveva osato confessare le sue reali sensazioni. Nemmeno con Francesca aveva mai potuto farlo davvero, per ovvi motivi. «Mi rendo conto che non sia molto normale. Anzi, non lo è per niente. È come se fossi rimasta indietro più di vent'anni, ancora lì. E lo so, razionalmente, che è assurdo. Ma non riesco a uscirne. Sono bloccata.»

«Evidentemente lo ami ancora. E adesso che è passato un po' di tempo, Diana... potrebbe anche accadere.»

Il discorso di Michelle era abbastanza logico e sensato. Ma il tempo trascorso aveva davvero tutta questa importanza? Era il tempo il problema vero? Oppure Daniele? O forse, proprio lei?

«C'è qualcosa che devo ancora superare, Michelle.»

«Il fatto che Francesca non ci sia più. Ti manca? Ti senti in colpa in qualche modo?»

«Forse...»

Non era esattamente così. E Diana temeva di approfondire troppo la questione. Magari stava diventando davvero egoista, come suggeriva Jules. Rischiava di avviare un processo inevitabile in cui si sarebbe sentita in colpa proprio perché non si sentiva abbastanza in colpa. Ma la verità era un'altra. Daniele l'aveva lasciata, senza porsi troppi problemi, senza eccessivi scrupoli. L'aveva lasciata per la sua migliore amica, creando inesorabilmente un solco tra loro. Una cicatrice che nel cuore di Diana non si era ancora chiusa. Francesca e Daniele erano andati oltre. Non lei. Nemmeno dopo tanti anni. Non li odiava, non li aveva mai odiati davvero del resto. Forse se l'avesse fatto si sarebbe liberata di tutto quel dolore, sarebbe stato più semplice. O forse no, sarebbe stato anche peggio. Non ne era certa. Ma non riusciva a dimenticare il vuoto, la sensazione di abbandono, di solitudine. Quell'abisso profondo che avevano scavato in lei, quell'estate.

«Sai cosa potresti fare, Diana?» La domanda di Michelle interruppe improvvisamente i suoi pensieri che, indipendentemente dalla sua volontà, finivano per attorcigliarsi sempre su se stessi, stringendola come nella tela di un ragno. E non cambiavano mai, da troppo tempo ormai. «Potresti trasferirti davvero qui. Non solo pensarlo ogni tanto. Diventare mia socia. Iniziare una nuova vita. Ti ho già accennato alla mia idea sulla rivista, non solo per collezionisti e appassionati, ma anche per gente comune che si avvicina a questo mondo… e tu potresti aiutarmi a gestirla.»

«Questo significherebbe lasciare il mio lavoro, la mia casa.» Diana dovette ammettere con se stessa che il cambiamento non sarebbe stato poi così negativo, tutt'altro.

«Onestamente, Diana. Ami il tuo lavoro a tal punto da sentirti così legata?»

Diana scosse appena la testa. Michelle non era stata l'unica ad accorgersene. Stava diventando fin troppo evidente.

«Ci sono dei momenti in cui davvero butterei tutto all'aria, Michelle. E non da adesso, da un sacco di tempo.»

«Allora perché non lo fai?»

«Ho paura. Ho paura a lanciarmi in una nuova avventura, in una nuova sfida. Però, la verità…» Diana sospirò passandosi entrambe le mani sul viso, per poi lasciarle cadere e appoggiarsi al grande tavolo che aveva di fronte. «La verità è che ci sono momenti in cui non so se ho più paura a tornare indietro o ad andare avanti.»

CAPITOLO 24

La fiera di York aveva ottenuto un enorme successo. Per Michelle e la sua azienda in modo particolare. Questo significava che i nuovi modelli erano stati apprezzati e accolti con favore, alcuni addirittura con entusiasmo, e la produzione era aumentata notevolmente. Diana aveva seguito attivamente i vari processi, guadagnando esperienza e allo stesso tempo una libertà di spirito e una gioia che l'avevano in gran parte distolta dai problemi che si era trascinata dietro.

Su suo consiglio, Michelle aveva creato dei nuovi abitini e cappellini per i suoi animaletti. E Diana, considerando i suoi problemi di spazio, le aveva dato l'idea di creare anche una mini-collezione, accompagnata da accessori vari: orsetti mignon che potevano essere considerati anche piccoli portafortuna e potevano essere contenuti in una borsetta, in uno zaino o in un cestino. Si sentiva coinvolta in un grande progetto. Aveva raccolto tutte le fotografie della collezione e della fiera per inserirle nella rivista, appena fosse stata fondata. Gran parte erano state scattate da lei e da Jules, che almeno come fotografo se la cavava egregiamente.

Diana si sentiva felice, come se quel successo fosse un po' anche suo. Tanto che si era lanciata nel disegno di qualche modello lei stessa e l'aveva orgogliosamente mostrato a Michelle e a Denise che le aveva proposto di aiutarla a creare qualche prototipo, passo per passo. Voleva sapere di più. Voleva imparare tutto ciò che ancora non sapeva, che non capiva. Voleva cogliere l'attimo. Ribellarsi, come aveva suggerito quella piccola Sharazade nei suoi sogni. Non la sognava da un po', ormai. Ma la pensava spesso.

Lo scambio di e-mail con Daniele, la sera, la riportava indietro. Sempre, anche se a volte aveva cercato di ignorarle. Si era sforzata. Aveva deciso di non cedere. Almeno fino a quando lui la supplicò espressamente di tornare. Stava male, sentiva come se la sua stessa esistenza si stesse spezzando e lei gli mancava tremendamente. Proprio così aveva scritto. Gli mancava tremendamente. Come se Diana, con la sua sola presenza, potesse ricomporre una storia, un vissuto ormai in frantumi. Lei era la sua forza. Anche questo le aveva scritto nella sua ultima e-mail. Ma Diana non era affatto d'accordo. Lei non poteva essere la forza di nessuno. Non riusciva a reggere nemmeno se stessa, in realtà. Ma anche lui le mancava, questo non poteva fare a meno di ammetterlo.

I genitori di Michelle e Jules erano intanto rientrati appositamente prima della fiera. Diana era lieta di poter trascorrere qualche giorno insieme a loro.

«Lo sai che questa è casa tua e puoi restare qui tutto il tempo che vuoi, vero Diana? Con tutto il tempo che vuoi intendo anche per sempre, se ti fa piacere.»

Il sorriso limpido e luminoso di Denise le riempiva il cuore di una dolcezza e di una familiarità che non provava da tempo. O che forse non aveva mai provato, nemmeno con la sua stessa madre. Era mancata da troppo tempo per ricordare. E con zia Linda e zia Rita era tutto diverso. Troppo vivace e avventurosa una, troppo melensa e convenzionale l'altra. Per un verso o per l'altro, entrambe l'avevano fatta sentire sbagliata.

«Sì, grazie Denise. Io vorrei davvero tanto…»

«Secondo me non dovresti proprio andare via! Se telefoneranno chiedendo di te diremo che non sappiamo niente, sei scappata di casa.» Andrew le strizzò l'occhio sorseggiando il suo sherry. Le ricordava sempre Jules quando assumeva quell'espressione allegra e un po' canzonatoria. Da lui Diana aveva imparato a berne un goccetto, soltanto un goccetto, dopo cena. Per risollevarsi il morale e riprendersi dalla giornata.

Avevano organizzato una tranquilla cena in famiglia la sera prima della partenza di Diana. Fu in quel momento che Diana sentì il cuore lacerarsi. Sarebbe potuta davvero restare lì per sempre? Come se Denise e Andrew si fossero offerti per una tardiva adozione nei suoi confronti. Del resto, Michelle e Jules erano davvero come una sorella e un fratello per lei, più di quelli veri. C'erano situazioni e sentimenti che Luca, Alessandro e Vittorio non conoscevano affatto di lei.

Trascorse una notte agitata. Nel timore o forse nella speranza di non riuscire a svegliarsi in tempo per prendere il volo che aveva prenotato. Jules si era offerto di accompagnarla ma sapeva di non poter contare molto sul suo aiuto in proposito. Le aveva chiesto di svegliarlo perché se fosse dipeso da lui avrebbe sicuramente perso l'aereo. Sembrava quasi compiaciuto all'idea, quindi era meglio non riporre troppa fiducia in lui.

Stranamente l'aveva sognata, dopo tanto tempo. Sorrideva e le tirava i capelli. E Diana non comprese se la ricomparsa di Sharazade fosse un chiaro messaggio che le indicava la via per tornare a casa o un invito a restare esattamente dove si trovava.

L'abbondante colazione inglese che Denise le aveva preparato e lo spuntino che le aveva dato da portare con sé l'avrebbero sicuramente mantenuta sazia fino all'arrivo a Rimini. Dopo i consueti saluti e abbracci in cui Diana si sforzò di non commuoversi e piangere, si ritrovò in macchina, seduta accanto a Jules.

«Non avresti dovuto accompagnarmi fino a Londra. Avrei preso il treno… Ho prenotato apposta un volo nel pomeriggio.»

«Lo so bene che non avrei dovuto. Sono proprio un cretino e uno sciagurato a fare tutta questa strada per te.» Jules le rivolse un'occhiata e annuì serio. «Perché poi hai deciso di partire da Heathrow…»

Lasciò intenzionalmente la frase in sospeso. Da Heathrow Diana aveva trovato più possibilità di voli. E la verità era che dopo l'ultima e-mail di Daniele aveva deciso di partire circa due settimane in anticipo rispetto a quanto aveva pianificato inizialmente.

«Vuoi davvero che ti risponda, Jules?»

147

«No, meglio non sapere. Anzi, meglio non avere la conferma di qualcosa che già so.» Jules scosse la testa alzando gli occhi al cielo e tornò a concentrarsi sulla strada. «Se vuoi musica scegli tu il cd. Io ho troppo sonno per decidere qualcosa in questo momento.»

«Per questo non avresti dovuto assumerti l'incombenza di accompagnarmi.»

Diana accese il lettore senza curarsi di scegliere un cd diverso da quello che era già inserito. *How deep is your love,* dei Bee Gees, riempì l'abitacolo.

"I know your eyes in the morning sun
I feel you touch me in the pouring rain
And the moment that you wander far from me
I want to feel you in my arms again
And you come to me on a summer breeze
Keep me warm in your love, then you softly leave
And it's me you need to show
How deep is your love..."

Seguì per un po' le parole della canzone, finché la voce di Jules interruppe la sua concentrazione.

«Comunque dovevo già andare a Londra, uno di questi giorni. Altrimenti stai sicura che saresti andata in treno. E io starei ancora dormendo!»

Diana sorrise e lo scrutò, mentre lui accigliato e spettinato continuava ostinatamente a mantenere lo sguardo fisso sulla strada.

«Grazie di aver deciso di andare proprio oggi, allora. E di mattina presto.» Diana posò leggera la mano sul suo braccio. «Anche se so che non sei d'accordo sulla ragione della mia partenza anticipata.»

«Non sono d'accordo sul fatto che una persona matura e intelligente scatti agli ordini di qualcuno... meno maturo e intelligente, ecco.»

«Forse non sono così matura e intelligente quanto credi, allora.» Diana chiuse gli occhi appoggiando la testa al sedile. «A volte sono davvero tentata di approfittare della gentile ospitalità dei tuoi... e non solo per i mesi estivi. E poi mi attira tremendamente l'idea di lavorare con Michelle, la rivista...»

«Sei tentata, ma ti trattieni.» Jules annuì senza però lanciarle nemmeno un'occhiata. Arrivava sempre al punto, senza tergiversare. A volte Diana avrebbe preferito che non fosse tanto diretto. «E sappiamo che non è l'amore per il tuo paese o per la cucina italiana a trattenerti. Non sei mai stata nazionalista e ti adatti facilmente a qualunque cibo. Non è nemmeno il clima, tu detesti il caldo!»

Aveva ragione. Diana era costretta ad ammetterlo. E non erano neanche suo padre e i suoi fratelli, in realtà. Era stata Francesca, la sgradevole sensazione di abbandonarla, di lasciarla sola. Poco importava che ci fossero comunque altre persone a occuparsi di lei. I suoi genitori, i suoi familiari, suo marito... Diana per Francesca c'era sempre stata, nonostante tutto. Ma ora che Francesca non c'era più?

«Prima era per Francesca...» ammise restia, forse per evitare di ammettere altro. «Ora non lo so. O forse sì, lo so. C'è stato di mezzo un periodo di sofferenza, ma adesso...»

«Adesso potrebbe essere il momento giusto per ricominciare.» Jules annuì e le rivolse un sorriso, il primo di quella giornata che si preannunciava stancante e un po' malinconica. E il cielo troppo grigio per una giornata d'agosto, anche se inglese, sembrava della stessa opinione.

«Forse non cambierà niente comunque, io resto io. E se non andavo bene prima...»

Jules sospirò infastidito. «Smettila di far finta di essere patetica e compatire te stessa, non ti si addice.»

«Ma io sono davvero patetica, non faccio finta!» Diana scoppiò a ridere, poi sbuffò risentita. «Accidenti! Quest'estate non abbiamo nemmeno fatto la nostra solita nottata da ubriachi al pub. Un tempo ne facevamo molte. Ma con Michelle così impegnata con la fiera e io più patetica del solito... stiamo proprio invecchiando!»

«Parla per te, io continuo a ubriacarmi almeno due volte alla settimana.»

«Ci rifaremo l'estate prossima oppure se verrete voi in Italia prima della fine dell'anno.»

«Davvero lo faresti a Rimini? Con il rischio di mostrarti ubriaca a sguardi indiscreti?»

«Mmh... Fanculo gli sguardi indiscreti!» Diana rise più forte e alzò il volume del lettore cd muovendo la testa a ritmo di musica. «Non farmi passare per una povera provinciale che basa la sua esistenza sul giudizio altrui.»

Era tutto vero, invece. Diana lo sapeva ma ogni tanto cercava, con tutte le sue forze, di dimenticarlo. Premette il tasto dello stereo per tornare indietro di qualche canzone e si mise a cantare *How deep is your love* per far tacere la voce che urlava nella sua mente. E che non smetteva di ricordarle che non solo restava una povera provinciale. Ma non andava bene, mai. A nessuno.

"How deep is your love?
I really mean to learn
'Cause we're living in a world of fools
Breaking us down when they all should let us be
We belong to you and me..."

Jules aspettò la fine della canzone per abbassare il volume.

«Diana... mi puoi promettere una cosa?»

«Di non cantare mai più in tua presenza?» Diana lo guardò sorridendo. Ma si accorse che Jules, questa volta, era rimasto ostinatamente serio. Forse non stava scherzando. Diana cercò comunque di trovare qualcosa di divertente con cui replicare. «E va bene. Se non mi fai richieste troppo strane ci posso provare.»

«Cerca di impegnarti... per non farti maltrattare, una volta arrivata a casa.»

«Jules...» Diana sospirò profondamente e si morse il labbro. «Non accadrà di nuovo. Non accadrà. Guarda...» Estrasse dalla borsa la versione in miniatura dell'orsetto Julbear. «Ho anche il tuo sosia a ricordarmelo! Michelle gli ha fatto il tuo stesso taglio di capelli...»

Jules sorrise stancamente. Diana si sarebbe aspettata una battuta acida o sarcastica in proposito. O almeno che Jules esprimesse il suo disappunto nei confronti degli "orrendi mostriciattoli", quello in particolare che rischiava di rovinare la sua reputazione e la sua immagine per sempre. Invece qualche ora più tardi, raggiunto l'aeroporto di Heathrow, Jules le accarezzò i capelli e la strinse a sé con insolita dolcezza.

«Chiama... se devo venire a prendere a calci nel culo qualcuno.» Che era il suo modo di dirle di prendersi cura di se stessa e forse anche che gli sarebbe mancata.

Non farsi maltrattare una volta arrivata a casa. Jules aveva ragione. Perché probabilmente sarebbe accaduto. Di nuovo. I suoi fratelli, suo padre, gran parte delle persone che la circondavano. E infine lui. Sì, anche Daniele. Tutti coloro per cui "maltrattare" lei, abusare della sua vulnerabilità, faceva quasi parte di un'abitudine, di uno stile di vita. Ma era lei a permetterlo, il più delle volte, doveva riconoscerlo.

Inspiegabilmente in Inghilterra Diana quasi riusciva a cambiare carattere. O forse era semplicemente l'influenza di Jules e Michelle. Però a casa... sì, a casa tornava la solita Diana. La Diana di cui non era ancora riuscita a liberarsi. E forse quel sogno, quella piccola Sharazade che invece di raccontare storie si ribellava, era il suo primo, inequivocabile, grido di libertà.

CAPITOLO 25

«Tuo fratello si è preso la copia delle tue chiavi.» Fu la prima cosa che Marisa disse a Diana dopo averla abbracciata. «Bentornata, cara. Sono contenta di riaverti qui.»

«Grazie, Marisa. Non oso neppure entrare in casa e affrontare il disastro. Conosco i miei fratelli e Alessandro tra i tre è forse il più disordinato.»

Lo aveva richiamato e gli aveva dato il permesso, tutt'altro che volentieri. Permesso che comunque si era già preso da solo. Ma almeno l'aveva ringraziata e le aveva promesso che non lo avrebbe mai dimenticato.

«Se vuoi ti offro una tazza di caffè o di tè, prima...» Marisa sorrise dolcemente, accarezzandole la spalla.

«Ti ringrazio, ma ho un sonno tremendo.» Diana si passò le mani sotto gli occhi, massaggiando piano. Li sentiva gonfi e come pieni di spilli. Durante il volo non era riuscita a trattenere qualche lacrima, ma si era dovuta sforzare per non rischiare una crisi di pianto vera e propria. «Andrò diretta in camera senza guardarmi troppo intorno, spero.»

Invece Diana non fece in tempo a oltrepassare la porta di casa, chiuderla alle sue spalle e posare la valigia a terra che si sentì respingere indietro, andando a sbattere contro al muro. Subito dopo una leccata le percorse tutto il braccio, fino alla maglietta a mezza manica che stava indossando. No, non poteva essere. Alessandro non poteva averlo fatto!

«Bongo... ma dannazione!»

Diana sospirò profondamente. Il bulldog di suo fratello. Un bulldog inglese, per l'esattezza. Alessandro non ne aveva fatto parola quando le aveva chiesto di poter restare per un po' nel suo appartamento. Bongo era di carattere dolce e pacifico però... accidenti! Il cane scivolò giù sulle zampe corte e la guardò con occhioni languidi. Ecco, qualcosa di inglese lo aveva ritrovato anche a casa. Un peluche modello cagnolone in carne e ossa. Più carne che ossa.

«Lo so, lo so… non è colpa tua, non ti offendere…» Diana si chinò e gli accarezzò il testone morbido in cui i suoi colori predominanti, bianco e miele, si dividevano in due. «Sicuramente crei meno disastri tu di tutti gli umani con cui ho a che fare di solito. Che ne dici, ci facciamo un giro? Tanto non credo di riuscire a dormire.»

Non aveva nemmeno voglia di guardarsi intorno. Trascinò la valigia in camera, si fece una doccia veloce, cercò qualcosa di pulito e fresco nell'armadio e ritrovò tra gli indumenti di suo fratello disseminati un po' ovunque nel salotto il guinzaglio di Bongo. Non comprendeva perché il fratello non si fosse preso la stanzetta più piccola dell'appartamento, che Diana teneva a disposizione degli ospiti, invece di occupare in pianta stabile il divano.

«Uomini!» Diana sbuffò massaggiandosi le spalle con entrambe le mani.

Poco prima di uscire si voltò verso il telefono. La tentazione di chiamare per avvisare che era rientrata in anticipo dalla sua vacanza era irresistibile. Lasciò squillare il cellulare di Daniele finché subentrò la segreteria telefonica. Non lasciò messaggi e non ritentò. Meglio così, in fondo. Non era ancora pronta per vederlo. Doveva rimettersi in sesto, fisicamente e psicologicamente.

Uscì decisa trascinandosi dietro Bongo che la seguiva con passo stanco. Decise di non raggiungere la spiaggia ancora affollata di turisti che si erano trattenuti oltre la metà di agosto, ma di concedersi una passeggiata rilassante sul lungomare e poi magari percorrere qualche vietta interna. Solo un breve giro poco distante da casa, giusto per riprendere confidenza con l'ambiente. Giusto per non sentire troppo la mancanza di quello che aveva lasciato.

Diana sollevò il viso a guardare il cielo. Non era ancora buio ma le giornate si stavano accorciando. Pochissime settimane e sarebbe stato di nuovo autunno. Tutto sarebbe ricominciato, come un ciclo continuo a cui non era mai stata e non era tuttora in grado di sottrarsi.

Sentì il fiato corto, come se avesse preso la strada di corsa. Si fermò per andare a sedersi sulla prima panchina che trovò libera. Bongo si accucciò ai suoi piedi sollevando il muso verso di lei come per ringraziarla dell'insperata sosta.

«Cosa devo fare, secondo te?»

In risposta Bongo sbadigliò sonoramente e socchiuse gli occhi stanchi. Poi si stese e parve sprofondare in un sonno profondo.

«Sì, concordo. Dormire è senza dubbio un'ottima idea.»

Diana lo imitò socchiudendo gli occhi. Era tornata in anticipo, ma se avesse seguito l'istinto non sarebbe tornata affatto. E poi? Cosa ne sarebbe stato di lei? Non che tornando avesse molte più certezze. Tutt'altro. Però era arrivata al punto in cui davvero avrebbe dovuto prendere una decisione definitiva per la sua vita. E capire anche chi ne avrebbe fatto parte. Non poteva più vivere a metà, trascinarsi dietro un amore che non era il suo. Che non lo era mai stato. Un destino che non l'aveva accolta e stretta tra le braccia, ma abbandonata senza rimpianti. Ora tutto era cambiato, oppure stava cambiando. Lei invece era rimasta la stessa. Forse era proprio questo il suo problema. Essere rimasta la stessa e lasciare che il mondo, la vita degli altri, le scorresse intorno. Mentre lei restava ancorata al passato, per difendersi. Era proprio il caso di pensare di riprendersi una vita che poteva essere la sua tanti anni prima? Oppure era giunto il momento in cui anche lei iniziasse a cambiare?

CAPITOLO 26

«Se c'è una cosa che davvero ti invidio, Diana, è il fatto che tu hai potuto studiare.»

Diana annuì forzatamente alle parole di Sabrina. In realtà nessuno le aveva impedito di studiare. Era stata lei stessa che in un momento della sua vita aveva preferito non farlo scegliendo un'altra strada. E ora lo rimpiangeva. O forse la sua era solo una scusa.

«Sei sempre in tempo, se vuoi tornare a studiare.» Diana sorrise nel modo più spontaneo possibile e sollevò le spalle.

«Troppo tardi, ormai. Non credo di essere più in grado. Mi sono sposata troppo giovane.»

Sabrina, da quanto ne sapeva Diana, aveva circa due anni meno di lei. Si era sposata poco dopo il trasferimento di Diana nell'appartamento accanto a quello dei suoi genitori. Quindi sì, forse si era sposata giovane. Ma nemmeno troppo. Non a tal punto da non capire cosa volesse o non volesse fare.

Quel pensiero ne trascinò con sé un altro che Diana si sforzò di annullare, di cacciare via. Doveva aggrapparsi ad altro, impegnarsi per mostrarsi interessata e coinvolta nella conversazione con Sabrina. Aveva promesso di uscire con lei quando sarebbe tornata dall'Inghilterra, per cui non poteva tirarsi indietro. Così, il sabato pomeriggio erano andate insieme a fare shopping in centro a Rimini, poi al cinema e a mangiare una pizza. Insomma, un tentativo di instaurare un rapporto di amicizia un po' forzato tra due donne che in fondo avevano ben poco in comune. Sia come stile di vita sia caratterialmente. Forse tutto sommato si sentiva più compresa dal fratello minore di Sabrina, Christian. Però almeno l'uscita era servita a Diana per rilassare la mente.

«Dai retta a me, Diana.» Sabrina giocherellò con il cucchiaino nella coppetta di gelato che avevano ordinato dopo la pizza. «Non sposarti mai. Una volta sposati i difetti degli uomini si amplificano a dismisura! E diventano irrecuperabili, davvero.»

«Ti credo sulla parola.» Diana si portò alla bocca il cucchiaino con un mix di cioccolato e panna montata. «In ogni caso non credo proprio che correrò il rischio. Sono fuori pericolo.»

«Ah, davvero? Quindi non stai proprio con nessuno?»

Lo sguardo di Sabrina divenne indagatore, quasi incredulo. Diana sperò vivamente che non avesse qualcuno in mente da farle conoscere. Si immaginò una schiera di amici del marito. Single o separati, oppure figli di amiche della madre. Magari uomini come suo cugino Renato, ancora in casa con madri come zia Rita. Ma no, per quel tipo di uomo lei ormai era troppo anziana e soprattutto troppo emancipata, disincantata e cinica.

«No, proprio con nessuno.»

Non ancora, per lo meno. In realtà viveva un'esistenza in bilico, come se fosse in attesa che qualcuno si ricordasse di lei. Non solo da quando Daniele aveva espresso la sua necessità di rivederla perché sentiva la sua mancanza. Per Diana era stato così sempre, da sempre. Come se nei rapporti con gli uomini che erano entrati e usciti dalla sua vita si ritrovasse in un circolo vizioso che non riusciva mai a spezzare. Forse doveva essere lui a spezzarlo, solo lui. Per questo le storie con gli altri non erano mai funzionate. Forse era destino che andasse così. Che lui la lasciasse per Francesca, che la rendesse felice per tutto il tempo in cui lei era vissuta. Per poi tornare da lei. Forse Francesca lo sapeva fin dal principio.

«Io credo che tu abbia molti uomini intorno, invece.» Il commento di Sabrina la ridestò dalle sue meditazioni. «Magari sei proprio tu a non accorgertene, Diana.»

«No, davvero. Me ne accorgerei se fosse così. Cioè, uomini intorno ne ho se è per questo. Fin troppi...» Ma con scarsissime intenzioni romantiche nei suoi confronti. «Però nessuno per cui valga veramente la pena.»

Sperò così di chiudere il discorso uomini, non intenzionata a riprenderlo o ad andare oltre. Cercò di aggrapparsi a un altro argomento di conversazione prima che Sabrina potesse ribattere.

«Che cosa ti sarebbe piaciuto studiare se avessi potuto, Sabrina?»

«Non saprei... forse legge, come mio fratello. Anche se...» Sabrina sorrise, strizzando l'occhio a Diana. «Lo so che viene da te per studiare inglese e che di legge non gli importa nulla. Oppure è solo una scusa perché tu gli piaci.»

«Christian è un caro ragazzo, ma credo che abbia un'età in cui gli piacciono tutte o quasi...»

Ecco che ci era ricascata. Sabrina da donna più o meno felicemente sposata sembrava invidiare esageratamente la sua infelice e scialba vita da single. E comunque la propensione di Christian non era dovuta all'età. Era come Jules. Vivace, divertente, seduttore incallito. Proprio come Jules. Anche se per motivi diversi, impossibile per lei. La sofferenza per il tradimento e l'abbandono che con Daniele in qualche modo era sempre riuscita a tollerare, a contenere anche se a fatica inizialmente, sarebbe stata devastante. L'avrebbe distrutta, annientata. E Diana non era mai stata abbastanza forte da rischiare di lasciarsi distruggere da un amore che avrebbe occupato e preteso ogni parte del suo corpo, del suo cuore, della sua anima. Rinunciando a tutto il resto.

CAPITOLO 27

Lui le aveva telefonato alcuni giorni dopo il suo ritorno. Diana lo aveva avvisato con una e-mail alquanto sbrigativa che era rientrata in Italia e aveva un po' di tempo libero a disposizione. Si sentiva a disagio. Era consapevole del fatto che il loro rapporto avrebbe ben presto subito una svolta. Si sarebbe intensificato e trasformato in altro, oppure… interrotto del tutto. Non credeva esistesse una terza opzione.

«Sono tornato ieri ma sto ripartendo per Milano, per questo ci tenevo a vederti prima.»

Si erano incontrati con la scusa di un caffè in una gelateria sul lungomare di Viserbella, non troppo distante dall'appartamento di Diana. Daniele sospirò sfiorandole la mano con le dita. I suoi occhi scuri e profondi erano su di lei. I capelli mossi più scompigliati del solito gli davano un'aria un po' selvaggia e in quel preciso istante le ricordarono più che mai il ragazzo di diciotto anni che aveva incontrato tanti anni prima. Diana si sentì avvampare e il cuore iniziò una danza incontrollata nel suo petto. Nonostante tutto sollevò lo sguardo per incontrare quello di Daniele.

Le ricordava Heathcliff di *Cime Tempestose*, personaggio affascinante e tormentato al tempo stesso. Per l'aspetto tenebroso, soprattutto. Quello era stato uno dei motivi per cui si era innamorata di lui fin dal primo istante. Per tanto tempo non ci aveva più pensato, ma ora improvvisamente rammentava il primo pensiero che aveva avuto su di lui, la sua istantanea attrazione nei suoi confronti. Daniele, nella fantasia di Diana, era l'immagine vivente di Heathcliff.

«Io sono tornata perché…» Era tornata in anticipo rispetto ai piani prestabiliti. Per lui. Soprattutto per lui. Ma forse non era il caso di dirglielo. «Avevo da fare qui, ci sono situazioni di famiglia da definire. Così, visto che volevi vedermi…»

«Sì, Diana. Spero che tu sia stata bene in Inghilterra, che ti sia rilassata e ripresa un po'. Ma sono felice che tu sia qui. Scusami, temo di averti fatto pressione nei miei messaggi.»

Gli occhi scuri di Daniele divennero ancora più intensi mentre la sua presa si fece più sicura, più audace. Riuscì a fare in modo che la mano di Diana si rigirasse e che i loro palmi entrassero in contatto. Poi spinse in avanti il busto verso di lei, nonostante il tavolino li separasse.

«Quindi tu… resterai a Milano? Ormai hai deciso di lasciare tutto qui?»

«Sto vendendo la casa in cui ho vissuto con Francesca. Non riesco più a restare. Ogni volta che entro è come se fossi assalito dai ricordi… mi spezzano il fiato…» Abbassò lo sguardo e ritirò improvvisamente la mano per passarsela fugacemente sulla fronte. «Credo che tu riesca a capirmi, Diana.»

«Sì, ti capisco. Anche per me è lo stesso. È come se lei fosse ovunque… a scuola, nella casa sulla spiaggia, nei luoghi che frequentavamo insieme…»

«Non sono sicuro, comunque, di restare a Milano a tempo indeterminato.» Daniele tornò a fissarla, accennando un sorriso. «Perché qui lascio qualcosa di importante. Qualcuno…»

«Io credo che…» Diana ricambiò il sorriso abbassando lo sguardo.

Eccolo. Il punto di svolta. Lo aveva sentito arrivare. E lo desiderava follemente. Ma allo stesso tempo ne aveva follemente paura. Lasciò la frase in sospeso. Credeva. Cosa credeva, esattamente? Non lo sapeva nemmeno lei. Non poteva esporsi ancora una volta per poi scoprire che i suoi sentimenti non erano ricambiati, che forse non lo erano mai stati davvero. Daniele era legato a lei, questo era chiaro e indiscutibile. Ma un legame di affetto prolungato nel tempo non era necessariamente destinato a trasformarsi in amore.

«Diana, ti chiederei di venire con me se potessi.» O forse sì. Forse era proprio quello che intendeva. Tra loro c'era ancora una speranza e l'evolversi del loro rapporto era lì, a un passo da lei. «Ma mi sentirei un egoista.»

Quindi? Glielo stava chiedendo oppure no? Diana annuì brevemente socchiudendo gli occhi. Non osava interrogarlo in proposito. Le tornarono in mente le parole di Jules: "Vuoi stare con me, Diana?" Non era così complicato. Ma Daniele avrebbe mai rivolto a lei, quelle parole?

«Ti capisco.»

Invece, come sempre, non capiva più nulla. Ma non poteva fare altro che celare, ancora una volta, la sua incomprensione. Abbassò nuovamente gli occhi sulla sua tazza di cappuccino, ormai finito da un pezzo. Forse non desiderava nemmeno approfondire. Perché se ipoteticamente lui le avesse chiesto di seguirlo a Milano non avrebbe saputo cosa rispondere. E poi per quanto? Un giorno, una settimana... per sempre? Sicuramente in quel caso avrebbe significato lasciare il suo lavoro, la sua vita lì. Diana si morse il labbro quasi con furia. Stava correndo troppo. O forse erano i suoi pensieri e le sue speranze a correre troppo.

«Ci sentiremo, comunque. Spesso, spero. Ti scriverò.» Daniele si allungò ancora di più verso di lei per sfiorarle il viso con le dita.

Fu in quel momento che Diana, più che mai negli ultimi vent'anni, visse una sorta di desolante déjà-vu. "Ci sentiremo. Ti scriverò." Le stesse parole che aveva avuto da lui così tanto tempo prima. E sì, si erano sentiti. E scritti. E infine anche visti.

Diana fu tentata di sollevare la mano per sfiorare quella di Daniele, ancora trattenuta sul suo viso.

«Sì, anche io.» Invece annuì scostando il viso dalla mano di Daniele. Il gesto sembrò involontario, ma si sentiva le guance andare a fuoco e non voleva che lui toccandola lo percepisse. Sorrise sforzandosi di pensare ad altro. «Anche se detesto le e-mail.»

«Lo so. Una volta non esistevano, forse era meglio.» Daniele si ricompose, appoggiando le braccia sul tavolino. Forse non lo pensava davvero, ma non aveva importanza. «Aspettavo le tue lettere, ricordo...»

A questo punto si interruppe, probabilmente per non creare ulteriore imbarazzo. Diana comprese. Aveva aspettato le sue lettere finché era stata lei l'oggetto del suo desiderio, delle sue attenzioni. Poi la situazione era cambiata.

«Anche io aspettavo le tue.» Diana decise di non tergiversare, di non tirarsi più indietro. Il loro rapporto avrebbe preso una direzione o un'altra. Era inutile continuare a girarci intorno.

«Delle e-mail apprezzo il fatto che sono più sbrigative. Ma posso tornare alle vecchie, care lettere... Posso farlo, per te.»

«Grazie, Daniele. Possiamo tenere in considerazione le e-mail in caso di emergenza.» Quale caso di emergenza ci poteva essere tra loro?

«Il telefono invece ci è concesso, vero? Non rischio più di incappare in un padre protettivo o in ragazzini che fanno scherzi telefonici, pernacchie e imitazioni di segreterie telefoniche.»

«Oddio... non farmi ripensare a quei tre! Due... Vittorio era ancora piccolo, per fortuna.»

«Sì, la segreteria telefonica degli sterminatori di pulci assassine era sicuramente degna di nota. Come quella degli uomini gorilla o degli assetati di sangue coagulato... quella dei lanciatori di caccole però mi è rimasta impressa.»

Diana scosse la testa ridendo di gusto. «Alcune non le conoscevo, meglio per me. I miei fratelli erano terribili, mi dispiace! Hai avuto pazienza a sopportarli, Daniele.»

Erano terribili ma in un certo senso migliori di quanto fossero diventati crescendo. Conservavano almeno una buona dose di ingenuità, di dolcezza. Diana sospirò, amareggiata. Inevitabilmente si ritrovò alle prese con un'altra preoccupazione, un altro problema da risolvere.

«Ne valeva la pena.» Daniele strinse gli occhi, come per indagare nella tristezza improvvisa di Diana. «Ti ho rattristata?»

161

«No, non è assolutamente colpa tua.» Diana si affrettò a negare. In effetti era vero, in quella circostanza specifica almeno.

«Vuoi dirmi cosa ti succede?»

Diana si guardò intorno smarrita. All'improvviso si sentiva mancare l'aria lì dentro, aveva bisogno di muoversi.

«Possiamo camminare un po'? Ti va?»

«Sì, certo!» Daniele si alzò e si affrettò a pagare il conto per poi tornare da lei. La condusse fuori lasciando scivolare la mano dalla sua spalla alla schiena mentre attraversavano la strada per ritrovarsi sul marciapiede, a pochi passi dalla spiaggia. «Ora puoi dirmi cosa ti ha resa triste?»

«Niente in particolare. Solo che... parlando dei miei fratelli mi sono resa conto di quanto siano cambiati. Ed è normale, ovvio. Erano dei ragazzini.» Diana voltò il viso verso di lui che tratteneva la mano sulla sua schiena. «Sono diventati degli uomini cinici, un po' avidi... che non si fermano davanti a nulla.»

«Capisco, Diana. Mi dispiace.» Daniele si fermò, girandosi del tutto verso di lei. Diana si guardò intorno e si sentì persa. Era il suo mondo, casa sua, il suo mare. Ma era come se all'improvviso non li conoscesse più. Le sembrava quasi un luogo estraneo, ostile, in quel pomeriggio di fine estate in cui i colori intensi si stavano facendo gradualmente più cupi, autunnali. «Ti hanno fatto qualcosa? Puoi dirmelo, se io posso aiutare in qualche modo...»

«No... cioè non puoi. Non è nulla di grave.» Lo era, invece. Per lei. Ma cosa avrebbe potuto fare Daniele in proposito? Niente. Daniele stava per tornare a Milano, non avrebbe avuto più legami con una città che gli ricordava sua moglie, la donna che aveva scelto e amato. «Vogliono solo che io venda la casa sulla spiaggia di mia madre. Io preferirei tenerla ma devo decidere cosa voglio fare. Cosa posso fare, in realtà.»

Alessandro le aveva ribadito le loro intenzioni. O meglio, le aveva riferito le intenzioni di Luca fungendo da portavoce, visto

162

che lei si era impegnata a evitare un confronto diretto, al momento.

«Capisco. In ogni caso sappi che se hai bisogno, anche solo di parlare, di sfogarti... io ci sono. Lettere, e-mail, telefono... Oppure puoi sempre raggiungermi, quando vuoi.»

«Grazie.» Diana sorrise, scacciando con tutta l'energia che aveva nel corpo e nella mente il pensiero della casa, dei suoi fratelli, della sua esistenza attuale. «Il bello di non essere più adolescenti. Almeno un vantaggio c'è... Niente più costrizioni, niente coprifuoco!»

«Niente più baci dati di nascosto da fratellini rompiscatole, zie pettegole...» Daniele rise accarezzandole il viso con dolcezza. I suoi occhi divennero più intensi e più dolci al tempo stesso. E anche decisamente più vicini.

Diana avrebbe voluto trovare le parole, dire qualcosa prima che accadesse. Una cosa qualunque, ma pur sempre significativa, appropriata. Ma non ne ebbe il tempo, perché le labbra di Daniele furono sulle sue. Calde, morbide, proprio come le ricordava. Anzi, meglio. L'attirò a sé per le braccia e Diana si ritrovò a cingere i suoi fianchi. Era stato il suo corpo ad agire, prima ancora che la sua mente potesse comandarlo di muoversi, di stringere l'uomo che la stava baciando dopo un distacco durato oltre vent'anni. Con un desiderio rinnovato che però sembrava non essersi mai spento.

«Non ti ho mai dimenticata, Diana. Lo so che...»

Daniele le accarezzò i capelli con entrambe le mani e le trattenne sul suo viso. La baciò di nuovo, questa volta con estrema delicatezza. Diana sentì il cuore inondarsi di dolcezza, di vita. E di speranza, soprattutto.

«Nemmeno io, Daniele. Nemmeno io.»

CAPITOLO 28

Il problema non era Bongo. Bongo era buono, dolce, coccolone ed estremamente pacifico. Il problema era Alessandro. Che dall'esterno poteva sembrare un uomo maturo, rispettabile, elegante ed educato. Soprattutto quando rivestiva il ruolo di addetto alle vendite di una grande azienda di elettrodomestici. In realtà era disastrosamente disordinato e distratto. Diana era arrivata al punto che sarebbe stata disposta a pagare Moira per riprenderselo o qualunque altra donna per portarselo via. Perché, ovviamente, con Moira si comportava diversamente. Anche con altre donne si sarebbe comportato in modo ineccepibile, o quasi. Ma lei era Diana. Solo Diana. La sorella maggiore, casalinga e cameriera che rimetteva tutto a posto all'istante.

Poi c'era sempre la scusa del momento complicato, della pausa di riflessione che non era facile da affrontare, del rischio di cadere in una depressione davvero profonda. Pensare anche all'ordine, alle pulizie, a lavare i piatti, a gettare l'immondizia... decisamente troppo per un uomo distrutto da una crisi esistenziale di mezz'età anticipata di circa quindici anni.

«Tu hai ragione, Diana. Ma devi darmi ancora un po' di tempo.»

Ecco, quando si sentiva messo alle strette le dava ragione. Con quell'aria tipica da povero ragazzo deluso dalla vita, da cucciolo abbandonato. Uomini! Erano sempre incredibilmente bravi in questo, avevano un talento eccezionale. Soprattutto con lei, Diana lo sapeva. O forse la colpa era sua che si lasciava fregare ogni volta.

Così Alessandro prometteva che se la situazione si fosse prolungata avrebbe cercato un posto tutto suo. Perché in effetti era impensabile rimanere da lei, anche lui aveva bisogno dei suoi spazi, della sua vita privata. Appunto. Lui ne aveva bisogno. E non si era nemmeno premurato di chiederle se lei l'avesse, una vita privata!

Mentre Diana si stava ancora sforzando di evitare un confronto riguardo la casa sulla spiaggia, sembrava che tutto il mondo complottasse contro di lei. Che i suoi fratelli avessero piani in proposito non era un segreto. Luca in particolare, istigato dalla moglie. Diana si sentiva minacciata. Ma con la scusa dell'estate ancora in corso le cose venivano prese con apparente calma. Era consapevole che tutto sarebbe cambiato a settembre inoltrato. Già dalla prima settimana l'estate era considerata generalmente finita. Poi due settimane sarebbero volate via in fretta per lasciare ufficialmente spazio all'autunno.

Diana se ne rese conto anche per la presenza delle abituali foglie ingiallite che dagli alberi erano cadute lungo il vialetto che conduceva al suo appartamento. In alcuni casi assumevano tonalità più scure o tendenti all'arancione e al dorato. Aveva sempre considerato l'autunno una stagione particolarmente romantica. Più della primavera, più dell'estate, più dell'inverno. Era la sua opinione anche da ragazzina, quando generalmente si propende per la primavera o l'estate. L'autunno... una stagione romantica e incompresa. Proprio come lei.

Così era ricominciata la scuola. Che gradualmente, settimana dopo settimana, diventava più impegnativa. Si era sforzata di archiviare, in un angolo della mente, il bacio con Daniele. I baci. Lui l'aveva accompagnata a casa con la sua auto, pur abitando a pochi passi, e l'aveva baciata ancora. Diana era consapevole del fatto che non sarebbe andato oltre. Dentro di sé non era nemmeno sicura di volerlo. Quindi continuava a ripetersi che era giusto così, per il momento. Nessuna promessa oltre a "Ci sentiamo. Ti scriverò."

E così la settimana successiva le aveva scritto una lettera. Un po' artefatta, come se si sentisse costretto a scriverle per forza. Terminava con "Un bacio" ma Diana non lo interpretò come un saluto romantico. Si erano scambiati anche un paio di e-mail e di telefonate. Ma nulla che lasciasse supporre che tra loro si fosse instaurata una relazione sentimentale vera e propria.

Di conseguenza anche la lettera che Diana aveva provato a scrivere a Daniele sembrava finta, forzata. Non era stato così tanti anni prima, quando i suoi sentimenti si manifestavano tutti lì, nero su bianco. Nonostante la sua inesperienza, nonostante la timidezza e l'imbarazzo. Era vera. Entrambi lo erano, anche se lui aveva sempre riscontrato qualche difficoltà nello scrivere lettere. E ora, se volevano davvero costruire qualcosa, dovevano necessariamente tornare ad esserlo.

Non sapeva cosa scrivergli, cosa raccontargli che non fosse stato già detto. Diana si rese conto che crescendo, oltre a tutto il resto, aveva perso gran parte della sua spontaneità. Aveva lasciato la lettera a poche righe dall'inizio, ripromettendosi di riprenderla con più calma. Così le era apparsa Sharazade. Le era apparsa di nuovo. E Diana sperò che le dettasse le frasi da scrivere, che instillasse in lei i sentimenti da provare e che temeva di vedere ancora una volta feriti. Invece si era limitata a sorriderle e ad avvicinarsi per accarezzarle i capelli.

Lo aveva sempre amato. Era ancora legata a lui, lo sarebbe stata per sempre. Lo era stata anche nel corso di tutti quegli anni, indipendentemente da Francesca. Forse la sua amica lo sapeva e non si era mai dimostrata dubbiosa o contrariata. Del resto, era stata lei la prescelta. Diana era arrivata prima ma non era rimasta, nel cuore di Daniele. Solo per la durata di un sogno che alla fine non si era realizzato.

La scuola era sempre lì. Il piccolo mondo circoscritto in cui Diana e Francesca avevano condiviso desideri e speranze. Da bambina, da ragazzine e poi da donne adulte. L'ambiente in cui Diana continuava a trattenersi per affetto, in parte per rimpianto. Oltrepassando il cancello e poi salendo le scale, dovette ammettere che una buona componente era determinata anche dall'abitudine. Non era ancora preparata a lasciare il noto per l'ignoto. E l'ignoto la spaventava se la costringeva a mettere in gioco i suoi sentimenti. Che si trattasse di riprendere una relazione con Daniele o trasferirsi nello Yorkshire per lavorare con Michelle, non faceva differenza. Anche se conosceva entrambi da anni e le circostanze non avevano a che fare l'una con l'altra. In situazioni completamente differenti avrebbe dovuto mettere a rischio il suo cuore. E non era pronta.

«Hai già conosciuto il nuovo insegnante di italiano, Diana?»

Dopo una mattinata trascorsa tranquillamente tra grammatica del primo anno e delucidazioni sul programma del quinto in previsione della maturità, Diana si ritrovò tra le mani una tisana energizzante gentilmente offerta da Mentina.

Quindi c'era un nuovo insegnante di italiano. Ne aveva sentito parlare, prima della fine dell'anno scolastico precedente. Uno nuovo, non un sostituto.

«No, non ancora.»

Diana si stava rallegrando con se stessa di non essersi imbattuta nel direttore. Non era dell'umore per incrociare l'occhiata gelida di Dietmar Donati. Doveva prima riprendere l'abitudine. In confronto il nuovo insegnante di italiano, chiunque egli fosse, non le destava preoccupazioni.

«Io l'ho visto di sfuggita ma sai che ho buon occhio. Alto, slanciato. Forse un po' troppo magro ma attraente, direi.»

Ecco, anche Mentina per averlo solo visto di sfuggita si era già fatta un'opinione fin troppo dettagliata su di lui.

«Lo vedrò, prima o poi...» Diana annuì e sorseggiò la sua tisana.

«Sì, magari... voglio dire, potreste andare d'accordo. Anche lui insegna letteratura, quindi...»

Sì. E in aggiunta era un uomo attraente. Adesso anche Mentina era entrata a far parte del club di quelli che la volevano sistemare con qualcuno? Dava davvero l'impressione di essere disperata? Evidentemente doveva essere proprio così. Questo però da Mentina non se lo sarebbe mai aspettata.

«Sì, potremmo fare amicizia.» O forse no. In ogni caso Diana non se la sentì di contraddirla. Sapeva che Mentina aveva sempre avuto buone intenzioni, le voleva bene. «Un ambiente di lavoro sereno è sempre una buona cosa.»

E del resto non poteva di certo rivelarle che nei suoi sogni segreti c'era il marito affranto di quella che per tutta la vita era stata la sua migliore amica. Mentina sapeva, ovviamente. Sapeva da tanto. Sapeva fin dal principio. Ma ammetterlo esplicitamente era tutta un'altra cosa. Ammettere soprattutto che quei sogni segreti, quei sogni custoditi nel cuore per così tanto tempo, sarebbero ben presto potuti diventare realtà.

CAPITOLO 29

Diana aveva atteso quel fine settimana con ansia, con trepidazione. Perché, fin da lunedì, sapeva che proprio quello sarebbe stato il fine settimana decisivo. Doveva parlare con suo padre. Seriamente. Definire la situazione con lui, prima di tutto. Prima che gli altri si mettessero in mezzo. Non poteva più rimandare.

Alessandro invece attendeva l'arrivo di alcuni amici per una gita al mare, approfittando del tempo ancora mite. Le aveva promesso di fare qualcosa al più presto. Diana non aveva indagato su cosa intendesse con questo "qualcosa". Forse nemmeno le interessava saperlo.

Incrociò gli amici di Alessandro mentre scendeva le scale, diretta al garage per prendere la macchina. Erano facilmente riconoscibili dal vociare e dalla confusione. Sorrise con espressione fintamente felice e li salutò senza però fermarsi.

Durante il tragitto si era studiata per bene il discorso, le parole da utilizzare nel confronto con il padre. Non che servisse a molto, in realtà. Il detto "non c'è peggior sordo di chi non vuol sentire" sembrava costruito su misura sulla personalità e sull'atteggiamento di Nando Vassalli. Sarebbe stata una missione quasi impossibile smuoverlo, Diana lo sapeva. Non era mai stato un uomo particolarmente ostinato e risoluto, ma quando non voleva sapere o avere a che fare con una questione specifica non c'era nulla da fare. Si crogiolava nella sua indifferenza che lo rivestiva come un'armatura.

«Non vorrei dirtelo, ma...»

Vittorio l'accolse sulla porta. Diana non era del tutto certa di trovarlo in casa. Zia Rita si era offerta di occuparsi delle loro necessità alimentari durante l'assenza di Diana. Inoltre, aveva convinto Nando ad accettare la collaborazione di una brava donna di sua conoscenza. Evidentemente davanti alla necessità questa volta Nando non era riuscito a opporsi.

«Ma?» Diana lo oltrepassò voltandosi poi verso di lui.

«Sta per arrivare anche Luca.»

«Siete stati molto efficienti nel fare la spia spifferandogli del mio arrivo. Bravi.» Diana non ne era del tutto convinta. Poteva anche essere stato Alessandro, in effetti.

«Non sono stato io, Diana. Ma lo dovrai affrontare, prima o poi. Non puoi nasconderti a vita.»

Vittorio sembrava sinceramente dispiaciuto. Gli occhi castani esprimevano comprensione nei suoi confronti, vicinanza. Tanto che Diana iniziò a chiedersi se fosse possibile sperare di ottenere la sua alleanza.

Non ebbe il tempo sufficiente per proporgli un patto e scoprire se avrebbe accettato. E nemmeno di instaurare una conversazione con il padre. Non appena si furono spostati in salotto il campanello posizionato sul cancello principale annunciò l'arrivo di Luca. Che non era solo ma in compagnia della moglie, Emilia. Evidentemente la questione era di importanza talmente vitale che aveva ritenuto necessario seguirlo.

«Quindi, Diana. Abbiamo lasciato passare anche le vacanze estive. Direi che hai avuto abbastanza tempo per pensare.» Luca non si era certo perso in convenevoli, andando dritto al punto.

Diana sospirò amareggiata. Ma possibile che non avessero proprio nulla di meglio da fare? Preparare la cameretta del bambino, per esempio. Fare shopping... guardare un film... Luca era evidentemente pungolato dalla moglie a risolvere la situazione e Diana iniziava a chiedersi il motivo. Forse volevano trasferirsi loro stessi. La posizione era eccellente, a pochi passi dalla spiaggia, dal mare, non troppo lontano dal centro... Non riusciva proprio a individuare un'altra ragione. Oltre alla stretta dipendenza di Luca dal padre di Emilia, che lavorava nel campo della ristorazione e che aveva affidato al marito della figlia la gestione di alcuni suoi ristoranti. Ma nonostante potesse sforzarsi di comprendere la sua posizione non aveva intenzione di cedere e assecondare il suo desiderio di compiacere la moglie.

«Sì, effettivamente ho pensato.» Diana sospirò risentita. Si erano intromessi in una conversazione che doveva essere tra lei e suo padre. Voleva sapere di più, capire. Lui aveva conosciuto Lorena più di chiunque altro. A parte zia Linda, probabilmente. Quindi di sicuro era al corrente delle sue ragioni. Se aveva lasciato la casa sulla spiaggia a Diana doveva avere i suoi motivi. Quindi non era disposta ad andare contro la volontà di sua madre per nessuna ragione al mondo. Nemmeno sotto costrizione o minaccia. «Ma non è cambiato molto. Non è cambiato nulla. La mia decisione rimane la stessa.»

«Quindi non hai intenzione di vendere la tua parte, se ho ben capito.» Emilia avvampò sgranando gli occhi su di lei.

«Hai capito benissimo.» Diana rispose semplicemente, senza scomporsi.

Si trovavano tutti in soggiorno ed erano rimasti in piedi, in una sorta di assetto di guerra che vedeva da una parte Luca ed Emilia e dall'altra Diana e Vittorio. Anche se Diana sapeva di essere la sola a combattere. Vittorio sembrava perplesso sulla parte da prendere. Il padre, rimasto seduto sulla sua poltrona, aveva ancora il giornale aperto tra le mani anche se aveva smesso di leggere per puntare lo sguardo su di loro. Sembrava quasi divertito dall'irritazione che la risposta di Diana aveva scatenato in Emilia e Luca.

«Acquisterai la parte della zia?» Luca intervenne, probabilmente per placare il furore della moglie. Le accarezzò la spalla con la mano. Apparentemente con l'intenzione di calmarla e convincerla a lasciar gestire a lui la situazione.

«Sicuramente non ora. Forse un giorno.» Un giorno indefinito, in futuro. Diana non aveva la più pallida idea di come avrebbe recuperato i soldi necessari.

«Hai già un capitale da parte?» Ecco, appunto. Era certa che Emilia non si sarebbe lasciata sfuggire l'occasione per metterla in difficoltà.

«Potrei averlo.» Sì, certo. Diana stava bluffando clamorosamente e lo sapeva. Era abbastanza certa che anche gli altri lo sapessero.

«E come?» Luca strinse gli occhi su di lei.

"Che accidenti ne so! Potrei giocare d'azzardo. Oppure vincerli in qualche modo. Ricevere un'eredità da un parente sconosciuto. O meglio, avviare una promettente carriera di prostituta di lusso!" Diana lo pensò soltanto ma la tentazione di esprimere ad alta voce il suo pensiero era stata quasi irresistibile.

«Sono sulla buona strada per un ottimo affare.» Sentì la sua voce affermare con una sicurezza che non le era mai appartenuta. L'importante era crederci, in fondo.

«Quale affare?» Emilia la fissò con un'occhiata a metà tra l'incredulo e il sarcastico.

«Insomma…» Nando Vassalli finalmente si alzò sbuffando e gettò il giornale sulla poltrona, mostrandosi quasi annoiato dalla conversazione. «Se Diana dice che è un ottimo affare sarà sicuramente un ottimo affare. E non è tenuta a parlarne con voi. Inoltre… sono stato zitto finora, però non ci tengo a vedere la volontà di mia moglie contraddetta. Poi voi potete accordarvi come meglio credete, ma questa è la mia opinione.»

«È quello che stiamo cercando, papà. Un accordo.» Luca intervenne togliendo la parola a Vittorio che stava annuendo alle parole del padre. «Converrebbe anche a Diana…»

«In realtà più che un accordo voi state cercando di forzarmi a fare qualcosa che non voglio, mi pare.» Diana interruppe il fratello e respirò profondamente intrecciando le dita. «E se qui non c'è altro da aggiungere… io avrei da fare.»

«Diana, insomma. Da tutto il tempo che ci conosciamo…» Emilia le rivolse uno sguardo languido e si accarezzò il ventre massaggiando con dolcezza. Forse stava cercando di cambiare tattica per imbonirla. «Sei sempre stata ragionevole, hai sempre compreso...»

«Se essere ragionevole significa fare sempre quello che mi chiedete anche contro la mia volontà...» Diana scosse la testa, più decisa e determinata che mai. Si massaggiò una spalla seguendo involontariamente il movimento circolare di Emilia. «Mi dispiace ma ti sei fatta un giudizio sbagliato su di me. E anche sul mio essere ragionevole. Ora devo proprio andare.»

Lanciò un'occhiata generale che raccoglieva tutti i presenti, poi oltrepassò Luca ed Emilia raggiungendo agilmente la porta d'ingresso.

«Diana...» Vittorio le fu dietro. «Ascolta, io...»

«Lascia perdere, Vittorio. Davvero... Parli sempre tanto ma oggi ti sei ammutolito tutto di colpo. E adesso non ho voglia di ascoltare più niente, neanche da te.»

«Sì, hai ragione.» Vittorio si passò una mano sulla testa, trattenendo le dita tra i capelli. «È che in questa storia io... Non mi piace starci in mezzo, ma la penso come papà. Vedrai che la smetteranno prima o poi, non possono comunque fare nulla.»

Diana annuì senza replicare. Nonostante le parole del padre, nonostante Vittorio... si sentiva sola, più che mai. Si ritrovò in macchina e iniziò a guidare senza meta, senza sapere dove dirigersi. Non voleva tornare al suo appartamento. E nemmeno andare alla casa sulla spiaggia. Si asciugò con furia una lacrima che le stava scorrendo sul viso e aveva ormai raggiunto il mento. Poi un'altra. Un'altra ancora riuscì ad arrivarle alla gola. Passò entrambe le mani sul volto e le dita sugli occhi per evitare che la vista le si offuscasse. Doveva fermarsi, non poteva rischiare un incidente.

Erano tutte balle, le sue. Non aveva nessun ottimo affare all'orizzonte. L'unico che le veniva in mente era quello con Michelle, ma... nessuna prospettiva immediata di guadagno. Non sarebbe mai riuscita a trovare i soldi necessari. E non c'era nemmeno possibilità di ottenere un prestito, di certo la banca non glielo avrebbe concesso. Aveva solo il suo lavoro come garanzia, ma questo l'avrebbe costretta a restare legata a vita a qualcosa che non era più sicura di voler mantenere.

Accostò la macchina e chinò la testa sul volante. Il tasto su cui continuavano a premere era il desiderio di zia Linda di vendere. In realtà non era nemmeno immediato, ma certamente se loro la incoraggiavano continuamente tentandola con la garanzia di una disponibilità economica necessaria a proseguire e sovvenzionare i suoi viaggi...

Perché tutto ciò che zia Linda amava nella vita, erano i viaggi. Conoscere nuovi mondi, nuove culture, nuova gente. Da quanto ricordava Diana, la zia era stata sempre così. Una donna audace e indipendente. Totalmente diversa dalla gemella Lorena.

E Diana si ritrovava ancora una volta e sempre di più nel mezzo. Tra sua madre che se n'era andata quando lei era ancora bambina, sua zia Linda estrosa e anticonvenzionale, sua zia Rita al contrario così convenzionale, così attenta ai giudizi esterni, al parere degli altri, ai pettegolezzi. A quei dannosi "si dice" destinati a non avere mai un reale protagonista oltre alla persona colpita dalla cosiddetta diceria.

E lei? Com'era lei? In cosa si sarebbe trasformata, presto o prima o poi? Appoggiò entrambe le mani sul volante. In nessuna delle donne che potevano essere state una guida nella sua vita. No, nemmeno in Denise Wilsen, la madre di Michelle e Jules. Materna, dolce, premurosa.

Diana si rese conto, improvvisamente, di essere una donna senza un vero e proprio carattere. Senza spina dorsale, ecco. Si trascinava nella vita cercando un costante appoggio negli altri. Anche con Francesca aveva agito allo stesso modo. L'aveva difesa, l'aveva protetta, le aveva ceduto l'uomo che amava senza replicare, senza battere ciglio. Forse non avrebbe potuto influire sulla scelta di Daniele se si fosse mostrata offesa o ferita. Lui sarebbe rimasto comunque con Francesca. Ma lei si sarebbe tolta quel peso che si era trascinata per vent'anni. Neanche l'attenuante della malattia di Francesca giustificava la sua passiva accettazione, la sua mancanza d'azione. Avrebbe dovuto manifestare e vivere il suo dolore, farli anche sentire colpevoli per averla ferita, invece di lottare con tutta se stessa per nasconderlo di fronte a loro.

Strinse il volante con forza e lo trattenne tra le mani per qualche istante. Poi riavviò la macchina. Aveva trovato una destinazione. Se lei aveva voluto così doveva avere le sue ragioni. Oltre quella sciocca superstizione. In ogni caso non si sarebbe arresa. Era pronta a lottare. Che si trattasse di tenere la casa sulla spiaggia o riconquistare l'uomo che amava non faceva differenza. Diana doveva imparare a essere forte. Soprattutto doveva iniziare a comprendere che tipo di donna era e voleva diventare invece di piegarsi o modellarsi sulle altre donne che l'avevano preceduta o accompagnata nel corso della sua esistenza.

CAPITOLO 30

Era ancora giovane e bella. Troppo giovane e bella per andarsene a soli trentaquattro anni. Pochi anni in meno di Francesca. Sua madre e la sua migliore amica erano state legate da un comune destino. Il decorso delle loro malattie era stato diverso ma la sorte identica. Ed entrambe l'avevano lasciata sola.

Diana si chinò a osservare la foto della madre dalla lapide scolpita in marmo. Somigliava incredibilmente a zia Linda, quando era più giovane ovviamente, anche se forse aveva i lineamenti più delicati. In parte somigliava anche a lei. Ma Diana non sorrideva così spesso e non aveva gli occhi così luminosi, lo sguardo limpido. Non si trattava solo di ridere o sorridere. Erano proprio i suoi occhi che, a differenza di quelli di sua madre, erano sempre più cupi, stanchi. Come se si trascinasse dietro una desolazione di cui non riusciva mai a liberarsi. Diana la sentiva davvero, pesare su di lei, sulle sue spalle, stringendole il petto e il cuore fino a opprimerla, quasi con l'intento di soffocarla.

«Vorrei trovare una soluzione subito, ora...» sospirò, rialzandosi a fatica. La stanchezza le intorpidiva i muscoli, le ossa.

Poi si ricordò di lei, Celeste. La sorella gemella di Alessandro che non era riuscita a sopravvivere. Chissà come sarebbe stata? Diana non pensava a lei da molti anni ormai, nessuno ci pensava. Ma lei c'era stata anche se solo per pochi giorni. Diana non rammentava nulla di quei momenti. Più che altro espressioni, lacrime. Luca aveva solo un anno e mezzo, lei non ne aveva ancora compiuti quattro. Tutto le scivolava addosso senza che potesse davvero afferrarlo, comprenderlo. Poi c'era il nuovo bambino di cui occuparsi, quindi anche Celeste era scivolata via in un soffio. Sua madre l'aveva voluta chiamare Celeste,

176

sapendo che non sarebbe sopravvissuta. Solo un miracolo avrebbe potuto salvarla, ma quel miracolo non era avvenuto. Comunque fosse non credeva nel limbo, Lorena. Credeva fermamente nel Paradiso, battesimo o meno. Non credeva nella morale e nelle leggi umane. Credeva in un Dio buono, giusto, generoso. Celeste sarebbe stata al sicuro, ne era convinta.

«Celeste…» Diana si accarezzò viso, soffermandosi poi sulle tempie. Fissò nuovamente la fotografia sorridente della madre. «Che donna saresti diventata, Celeste?»

Non lo avrebbe saputo mai. Era cresciuta in un mondo di uomini dai dieci anni in poi. E tutto era andato bene, era stato tollerabile. In un certo senso lo era ancora. Doveva semplicemente imparare a farsi rispettare. Forse era un po' tardi, questo doveva ammetterlo. Ma non troppo tardi. Non era mai troppo tardi. Non avrebbe rinunciato, questa volta. Era pronta a combattere, se necessario. Aveva solo bisogno di aiuto e doveva per una volta lasciare da parte l'orgoglio e provare a chiederlo.

Zia Linda. Tutto dipendeva da lei. Doveva chiamarla, tentare di rintracciarla e conoscere le sue intenzioni. Dubitava che si fosse rivolta a Luca senza avvisarla. Non era mai stato il suo preferito. La gemella di sua madre non aveva mai avuto preferiti tra i suoi nipoti. Nemmeno lei stessa era la preferita. Linda era uno spirito libero, profondamente avversa al matrimonio e a qualsiasi responsabilità familiare. In questo le somigliava un po' o forse Diana lo avrebbe voluto. Ma doveva ammettere che la sua affinità con il carattere di zia Linda derivava soprattutto dalle sofferenze e dalle delusioni subite più che da una naturale predisposizione. Sicuramente frequentandola avrebbe potuto imparare qualcosa su come non farsi sopraffare dalle circostanze. Magari partire con lei per un viaggio alla ricerca e alla riscoperta di se stessa. In India o in Perù. Partire, dimenticare tutto.

Diana sorrise e inclinò il capo, lanciando un bacio alla foto della madre con la punta delle dita. Sì, forse un giorno lo avrebbe fatto davvero. Ma ora aveva altro a cui pensare. Riuscire a individuare quell'ottimo affare di cui si era vantata o un espediente che le permettesse almeno di guadagnare altro tempo. E conquistare l'uomo che amava. Non erano missioni impossibili. Complicate, forse. Ma non impossibili. Doveva solo iniziare a crederci, non smettere di sperare.

Daniele... Forse Daniele avrebbe avuto la risposta giusta. Forse lui avrebbe saputo consigliarla. Diana aggrottò la fronte percorrendo il viale che portava all'uscita dal cimitero, verso la macchina. No, meglio non metterlo in mezzo. Però al momento non aveva altri che lui. Più che del suo aiuto materiale si rese conto di aver bisogno della sua vicinanza, del suo affetto. Un bisogno disperato.

«Amore o potere?» Diana aprì la portiera e si sedette alla guida.

Forse l'amore era potere. Avrebbe destato in lei la forza necessaria per trovare una soluzione. L'amore era la risposta, lo era sempre. Quindi non le restava altro da fare che compiere i passi necessari per raggiungerlo.

CAPITOLO 31

Zia Linda, come c'era da aspettarsi, non rispondeva né al telefono di casa né al cellulare, in cui subentrava immediatamente la segreteria telefonica. Diana era consapevole del fatto che non sarebbe stato così facile trovarla subito a disposizione. Ma aveva tutto il week end per provare a rintracciarla. E, per una volta, non si sarebbe dedicata ad altro. Avrebbe dato la priorità a se stessa e alle sue esigenze.

Si mise seduta sul divano, fissando il telefono con ostinazione. Bongo si era accucciato ai suoi piedi, in una posizione molto simile alla sua ma con entrambe le zampe anteriori posate sopra gli occhi, come se non volesse sentire né vedere. Solo dormire. E mangiare. Diana si rese conto di invidiare immensamente lo stile di vita di quel dolce bulldog inglese. Forse era l'esempio migliore da seguire, lasciando andare una buona volta tutte le faccende del mondo degli umani. Sorrise allungandosi per accarezzargli la testa e Bongo, forse istintivamente, mosse la coda un paio di volte in segno di approvazione. Era tanto docile e pulito che sicuramente combinava meno guai di uno qualunque dei suoi fratelli o di suo padre.

Aveva lasciato messaggi su entrambe le segreterie della zia, quella di casa e quella del cellulare, pregandola di richiamarla con urgenza. Si sollevò per raggiungere il televisore e selezionò un dvd dall'armadietto accanto. Aveva la raccolta completa dei più recenti sceneggiati della BBC tratti dai romanzi di Jane Austen. Un regalo di Michelle. Inoltre, possedeva tutte le versioni realizzate televisivamente e cinematograficamente di *Cime Tempestose* di Emily Brontë. Jules l'aveva aiutata a controllare che non gliene fosse sfuggita neanche una. In più

179

qualche altra produzione tratta dalle opere di Charlotte Brontë, Elizabeth Gaskell, Charles Dickens, George Eliot, Thomas Hardy. Abbastanza per trascorrere il tempo nell'attesa, insomma. In Inghilterra aveva recuperato il libro che la Gaskell aveva scritto su Charlotte Brontë. Se si fosse stancata di guardare la tv avrebbe iniziato a leggerlo.

Tornò a sedersi attirandosi le ginocchia al petto. Mentre seguiva i battibecchi tra Elizabeth e Mr. Darcy, che conosceva ormai a memoria, la sua mente vagava altrove. La sua passione per gli sceneggiati in costume era nata in Inghilterra. Gran parte delle sue passioni erano nate in Inghilterra e Diana non aveva fatto altro che assecondarle. Come quella per la letteratura inglese, che comunque già apprezzava, per le atmosfere cupe e tenebrose del nord di Elizabeth Gaskell, per la brughiera di Emily Brontë così come per le regole sociali e morali magistralmente descritte dalla Austen. Quando Diana si era ritrovata proprio nello Yorkshire, aveva ricercato quelle stesse atmosfere di cui aveva letto in *Cime Tempestose*, anche se il pensiero di Heathcliff non faceva altro che ricordarle la sua sfortunata storia con Daniele. La più audace e selvaggia delle sorelle Brontë le infondeva comunque un senso di trasgressione, di libertà, nonostante si fosse mossa da casa solo raramente e controvoglia. Ma per quanto riguardava Jane Austen... quanto doveva essere stato difficile essere una giovane donna in quei tempi, avere a che fare quotidianamente con quel tipo di società, di giudizio! Avere la forza di raccontare, nei suoi romanzi, il lieto fine che non era mai riuscita a sperimentare di persona. Era stato un atto di coraggio non infliggere ai suoi personaggi il suo stesso destino. O forse Jane Austen, a differenza sua, era stata pienamente felice e soddisfatta della sua condizione. Forse, a differenza sua, non teneva in così grande considerazione il giudizio di quel mondo perbenista e un po' ipocrita a cui apparteneva, in cui tutto ciò che contava davvero per una donna era sposarsi. Meglio ancora "sposarsi bene" con un uomo che possedeva una rendita cospicua.

Ma in fondo il mondo, fosse in Inghilterra o in Italia, era tanto cambiato rispetto a quei tempi? Avevano abbondantemente oltrepassato il Duemila, eppure non tutti avevano la visione del mondo e l'intraprendenza di zia Linda. Nemmeno Antonia, la sua stessa figlia. La figlia che aveva avuto a sedici anni durante un viaggio in Germania e che aveva dato in adozione.

Diana si diede uno slancio e si alzò dal divano per raggiungere il telefono. Nel farlo scavalcò Bongo che sollevò la testa verso di lei, la fissò per un attimo con uno sguardo sonnacchioso per poi tornare a crogiolarsi nel suo mondo dei sogni. Diana ridacchiò osservandolo.

«Dormi ancora un po', cucciolone. Dopo ti porto a fare un giretto!»

Era improbabile ma non impossibile. Antonia poteva sapere dove si fosse rifugiata sua madre. Si erano ritrovate oltre vent'anni dopo la sua nascita. Antonia era stata adottata da una famiglia tedesca, viveva a Monaco ma aveva fatto di tutto per rintracciare la sua vera madre e conoscere le sue ragioni. I genitori adottivi, per il suo bene, l'avevano assecondata nella ricerca. In seguito all'ostilità iniziale, Antonia l'aveva accettata. Anche perché Linda non lasciava mai molte alternative a chi la circondava. Quello era il suo carattere, non pretendeva che gli altri lo capissero o lo accettassero. Solo che la lasciassero vivere come preferiva. Con Antonia non aveva instaurato un vero legame madre-figlia, ma più che altro uno stabile ed equilibrato rapporto di amicizia.

Dopo un paio di squilli Antonia rispose al telefono di casa.

«Antonia... ciao, sono Diana.»

«Diana, ma che piacere! Come stai?» Antonia parlava discretamente italiano ma con un fortissimo accento tedesco. Di quella lingua Diana riusciva a mettere insieme soltanto poche frasi, per cui spesso parlavano inglese, lingua in cui entrambe riuscivano a esprimersi meglio.

«Molto bene, grazie. Tu stai bene?» Diana sospirò rassegnata all'inevitabile scambio di saluti e informazioni generali. Così venne a sapere che la cugina stava meravigliosamente e allo stesso modo il marito e i tre figli. Rimediò anche un invito a Monaco, non il primo del resto. Un giorno ne avrebbe approfittato davvero, forse. «Ecco, io volevo chiederti... non è che tu sai per caso dove si trova Linda in questo momento? Avrei bisogno di parlarle, è piuttosto urgente però non risponde proprio...»

«L'ultima volta che l'ho sentita, qualche settimana fa, mi ha raccontato di essere diretta in un tempio in India per un corso di meditazione tenuto da... non mi ricordo chi, un monaco o un santone. Credo che Linda sia in fase mistica in questo periodo. Non so quando si deciderà a tornare. Sai com'è fatta!» Antonia rise divertita. Diana non l'aveva mai sentita chiamare Linda mamma, nonostante nutrisse affetto nei suoi confronti e nel corso degli anni fosse giunta a comprendere e accettare il suo essere un po' folle e anticonformista. Probabile che Linda nemmeno lo pretendesse. Il loro legame era comunque solido, nonostante tutto. «Se non risponde forse ha spento il cellulare. Prova a mandarle una e-mail, è quello che ha detto anche a me nel caso volessi contattarla. Così appena controllerà ti risponderà sicuramente.»

«Certo, ti ringrazio Antonia.»

Dopo ulteriori saluti e la promessa reciproca di sentirsi più spesso Diana agganciò. Zia Linda in India in fase mistica significava che non sarebbe tornata a breve. E quindi non avrebbe avuto la possibilità di parlarle schiettamente, di persona. Ma forse significava anche che le avrebbe sicuramente concesso più tempo, eludendo le richieste di Luca e di sua moglie.

Diana tornò tranquilla al divano e allo sceneggiato televisivo. Bongo continuava a dormire, quindi decise di attendere il suo risveglio per il giretto promesso. Mr. Darcy apparve sullo schermo del suo televisore. Era inquietantemente provocante e sensuale, ma allo stesso tempo distaccato e freddo. Però aveva un cuore buono, generoso e soprattutto profondamente innamorato.

Ricordò di aver letto o sentito da qualche parte che gli uomini della nostra vita non sono altro che lo specchio di ciò che pensiamo di noi.

«Devo avere proprio pessime idee su me stessa se non sono mai stata in grado di trovarmi uno come Darcy... l'uomo giusto al momento giusto. Quello che mi risolve i problemi e mi toglie dai guai.»

Diana ripercorse con la mente gli uomini della sua vita, uno dopo l'altro. No, nessuno era stato così. Proprio nessuno. Almeno non con lei. Di conseguenza nessuno l'avrebbe salvata come Mr. Darcy aveva salvato Elizabeth e la sua famiglia dalla rovina. Diana sospirò e si passò una mano tra i capelli, prima per tutta la lunghezza poi trattenendola alla radice. No, davvero. Nessun Mr. Darcy in vista per lei, pronto a soccorrerla nelle difficoltà, a salvarla. Così non le restava altro da fare che diventare il tipo di donna che si salva da sola.

CAPITOLO 32

Poteva aver instaurato una connessione telepatica con zia Linda per mezzo della e-mail che le aveva mandato. Magari lo stato meditativo e di quiete era intercorso tra loro attraverso il cyberspazio e dal tempio indiano in cui si trovava Linda era giunto fino a lei. In ogni caso, comunque fosse, Diana si sentiva finalmente più tranquilla e rilassata, in pace con se stessa e forse anche con il mondo. Preparata a pianificare la sua vita futura, nei minimi dettagli. Stranamente le venne in mente di chiedersi se potesse contare su un aiuto divino nella sua vita, prima o poi. Non era una credente. O lo era come tanti altri, senza eccessivo entusiasmo e senza frequentazione assidua. Magari sarebbe stato di aiuto. Magari invece, considerando l'opportunismo della sua azione e del suo pensiero, non sarebbe servito proprio a nulla.

Il telefono la distolse dalla sua riflessione. Sperò che zia Linda avesse ricevuto il suo messaggio e la stesse chiamando. Quindi forse esisteva davvero una connessione cosmica tra lei e l'universo che rispondeva prontamente alle sue necessità.

«Diana?» Voce da uomo, un po' imbarazzata nel pronunciare il suo nome. Sicuramente non era la zia.

«Sì, sono io…»

«Ecco, io sono Sergio, un amico di Alessandro.» Un sospiro profondo e teso. Diana, nel frattempo, arrotolò il filo del telefono intorno alle dita. «Mi dispiace, ma devo avvisarti che Alessandro ha avuto un incidente. Niente di grave, non ti preoccupare… cioè un po' lo è… insomma, stamattina siamo usciti per fare sci nautico visto che la giornata era davvero bella e purtroppo è caduto male. Si è rotto una gamba… i legamenti di una gamba, mi sembra. Si sta lamentando per il dolore ma i medici dicono che si riprenderà presto. Ha solo bisogno di riposo.»

Diana socchiuse gli occhi e sospirò. Fece per replicare ma Sergio la precedette.

«Vorrebbe che tu lo raggiungessi qui in ospedale, ha bisogno di cambi. E poi...»

Diana iniziò ad annuire alle sue parole, anche se l'amico del fratello non la poteva vedere mentre le forniva ulteriori dettagli dell'incidente e le indicava l'ospedale in cui era stato portato. Intervallando le sue parole a degli "okay" poco convinti. Ovviamente Alessandro aveva chiesto che venisse chiamata lei. Non suo padre, non i fratelli, non la sua ragazza. Ex ragazza, quindi ciò la escludeva automaticamente dalla lista delle persone da contattare.

Così, nonostante i suoi piani per la giornata fossero diversi, non le restava che prendere e andare. Riagganciò contrariata. Un muso sfregato contro la gamba le rammentò la presenza di Bongo, che dopo essersi svegliato vagava triste e solitario per casa in attesa del suo giro.

«Certo, io ti ho fatto una promessa povero tesoro. E ti dovrei portare fuori visto che il tuo padrone si è defilato e poi quasi massacrato. E dovrei anche darti da mangiare, non vivi d'aria come me quando sono depressa...» Diana si chinò e gli accarezzò il muso soffice e bicolore, bianco e miele. «Sai che ti dico, mio caro? Prima pensiamo a noi due, comunque Alessandro non può andare da nessuna parte e c'è il suo amico con lui. Intanto chiamo gli altri per avvisarli. Vittorio e papà, meglio. Avvisino loro Luca. E anche Moira se avrà voglia di occuparsene. Tu hai fame, hai bisogno di uscire e io ho voglia di una colazione abbondante in pasticceria. Per una volta possono essere gli altri a muovere il culo!»

Diana si sentì, per la prima volta in vita sua, egoista e sadica. Chiamò il cellulare di Vittorio svegliandolo nella sua fase di sonno profondo dopo una serata in discoteca. Gli raccontò dettagliatamente i recenti avvenimenti ma evidentemente il fratello non era ancora abbastanza lucido per comprendere la necessità assoluta del suo intervento.

«Eh, cosa?»

«Devi alzare il culo dal letto, Vittorio. Prendere papà e andare in ospedale da Alessandro. Io al momento sono impegnata con il suo cane. Bongo, te lo ricordi?» Diana si stava mostrando inquieta e risentita nell'impartire ordini ma nel frattempo stava ridendo tra sé. «Avvisa anche Luca, ovviamente. E Moira, magari le importa saperlo. E devi portargli qualche cambio, troverai qualcosa nella sua stanza di sicuro. Se non trovi il necessario, intanto lo raggiungi e vedi di cosa ha bisogno. Poi se serve lo vai a comprare, ci sarà senz'altro qualche negozio aperto. Ti è chiaro cosa è successo e cosa devi fare o devo ripetertelo?»

«Mmh... sì, sì... ospedale... Ale... gamba rotta...» La voce impastata dal sonno di Vittorio era quasi comica. Diana si trattenne per non ridergli in faccia.

«Bravo ragazzo.» Diana abbassò il viso incontrando gli occhi scuri e dolci di Bongo, che non si era mosso dal suo fianco e scodinzolava impaziente. «Io vedrò di raggiungervi più tardi, appena mi sarà possibile.»

CAPITOLO 33

Diana aveva preso le cose con calma. Riportato a casa Bongo, si era resa conto che non avrebbe potuto affrontare le accuse e le recriminazioni degli altri restando incolume. Quindi sì, aveva bisogno di un aiuto e di un sostegno, almeno in questo. Non era ancora giunto il momento di diventare il tipo di donna che si salva da sola, soprattutto se doveva confrontarsi con quattro uomini alle prese con un ricovero ospedaliero.

«Certo, Diana. Non ho programmi per oggi, ti accompagno volentieri.»

Il professor Giullari aveva accettato immediatamente di diventare il suo difensore, il suo cavaliere in armatura lucente. Con lui accanto il padre e i fratelli non avrebbero avuto il coraggio di attaccarla e lamentarsi di aver lasciato a loro l'incombenza di accorrere immediatamente in ospedale.

Alessandro non si era rotto una gamba. E nemmeno i legamenti. Era solo una stiratura del muscolo della coscia ma aveva l'aria contrita e addolorata di una vittima sacrificale, di un condannato pronto a salire sul patibolo. Vittorio invece non sembrava essersi ancora svegliato del tutto. Lui e Nando avevano portato anche zia Rita perché evidentemente alla parola "ospedale" in sua assenza avevano pensato di non poter fare proprio a meno di un tocco femminile.

Quindi l'idea di richiedere la presenza del professor Giullari era stata eccellente da parte di Diana. Soprattutto perché il professore era in grado, in caso di necessità, di assumere quell'aria autoritaria e intellettualmente superiore che metteva le persone a disagio. Non se n'era mai servito con Diana e nemmeno con i suoi studenti. Ma, nonostante fosse un uomo buono e tendenzialmente umile e gentile, gli tornava utile di

187

tanto in tanto. In questo Diana si rese conto che avrebbe dovuto imparare, prendere spunto e seguire l'esempio. Magari anche esercitandosi davanti allo specchio per risultare più credibile.

Il lunedì mattina la voglia di andare a scuola e mostrarsi una persona adulta e responsabile era pressoché inesistente. A tal punto che Diana fu fortemente tentata di telefonare annunciando di sentirsi male e quindi vedersi costretta a prendere un periodo di pausa per malattia.

Incrociare Dietmar Donati appena salite le scale che portavano al corridoio principale non fece che insinuare in lei il desiderio di staccare, in un modo o nell'altro. E oltretutto lui le aveva puntato addosso quegli occhi grigio verdi gelidi e severi. Come se la stesse aspettando al varco. A Diana venne in mente un avvoltoio che si stava preparando a lanciarsi sulla preda di cui nutrirsi.

«Dopo la seconda ora passi nel mio ufficio, professoressa. Ho visto che oggi non ha lezione nelle ore successive. Ho bisogno di parlarle.»

La sua voce si era fatta profonda, quasi gutturale. Diana si guardò intorno. Non c'era nemmeno Mentina in vista per darle un minimo di conforto e sostegno emotivo. Intanto, mentre si avviava verso l'aula in cui aveva lezione, si domandava cosa diavolo quell'uomo potesse volere da lei. E continuò a chiederselo mentre si focalizzava sull'uso del genitivo sassone nella lingua inglese. Per lo meno con la letteratura sarebbe riuscita a distrarsi un po' di più.

«Prego, si accomodi.» Dietmar Donati la fissava negli occhi con aria intransigente e ostinata.

Un'ora di lezione era trascorsa velocemente e Diana di era resa conto di non poter inventare una scusa per rimandare l'incontro. Però era stanca, terribilmente stanca. Tanto che avrebbe acconsentito a qualunque richiesta senza discutere. Si rese conto di sentirsi stanca da tanto, troppo tempo. Ma, nello specifico, nell'ultimo periodo, da quando aveva lasciato l'Inghilterra, da quando aveva preso un aereo da Londra per poter tornare in anticipo. Doveva trattenersi per non sbadigliare in faccia al direttore e, nel contempo, non mettersi a piangere supplicandolo di lasciarla andare a casa.

Era una donna adulta, ormai, non una ragazzina. Non poteva permetterselo, comunque.

«La vedo stanca, professoressa Vassalli.» Ecco, appunto. Era visibile anche dall'esterno, allora. «Ed è spesso in ritardo, ancora più dello scorso anno ho notato.»

Diana arrossì per la vergogna. Di solito erano gli studenti ad essere rimproverati per i ritardi, non gli insegnanti. Di norma, almeno. Evidentemente lei non era normale.

«Mi dispiace...» Diana si rese conto, dall'insistenza con cui Dietmar Donati la stava fissando, che era giunto il suo turno di dire qualcosa. «Però io...»

«Non è un buon esempio per gli studenti, se ne renderà conto spero.»

Diana sospirò e annuì. Inutile replicare e tentare di giustificarsi. Lo sguardo rigido e gelido di quell'uomo era un chiaro segnale che non avrebbe accettato giustificazioni e non le avrebbe concesso attenuanti. Ogni suo tentativo sarebbe stato ininfluente. Quindi rimase in silenzio. Si lasciò rimproverare, attendendo la fine.

Cosa avrebbe potuto fare del resto? Licenziarla? Forse tutto sommato era la cosa migliore per tutti, anche per lei. Durò solo un attimo, un breve istante... ma Diana a un certo punto ebbe la netta sensazione di non aspettare altro. Addirittura, fu tentata lei stessa di interromperlo, dirgli che si sarebbe dimessa al più presto, liberarsi di lui, di quel peso che le gravava sul cuore, di quel luogo, dei troppi ricordi, di tutto quanto. Oppure alzarsi senza dire una parola, attraversare il corridoio, poi la porta a vetro, scendere le scale, prendere la macchina, oltrepassare il cancello. E magari andarsene via, non tornare mai più.

Invece ascoltò annuendo paziente, senza ribattere. Attese che il rimprovero e l'esortazione ad assumere un comportamento più consono giungessero al termine. E invece di andare via fiera, con

189

la sua dignità intatta, si ritrovò in bagno con le lacrime agli occhi. Non si trattava solo di quell'episodio. Era tutto l'insieme nella sua vita a deluderla, ad annientarla. Di per sé il richiamo del direttore era anche sensato. Diana fu costretta ad ammettere che aveva ragione. Forse era arrivato per lei il momento di cambiare strada, cambiare vita.

Quando si decise a uscire percorse il corridoio quasi di corsa. Non aveva più lezione quel giorno e di sicuro non poteva restare lì dentro un solo minuto di più. Sperò di non incontrare nessuno, nemmeno Mentina. Non era dell'umore di confidarsi e il suo stato emotivo era fin troppo evidente per non destare sospetti.

Individuò l'auto parcheggiata nel cortile come un'ancora di salvezza. Solo pochi passi e l'avrebbe raggiunta. Lì sarebbe stata al sicuro. Lontana da tutto e da tutti. Anche i suoi pensieri sarebbero stati lontani, finalmente.

«Mi scusi…»

Prima che arrivasse a destinazione sentì una voce maschile alle sue spalle. Aveva il tono vagamente imbarazzato di chi non sapeva come rivolgersi a qualcuno che temeva oppure che non conosceva ancora abbastanza bene. Lo avrebbe ignorato fingendo di non averlo sentito ma i passi si stavano avvicinando rapidamente.

Diana si voltò sforzando di dipingersi sul viso un sorriso di circostanza. Troppo adulto per essere uno studente, forse poteva essere il padre di uno studente. Ma non era il suo giorno di ricevimento, per cui…

«Sono il nuovo insegnante di italiano.» Ah, ecco. Quello di cui Mentina le aveva parlato e lei non aveva ancora incontrato. «Dante Micheli.»

L'uomo le porse la mano con sguardo languido e aria compiaciuta. Bell'uomo, su questo Mentina non aveva avuto torto. Per niente torto. Spalle larghe, torace ampio, vita stretta ben in evidenza nella camicia azzurra e la giacca chiara lasciata appositamente aperta. Labbra carnose e occhi nocciola. Sembrava un costante frequentatore di palestre e attività fisica.

E sembrava anche più un modello che un professore di lettere. Dimostrava poco più di trent'anni.

«Diana Vassalli, inglese.»

Diana ebbe l'impressione di fornire all'uomo le sue generalità mentre ricambiava la stretta. Alta un metro e settanta scarso, cinquantadue chili o almeno così si illudeva ancora, occhi castani stanchi, occhiaie incorporate, capelli castani in costante conflitto con il mondo esterno…

«Ho sentito parlare di lei.» L'uomo arricciò il naso in modo seducente. O forse no, ma sulla sua faccia aveva questo effetto. «Dagli studenti, voglio dire. Lei è molto amata.»

Diana ebbe l'impressione che si soffermasse intenzionalmente sulla parola "amata". Ma forse si sbagliava. Era stanca, stressata e aveva appena subito una strigliata come se fosse una scolaretta indisciplinata.

«Più o meno come tutti, credo.» Nonostante il tentativo di sminuire la questione, annuì compiaciuta. Almeno gli studenti non le erano del tutto ostili.

«No, io non credo proprio. L'ho vista uscire dall'ufficio dell'orco, prima.» Dante inclinò il viso socchiudendo leggermente gli occhi. Se l'aveva vista uscire da lì, di sicuro aveva notato che si era rifugiata in bagno in preda alla disperazione.

Diana si chiese anche dove si fosse appostato per riuscire a vederla senza farsi scorgere. Preferì non indagare.

«Mmh… sì…»

Stava ammettendo di essere uscita dall'ufficio o confermando che Dietmar Donati era a tutti gli effetti un orco? Non aveva importanza. E di certo non gli avrebbe raccontato i suoi affari personali. Nemmeno quelli intercorsi tra lei e l'orco.

«Capisco. Comunque, ho un'ora libera, le andrebbe di andare a bere qualcosa? Magari un aperitivo? Sa, io… mi sono appena trasferito da Trieste e non conosco molte persone, ancora. Così mi racconterà un po' com'è la vita qui.»

«Sì, forse… perché no?»

Non ne aveva alcuna voglia ma non riusciva a trovare una scusa sufficientemente valida per rifiutare. Lui aveva solo un'ora libera, del resto. Non sarebbe durata troppo a lungo. Diana annuì sforzandosi di sorridere. Era sempre un collega e non aveva molti amici nell'ambito professionale. Meglio approfittarne, quindi.

«Diana...» Sul volto del bel professore comparve di nuovo quella specie di smorfia mascherata da sorriso seducente. Diana già lo prevedeva. Avrebbe fatto strage di cuori durante tutto l'anno scolastico, tra colleghe e studentesse. «Diana... come la principessa. O come la dea della caccia?»

«No, come la macchina.» Diana si strinse nelle spalle senza accogliere quella specie di complimento. Aveva sentito quella battuta un'infinità di volte. Poi, sentendosi un po' troppo acida, azzardò un sorriso.

«Beh... da professore d'italiano di nome Dante, anche io ho i miei problemi. Quindi la capisco. Però prometto che tenterò di difenderla da Caronte, se posso.»

Diana lo guardò seria poi rise più apertamente. Per un attimo il pensiero tornò a Francesca, forse legando il suo nome all'*Inferno* di Dante. Fu tentata di raccontarlo al nuovo collega, ma decise di evitare. Non voleva pensare a lei. Non voleva che il discorso confluisse su quello che era passato e sul dolore che ancora provava.

Dante non sapeva ancora niente di Francesca, di Daniele, della sua vita. L'aveva appena conosciuta e di lei sapeva solo che insegnava inglese nel suo stesso liceo e che forse aveva qualche problema con il direttore. Per il resto era come un quadro ancora da dipingere, una tela bianca. Prima o poi qualcuno lo avrebbe informato riguardo a Francesca, di cui lui aveva preso definitivamente il posto. Ma non lei. Soprattutto non in quel momento. Da Diana avrebbe saputo esclusivamente ciò che si sentiva pronta a raccontargli.

CAPITOLO 34

Inaspettatamente Daniele stava mantenendo la sua promessa. Diana fu colta alla sprovvista quando, aprendo la cassetta delle lettere, trovò una nuova busta con il suo nome scritto a mano questa volta. Riconobbe immediatamente la calligrafia, che non era mai cambiata.

Non solo la calligrafia non era cambiata. Anche il suo modo di dire tutto e non dire niente allo stesso tempo. Parlava di Milano, del suo lavoro, del tempo. Del fatto che gli mancava, che pensava a lei. Poche frasi messe insieme da parte di qualcuno poco propenso a scrivere se non per questioni davvero importanti. Diana comprese che, proprio come allora, Daniele le aveva scritto soltanto per compiacerla.

Decise di rispondergli subito, ma anche lei si ritrovò di fronte a quello che probabilmente era stato lo stesso dilemma di Daniele quando aveva preso carta e penna. Cosa scrivergli? Cosa raccontargli di nuovo? Era davvero necessario forzare entrambi in quell'ostinata farsa di pretendere lettere di carta in un'epoca in cui ormai tutto era affidato alla tecnologia? Gli anni Ottanta erano lontani ormai. Tanto. Troppo.

Sospirò profondamente mordendosi le labbra, seduta alla scrivania con la penna tra le mani e il foglio bianco davanti. Non aveva più quella collezione di carta da lettere carina che utilizzava durante l'adolescenza. Ne aveva comprata spesso, quasi ogni settimana, proprio per scrivere a Daniele. Per un anno, almeno. Poi non ne aveva più acquistata, ma le era comunque servita per le sue lettere a Michelle. Qualcuna anche indirizzata a Denise. A Jules e a suo padre inviava soltanto biglietti di auguri per il compleanno. Alla fine, e-mail e telefono avevano preso il posto delle lettere e della collezione di carta e buste carine.

La scuola era ricominciata a pieno ritmo. Poteva essere un buon inizio, rispondere al racconto del lavoro con altrettanto lavoro. Alessandro aveva avuto uno stupidissimo incidente con lo sci d'acqua e stazionava ancora in casa sua in convalescenza, trascinandosi in giro con le stampelle e con l'aria da cane bastonato. Moira si era ripresa Bongo perché le mancava e aveva deciso di occuparsi di lui mentre Alessandro era ancora indisposto. Peccato non avesse deciso di riprendersi anche il padrone di Bongo e avesse lasciato a Diana l'incombenza di sorbirsi i suoi malumori. Anche perché Bongo se lo sarebbe tenuta volentieri, era dolce, tranquillo, di compagnia e non aveva mai eccessive pretese.

Con un istinto di perfidia Diana decise di raccontargli anche del nuovo sexy insegnante di italiano. Evitò di precisare che era quello che aveva preso definitivamente il posto di Francesca. La verità era palese e nemmeno troppo involontaria. Lo scopo era chiaro, voleva farlo ingelosire. Voleva che la immaginasse con un altro. Forse in parte anche lei desiderava immaginarsi con un altro.

E poi? Non aveva voglia di parlargli della casa, dei problemi con i suoi fratelli, con suo padre. Raccontare dei suoi sogni, dei suoi desideri. Dell'idea, forse sciocca e infantile, di una vita felice, insieme a lui. Era passato troppo tempo, quel sogno si era ormai annullato, prosciugato in lei. Che senso aveva riportarlo in vita? Non era del tutto certa di quali fossero i progetti di Daniele su di lei, su loro due. L'aveva baciata, i suoi occhi e le sue labbra le avevano fatto una promessa. Ma se non l'avesse mantenuta, non sarebbe stata comunque la prima volta.

Diana abbandonò la lettera in un angolo della scrivania e si stirò sbadigliando. L'avrebbe conclusa e chiusa più tardi. Aspettava Christian per la sua lezione settimanale d'inglese e voleva rilassarsi un po' prima. Si trascinò in soggiorno, sul divano. Aveva inserito la nuova versione della BBC di *Daniel Deronda* di George Eliot. L'attore che interpretava Daniel le

194

ricordava vagamente Daniele quando era più giovane. Poi con quel nome il collegamento era inevitabile. Se l'era cercato!

Vittorio era venuto a prendere Alessandro per portarlo a una seduta di fisioterapia e ginnastica riabilitativa. Sforzandosi un po' avrebbe potuto convincerlo che sarebbe stato più comodo nella loro casa paterna che con lei. Se malauguratamente l'ascensore avesse smesso di funzionare per lui sarebbe stato difficile accedere al suo appartamento. Poteva essere un buon motivo, anche se Diana rammentò che in oltre dieci anni era accaduto solo tre volte. Manomettere il funzionamento dell'ascensore era decisamente troppo, anche se lei preferiva sempre correre su e giù dalle scale perché non aveva mai la pazienza di aspettarlo. Magari se fosse stata davvero una strega avrebbe però tentato una piccola magia.

Quando Christian si presentò per la lezione Diana lo trovò distratto. Ma non era distratto allegro e svagato come al solito. Era distratto triste e tendente allo sconsolato. A tal punto che ebbe l'impressione che nemmeno l'ascoltasse.

"The fountains mingle with the river
And the rivers with the ocean,
The winds of heaven mix for ever
With a sweet emotion;
Nothing in the world is single;
All things by a law divine
In one spirit meet and mingle.
Why not I with thine?"

Forse *La filosofia dell'amore* di Shelley non era stata la migliore delle scelte. Ma era sicuramente più deprimente per lei che per un ragazzo giovane e affascinante come Christian.

«È Shelley il problema o sono io?» Diana incrociò le braccia e sollevò il viso su di lui. «Oppure oggi preferisci guardare un film in inglese e fermiamo dove non riesci a seguire?»

«Eh...?» Christian la fissò smarrito. «No, no... ovvio che non sei tu il problema. E neanche Shelley. Anzi... stavo pensando

195

proprio a quello, insomma… Ecco, io… posso farti una domanda un po' indiscreta, Diana?»

Diana rimase perplessa per un istante, ma si sforzò di superare con nonchalance l'imbarazzo che forse le avrebbe creato la domanda.

«Sì, certo.» Detestava le domande in generale. Alla fine, erano quasi tutte quante indiscrete.

«Tu… sei mai stata innamorata?»

Questa era la regina delle domande indiscrete! Christian la guardò con aria innocente, come se le stesse chiedendo indicazioni per raggiungere il bagno.

«Mmh… io… sì, suppongo di sì.»

Per forza. Dire di no sarebbe stato alquanto strano alla sua età. Chiedere una domanda di riserva, forse? Sperò di non essere arrossita nel frattempo, sentì il calore salirle alle guance improvvisamente.

«Non ne sei sicura?» Ecco che il giovane la incalzava per ottenere una risposta più decisa, più definitiva. Ma perché certe domande non le faceva a sua sorella? O a qualcun altro?

«Lo ero nel momento in cui lo sono stata.»

Diana sorrise complimentandosi con se stessa per l'astuzia. Ottima risposta! Sperava vivamente di chiudere la questione ma davvero non si sarebbe mai aspettata che Christian fosse orientato verso questo tipo di discorsi. Decisamente lo preferiva quando le proponeva di uscire a divertirsi e folleggiare. Anche quando affrontavano discorsi seri, ma… non quello!

Oddio… Diana tentò di mantenere il controllo per non sgranare gli occhi su di lui. Ci stava provando? Christian dopo tante allusioni ci stava davvero provando con lei? Ne era lusingata, ovviamente. E pensare che non si era nemmeno truccata e aveva tenuto addosso la felpa con il coniglietto e la scritta *"Every bunny loves to nap"*… a ogni coniglietto piace fare un sonnellino.

«E ora? Ti è passata?»

Diana ebbe l'impressione che il viso di Christian fosse sempre più vicino, più vicino. Gli occhi più vivaci, più intensi. Oddio... non poteva! Lui era il figlio della sua vicina! Troppo giovane! Però, in effetti... Erano davvero ostacoli insormontabili? Più insormontabili del fatto che lei fosse ancora innamorata di un altro?

«Mmh... la verità è che io... non lo so.»

La verità è che non le sarebbe dispiaciuto scoprirlo. Con lui, forse. Oppure la verità era che una parte di lei voleva davvero lasciarsi andare, almeno per un momento. Non si trattava di Christian. Non si trattava di lei. E nemmeno dell'amore. Ciò che desiderava in quel momento, più di ogni altra cosa, era smettere di soffrire. Di pensare e di soffrire.

«Ecco, questo è il punto!» Christian batté un leggero pugno sul tavolo. «Nemmeno io lo so!»

«Cosa?» Diana si ritrasse confusa appoggiando la schiena alla sedia.

«C'è questa ragazza, Giada. Stiamo uscendo insieme, diciamo...»

Quindi non stava parlando di lei. Non intendeva lei! C'era questa Giada, ecco.

Diana si ricompose sforzandosi di assumere l'atteggiamento di una persona adulta, matura. Senza riuscirci molto bene.

«Mi sembra... sì, insomma...»

«Lei mi piace, però... Insomma, vorrebbe una storia seria e io non mi sento pronto!» Christian sospirò spazientito e incrociò le braccia appoggiando la schiena alla sedia, in una sorta di imitazione di Diana. «Lei insiste, mi ha dato una specie di ultimatum. Io non sono nemmeno uscito con altre, nel frattempo. Davvero! Però non mi va proprio di sentirmi forzato.»

«Io credo...» Diana cercò di distogliere lo sguardo da lui, che le teneva ancora gli occhi puntati addosso. Detestava quel tipo di discorso. Da sempre. Con chiunque. «Che non dovrebbe essere una forzatura. Se non te la senti di impegnarti, devi essere onesto con lei.»

«Tu non ti sei mai sentita così?» La domanda di Christian giunse spontanea, inevitabile.

«Mmh...» Si era sempre ritirata in fretta, prima di giungere a quella fase. Tranne con Daniele, ovviamente. Con lui quella fase l'aveva raggiunta e superata. O forse no, non l'aveva davvero mai raggiunta perché era evidente che non fosse stata mai lei tra loro due ad amare di meno. Almeno prima. Ora, invece? Si sentiva forzata? Ma da cosa? Da chi? «Forse, qualche volta.»

«Non ti va di parlarne, ho capito Diana.»

Sì, Christian aveva capito davvero bene. Ma non solo non le andava di parlarne con lui. Non le andava nemmeno di chiarirsi le idee con se stessa. Questo era il problema fondamentale.

«Credo sia complicato. Io...» Diana chiuse gli occhi per un istante, poi tornò a guardarlo. Era un ragazzo intelligente, nonostante fosse così giovane. Forse più intelligente e sensibile di molti suoi coetanei. «La verità è che non sono più sicura. È qualcosa che ho voluto per così tanto tempo, ora che potrei essere davvero vicina a ottenerlo... forse sono solo un po' spaventata. O forse...»

«O forse ti sei talmente abituata a volerlo da non renderti conto di non volerlo più.»

Christian concluse la frase per lei, lasciandola sorpresa per la sicurezza con cui aveva pronunciato quelle parole. Era davvero così? Aveva ragione? Non lo voleva più? Non desiderava più che l'amore facesse parte della sua vita? Oppure... non desiderava più che fosse Daniele quell'amore?

CAPITOLO 35

Erano trascorsi alcuni giorni, eppure il discorso affrontato con Christian era ancora vivo nella mente di Diana. Con nessuno era mai riuscita ad ammettere qualcosa di così vero, profondo ed essenziale. Nemmeno con Michelle e con Jules. Doveva recuperare le sue certezze. Doveva capire chi era e cosa voleva davvero. Sicuramente aveva raggiunto l'età in cui avrebbe dovuto saperlo da un bel pezzo. Ma per fortuna non esistevano leggi scritte in proposito. A parte quelle tacitamente imposte dalla società che irrevocabilmente condannava le persone come lei. La società che troppo spesso non ammetteva che ogni essere umano percorresse la vita seguendo i propri tempi, ritmi e inclinazioni. Saltando magari alcune tappe dell'esistenza e includendone altre.

Non le importava. Aveva oltrepassato il periodo in cui riteneva fondamentale che il suo comportamento e le sue azioni dovessero per forza essere socialmente accettabili. In lei era subentrato un segnale di superamento dei limiti che ormai aveva imparato a riconoscere. Quel sibilo all'orecchio quando percepiva una sensazione di malessere, di disagio o di fastidio. Non era casuale, accadeva sempre in quei determinati momenti.

A scuola aveva iniziato a prestare attenzione all'abbigliamento delle ragazze. Si era accorta da tempo che non avevano nulla a che fare con lei, con l'adolescente che lei era stata. Ma non era dovuto al trascorrere degli anni. Riponendo i libri nella borsa dopo la lezione finse di soffermarsi più a lungo del solito per riuscire ad ascoltare le loro conversazioni.

I discorsi non erano cambiati così tanto, alla fine erano più o meno simili a quelli delle sue coetanee di tanti anni prima. Lei era più riservata forse ma i suoi pensieri all'epoca convergevano tutti su Daniele, almeno prima che fingesse di non provare più il minimo interesse nei suoi confronti. Prima che perdesse gradualmente tutta la sicurezza, la fiducia in se stessa e la sua autostima toccasse il fondo. Un'autostima che con altri ragazzi non era mai riuscita comunque a recuperare.

Ovviamente si rendeva conto che non era stata l'unica ragazza al mondo ad essere stata lasciata o sostituita con un'altra. Accadeva da sempre, ogni giorno, ovunque. Quindi il suo atteggiamento probabilmente non era normale. Sarebbe stato molto più salutare affrontare la situazione, arrabbiarsi, sfogarsi e poi passare oltre, andare avanti. Invece di fingere che non fosse un dramma, che non le importasse affatto. Anzi lasciar intendere che da un giorno all'altro potessero essere amici come prima. Mentre l'unico cuore infranto era stato il suo. Così quella storia l'aveva segnata troppo, in modo esagerato, sproporzionato. Come un tradimento perpetrato giorno dopo giorno, anno dopo anno. Non era stato tanto il tradimento di Daniele a farle male, quanto quello di Francesca. La sua migliore amica.

«Professoressa, mi scusi...»

Una delle ragazze del quinto anno le si avvicinò timidamente durante l'intervallo, mentre sorseggiava la tisana al ginseng offerta da Mentina. La vedeva pallida e con gli occhi sempre solcati da occhiaie profonde ultimamente, secondo il suo parere aveva bisogno di energia. E di riposo, soprattutto.

«Sì, dimmi pure.»

«Io vorrei chiederle... se fosse possibile...» La ragazza esitava, con voce tremante e sguardo afflitto. «Ecco, io non mi sono sentita bene ieri. Ho avuto... mmh... Vorrei chiederle se fosse possibile rimandare l'interrogazione alla prossima volta, sicuramente sarò preparatissima, davvero! Lo prometto!»

Dopo aver espresso la richiesta sembrava aver preso coraggio, lanciandosi in promesse per il futuro. Diana non era del tutto certa che le stesse dicendo la verità riguardo al fatto di non essersi sentita bene. Nonostante lo sguardo tendente al disperato sembrava in ottima forma quando l'aveva vista chiacchierare con le amiche poco prima. Però non poteva fare altro che concederle il beneficio del dubbio. Essere troppo rigida e crudele non sarebbe servito a nulla.

«Va bene. Però la prossima settimana ti interrogo di sicuro, cerca di essere preparata.» Tentò nonostante tutto di assumere un tono severo e autoritario. Sapeva di non essere molto portata a un simile atteggiamento. Anzi, fosse stato per lei avrebbe rivoluzionato tutto il sistema scolastico. Non aveva senso incutere timore. Forse nemmeno le interrogazioni avevano senso. A lei era sempre piaciuto imparare e approfondire da sola ciò che le interessava. Delle lezioni che le avevano impartito durante le superiori e in parte anche all'università aveva scarsa memoria. Ciò che ricordava invece perfettamente lo aveva cercato e studiato da sola.

Il volto della ragazza si era aperto in un sorriso tale che l'espressione addolorata era svanita immediatamente. Ringraziò Diana con fervore, probabilmente l'avrebbe anche abbracciata e baciata se fosse stato possibile.

«Sei troppo buona, Diana...» Mentina squadrò la schiena della studentessa che si allontanava, poi sollevò gli occhi al cielo. «Non credo proprio che stia male come dice.»

«Probabilmente hai ragione. Ma non importa. Non mi piace comunque infierire su chi ammette di non essere preparato.» Diana sospirò massaggiandosi una spalla. «Questo essere troppo buona però mi causerà qualche problema. Dovrei interrogare un'altra persona al suo posto e se nessuno si offrirà di sostituirla... inventarmi qualcosa da fare in classe. Ma non importa... Shelley e Keats in questo caso sono sempre d'aiuto. La bellezza dell'arte, della poesia...»

«Esattamente Diana, come quel professore nel film!» Mentina annuì spostando lo sguardo su di lei, con occhi sognanti.

Diana sapeva che nominando "il professore nel film" Mentina si riferiva al professor Keating interpretato da Robin Williams in *The Dead Poets Society. L'attimo fuggente*. Il film che aveva dato a Francesca la conferma che l'insegnamento fosse il suo

201

destino. Plasmare giovani vite, giovani menti. Cogliere l'attimo. E che aveva invece portato la consapevolezza in Diana che non ne sarebbe mai stata all'altezza. Il suo attimo, comunque, aspettava ancora di essere colto.

CAPITOLO 36

La settimana successiva Diana non si sarebbe mai aspettata di ricevere un'altra lettera da parte di Daniele, in risposta alla sua. Significava quindi che non aveva atteso giorni per risponderle, ma le aveva scritto immediatamente. Stava rispettando il patto come mai si sarebbe aspettata da lui avviando una fitta corrispondenza.

Nella lettera questa volta le parlava di un diario di Francesca che desiderava consegnarle la prossima volta che si fossero rivisti. Diana sospirò richiudendo la lettera. Era a conoscenza dell'esistenza di quel diario. Non capiva perché Daniele volesse passarlo a lei. Prese in mano carta e penna per rispondergli ma finì per fissare il foglio bianco senza sapere cosa scrivere.

Non lo voleva. Non lo voleva affatto! Questa era la verità che non riusciva ad ammettere con lui. Non voleva il diario di Francesca. Non riteneva giusto leggerlo. Anche se, dalle parole di Daniele, aveva dedotto che fosse il desiderio di Francesca. Molte parti di quel diario la riguardavano. Lo poteva immaginare. Ma non lo voleva comunque. L'avrebbe fatta sentire ancora più in colpa. Per amare Daniele. E anche per non amarlo abbastanza, in realtà. Per essere così poco incline al perdono.

Tutto ciò che aveva realizzato o non realizzato nella sua vita non dipendeva esclusivamente da Francesca e Daniele. Era stata lei, da sola, a incappare continuamente in situazioni sbagliate, in relazioni destinate a fallire con uomini che non erano riusciti a farla sentire amata, come un circolo vizioso da cui non era mai stata in grado di uscire. Non era mai stata capace di guarire.

Diana si alzò di scatto dalla sedia abbandonando la lettera a *"Caro Daniele..."*. Scriveva ancora come quando era una ragazzina. Aveva mentalmente rimproverato Daniele ma lei si comportava allo stesso modo.

Era consapevole del fatto che quel diario l'avrebbe commossa, l'avrebbe distrutta e avrebbe nuovamente influito sulla sua vita, sulle sue scelte. Conosceva Francesca, fin troppo bene. E conosceva se stessa. Non sarebbe stata in grado di resistere e avrebbe acconsentito a qualunque sua richiesta. Sospirò, vagando per casa. La sua amica Francesca, da morta, aveva più potere su Diana di quanto ne aveva lei stessa da viva.

In ogni caso non aveva rimpianti. Non più, almeno. O forse ne aveva ma non le sarebbe servito a nulla pensarci continuamente. Non avrebbe riavvolto il nastro della sua esistenza per ripercorrerla dal principio. Non aveva mai lottato davvero. Aveva dubbi anche sul reale significato della parola stessa. Lottare per un ideale. Lottare per un obbiettivo da realizzare. Lottare per amore. Ecco, lei per amore non aveva mai lottato. E nemmeno per tutto il resto. Nemmeno per se stessa, per i suoi sogni, i suoi desideri.

Si era talmente abituata a stare sola che ammettere un uomo nella sua vita le avrebbe inevitabilmente creato degli squilibri. Soprattutto se quell'uomo era Daniele. Ma se non fosse stato lui non sarebbe stato nessun altro, questo le era chiaro.

No, davvero non aveva rimpianti. Aveva amato Daniele perché lo trovava attraente e la faceva sorridere. Era stato dolce e gentile con lei. Era rimasto dolce e gentile con lei, pur essendosi innamorato di un'altra. Dolce e gentile l'aveva lasciata. Dolce e gentile continuava a comparirle davanti accanto alla ragazza che aveva scelto, amato, sposato. Non era come gli altri, lui. Non la prendeva in giro come Jules. Non la provocava come Christian. Non la umiliava come Dietmar Donati. Non la corteggiava spudoratamente come Dante. Era dolce e gentile, Daniele. Ma così com'era, dolce e gentile, le aveva spezzato il cuore.

CAPITOLO 37

Proprio quando Diana si era ormai rassegnata ad avere il fratello convalescente in giro per casa a tempo indeterminato, lui le aveva annunciato di aver fatto pace con la fidanzata. Moira se l'era andato a riprendere e il tutto si era concluso con abbracci, baci e un sospiro di sollievo da parte di Diana.

La pace finalmente raggiunta fu di breve durata. La mattina seguente venne richiamata di nuovo nell'ufficio di Dietmar Donati. Altri rimproveri in vista, sospettava. Eppure, si era sforzata di non arrivare più in ritardo. E comunque non era la sola ad avere problemi con la sveglia e con il traffico, la mattina. Che avesse problemi anche con una disciplina troppo ferrea e con un'educazione scolastica che riteneva antiquata e controproducente non era un mistero per nessuno. Ma evidentemente lo era per Donati che le dimostrava tutta la sua contrarietà nei confronti del suo atteggiamento, dei suoi metodi.

«Cos'è questa storia che programma le interrogazioni, professoressa? E che accetta delle scuse se dicono di non sentirsi bene?» Dietmar Donati, invece di restare dietro alla scrivania, si alzò e si mise direttamente di fronte a lei, fissandola cupo. «Lo sa che pretendono lo stesso trattamento di favore anche da parte degli altri insegnanti? E non è dovuto, non è per nulla dovuto. Ai miei tempi non mi sarei nemmeno sognato di chiedere favori ai docenti. Se mi fossi presentato impreparato ne avrei subite le conseguenze.»

«I suoi tempi suppongo che siano stati anche i miei, all'incirca.» Diana si alzò e incrociò le braccia. Non le piaceva restare seduta mentre lui era in piedi. Le dava ancora di più l'impressione che volesse dominarla dall'alto della sua statura e anche della sua superiorità di grado. Come un generale alle prese con un soldato semplice, insomma. «E non mi pare che il regime terrorizzante su cui alcuni insegnanti avevano basato il loro metodo abbia garantito i risultati migliori.»

«Cosa vorrebbe dire?» Donati strinse ancora più gli occhi e Diana percepì ancora più chiaramente il suo disappunto.

«Quello che ho detto. Sono convinta che non sia servito agli studenti. Lei ricorda di aver imparato molto dagli insegnanti che ha temuto o l'hanno terrorizzata?»

L'immagine di un giovane e fragile Dietmar Donati terrorizzato non era molto facile da visualizzare. Diana si rese conto che forse aveva scelto l'esempio sbagliato e il soggetto meno adeguato per dimostrare la sua tesi.

«Io non sono stato mai...»

Uno squillo del telefono interruppe la frase di Donati. Poi un altro, un altro ancora. Cercò affannosamente il cellulare nella tasca della giacca, controllò il numero e poi si precipitò fuori. L'alternativa sarebbe stata quella di far uscire Diana con il rischio che si defilasse.

Diana sbuffò appena la porta si richiuse, come se lui l'avesse imprigionata nella sua cella di massima sicurezza. Cosa stava per dire? Non era mai stato... cosa? Spaventato? Impreparato per un'interrogazione?

«Giovane...» Diana sospirò alzando gli occhi al cielo. «Tu non sei mai stato giovane, Dietmar Donati. Sei nato vecchio... e stronzo...»

Si alzò guardandosi intorno. Girò all'altro lato della scrivania, tenendo d'occhio la porta. Vide un documento compilato a metà. Era... no, impossibile! Un'iscrizione a una palestra? No, nessuna palestra. Associazione sportiva... il club del cricket. Esisteva davvero un club del cricket a Rimini?

Dietmar Donati aveva cinque anni più di lei ed era nato in aprile. Ariete, pessimo affare. Soprattutto con una donna scorpione. Non che con Daniele che era dell'acquario fosse stato meglio. Non conosceva il segno di Christian, doveva tentare di rammentare quando fosse il suo compleanno. Forse in settembre.

Bilancia, quindi? Jules era dello scorpione, come lei. Infatti non facevano altro che pungersi a vicenda, da quando la barriera linguistica era caduta e avevano iniziato a capire cosa stavano dicendo.

Sentendo i passi avvicinarsi alla porta Diana tornò rapidamente al suo posto e si sedette composta ma quasi languida, con una gamba accavallata sull'altra.

«Mi scusi.» Dietmar Donati recuperò la sua posizione, questa volta dietro la scrivania. «Come stavamo dicendo...»

Diana non lo aiutò a ritrovare il filo del discorso e lo fissò in silenzio. Socchiuse appena gli occhi in attesa. Non lo temeva. E nemmeno le importava della sua opinione. In fondo, era solo un uomo. Ed era certa che la storia riguardante i suoi colleghi era una sua invenzione. Nessuno si era mai lamentato di lei e dei suoi metodi.

«Lei dà troppa confidenza agli studenti. Ci mancherebbe solo che la chiamassero per nome e le dessero del tu.»

«Mmh...» Diana si strinse nelle spalle. Avrebbe potuto proporlo, solo per fargli dispetto. Ma no, non era ancora arrivata a tanto. Almeno finché i suoi studenti erano rimasti suoi studenti. «Lei crede che chiamare una persona per nome implichi il fatto che non venga rispettata?»

Stava esagerando, se ne rendeva perfettamente conto mentre gli rivolgeva la domanda. Però non era riuscita a fermarsi in tempo. Quell'uomo risvegliava in lei un istinto di ribellione incontrollabile. In realtà quasi chiunque, ormai. Non comprendeva ancora con esattezza cosa le stesse accadendo. Sapeva solo che non poteva e non voleva arrestare lo sconvolgimento esistenziale in corso. Era diventato un processo inarrestabile, ormai.

«No, non dico questo. Ma c'è il momento e il luogo per ogni cosa. Anche per...» Dietmar Donati sospirò profondamente intrecciando le dita. «Anche per dare confidenza a una persona.»

«Non sono ancora arrivata ad accettare tanta confidenza. Comunque ritengo sia giusto aiutare i ragazzi, sono in una fase

207

complicata della loro vita. E alcuni non ricevono nemmeno il sostegno dovuto in famiglia, per cui…»

«La vita non è facile, professoressa. Non lo è mai, per nessuno.»

«Esattamente ciò che stavo cercando di dire. Se non si instaura un rapporto di fiducia reciproca…»

«Deve insegnare inglese agli studenti, non spingerli a fidarsi di lei! Tanto meno fidarsi di loro.» Sembrava determinato a non ascoltare. O meglio, era sicuramente deciso ad avere l'ultima parola, a torto o a ragione. «Una volta fuori di qui troveranno altre persone, di certo meno accomodanti e gentili di lei. Allora sì che si troveranno in difficoltà!»

«Insomma…» Diana si rese conto di non sapere come chiamarlo. "Direttore" sarebbe stato il modo corretto in cui rivolgersi a lui e da lui stesso approvato. "Dottor Donati"? "Esimio professore"? "Razza di ipocrita"? "Brutto stronzo"? «Ovvio che nella vita non tutte le persone saranno gentili e disponibili, però non possono nemmeno crescere credendo che la vita sia una specie di lotta per la sopravvivenza e che il genere umano sia pieno di avversari da combattere!»

«Perché… non è così?»

Dietmar Donati le rivolse un'occhiata penetrante e stizzita. Ma per la prima volta Diana si rese conto che non era solo quello. Era anche triste. Sì, profondamente triste. Quindi forse per lui era stato davvero così. La vita era stata una lotta per la sopravvivenza. E, se doveva essere onesta, lo era stata anche per lei. Non sempre, certo. Ma lo era stata. E lo era ancora.

«Se è stato così per alcuni non deve esserlo per forza per tutti.» Diana si alzò e sospirò rassegnata. Aveva vinto lui. O forse no. Per lo meno era riuscita a esprimere le sue ragioni. «Comunque non ho mai permesso eccessiva confidenza.»

«Va bene.» Le rivolse uno sguardo assorto e le fece capire con un cenno che la loro conversazione era giunta al termine. No, non aveva vinto lui. Non aveva vinto nessuno. «Però stia attenta, Diana. Non lasci che si approfittino di lei.»

Diana annuì convinta e si congedò a sua volta con un cenno di saluto. Solo una volta fuori dall'ufficio, ripetendosi mentalmente le ultime parole di Dietmar Donati, si rese conto di un particolare che le era sfuggito. Non si era rivolto a lei con il solito "professoressa". Per la prima volta l'aveva chiamata per nome.

CAPITOLO 38

Non riusciva davvero a essere arrabbiata con lui. L'aveva rattristata. Forse aveva una storia di maltrattamenti e ingiurie alle spalle per essere diventato così freddo, distaccato, quasi cinico. O forse era una cretina, ecco! Non poteva ammantare la figura di Dietmar Donati di quest'alone di fascino e mistero. Come se fosse un eroe romantico, il protagonista di un romanzo. Per cui il suo cinismo veniva giustificato per via di un passato oscuro. Non era Mr. Darcy. E non era Heathcliff. Era solo un uomo che, come moltissimi altri, era troppo testardo e pretendeva di averla sempre vinta. E questa sua debolezza nel voler giustificare ogni cosa alla fine la faceva infuriare ancora di più perché, per esperienza, le si sarebbe sicuramente ritorta contro!

Così, per una volta, aveva deciso di seguire l'istinto. Sfogare il malessere e il risentimento che aveva provocato in lei un uomo sfogandosi con un altro uomo. E, necessitando di una risposta istantanea da parte sua, aveva abbandonato il romanticismo delle lettere di carta per l'immediatezza delle e-mail.

Aveva raccontato a Daniele la conversazione con Dietmar, per filo e per segno. Dimostrando chiaramente quanto fosse rigido e ottuso. Non era arrivata a mettere le virgolette alle frasi pronunciate da entrambi ma ci era andata vicina. E comunque ultimamente riscontrava una certa difficoltà a comunicare anche con i suoi studenti. Le sembravano distratti e annoiati. Forse perché in fondo era proprio lei a essere sempre più distratta e annoiata. O forse era tutta una scusa, un espediente per giustificare il suo desiderio di andarsene, di lasciare tutto e cambiare strada. Cambiare destino. Ma questo a Daniele non aveva il coraggio di dirlo. Non voleva lasciargli intuire che riteneva che il suo destino potesse essere proprio lui.

In attesa decise di mangiarsi una pizza surgelata. La mise a scaldare nel forno sfogliando una rivista di moda che aveva acquistato il giorno prima. Non sarebbe mai riuscita a indossare ciò che portavano le modelle. Non con una tale disinvoltura. Non riusciva a essere disinvolta a prescindere da ciò che indossava. In alcuni casi particolari soprattutto si sentiva goffa e a disagio. La sensazione cresceva con il trascorrere degli anni. Decise di tralasciare la moda per arrivare alla pagina dell'oroscopo. Dopo ventidue anni, leggeva ancora quello di Daniele, subito di seguito al suo. Spesso anche prima. Ma questa volta si era aggiunto anche quello di Dietmar Donati.

Estrasse la pizza dal forno spostandosi sul divano del soggiorno con il piatto e il bicchiere di coca cola, che appoggiò sul tavolino di fronte. Raggiunse il televisore e il lettore dvd in cui inserì uno degli sceneggiati della BBC tratti dai romanzi della Austen. Questa volta optò per *Emma*. Non aveva molta voglia di concentrarsi e pensare. Forse avrebbe dovuto seguire l'esempio di Emma. Lasciare che il mondo girasse, che gli altri si innamorassero... senza farsi coinvolgere direttamente. Ma evidentemente per prendere questa decisione era un po' troppo tardi. E poi Emma stessa dimostrava quanto il suo proposito fosse inattuabile.

Sbuffò sentendo suonare il telefono e lo fissò con irritazione ipotizzando che chiunque fosse le avrebbe imposto qualcosa che non aveva voglia di fare al momento.

«Diana, ho appena letto la tua e-mail.»

La voce di Daniele, inaspettata, le fece spalancare gli occhi che aveva chiuso annoiata subito dopo aver risposto.

«Sì, io... non mi aspettavo che mi chiamassi. Mi dispiace averti disturbato con le mie sciocche lamentele.»

«Non sono affatto sciocche lamentele, cara. Io volevo solo dirti... non cedere, Diana. Tu sei forte, lo so. E hai tutte le ragioni!»

La sua voce calda e sicura le diede conforto. Ma non fu sufficiente a placare il turbamento che sentiva esplodere dentro.

211

Quello che, se assecondato, l'avrebbe indotta a piangere, a urlare contro il mondo, il cielo, il destino. A infuriarsi con tutti, lui compreso.

«Sì, forse...»

Avrebbe ribattuto che non era forte. Niente affatto. E se lo era stata si era stancata di esserlo. Da un bel pezzo! Non le era servito mai a nulla essere forte. Tanto nella vita, alla fine, vincevano quasi sempre le persone fragili, bisognose di aiuto e dipendenti dalle altre. Un po' come lo era stata Francesca. Non avrebbe dovuto pensarlo, ma ormai era troppo tardi per arrestare il pensiero e rimandarlo indietro.

«Dobbiamo parlare, Diana. Ho intenzione di tornare uno dei prossimi week end. Vorrei chiarire alcune cose. Non riguardo... insomma, non solo riguardo ai tuoi problemi con la scuola, ecco. Dobbiamo parlare di noi.»

"Parlare di noi." Diana riuscì a stento a ingerire qualche altro boccone di pizza, una volta riagganciato il telefono. E nonostante le immagini le scorressero rapide e vivaci davanti agli occhi non fu più in grado di seguire le vicende e le peripezie di Emma Woodhouse, che da anni conosceva alla perfezione. No, lei non era in grado di gestire la vita sentimentale di nessuno. Tantomeno la propria. Quelle parole non le concedevano tregua e molto probabilmente non l'avrebbero nemmeno lasciata dormire. "Parlare di noi".

CAPITOLO 39

Trovarselo di fronte alla porta la mattina seguente fu talmente inaspettato che per un attimo Diana, colta da uno stato quasi confusionale, pensò di domandargli chi fosse e cosa ci facesse lì.

«Jules…» Chi era lo sapeva bene, invece. «Cosa…?»

«Mi ha aperto il portone la tua vicina, ma è rotto comunque e non sono riuscito a chiuderlo. Ti ho lasciato un messaggio nella segreteria qualche giorno fa.»

Lui le rivolse uno sguardo un po' risentito, increspando le labbra all'ingiù come un bambino offeso. Aveva il ciuffo di capelli biondi che gli cadeva sugli occhi e che accentuava l'aria da ragazzo scapestrato e ribelle. La stessa che lo accompagnava dalla prima volta che Diana lo aveva incontrato nello Yorkshire.

«Non ho controllato… Cioè in realtà stamattina ho trovato un messaggio di mio fratello Luca e ho cancellato anche tutto il resto per sbaglio.»

«E hai spento anche il cellulare che comunque non usi mai…» annuì Jules, convinto. «L'hai comprato solo per essere alla moda, vero?»

«Non lo spengo. Si scarica e mi dimentico di ricaricarlo.» Diana sbuffò, aprì del tutto la porta e lo trascinò dentro per un braccio. «Quando sei arrivato?»

«Ieri sera. No, in realtà era già notte. Non volevo disturbarti e mi sono fermato in un albergo.»

«Oh, che stupido!» Diana sorrise e lo abbracciò di slancio. Jules ricambiò la stretta battendole una mano sulla schiena. «Tanto mi disturbi sempre e comunque da quando ti conosco!»

«Posso restare in albergo se hai… impegni.» Pronunciando l'ultima parola Jules strinse leggermente gli occhi.

No, non aveva impegni. Non il genere di impegni che intendeva lui, almeno. Ma questa volta c'era la possibilità che ci andasse vicino. Se non subito, presto.

«Non dire sciocchezze, ragazzino.» Diana sospirò e corrucciò la fronte. «L'unico impegno che ho al momento è il lavoro. Come sempre sono quasi in ritardo. Non ti dispiace se non faccio gli onori di casa, vero?»

«No, credo di riuscire a cavarmela.» Jules sorrise stringendosi nelle spalle mentre Diana recuperava le chiavi di scorta in fondo a uno dei cassettini nell'armadietto sotto al telefono.

«Non combinare guai e non portarmi turiste sexy in casa!» Gli consegnò le chiavi, poi incrociò le braccia dopo essersi spostata sulla porta. «Niente festini o cose strane.»

«Diana siamo in ottobre, purtroppo c'è scarsità di turiste sexy in giro.» Jules si fece girare le chiavi intorno all'indice poi si allontanò il ciuffo di capelli dagli occhi.

«E non fare troppo il galante con Marisa, la mia vicina!» Come l'aveva definito Marisa quando ne avevano parlato? «Tremendamente sexy... ma figuriamoci!»

«Bella donna, ma tremendamente sexy mi sembra esagerato!» Jules le rivolse un'occhiata perplessa.

«No... in realtà è quello che pensa lei di te. E con due occhi azzurri da sogno...» Diana si sollevò sulle punte aggrappandosi al suo braccio e lo fissò negli occhi. «Azzurri sono azzurri... ma io sogni non ne vedo. Comunque... lascia in pace Marisa, insomma.»

Jules scoppiò a ridere, scuotendo la testa. «Tu sei tutta matta! Però la tua vicina ha ragione, evidentemente a differenza tua è un'intenditrice.»

«Assurdamente vanitoso ed egocentrico!» Diana corse fuori dalla porta ridendo. Se si fosse intrattenuta ancora a discutere l'avrebbe fatta arrivare in ritardo e non voleva spezzare il suo record personale di giorni in cui era stata puntuale.

Alessandro se n'era appena andato ed ecco un altro ospite. Non riusciva mai ad avere un po' di pace. Ma tra i due era sicuramente meglio Jules. Solo che... non era il momento adatto. Diana si sforzò di allontanare il pensiero e sorrise. Se Daniele fosse arrivato per "parlare di noi", di certo non sarebbe stato Jules l'ostacolo.

Nonostante il contrattempo riuscì a raggiungere la scuola in orario. Per una volta il traffico era stato dalla sua parte non accalcandosi tutto al suo passaggio e aveva trovato tutti i semafori miracolosamente verdi.

Anche il destino era dalla sua parte. Dietmar Donati non sembrava presente nell'edificio oppure se ne restava confinato nel suo ufficio evitando di assistere, come una sorta di guardiano degli inferi, all'ingresso di studenti e professori nelle aule.

Puntualissimo e sorridente invece scorse Dante Micheli, il professore di italiano. Dopo il primo approccio Diana lo aveva tenuto a distanza, un po' perché le loro ore non combaciavano quasi mai, un po' perché non riteneva necessario accrescere il numero di uomini che, per un motivo o per l'altro, aveva intorno. Si rendeva conto che per la maggior parte erano seccatori. E Diana non aveva più né il tempo né la voglia di assecondare l'ego del bel professore di lettere. Anche perché, da quel poco che era riuscita a notare e che le aveva confidato Mentina, l'uomo sembrava preferire "la carne fresca". Nulla sfuggiva all'occhio vigile di Mentina e quello non era un suo modo tipico di esprimersi. Eppure, proprio così aveva detto, con aria vagamente disgustata.

Diana era abbastanza convinta che non si sarebbe spinto oltre. O almeno lo sperava. Del resto... del resto anche lei con Christian aveva instaurato un certo tipo di rapporto. Non intimo però forse troppo amichevole. Ma la situazione era diversa. Christian era sì più giovane di lei, ma aveva venticinque anni. E non era un suo studente liceale, almeno! Però non poteva condannare il comportamento di Dante giustificando completamente il proprio. Diana si appoggiò con gli avambracci alla finestra del corridoio guardando fuori. Stranamente era qualche minuto in anticipo. Forse doveva semplicemente smettere di condannare, giustificare, decidere cosa fosse meglio o peggio per se stessa e il prossimo. Doveva solo vivere, per una volta. Vivere.

«Principessa…» Dante staccandosi dal gruppetto di ragazzine che procedeva verso l'aula, si affiancò a lei seguendo il suo sguardo fuori dalla finestra. Con l'aria di uno che abbandonava la "carne fresca" per riservare una grande concessione a una donna più anziana e messa da parte. «Pensierosa?»

«No, affatto.» Diana sollevò gli occhi su di lui forzando un sorriso. «Ripassavo mentalmente la lezione per perdere tempo.»

«Giuro che mi piacerebbe essere un tuo studente. Sei l'insegnante più venerata della scuola!»

«Io? Non direi.»

Forse era quella che accettava le giustificazioni più ridicole, imbarazzanti e strampalate. Per questo era venerata. Ma evitò di farlo presente.

Dante puntò gli occhi su di lei e la guardò con l'aria provocante che sapeva riconoscere in un uomo. E di cui si era stancata perché sapeva esattamente dove l'avrebbe condotta. Conosceva perfettamente anche l'evolversi e il concludersi della vicenda. Prima dei saluti finali e dell'uscita di scena, come in una specie di teatrino in cui aveva imparato a memoria le battute.

«Possiamo bere qualcosa insieme, più tardi. Mi dispiace vederti così sola.»

«Dispiace a me, invece. Perché non posso.» Diana si morse le labbra e inclinò il viso. Rispondendo a provocazione con provocazione. «Ho una persona in casa, venuta a trovarmi e di cui devo prendermi cura.»

«Chi è? Un'anziana zia un po' malata di cui devi occuparti?» Dante seguì il movimento del suo viso.

Diana rise divertita, poi si morse le labbra socchiudendo gli occhi. Stava davvero impudentemente flirtando con lui prima dell'inizio delle lezioni? Sì, senza dubbio. E non aspettava altro che vedere il suo sguardo sicuro e seduttore cambiare espressione appena gli avrebbe rivelato l'identità del suo ospite.

«Non proprio. Il mio giovane e focoso fidanzato inglese.»

CAPITOLO 40

Se Jules avesse soltanto immaginato di essere stato da lei definito "giovane e focoso fidanzato inglese" l'avrebbe presa in giro per il resto dei suoi giorni. Prima o poi glielo avrebbe raccontato, forse. Era stato divertente comunque smontare quel borioso di Dante.

Intanto però Jules era sparito senza lasciare traccia. Sapeva che faceva parte del suo stile, quindi non si preoccupava. Aveva le sue chiavi e tornando si sarebbe sistemato sul divano o nella stanzetta più piccola che teneva per gli ospiti.

Solo qualche minuto più tardi notò un biglietto lasciato accanto al telefono di casa.

"Sono da un amico per provare una macchina. Non so quando torno, stanotte non credo. E ricarica quel maledetto cellulare, miele! Li hanno inventati anche per te."

Diana rise e mise immediatamente in carica il telefono. Vide anche lì il suo messaggio e decise di rispondergli.

"Tu e le tue stupide macchine. Non correre troppo e non metterti nei guai. Io domani ho lezione fino a mezzogiorno, ma tanto tu hai le chiavi."

Se fosse tornato avrebbero potuto ordinare una pizza e guardare uno dei classici in dvd, sempre che Jules non avesse insistito per guardare altro sorseggiando birra. Ecco, appunto. Serata tipica con il giovane e focoso fidanzato inglese. E dal non fidanzato italiano che desiderava tanto "parlare di noi" non aveva più ricevuto comunicazioni. Erano passati solo due giorni, si rendeva conto. Forse era la sua scarsa pazienza ormai a non rendersi più conto di nulla.

Poco più tardi ricevette un altro messaggio di Jules che l'avvisava che sarebbe rimasto fuori. Probabile che avesse trovato qualcuna con cui trascorrere la serata. Oppure aveva preferito le macchine e altra compagnia.

Diana decise che sarebbe stato il caso di andare a letto presto, cosa che per qualche motivo non riusciva mai a fare. Si infilò sotto le coperte dopo aver indossato i pantaloni del pigiama e una felpa. Non aveva sonno, in realtà. Ma non aveva più voglia di guardare dvd e nemmeno di leggere. Stranamente non le andava nemmeno di bere il suo abituale tè della sera.

Presto la situazione con Daniele si sarebbe chiarita, in un modo o nell'altro. Dopo così tanti anni. Certamente lui pensava a lei, questo lo aveva capito.

Ma come pensava a lei? Come a un'amica o qualcosa in più, come una storia passeggera, come la donna che avrebbe desiderato avere accanto? Dopo Francesca. Come sarebbe stato vivere con lui dopo Francesca? Con lei costantemente in mezzo a loro? Eppure, capitava a moltissime persone. Di trovare un nuovo compagno, di risposarsi in seguito a una separazione o a una morte. Ma forse una donna che non era lei avrebbe avuto vita più facile accanto a Daniele.

Diana si sentiva contaminata da un dolore che le era entrato nelle ossa tanti anni prima e non era più riuscita a mandare via. Non era certa che fossero stati Daniele e Francesca a crearlo ma sapeva che era ancora lì. Lo aveva sentito emergere nel corso degli anni, talvolta bloccandole il respiro oppure lasciandola sola, smarrita. Con quella sensazione di abbandono che da adolescente non aveva saputo gestire. E crescendo aveva cercato di oltrepassare, di deviare, come in una corsa a ostacoli che le avrebbe permesso di raggiungere una meta definitiva che però si allontanava sempre più.

L'abbandono restava, però. E lei giocava a creare orsetti nella sua fabbrica di giocattoli immaginaria. Oppure guardava il cielo e tentava di dare un nome alle stelle e alle costellazioni, mentre attendeva il passaggio di una nuova cometa che non si sarebbe persa per nulla al mondo. Sforzandosi riusciva anche a immaginare universi paralleli in cui viveva una Diana più felice, con un sorriso più vero. Una Diana che non aveva mai subito l'amarezza, l'abbandono, la desolazione. Che non si sentiva crollare giorno dopo giorno nella convinzione crescente di non essere mai giusta per niente. Per nessuno.

CAPITOLO 41

Come fosse tornata a sognarla non lo comprendeva. O forse sì. Forse il ritorno della bambina nei suoi sogni corrispondeva al risveglio della sua coscienza. Una sorta di reinvenzione di se stessa. Sharazade. Non riusciva ancora a convincersi o ad accettare il fatto che in parte l'avesse cambiata.

Quegli strani e inconsueti istinti di ribellione non le appartenevano, non le erano mai appartenuti. E avevano iniziato a manifestarsi dal momento in cui, circa sei mesi prima, aveva sognato Sharazade. Nei confronti di persone che per un motivo o per l'altro scatenavano in lei dei conflitti. Con zia Rita, la prima volta, se non si ingannava. Poi anche con suo padre e i suoi fratelli. Con Christian, seguendo l'istinto di lasciarsi andare. Con Dietmar Donati rispondendogli a tono. Con Dante snobbando le sue avances e prendendolo in giro. Anche con Daniele. Forse era stato il suo essere più decisa a spingerlo a prendere una decisione. Tenerla o lasciarla andare. Non tollerava più di rimanere in bilico.

Con Jules... No, in effetti con Jules non era cambiata. Era così anche prima. Nonostante si attaccassero spesso e ripetutamente, con lui non aveva mai avuto bisogno di tenersi a freno. Ma era più facile non trattenersi con lui. Infinitamente più facile. Così aveva iniziato a trattare tutti come trattava Jules. Senza sentirsi costantemente a disagio per aver detto o fatto la cosa sbagliata.

Si sentiva libera. Come una bambina che non deve riflettere sempre sulle conseguenze dei suoi gesti e delle sue parole. Come Sharazade che nel nuovo sogno le girava intorno divertita, ballando e tirandole i capelli. Poi la vide alle prese con altri bambini. Non era più un asilo, ma una spiaggia sconosciuta in cui erano stati costruiti un'infinità di castelli che un vento perfido continuava a distruggere. Sharazade osservava la sabbia volare verso la riva e poi verso le onde. E sorrideva.

Gli adulti finivano sempre per lasciarsi dominare dalla noia, dalle abitudini e a volte anche dalla pigrizia. Ma i bambini no. Per i bambini la noia non poteva sussistere, per loro tutto si trasformava in un'avventura, una nuova sfida. A questo Diana si sentiva spronata, a combattere l'ordinarietà della propria vita per tentare di renderla straordinaria, a comportarsi come la persona che sarebbe voluta diventare anche a costo di distruggere tutto ciò che la teneva in trappola.

Il sogno rammentò a Diana i tempi in cui Francesca e lei stessa costruivano i loro castelli di sabbia sulla spiaggia. Cosa poteva significare ora? Che ogni castello, ogni desiderio era destinato a crollare, a essere distrutto? Oppure che non valeva nemmeno più la pena di costruirlo, di viverlo? Forse era un chiaro segnale. Anzi, lo era di certo. Diana ne era sempre più convinta. Ma un segnale di cosa?

Continuava a pensarci mentre, arrivata a scuola in perfetto orario, si era rifugiata in bagno per sistemarsi il trucco. In perfetto anticipo, anzi. Fino a poco tempo prima non avrebbe avuto nemmeno il tempo per correre verso l'aula dove aveva lezione. Sospirò ripassandosi il rossetto rosa sulle labbra. Perché lo stava facendo? Perché improvvisamente prendersi cura di se stessa e apparire al meglio stava diventando così importante?

Per Daniele. Ma Daniele non era lì. Non l'avrebbe vista. Se fosse stato per lui avrebbe potuto attendere il momento di incontrarlo per mostrarsi al meglio. Rimase immobile a fissarsi le labbra, con il rossetto in mano. Quelle labbra che lui aveva baciato, che lui…

«Non esagerare. Siamo insegnanti, non attrici.»

No, proprio in quel momento Adele Strimpelli non ci voleva! Con quella sua aria perfida e un po' malevola. Ora la fissava come se fosse una maldestra adescatrice di ragazzini innocenti.

«Non sto esagerando. Mi sto solo sistemando un po'.»

«Per chi? Tanto non c'è nessuno che ti guardi qui.» Adele si strinse nelle spalle e si posizionò accanto a lei. Aprì il lavandino per sciacquarsi le mani, si guardò allo specchio per un istante, poi rivolse a Diana un'occhiata sdegnata. I capelli informi le circondavano il viso senza un filo di trucco.

Diana sospirò spazientita. Se aveva bisogno del bagno perché non si decideva a usarlo invece di restare lì a dare fastidio a lei?

«Non è necessario che qualcuno mi guardi, Adele. Lo faccio per me stessa. L'unica persona di cui mi importa davvero.»

«Sei sicura? Se lo dici tu!» Adele si strinse nelle spalle con aria indifferente. «Hai notato che il nuovo professore di italiano è corteggiato dalle ragazzine?»

Ah, quindi lui era corteggiato dalle ragazzine e tutto andava bene? Sul suo atteggiamento nei confronti delle studentesse nulla da dire, ma se lei si truccava rapidamente in bagno veniva rimproverata aspramente!

«Non mi sembra che subisca il corteggiamento tanto passivamente. Tu che ne dici?» Diana si voltò verso Adele e inclinò il viso per incontrare il suo sguardo. La vide arrossire violentemente, come se fosse stata colta in fallo. Decise di affondare il coltello nella piaga. Forse Adele avrebbe imparato a smettere di tormentarla. «E comunque non solo da parte delle ragazzine.»

«Ho visto di sfuggita la fidanzata del direttore.» Adele fu abilissima a cambiare argomento. O meglio, soggetto. Diana l'aveva notata più volte rivolgere occhiate languide a Dante, quando credeva che nessuno la notasse. Probabile che se ne fosse accorto anche lui e che accuratamente tentasse di evitarla. Forse non era brava a trattenersi, forse aveva scarsa esperienza con gli uomini e nemmeno sapeva come non farsi scorgere quando osservava qualcuno che le interessava.

Per un istante Diana provò pena per lei. Almeno quanta ne provava per se stessa. Era evidente che nessuna delle due avesse grande fortuna in campo sentimentale. Ma ora Adele sembrava intenzionata a rigirare la frittata contro di lei. Magari si era convinta che avesse un interesse particolare nei confronti di Dietmar Donati e voleva ferirla nominando la misteriosa fidanzata.

«È bellissima ed elegante. Alta, snella, con dei meravigliosi capelli biondi vaporosi, gli occhi azzurri e un trucco raffinato, davvero molto...»

«Hai notato davvero tanti particolari per averla vista solo di sfuggita.» Diana chiuse il rossetto e se lo infilò nell'astuccio dei trucchi e poi nella borsetta. Infine si ravvivò i capelli con entrambe le mani, sorridendo alla sua immagine riflessa nello specchio. «Ci vediamo più tardi, Adele. Buona lezione.»

Era quindi chiaro che Adele fosse convinta che avesse delle mire su Dietmar. Diana scosse leggermente la testa percorrendo il corridoio verso l'aula in cui aveva lezione. In effetti, inutile negarlo con se stessa, non le era del tutto indifferente come uomo. In un'eventuale graduatoria se avesse dovuto scegliere tra lui e Dante... Sì, va bene! Avrebbe scelto Dietmar Donati. Nonostante il pessimo carattere, nonostante fosse ottuso, prepotente e acido. Nonostante pretendesse di averla sempre vinta. Almeno una sorta di stimolo con uno come Dietmar l'avrebbe ottenuto. Ma con Dante... La sola bellezza fine a se stessa in un uomo non l'attraeva più. In realtà non l'aveva mai attratta, nemmeno da adolescente. A differenza di gran parte delle sue coetanee non era mai il ragazzo più bello fisicamente quello che attirava la sua attenzione.

Che Daniele fosse stato anche il più bello tra i suoi amici quell'estate era un altro discorso. Lo vedeva come un personaggio letterario. Audace, coraggioso, temerario. Ma anche innamorato. Il suo Heathcliff personale, per aspetto e un po' anche per atteggiamento prevaricatore. Cosa che Daniele non era affatto, nella realtà. Questo era il punto. O forse era il problema.

Si era chiesta se lei fosse la donna giusta per lui. O se lo sarebbe stata mai per qualcuno. Ma l'uomo giusto per lei? Era Daniele, davvero? Perché se non lui... chi poteva essere? Aveva invocato il suo nome per così tanto tempo che ormai era stanca di pensarci. Doveva essere lui, per forza. Era a lui che pensava, anche quando aveva tentato di stare con altri, che fosse per una tentata relazione a lungo termine o una breve avventura. Anche quando c'era ancora Francesca. Quindi doveva essere lui, per forza.

Doveva essere lui. Ne ebbe la conferma quando se lo ritrovò di fronte alla scuola, con la macchina parcheggiata all'interno del cancello. Come aveva scoperto che aveva lezione fino a mezzogiorno? E com'era riuscito a tornare a Rimini di giovedì? Aveva parlato di un prossimo e non ben identificato week end.

«Ma come…?» Sorrise ritrovandosi tra le sue braccia.

«Ti ho cercata a casa. Ho trovato quel tuo amico inglese, mi ha detto che avevi lezione fino a mezzogiorno.»

Diana annuì sorridendo. Come Jules definiva sempre Daniele "lo stronzo" o "quello là", Daniele chiamava Jules "quel tuo amico inglese" da almeno vent'anni. Per entrambi sembrava un'impresa impossibile rammentare il nome dell'altro. Non li aveva mai visti scambiarsi più di qualche parola oltre a un cenno di saluto. Nemmeno quando erano molto più giovani.

«Lo so che non ti piacciono le sorprese, Diana. Ma mi sei mancata.» Daniele sospirò passandosi rapidamente una mano tra i capelli mossi e folti. «Non riesco a starti lontano, avevo bisogno di vederti, anche solo per un giorno. Mi hanno mandato per un incontro a Ravenna nel pomeriggio e…»

Diana si strinse a lui. Non voleva sapere più nulla. Non le importava neppure che qualcuno potesse vederli, lì nel cortile della scuola. Studenti, colleghi, Dietmar Donati… non le importava. Era Daniele. Voleva lui. Aveva sempre voluto lui. E ora sembrava tutto così logico, naturale. Vero.

«Sono contenta che tu sia qui, anche se solo per poco. Anche qualche minuto…»

«No, Diana. Mi sono reso conto che… io non riesco più a vivere lontano da qui, anche se ne ero convinto.» Daniele si morse le labbra accarezzandole il viso. «Alla fine, ho vissuto qui gran parte della mia vita, pur non essendoci nato. E non è solo per Francesca, non ora. È per te. Andare via è stato uno sbaglio. Anche cercare di portare via te sarebbe uno sbaglio.»

«Daniele…»

Le sue parole la colpirono. Non era per Francesca. Era per lei. Era tornato per lei. Sarebbe restato per lei. Voleva lei. Cercò qualcosa da dire, senza riuscirci. Tante parole che ora restavano ferme lì, come bloccate nella gola, nell'anima.

«Mi sentivo in colpa. Nei confronti di Francesca. Sì, io…» Daniele abbassò lo sguardo per un attimo, poi tornò a fissarla con quei suoi occhi scuri. Intensi, impetuosi, ardenti. «La verità è che io ho scelto Francesca perché era così dolce, fragile… aveva bisogno di me. E una parte di me l'amava davvero, profondamente. Io avevo bisogno della sua dolcezza. Ma non sono mai riuscito, in questi anni, a dimenticarti. L'ho capito dopo, troppo tardi. Ti ho sempre amata, Diana.»

CAPITOLO 42

Nella mente di Diana quelle parole risuonarono per ore. Sentiva la sua voce, il suo calore. Anche dopo la partenza di Daniele per il suo appuntamento di lavoro. Era come se, attraverso quelle parole, lui non si fosse allontanato di un solo passo.

"Ti ho sempre amata, Diana."

Poi l'aveva baciata. E l'aveva portata a passeggiare sulla spiaggia. Che in ottobre era finalmente deserta e magica. Sì, sulla spiaggia, come un tempo. Per stringerla, baciarla ancora. Un'ora soltanto, in tutto. Verso l'una se n'era andato, dopo aver preso solo un caffè. Un'ora che però contava come una vita intera.

E lei si era lasciata stringere, baciare. Aveva risposto.

«Anche io.»

Poi si era resa conto. "Anche io" aveva detto. E basta. Non aveva aggiunto che anche lei lo aveva sempre amato, come se qualcosa in lei opponesse resistenza. La sua parte consapevole, razionale. Per lei sarebbe stato diverso. Ammettere di averlo sempre amato significava anche ammettere di aver pensato a lui tutto quel tempo. E Diana non era pronta, si sentiva ancora troppo fragile, indifesa, insicura. Per quanto Daniele la ritenesse forte in confronto a Francesca, non aveva idea della sua fragilità sentimentale ed emotiva. Era forte fisicamente, forse. Per il resto il suo cuore era come un cristallo pronto a infrangersi nuovamente se fosse stato spezzato ancora. E quella frattura, quella lacerazione creata tanti anni prima era ancora lì. Aggiustata in qualche modo, ma non ricomposta.

In ogni caso aveva il tempo dalla sua parte. Daniele la amava. Sarebbe tornato per lei. E forse un giorno...

Diana rientrò in casa aspettandosi di trovare Jules. Aveva bisogno assoluto di parlare, di confidarsi con qualcuno. Si guardò intorno e non ci impiegò molto a scoprire che Jules non c'era. Sbuffò delusa e andò a stendersi sul divano, lasciando cadere la borsa a terra.

Non aveva importanza. Avrebbe ripensato a quei momenti. Un'ora soltanto ma ripercorsa nella mente così tante volte sembrava infinita. Lo sguardo di Daniele su di lei. I suoi occhi, i suoi capelli. Il suo modo unico di stringerla tra le braccia. La sua stretta da uomo adulto che si sovrapponeva a quella del ragazzo di tanti anni prima. Di quello che aveva identificato come il suo personaggio letterario preferito e che ora non era più. Era un uomo. Un uomo vero, maturo, che aveva sofferto. E la amava.

Ormai avrebbe dovuto farci l'abitudine. Il telefono a casa sua squillava sempre quando lei era assorta in altri pensieri e non aveva voglia di andare a rispondere. Era un dato di fatto, imprescindibile. Sospirò stirandosi al secondo squillo. Ma proprio in quel momento sentì le chiavi girare nella porta d'ingresso e un istante dopo vide Jules sbucare con due sacchetti della spesa.

«Lo sai che nel tuo frigo manca tutto?»

Era impazzito improvvisamente? Da quanto gli importava della spesa e del cibo presente nel suo frigo? Da quando gli importava di mangiare in casa?

Diana sbadigliò, si stirò e gli fece cenno di rispondere al telefono al suo posto.

«Se è uno dei miei fratelli digli che abbiamo fatto uno scambio culturale e sono a casa tua. Così se la dovranno vedere con te.»

Non poteva essere Daniele, ne era certa. Lo aveva appena lasciato e sicuramente era in macchina diretto al suo appuntamento di lavoro.

«Pronto? Mmh... Okay, Gloria? Ciao, Gloria. Sono Jules.» Jules si voltò verso di lei con il telefono in mano, con aria interrogativa. Diana sbuffò con espressione annoiata. «No, al momento... è sotto la doccia. A casa mia. Sì, abbiamo fatto uno scambio culturale. Certo, sì infatti. Ora la raggiungo. Va bene, glielo dirò. Ma sì, certo. Fidati. Capisco l'italiano, più o meno. Festa, raduno ex compagni di classe. Vedi che ho capito? Sono bravo, lo so. Sì, ma grazie. Sei troppo gentile, cara. Sei tu un tesoro...»

Diana assisteva sconcertata alla conversazione telefonica tra Jules e Gloria, una sua ex compagna di classe del liceo. Già mesi prima l'aveva chiamata per informarla di quella cena tra ex compagni di scuola. Diana aveva accettato di partecipare più per noia che per convinzione.

Si passò una mano lungo i capelli mentre Jules continuava a ridere e flirtare spudoratamente con Gloria. Quando Diana sgranò gli occhi irritata salutò e agganciò rapidamente.

«Jules, è sposata! Con quattro figli!»

«Ah... poverina.» Jules si strinse nelle spalle. «Comunque voleva ricordarti questa cena con i compagni di scuola.»

«Sì, lo so. Mi aveva già chiamata mesi fa. È tra le organizzatrici di questa roba.» Diana si stese sul divano fissando il soffitto e poi chiudendo gli occhi. «Oh no, l'avevo rimosso... Io odio queste cose! Mi fanno sempre sentire la sfigata di turno, quella con una vita di merda... Oddio, non che non lo sia...»

«E allora perché non la chiami e le dici che non ci andrai? È facile.» Jules incrociò le braccia e la fissò per un attimo. Poi andò a sedersi sul divano, obbligandola a piegare le gambe per fargli spazio. «Anche se non vedo cosa ci sia di male in una cena.»

«Tu non vedi... Sei un uomo, come puoi vedere? Praticamente tutte le mie ex compagne sono sposate con figli, oppure separate con amante sexy, conviventi con... insomma stanno con qualcuno! Io invece...»

«Non vedo cosa tu abbia che non va, davvero. Ma se ti crea problemi chiamala e dille che non ti va di andarci.»

«Ma non posso dirle che non mi va! Insomma, Jules. Non è una scusa valida.»

«Dille che non ne hai voglia. La non voglia è la migliore delle scuse valide, ti assicuro.»

«Oh, Jules. Tu fai tutto in base alle tue "voglie".» Diana si ritrovò anche a fare il segno delle virgolette con le dita. Una cosa che detestava quasi sempre quando altri lo facevano rivolgendosi a lei. «Ma non ci si comporta così. Voglio dire... non funziona così.»

«E come funziona, allora?» La testardaggine e il candore con cui Jules affrontava il discorso pretendendo di averla vinta la innervosì ancora di più. Non perché lo trovasse davvero irritante. Perché lo invidiava, ma non lo avrebbe mai ammesso. «Guarda che è una cosa davvero semplice. Basta prendere il telefono...»

Così dicendo si alzò e raggiunge il ricevitore, sollevando la cornetta e voltandosi verso di lei in attesa. Come se si aspettasse che Diana gli fornisse il numero di Gloria per poterla chiamare.

«Potrei farlo se fossi fuori città o all'estero. Questa potrebbe essere una scusa valida. Ma "non ho voglia" non lo è. Perché fuori città potrei dire: "vorrei tanto ma non posso..."» Diana gli fece cenno di mettere giù il telefono. «Non far finta di non capire, Jules. Sei inglese, vivete di finta cortesia e di compostezza anche quando vorreste mandare la gente a...»

«A farsi fottere!» Jules concluse la frase per lei, annuendo. «Ma io ce l'ho sempre mandata senza problemi. La nazionalità non c'entra nel mio caso.»

«Sì, tu sì. Questo è vero.» Diana lo ammise con un sorriso. «Cosa hai comprato da mangiare?»

«Diana, è una cosa stupida e una gran perdita di tempo fare qualcosa che non si ha voglia di fare se non si è costretti per qualche motivo.» Ovviamente Jules ignorò la sua domanda sul cibo e proseguì per la sua strada, più convinto che mai.

«In realtà mi farebbe piacere rivedere i vecchi compagni di scuola... sarebbe carino...»

Diana si rimise seduta, poi attirò le ginocchia contro il petto. Avrebbe potuto chiederlo a Daniele. Di accompagnarla. Ma erano già a quel punto? Forse era troppo presto. Stavano ancora attraversando una fase complicata. E comunque... Gloria sapeva... anche gli altri sapevano che era il marito di Francesca.

E alcuni conoscevano la parte riguardante la sua storia con lui, quell'estate di tanti anni prima. No, forse era davvero fuori luogo oltre che troppo presto! Però magari non avrebbero pensato che ci fosse qualcosa di male...

«Non è vero. Lo dici solo per chiudere il discorso, miele. Ti conosco. Dentro di te stai ancora detestando l'idea di andarci.»

«Mmh... Sì, hai ragione. Ma la verità è che non voglio andare da sola.»

«Ti posso accompagnare io!»

La proposta spontanea di Jules la sorprese. Forse non comprendeva che accompagnarla implicava che gli altri avrebbero creduto o supposto che ci fosse una relazione tra loro. Che andava oltre l'amicizia.

«In realtà pensavo di chiederlo a Daniele.» Diana lo disse senza rifletterci troppo sopra. Non perché ne fosse del tutto convinta. Forse, conoscendo la scarsa simpatia di Jules nei confronti di Daniele, si illudeva di chiudere definitivamente la questione.

E, nonostante Jules stesse per replicare, la questione venne davvero chiusa a causa del telefono che riprese a squillare. Diana si alzò di scatto e lo raggiunse, prima che Jules intrattenesse un'altra conversazione sconveniente con altri suoi amici, conoscenti, parenti.

Quando si rese conto di chi fosse all'altro capo comprese che avrebbe sinceramente preferito lasciar fare a lui anche questa volta.

«Siamo stanchi di aspettare, Diana. Non attenderemo più le tue decisioni. Che poi non sono decisioni perché tenti soltanto di prolungare i tempi all'infinito! Ci hai detto che avevi un affare di mezzo, che avresti avuto i soldi...» Emilia. Questa volta aveva agito direttamente lei, senza più usare Luca come intermediario. Anche se lei era l'ultima persona a dover essere coinvolta nella vicenda. E poi suo figlio stava per nascere, ormai. Perché non se ne stava un po' tranquilla? «Tu sei l'unica contraria, del resto. E zia Linda...»

Zia Linda? Erano riuscita a contattarla?

«L'avete trovata?»

«Sì, certo che l'abbiamo trovata. È d'accordo con noi.»

La risposta di Emilia la colpì profondamente, lasciandola scossa, delusa. Anche un po' umiliata e ferita. Diana si sentì scivolare all'indietro. Cercò con il braccio il sostegno di una sedia ma si rese conto di non averla. E non ebbe la prontezza di voltarsi per appoggiarsi al mobile.

«Ehi…» Trovò invece Jules che la sorresse afferrandola per le braccia e lasciando che la schiena aderisse al suo petto. «Diana, chi è? Cosa è successo?»

Diana lasciò cadere la cornetta e riagganciò senza rispondere, mentre la voce di Emilia continuava imperterrita la sua arringa.

«Nessuno. Mia cognata…»

Si staccò da Jules per chinarsi e staccare la spina del telefono. Possibile che zia Linda non avesse risposto alle sue telefonate e alle sue e-mail per allearsi con Emilia e Luca? Contro di lei? No, non poteva, non riusciva a crederlo.

«Cosa succede? Qualche problema?»

«Nulla di nuovo, Jules.» Diana si stirò e sorrise, deviando lo sguardo sui sacchetti della spesa che Jules aveva lasciato per terra all'ingresso. «Che cosa hai comprato di buono?»

«Un po' di tutto, ma volevo provare una ricetta speciale di piadina.»

Diana comprese dal tono di voce di Jules che la sua spiegazione non l'aveva convinto. Notava inoltre un certo scetticismo nel suo sguardo. E forse il suo stesso tono e la voce un po' tremante lasciavano trasparire quanto si sentisse ferita. Ma non avrebbe permesso a Emilia di rovinarle il resto della giornata.

«Bene, ci possiamo provare!» Diana raccolse i sacchetti e si avviò decisa verso la cucina. «E ce la mangiamo davanti a un bel film, come sempre! Puoi scegliere tu visto che hai fatto la spesa!»

CAPITOLO 43

Daniele aveva accettato con gioia l'idea di accompagnarla a quella cena. A tal punto che Diana ne era rimasta sorpresa. Quando lui l'aveva chiamata gli aveva buttato lì la questione timidamente, senza osare coinvolgerlo. Gli aveva semplicemente parlato della telefonata di Gloria e del fatto di aver confermato la sua partecipazione mesi prima. Daniele stesso si era offerto di accompagnarla. Anche se era solo per farle piacere, non si sarebbe mai aspettata che ci mettesse tanto entusiasmo. Non c'era nemmeno stato bisogno che glielo chiedesse.

Era importante per lei. Più di quanto fosse disposta ad ammettere. Forse Daniele non capiva quanto. Ma le aveva promesso che quel venerdì sera sarebbe arrivato in tempo per la cena. Mancavano circa dieci giorni e aveva tutto il tempo di organizzarsi. Comunque, sarebbe stato un inizio di trasferimento definitivo. Ormai era riuscito a vendere la vecchia casa in cui aveva vissuto con Francesca, ma ne avrebbe presto acquistata un'altra. Un bel modo per cominciare una nuova vita. Insieme. Questo non lo aveva affermato esplicitamente, ma Diana lo aveva dedotto dalle sue parole. Si stava avvicinando anche il suo compleanno e non avrebbe mai immaginato di ricevere un regalo del genere. Del resto, aveva sempre odiato l'idea di essere costretta a festeggiarlo, ringraziava per gli auguri ricevuti ma saltava sempre la data senza pensarci troppo.

Lui l'aveva sempre amata. Questo aveva detto. Anche dopo aver sposato Francesca. Allora perché? Diana sbuffò e scosse la testa. Non voleva più farsi domande e cercare risposte da sola. Era passato. Doveva rimuovere la ferita una volta per tutte. Concentrarsi sul presente e sul futuro.

Così era giunto il venerdì della cena. Diana aveva parlato con Daniele qualche sera prima e le aveva mostrato lo stesso entusiasmo, non vedeva l'ora di essere lì. In realtà non era ancora sicura su cosa indossare. Se fosse stato per lei ci sarebbe andata in jeans e maglietta ma comprese di dover trovare qualcosa di più appropriato. Nel dubbio optò per un semplice tubino nero con un copriabito turchese. Elegante ma nulla di particolare. Non voleva dare troppo nell'occhio.

Già il fatto di presentarsi alla cena degli ex compagni con Daniele la metteva in imbarazzo. Però prima o poi avrebbero dovuto affrontare tutti gli altri. Conoscenti comuni, parenti, amici. Presentarsi in pubblico come una vera coppia. Le sembrava, nonostante tutto, una cosa davvero assurda. Come se avessero bisogno di una sorta di approvazione sociale per poter stare insieme. Sapeva che i genitori di Francesca si erano trasferiti a vivere ad Ancona alcuni anni prima, quindi non li avrebbero necessariamente visti insieme in giro per Rimini. Ma prima o poi anche loro sarebbero venuti a saperlo. E Ancona non era poi così lontana.

Terminata l'ultima ora di lezione e tornata a casa, Diana iniziò blandamente la fase di preparazione nel primo pomeriggio. Un bel bagno rigenerante alle rose e ginseng. Shampoo, balsamo e maschera nutriente per i capelli. Maschera anche per il viso e per gli occhi, per cercare di eliminare i segni di stanchezza. Restò indecisa tra rilassante, rinfrescante, energizzante o antietà. Optò per rinfrescante, dopo qualche minuto di riflessione. Con foglie di camomilla, diceva la confezione. Magari in qualche modo le avrebbe anche placato la tensione nervosa.

Vagava per l'appartamento come in uno stato di trance. Una parte della sua mente inevitabilmente si stava perdendo, pensando al "dopo". Dopo la cena Daniele l'avrebbe accompagnata a casa... e allora? Sarebbe rimasto da lei? E quindi...?

Quindi doveva assolutamente avvisare Jules di non tornare! Sospirò portandosi entrambe le mani alla testa immaginando la scena. Maledizione, non poteva succedere davvero! Jules stava quasi sempre a casa di alcuni amici che aveva a Imola, era arrivato in Italia per un evento al circuito seguendo la sua passione per le auto e le corse. Però di tanto in tanto tornava a dormire da lei. Ma quella notte, no… non quella notte!

«Jules, maledizione rispondi…» Incominciò a tamburellare le dita sul mobile in attesa che lui rispondesse al cellulare. «Jules!»

«Ehi, miele. Perché urli?» Il suo tono calmo la innervosì ancora di più.

«Tu… ecco… Non hai intenzione di tornare qui da me stanotte, vero?»

Invece di formulare direttamente la richiesta aveva preso la questione da un altro punto di vista. Non avrebbe sopportato sentirlo ridere di lei mentre tentava di esporgli il suo dilemma. Se fosse tornato proprio mentre tra lei e Daniele era in corso un approccio intimo si sarebbe vergognata per il resto della sua vita!

«In realtà pensavo di sì, volevamo andare in discoteca a Rimini. Non so ancora quale, comunque lì in zona.» Ecco, come non detto. Volevamo? Ma chi voleva? Oddio, magari si sarebbe portato anche una ragazza a casa. L'immaginazione di Diana riformulò la scena. Si batté una mano alla fronte scuotendo la testa. Oltretutto la tranquillità di Jules contribuiva a esasperarla ancora di più. «Perché? Qualche problema? Si è rotto qualcosa?»

No. Non ancora, almeno! Diana sbuffò spazientita. Non le restava altro che dirgli la verità.

«Mmh… no, ecco… Stasera dovrei uscire con i miei compagni di scuola. Ti ricordi quella cena?»

«Ah, sì! Bene, divertiti. Tranquilla, tanto io ho le chiavi. Magari ci vediamo dopo, quando torni. O quando torno io.»

«No, no… cioè… insomma, Jules!» Come poteva fargli capire che non lo voleva in casa senza essere scortese? A meno che avesse già capito, gli aveva detto che Daniele l'avrebbe accompagnata lo stesso giorno che lui lo aveva proposto. Quindi magari lo stava facendo apposta per metterla in difficoltà.

«Uffa… Daniele mi accompagnerà alla cena, te l'ho detto. Te lo ricordi, vero?»

Lo sentì ridacchiare dall'altro capo. «E per questo che non mi vuoi in casa stanotte, vero furbetta? Ti aspetti il dopocena?»

«Maledetto! Lo avevi capito!»

«Ma ovvio che lo avevo capito, cosa credi? Mi ero già organizzato per non tornare.» Continuava a ridere, talmente forte che gli avrebbe appeso il telefono in faccia. Anzi, se lo avesse avuto lì davanti lo avrebbe strangolato con il filo!

«Smettila di fare il cretino, Jules. Non è divertente!»

«Sappi che lo faccio per te, comunque. Non per lui.»

«Lo so, lo so che Daniele non ti sta simpatico…»

«Ma no… mi sta simpatico. Simpatico come un cactus infilato su per il culo, ma insomma… se sta bene a te…»

«Jules!» Diana inevitabilmente si ritrovò a ridere, insieme a lui. Anche se non avrebbe dovuto. Comunque, era Jules. E non si smentiva proprio mai. «Però vedi… ecco, io sono…»

«Rilassati. Andrà tutto bene.» Improvvisamente aveva smesso di ridere e il suo tono era diventato dolce, comprensivo. «Fai un bel respiro…»

«Jules… io mi sento un po'… Voglio dire, lui…»

Aveva paura. Una paura tremenda. Non era più la ragazzina che Daniele aveva incontrato tanti anni prima. Era una donna, piena di timori, di ansie. Una donna che in troppe occasioni si era sentita rifiutata.

«Miele, fidati di me per una volta. Andrà tutto bene. E se qualcosa non va chiamami e sfogati con me, se vuoi, finché ti sentirai meglio. Stasera sarai perfetta. Sei una meraviglia, Diana.»

«Oh, Jules. Sai che la gente dovrebbe pagarti per farsi dire cose carine?» Diana sospirò profondamente e poi si mise a ridere più tranquilla. «Suoni addirittura convincente.»

«Va bene, nel caso andassi in rovina ne terrò conto come secondo lavoro.»

«Grazie… io…» Diana si interruppe sentendo il suono di un messaggio sul suo cellulare che aveva messo in carica. Come sempre se lo trovava scarico senza accorgersene. «Ci sentiamo domani, magari. Divertiti in discoteca o dovunque andrai.»

Riagganciò e si spostò per recuperare il cellulare. Vide il nome di Daniele apparire sul display seguito dal suo messaggio.

"Mi dispiace Diana, stasera non faccio proprio in tempo. Una riunione di lavoro improvvisa, finiremo tardi. Ma sarò da te domani mattina! Mi manchi."

Si lasciò scivolare giù fino ad accovacciarsi sul pavimento, con la schiena appoggiata al muro, accanto al caricatore.

Che stupida! Non aveva fatto altro che pensare a quella serata, per tutti quei giorni! Alle parole di Daniele, al fatto che lui aveva compreso cosa significasse per lei. Ovvio, il suo lavoro era importante. Più importante di una banale serata con gli amici.

Diana lasciò il cellulare a terra e si risollevò, anche se le sembrava di non reggersi in piedi. Posò entrambe le mani sull'altro telefono, quello di casa. L'ultimo numero che aveva composto era ancora inserito.

«Jules… sono ancora io, sì. Non ti preoccupare di non tornare.»

«Cosa è successo?»

«Lui… ha una riunione di lavoro. Mi ha appena mandato un messaggio. Insomma, non mi accompagnerà stasera. Quindi…»

«Quindi resterai a casa.»

La deduzione di Jules fu scontata ma non esatta. Restare a casa sarebbe stata la soluzione migliore a quel punto, ma Diana ormai aveva detto che ci sarebbe stata.

«Non posso… Sì, potrei ma non vorrei creare troppi problemi se hanno già prenotato.» In quel momento sarebbe stata la cosa che avrebbe più voluto al mondo. Restare a casa. Non vedere nessuno. Non dover affrontare nessuno. «Già avevo richiamato Gloria dicendo che saremmo stati in due… Sono stata un'idiota, lo so. Ora me ne rendo conto.»

«Diana…» Sentì il respiro profondo di Jules, subito dopo il suo nome. Immaginò anche il suo sguardo e quella sua aria di palese disapprovazione. Attese di essere rimproverata per la sua eccessiva fiducia in Daniele. Se lo aspettava e chiuse gli occhi. Avrebbe avuto ragione, questa volta. Come poteva dargli torto? «Se vuoi ti accompagno io.»

Nessun rimprovero invece, nessuna disapprovazione alle sue inutili e insensate illusioni. Anche il suo tono era serio e deciso. Fin troppo.

«Jules… io…»

«Non è difficile, Diana. Sì o no?» Dopo quell'istante di eccessiva serietà lo sentì gradualmente tornare lo stesso di sempre.

«Non lo so, non sono convinta. Insomma, penseranno…»

«Che si fottano, loro e i loro pensieri. Per quanto mi riguarda potresti anche startene a casa, ma visto che vuoi essere corretta e andarci a tutti i costi… Sì o no? Se preferisci andare da sola per me va bene.»

«Mmh… io…»

No, non preferiva andare da sola. Niente affatto! Aveva disperatamente bisogno di qualcuno. In quel momento più che mai.

«Sbrigati a prendere una decisione, non sarò disponibile per sempre. E devo tornare lì in tempo se mi vuoi con te.»

«E va bene… sì! Torna, se puoi…» Diana si passò il telefono da una mano all'altra. «Però… però non fare sciocchezze! Alla cena, voglio dire. Non fare il solito, insomma. Comportati bene e non fare battute cretine. Meglio ancora, fingi di non capire l'italiano e lascia parlare me.»

Lo sentì ridere divertito. «Tranquilla, non racconterò particolari imbarazzanti su di te, miele. Sarò muto. Muto come un pesce. Anzi, no. Muto come un bambolotto gonfiabile!»

Jules rise ancora più forte e Diana, nonostante tutto, non poté fare a meno di ridere con lui.

«E non fare lo stupido con le mie amiche, bambolotto gonfiabile. Dovrai fare finta di trovarmi interessante e sexy. Almeno per stasera salviamo le apparenze.»

Diana sospirò mentre Jules continuava a ridere. Come lo aveva definito con Dante? Il suo focoso fidanzato inglese? Ecco, forse era stato il karma a punirla. Perché inaspettatamente e al di là dei suoi programmi si sarebbe presto ritrovata a presentare lo stesso focoso fidanzato inglese a una cena a cui non aveva mai avuto la minima voglia di partecipare.

CAPITOLO 44

Si era preparata con eccessivo anticipo, lo sapeva. Il tutto perché si trattava di Daniele, prima. E voleva occuparsi di se stessa con tutte le cure possibili per fare buona impressione su di lui. Un'impressione memorabile, anzi. Inconsciamente, ma non troppo, era decisa a sedurlo quella sera.

Ma per Jules era decisamente troppo presto. Diana sbuffò annoiata. Si sarebbe infilata nuovamente la sua tuta e stesa sul divano, in attesa. Però rischiava seriamente di addormentarsi e non era proprio il caso. No, il divano era meglio evitarlo. Quindi meglio lasciar perdere anche tv e dvd. Si spostò verso la radio che teneva su una mensola del salotto e accendeva raramente, sintonizzandosi su un canale di musica italiana. Comunque ormai era quasi ora. Vagò tra la sua stanza e il bagno in attesa. Si controllò il trucco allo specchio, per essere certa soprattutto di non avere un'espressione troppo avvilita, delusa e frustrata.

Tornando in soggiorno percepì le prime note di una canzone che aveva sempre considerato troppo bella ma troppo triste. E in quel momento, per la prima volta, si stava accorgendo che sembrava anche troppo ritagliata a dovere per la situazione che stava vivendo.

Minuetto di Mia Martini. Ecco, sì. Sembrava quasi che l'avessero selezionata e trasmessa in radio solo per farle un dispetto. Sospirò alzando il volume e seguì le parole della canzone, non solo con la mente ma anche con la voce. No, in realtà non era proprio Daniele che dormiva a casa sua e poi se ne andava, però... Però l'attesa, ogni volta, le pareva sempre un'agonia! E stava davvero elemosinando il suo amore? Forse sì... e lui lo sapeva...

240

Diana alzò ancora di più il volume, voltò le spalle alla radio e si lanciò in una sua interpretazione, comunque sovrastata dalla voce potente di Mia Martini.

Solo sul finale, rigirandosi verso la radio e l'ingresso, lanciò un urlo e si posò le mani sul petto per trattenere lo spavento.

«Non volevo interromperti, eri talmente presa che non mi hai sentito entrare. Ma... non ti sembra di essere un po' troppo melodrammatica?» Jules, fermo all'ingresso, era rimasto appoggiato con una spalla alla parete e la osservava con le braccia incrociate. «Solo un po', eh...»

«Ma... ma da quanto sei qui? Non potevi avvisare?»

Diana si sentì avvampare. Era indecisa se fosse per rabbia o per vergogna. Possibile che Jules avesse la straordinaria abilità di sorprenderla sempre nelle situazioni più imbarazzanti!

«Mi dispiaceva, sembravi così coinvolta! Comunque ti si sentiva cantare fin dall'ingresso...» Jules rise mordendosi divertito il labbro inferiore. Anche i suoi occhi azzurri sprizzavano divertimento e la stava affrontando con la tipica ironia con cui da sempre la prendeva in giro.

«Ma figurati! Non è affatto vero!» Diana sbuffò ricomponendosi, passò le mani sul vestito e poi ravvivò i capelli, sciolti sulle spalle. «E non mi guardare con quella faccia!»

«Quale faccia? Comunque... ingresso del condominio, intendevo. Non del tuo appartamento. Vuoi che scendiamo al pianterreno a chiedere conferma? Sentirai se non ho ragione!»

«Oh, smettila! Stavo solo ingannando il tempo...» Diana gli sfilò accanto per andare a ripassarsi il trucco in bagno per l'ultima volta. Lasciò scivolare lo sguardo su di lui, era vestito in jeans sdruciti con una maglietta chiara e la camicia aperta. «E smettila anche di prendermi in giro! E vai a cambiarti, mettiti qualcosa di più consono se ce l'hai. Io ho un vestitino nero attillato, tu sembra ti sia messo la prima cosa che ti è capitata e che esci con me solo per farmi un favore. Che è anche vero... Però non esagerare, non metterti troppo elegante. E ricorda che devi tacere!»

241

«Io non ho niente di troppo elegante, miele. Se mi lasci libero il bagno in dieci minuti sono pronto.»

«Mmh...»

Diana tornò in soggiorno dopo meno di un minuto e gli indicò con un cenno del capo che il bagno era tutto suo. Si avviò verso la radio e la spense con un gesto rabbioso. Con la fortuna che aveva si sarebbe imbattuta in un'altra canzone che avrebbe descritto a pennello il suo stato emotivo.

Si era accordata con Gloria perché, con suo marito, passasse a prendere lei e Jules. Lei e Daniele, anzi. Abitavano a Torre Pedrera e avrebbero dovuto comunque attraversare Viserbella per raggiungere il ristorante a Rimini. Per fortuna non aveva annunciato all'amica il nome dell'uomo che l'avrebbe accompagnata.

Sperava vivamente che Jules si comportasse bene, come aveva promesso. Era sempre stato fuori controllo, ingovernabile. Lo conosceva da troppo tempo. Forse sarebbe stato meglio andare da sola. Sapeva cosa aspettarsi da lui. E cosa non aspettarsi.

Diana si era vestita come aveva già stabilito precedentemente e non aveva intenzione di cambiare abbigliamento a causa dell'abbandono di Daniele. Jules, dopo una doccia veloce, si ritirò nella stanza più piccola e tornò con pantaloni scuri e camicia di un blu intenso. La giacca era sportiva ma nell'insieme aveva un aspetto decisamente attraente. Si era pettinato i capelli all'indietro, come per le grandi occasioni.

«Quindi... da quanto tempo state insieme? È tanto che non ci vediamo, Diana. Non sapevo...» Gloria, seduta in macchina accanto al marito, si voltò verso di loro. I capelli ramati le incorniciavano il viso sorridente e stava fissando Jules con espressione decisamente incuriosita. Diana rammentò che lui aveva risposto alla chiamata con cui Gloria le ricordava la cena, quindi lei evidentemente aveva dato per scontato che avessero una relazione.

«Sei mesi...» sospirò Diana tirandosi in avanti e spostandosi lateralmente per incontrare lo sguardo di Gloria che però voltandosi si trovava in direzione di Jules, seduto dietro al guidatore.

«Due anni...» Jules si passò la mano sulle labbra mentre Diana lo colpiva con una ginocchiata. «Ah no, sei mesi... in realtà sono...»

«Sì, cioè sono due anni che...» Il tentativo di spiegazione di Diana si sovrappose a quello di Jules.

Ecco, incominciavano proprio bene! Non si erano nemmeno accordati sulla stessa versione dei fatti.

«Sì, sì. Abbiamo capito!» Carlo, il marito di Gloria, annuì e sorrise sollevando una mano.

Anche Gloria sorrise e strizzò l'occhio a Jules con un'espressione che a Diana parve questa volta provocante e allusiva. «Non vogliamo conoscere i dettagli. So che siete stati amici per tanto tempo.»

Diana fulminò Jules con lo sguardo appena scesero dalla macchina. Carlo era andato a parcheggiare con la moglie. Diana e Jules potevano entrare a controllare se qualcuno era già arrivato.

«Due anni! Sei impazzito?»

«Mi sembrava una cosa più seria, due anni... sei mesi è da storia di poco conto!» Jules fece una smorfia risentita.

«Tu non sai cosa sia una relazione a lungo termine! Quando mai tu hai avuto una storia di due anni?» Diana incrociò le braccia fissandolo severa, poi puntò il dito verso di lui.

«Io? Mai, appunto! Parla la campionessa delle relazioni a lungo termine!» Jules si avvicinò a lei accarezzandole le braccia, quindi la obbligò a voltarsi spingendola con delicatezza verso l'ingresso del ristorante. Poi inaspettatamente le diede una botta sul sedere. «Perché tu? Quando hai avuto una storia di due anni?»

«Mai! Che domanda cretina! Lo sai.»

«Comunque anche tu lo sapevi... e me lo hai chiesto lo stesso!»

«Okay, okay! Ora però smettila di capire tutto, smettila di voler avere sempre ragione, smettila di parlare italiano troppo bene. Insomma, smettila di essere te stesso.» Giunti all'ingresso Diana riconobbe alcune compagne di classe che la salutavano con un cenno, sorrise e si aggrappò al braccio di Jules. «Avevamo parlato di bambolotto gonfiabile, ricordi? Cerca di entrare nella parte adesso.»

Jules sorrise alle donne che si stavano avvicinando a loro, cingendo contemporaneamente Diana per la vita e sussurrando al suo orecchio. «La prossima volta mi proporrò come gigolò, almeno mi dovrai pagare. Mi sembra di essere il protagonista di una di quelle commedie sciocchine che piacciono a voi donne... la povera ragazza che deve portarsi per forza un tizio a caso...»

«Smettila che ti sentono! E poi cos'è questa strana confidenza che hai con Gloria? Me n'ero accorta, già al telefono...» Diana ricambiò la stretta, pizzicandogli il fianco. «Ti guarda in un modo... Non ti sarai fatto anche lei? C'è stato un periodo in cui non te ne lasciavi sfuggire una quando venivi qui in vacanza.»

«No, ma aveva quel nome... come la canzone. *Gloria*. La canticchiavo quando stavo imparando l'italiano e a lei piaceva il mio accento. Diceva che era sexy. Si entusiasmava e io la facevo contenta, da bravo. Però preferivo *Ti amo*.»

Diana si ritrovò di fronte tre delle sue vecchie amiche e non poté rispondergli. Tra abbracci, baci e frasi di circostanza dovette staccarsi da lui. Quando lo presentò si sforzò per non sentirsi troppo a disagio, mentre venivano raggiunti anche da altri compagni di scuola, ormai diventati uomini adulti. Diana notò che quelli che aveva un tempo considerato i più attraenti ormai non lo erano più, avevano perso il loro fascino insieme ai capelli e guadagnato qualche chilo di troppo.

«Anche con il mio nome c'era una canzone...» Si riattaccò al braccio di Jules come a un'ancora di salvezza mentre raggiungevano il tavolo. «Ma non me l'hai mai canticchiata.»

244

«*Miele*? Sì, è vero... aspetta che cerco di ricordare...»

«Ma no! *Diana*, sciocco!»

«Okay, allora *Diana*. *"Oh please, stay by me... Diana"*. Contenta adesso? Comunque c'era anche *Miele*...»

La voce di Jules richiamò alcune delle amiche che si voltarono verso di loro sorridendo. Jules ammiccò stringendo Diana per la vita e lei gli accarezzò il braccio per poi posare la tempia sulla sua spalla.

«Grazie, Jules. Di non avermi lasciata sola.»

Jules annuì e accennò un sorriso. Si sedettero a tavola e come promesso parlò poco, fingendo talvolta di non capire e rafforzando il suo accento inglese. Nonostante tutto, anche in silenzio, attirava gli sguardi. Diana se n'era già accorta, lo sapeva da sempre. La sola differenza era che mai prima d'ora la situazione l'aveva infastidita tanto. Forse perché si sentiva quasi scavalcata. Come se a Gloria e alle altre sue amiche non importasse di lei, della sua presenza, mentre corteggiavano e lanciavano occhiate eloquenti a Jules.

Lei non contava. Come non aveva mai contato tanti anni prima. Anche adesso che era diventata una donna adulta. Ogni tanto Jules le sfiorava la schiena con la mano, come per rassicurarla. Ma non bastava. Forse loro, le sue vecchie amiche, erano convinte che lei non fosse abbastanza per lui. Come non lo era stata per Daniele. E tuttora non era abbastanza, ecco perché lui l'aveva piantata in asso ancora una volta.

«Ma sì... obviously... io non so come ma successe. Sì, bella era.»

La voce di Jules la richiamò alla realtà. Di cosa stava parlando? Diana si ricompose e ripromesse a se stessa di non distrarsi più. Erano quasi arrivati al dolce, non mancava molto. La tortura sarebbe finita presto. Jules continuò a parlare poco, forzando il suo accento e sbagliando apposta. Diana si sforzò per non scoppiare a ridere, aveva un effetto comico su di lei. Si rese conto che stavano parlando delle discoteche della zona che frequentavano anche in passato.

«Possiamo andare al Disco Gallery a Riccione, è ancora aperto!» Propose Ivano, uno degli amici seduti di fronte a loro. «Il venerdì sera suonano prevalentemente musica anni Settanta e Ottanta.»

«Sì, andiamoci!» Gloria, che si era sistemata dall'altro lato di Jules, batté le mani contenta, per poi posarle entrambe sulla sua spalla. «Adoro gli anni Ottanta! E tu, Jules? Anni Ottanta... understand? The Eighties? We were young... and wild... Ci vieni? Cioè, venite?»

Sì, proprio. Young, wild and free. Solo che ora non era libera! Per niente! E nemmeno Jules lo era, almeno per quanto ne sapesse Gloria. La detestava quando faceva così! L'aveva sempre detestata, anche da adolescente. E alla fine, quasi per caso, si era ricordata che esisteva anche lei.

«Sì, certo che ci veniamo! Noi adoriamo gli anni Ottanta!» Jules, preso dall'entusiasmo, aveva dimenticato di non capire. Soprattutto aveva dimenticato di lasciar decidere Diana senza discutere.

«No, assolutamente no! Abbiamo da fare! Gli anni Ottanta sono i peggiori anni...» La risposta di Diana si sovrappose alla sua. Troppo tardi. Ormai la proposta si era diffusa lungo la tavolata e aveva riscosso l'approvazione generale. Nessuno aveva sentito la sua replica. Solo Jules che si era voltato verso di lei con aria falsamente innocente.

«Rilassati, miele. Ti farà bene muovere un po' il culetto.»

«Dovevo decidere tutto io! Ti sei dimenticato?» Diana lo fissò risentita. «E ho anche bevuto due bicchieri di vino. E l'aperitivo, prima. Altro vino bianco con il dolce. Non mi reggerò in piedi.»

«Potresti scoprire di stare meglio da ubriaca, ogni tanto.» Jules si avvicinò a lei, fingendo di baciarle la guancia e di soffermarsi sul suo orecchio. «Anche qui, con i tuoi vecchi amici. Non solo di nascosto in qualche pub inglese. Ricordi che qualche mese fa mi avevi detto che non ti importava di farti vedere ubriaca e fanculo gli sguardi indiscreti? È il momento di provarlo!»

Diana si sentì avvampare. Le girava la testa, anche da seduta. Aveva decisamente bevuto troppo. Quindi in discoteca avrebbe preso solo acqua o una bibita per evitare qualche figuraccia. E comunque non aveva nessuna voglia di andare al Disco Gallery. Non aveva voglia di quell'ambiente a lei troppo noto negli anni della sua adolescenza, non aveva voglia di quei ricordi, di quella musica. Ma ormai avevano deciso anche per lei, nessuno aveva sentito o ascoltato la sua protesta. Poteva sempre imporsi, decidere di non andare. Ma non lo avrebbe fatto. Per una volta nella vita voleva essere come tutte le altre. Partecipare alla festa. Avere un ragazzo che tutte le invidiavano. Jules non l'avrebbe tradita con un'altra, non l'avrebbe lasciata sola quella sera. Almeno lo sperava. In ogni caso non aveva alternativa, poteva solo fidarsi. L'avrebbe adorata di fronte ai suoi vecchi amici. Anche se non era vero. Anche se era solo una finzione o una favola. Ma era una favola in cui, per una volta, era lei la protagonista. La prescelta.

CAPITOLO 45

Così si erano ritrovati in discoteca. Avevano organizzato le macchine i cui guidatori non avevano bevuto troppo. Il marito di Gloria era astemio, quindi non avrebbero avuto problemi. In compenso ci pensava Gloria a fare anche la sua parte.

Diana si guardò intorno. Non entrava lì dentro da oltre dieci anni. Forse addirittura quindici. Era tutto abbastanza simile, le luci, gli ambienti, le sale, come un inquietante déjà-vu. Ma allo stesso tempo era tutto diverso. Forse perché loro erano diversi. Più vecchi, disillusi. Ecco perché detestava questi incontri! Per le sensazioni che scatenavano e sembravano essere rimaste lì, in agguato. Sensazioni di tempo passato, perduto. Mai più recuperato. E poi il pensiero di Francesca che non c'era più la assalì, come un tornado che le provocò uno sconvolgimento interiore. Forse per questo Daniele ci aveva ripensato. Non se la sentiva ancora di farsi vedere con lei. Aveva ragione.

Nel corso degli anni c'era stato qualche incontro con alcune amiche del liceo per un gelato o una pizza. Ma mai nulla di così organizzato. Un paio di volte era accaduto durante l'estate mentre Diana fortunatamente si trovava in Inghilterra.

«Miele... non vieni a ballare?»

Jules tornò da lei dopo essersi assentato per andare a prendere qualcosa da bere. Diana si era seduta da sola su uno dei divanetti rossi che circondavano la pista mentre le amiche si erano già lanciate nella danza.

«Vai tu, se vuoi...» Prese uno dei bicchieri che Jules reggeva tra le mani. Fissò il contenuto tendente al blu scuro. «Ho sete. Cos'è?»

«Un cocktail. Midnight dream. Attenta a non bere troppo in fretta.»

«Non volevo bere ma ormai chi se ne frega!» Diana buttò giù mezzo bicchiere di cocktail. Era dolce e dissetante, l'alcool si percepiva appena. «Ma non voglio ballare. Non mi è mai piaciuto ballare...» Fece una smorfia triste e rassegnata. «Non ero brava come...»

«Ehi... ti sta prendendo la sbornia depressa, miele?» Jules le tolse il bicchiere dalle mani e lo appoggiò sul tavolino. «Sai cosa facciamo? Ti porto a casa. Chiamiamo un taxi.»

«No, no! No. Io non mi faccio portare a casa! Ormai siamo qui e ci restiamo!» Diana sospirò riacciuffando il bicchiere. «Andiamo a ballare. Tutte le altre stanno ballando, perché io no?»

«Perché non sei tutte le altre, forse?» Jules sorseggiò parte del suo cocktail, diverso da quello che aveva preso per Diana. Era un liquido chiaro e dall'apparenza più forte.

«Fammi assaggiare!»

Diana glielo strappò dalle mani per bere. Era decisamente più forte e meno dolce. Si sentì tornare una ragazzina. Quando voleva provare, sperimentare roba che le faceva schifo. Ma non voleva sentirsi da meno degli altri. Questo era il punto o forse la sua tragedia. Non era cambiata. Quella ragazzina che desiderava l'approvazione di tutti, che voleva essere amata... non era mai andata via.

«Diana... Va bene, o andiamo a casa o ti alzi e balliamo.» Jules l'afferrò per le spalle scuotendola leggermente per obbligarla a guardarlo negli occhi. «Non so perché sei triste, ora. Sta andando tutto bene. Io sto facendo del mio meglio...»

«Non è colpa tua, Jules. Sono io. Tu sei perfetto.» Diana si morse le labbra mentre sentiva pungere gli occhi. Avrebbe voluto piangere, disperarsi. Ma non poteva. Non era né il luogo né il momento adatto. «Sono io, davvero. Sono sempre stata io. Forse non me n'ero mai accorta. Ma questa sera...»

«Questa sera cosa? Ci stiamo divertendo, Diana. Cosa c'è che non va? Forse perché io non sono...»

Lo sguardo di Jules si incupì. Diana non comprese ciò che intendeva dire. Forse era stanca, si sentiva oppressa. Jules piaceva a tutti. Le ragazze lo adoravano e i ragazzi lo trovavano simpatico. Il problema era lei.

«Si staranno chiedendo tutti cosa ci fai tu con una come me.» Diana riprese il suo cocktail blu e lo finì tutto d'un fiato. Poi riappoggiò il bicchiere sul tavolino con un colpo secco. «Ho ancora sete.»

Jules si alzò di scatto. Diana pensò che si fosse spazientito e avesse deciso di allontanarsi. Invece si voltò verso di lei tendendole la mano.

«Andiamo a far vedere cosa ci faccio con una come te.»

Diana sospirò e si lasciò guidare. Jules la diresse deciso verso la pista.

«Mi gira la testa. Non reggo nemmeno... non ho mai retto più di un paio di bicchieri, lo sai...»

«Lo so. Ti devo sempre trascinare a casa di peso quando andiamo al pub.» Jules la fece girare su se stessa, poi la riprese. «Ma dimentica quella che sei, Diana. Smetti di pensare, almeno per stasera.»

La strinse a sé e Diana si ritrovò con le braccia attorno al suo collo.

«Bravi ragazzi! Ci sono i lenti, ora.» La voce di Gloria li raggiunse, un po' sguaiata, mescolata a quella delle altre. «Sentite questa... *Reality*, dal *Tempo delle mele*! Devo trovare qualcuno per ballare!»

«Se mi ubriacherò ancora di più... tanto da dimenticare quello che mi fa male...» Diana rivolse a Jules un'occhiata supplichevole mentre una lacrima le attraversava la guancia. «Non mi lascerai da sola, soltanto per stasera?»

Jules non rispose. Scosse solo lievemente la testa. La strinse ancora più forte a sé, trattenendola tra le braccia. Intanto la musica, quelle canzoni degli anni Ottanta, così familiari, così confortanti, li avvolgevano. Diana appoggiò la testa sulla sua spalla, poi la sollevò per guardarlo.

«Saresti davvero un ottimo affare.»

«Cosa vuoi dire?»

«Come gigolò.» Diana sorrise guardandosi intorno, si staccò da lui e poi tornò ad abbracciarlo accarezzandogli i capelli sulla nuca. «So per certo che tutte le mie amiche ti comprerebbero.»

«Ci farò un pensierino, allora.»

Rimasero avvolti, oltre che dalla musica, anche in una nuvola di fumo. Qualcuno dall'esterno aveva trascinato dentro qualche spinello. Davvero non era cambiato nulla. Diana seguì con lo sguardo un paio dei suoi vecchi amici.

«Non sono mai stata abituata a quella roba, mi ha sempre fatto schifo. Ma potrei riprovarci.»

«Non esagerare, Diana. Non è il caso di...»

Jules non ebbe il tempo di terminare la frase. Diana aveva già raggiunto gli amici. Gloria e Cinzia fumavano e bevevano in mezzo alla pista. E la guardavano, offrendone anche a lei. Tutto come prima. In un modo quasi patetico, imbarazzante. Diana scosse la testa indecisa, poi accettò. Non c'era più. Non c'era più Francesca da proteggere da tutto questo. Francesca a cui non faceva bene bere né tanto meno fumare. Diana accettò lo spinello e fece qualche tiro prima di restituirlo. Si sentì crollare, le tempie le scoppiavano e il cuore aveva preso a battere troppo forte. Aveva caldo, la sensazione di andare a fuoco si stava espandendo in lei.

Voltandosi andò a sbattere contro il corpo solido di Jules.

«Mi dispiace. Io...» Diana scosse la testa. Lui voleva abbandonarla, come tutti. Lo aveva capito. Lei era di troppo, come sempre. «Dov'è il marito di Gloria? Dov'è finito?»

«Cosa c'entra ora il marito di Gloria? Credo sia al bar.»

«Lei ti vuole, lo vedo come ti guarda. Come se volesse saltarti addosso... Tu... se lui è andato via...» Diana si guardò intorno e scosse la testa. «Io posso andare, così tu... le cantavi la canzone col suo nome...»

«Diana, ma cosa stai dicendo? Sei impazzita? No, sei ubriaca, ecco perché non ragioni! Ma di solito ridi e scherzi, cosa ti prende questa volta?»

«Non crederanno che ci sia qualcosa tra noi. Tu non mi hai mai guardata. Tu stavi dietro a tutte le altre, non a me.» Diana lo afferrò per la camicia e lo scosse leggermente. «Non sono così stupidi! Non ci crederanno mai. Non ci credono. Mi conoscono e ridono di me! Ci guardano e pensano che non è vero. Che è tutto finto. E hanno proprio ragione. Non è vero niente. Sono tutte stronzate, siamo una farsa. Io sono quella che...»

Quella che veniva sempre lasciata. Per un'altra. O per il lavoro, piuttosto che niente.

«Diana...» Jules l'afferrò per la nuca e la costrinse ad appoggiare la fronte sulla sua spalla. «Se tu mi avessi permesso...»

Diana non percepì le sue parole. Le scoppiava la testa, tanto che da un po' non riusciva nemmeno più a distinguere la musica, una canzone dall'altra.

Ma quella la riconobbe. Quella che si sovrappose alle parole di Jules. Li riconosceva sì, li aveva ascoltati recentemente, proprio sulla sua macchina. Gli Air Supply. E ricordava quella canzone...

"I know just how to whisper
And I know just how to cry
I know just where to find the answers
And I know just how to lie
I know just how to fake it
And I know just how to scheme
I know just when to face the truth
And then I know just when to dream
And I know just where to touch you
And I know just what to prove
I know when to pull you closer
And I know when to let you loose
And I know the night is fading

And I know the time's gonna fly
And I'm never gonna tell you everything I've gotta tell you
But I know I've gotta give it a try..."

«Non ci credono... non...» Diana sussurrò appena, più a se stessa che a chiunque altro. Nel frattempo, una parte della sua mente si era persa dietro le parole della canzone. «Non ci crederanno mai...»

"And I know the roads to riches
And I know the ways to fame
I know all the rules and then I know how to break 'em
And I always know the name of the game
But I don't know how to leave you
And I'll never let you fall
And I don't know how you do it
Making love out of nothing at all..."

Inaspettatamente sentì le braccia di Jules cingerle la vita, fino a farle quasi male, spezzarle il fiato. Non era più come prima. Questa volta lui l'aveva quasi sollevata per stringerla ancora di più. Percepì il cuore di Jules battere forte contro il suo seno. Poi il suo viso, più vicino. Sempre più vicino. Ma non come prima, quando attendevano il tavolo o durante la cena. Non per scherzo. Gli occhi azzurri nei suoi. E le labbra che ormai sfioravano le sue. Diana fu costretta a inclinare la testa all'indietro quando lui la baciò. Quando la bocca di Jules esplorò la sua in un bacio profondo, prolungato. E lei stessa si ritrovò avvinghiata a lui, aggrappata alla sua camicia e poi con le mani gli agguantò la nuca per non permettergli di staccarsi da lei. Ma non per scherzo, questa volta. Non per gioco.

Quando si staccarono Diana lo fissò con occhi sgranati, pur restando aggrappata al suo collo. Cos'era successo? Cosa avevano fatto?

Jules inclinò il viso e sorrise. Era tornato lui, il solito Jules. Con il suo sorriso scanzonato, un po' sarcastico, di quando scherzava e la prendeva in giro.

«Scommettiamo che ora ci credono?»

CAPITOLO 46

Lo aveva baciato. Anzi, lui l'aveva baciata. E sul serio. Non era mai successo in oltre vent'anni. L'aveva baciata così, con quell'ardore, con quella passione... solo per gioco! Per farlo credere agli altri. Per compassione nei suoi confronti.

E non aveva tutti i torti, era proprio una di cui avere compassione!

«Diana...»

Erano saliti in casa, dopo che Gloria e suo marito li avevano riaccompagnati usciti dalla discoteca. Gloria era evidentemente su di giri, Diana in un silenzio funereo. Carlo e Jules avevano tentato una conversazione un po' forzata sulle auto sportive a cui entrambi sembravano interessati. Jules gli aveva accennato della sua macchina da corsa lasciata in custodia a Imola. Poi cedettero anche loro al silenzio, fino a Viserbella. Fino ai saluti e alla promessa, del tutto vana, di rivedersi presto e organizzare di nuovo qualcosa.

«Diana, sei stanca? Hai mal di testa? Vuoi un po' d'acqua? O ti preparo un caffè oppure è meglio un tè?»

«Chi sei diventato, ora? Il mio maggiordomo oltre al mio gigolò? Ah, giusto... quanto ti devo pagare?»

Diana gli rivolse un'occhiata furiosa, barcollò nel tentativo di togliersi le scarpe prima di arrendersi e appoggiarsi con una spalla alla parete. Non ci riuscì nemmeno così e si rassegnò. Si sorresse però restando attaccata al muro, studiando come raggiungere il divano. Come se dovesse percorrere chilometri di distanza.

«Sei arrabbiata con me.» Jules annuì, incupendo lo sguardo. La sua non suonò come una domanda, ma una certezza.

«Figurati!»

«Per il bacio» proseguì lui imperterrito, ignorando la sua risposta.

«Ho detto figurati! Ma mi senti? Riesci a capire quello che dico?» L'espressione di Diana divenne ancora più furibonda. «Comunque, complimenti. Devi aver fatto una gran pratica per imparare a baciare così in questi anni! Per finta, poi...»

«Diana, insomma. Ho dovuto farlo. Ci stavano guardano e tu eri triste, depressa. Stavi per metterti a piangere di fronte a tutti. Te la sei presa anche per Gloria, in un modo assurdo. Per una storia di non so quanti anni fa che non è stata nemmeno una storia. Poi ti sei messa a fumare quella roba... e non è da te, lo sai.»

«Cosa ne sai tu se è da me o no? Nemmeno io lo so! Perché prima dovevo fare da balia a...» Diana alzò il tono di voce. Poi si portò una mano sulla bocca, per impedirsi di continuare e trattenere un urlo. Lo soffocò in una sorta di mormorio rabbioso e colpì il muro con un pugno, mentre restava appoggiata con le spalle. Non si fece male soltanto perché non era riuscita a imprimere abbastanza forza. «Mi fai la predica anche tu? Come sempre. Come tutti! E certo... hai dovuto farlo... perché povera Diana... hai dovuto farlo...»

«Ma cosa...?»

Jules la guardò allibito, come se non la riconoscesse più. Sembrava che la rabbia e il disprezzo contribuissero a mutare il suo viso, la sua espressione.

«Ero triste, depressa... ti facevo pena!»

«Mi dispiace, Diana. Va bene? Ho sbagliato! Io credevo...» Jules scosse la testa. Anche lui aveva alzato il tono di voce. «E ho dovuto farlo perché... Niente, lasciamo perdere.»

«No, dillo. Vai avanti!» Diana con la mano gli fece cenno di proseguire, fulminandolo con lo sguardo. «Mi interessa sapere!»

«Volevi che lo facessi? O no? Forse ho sbagliato avendo questa impressione da come ti stavi strusciando addosso a me... Ma ho sbagliato, ripeto. Dovevo capire che...»

«Non è vero!» Diana sollevò una mano per colpirlo, ma poi si trattenne. «Tu non si… non di… non… Io non… mi stavo… strusciando… Sono tutte… stronzate! Stron… zate!»

Si portò una mano alle labbra, rendendosi conto di trovare anche difficoltà a esprimersi e a pronunciare le parole correttamente, senza incepparsi in un balbettio convulso. Jules intanto taceva e scuoteva piano la testa, come rassegnato.

«Cazzate… Bull… shit…» Diana non si rese quasi conto di essere passata all'inglese, continuando a sfidarlo con lo sguardo. «Do you understand? Bullshit…»

«Yes, bullshit! Diana, really… what do you want?» Jules sospirò e prese a fissare la porta con evidente intenzione di andarsene. Poi si voltò di nuovo di scatto, verso di lei. Con uno sguardo rassegnato ma allo stesso tempo carico di rabbia. «I mean… you! You, Diana! What do you want? Non lo sai nemmeno tu cosa vuoi, ecco la verità!»

«Get out! It's all I want now! Leave me alone and get out!» Si, voleva solo che se ne andasse via. Fuori da lì! Che la lasciasse in pace! E che la smettesse, una buona volta, di affrontarla con quella grinta che aveva comunque sempre fatto parte di lui. Che la smettesse di sfidarla. Diana si sorresse ancora di più al muro, abbassando lo sguardo. Ma comprese che non sarebbe riuscita a trattenersi oltre. Si sfregò gli occhi con l'avambraccio. Le bruciavano terribilmente come se tutto il fumo avesse contribuito ad offuscarle la vista, facendola piangere. Lo stesso fastidio inarrestabile che le provocava il fumo in discoteca, da ragazzina. Intanto non si interrogava nemmeno sullo stato del suo viso, del suo make-up. Doveva essere ridotto a una maschera, una sorta di tristissimo Pierrot mescolato all'effetto clown del suo naso che stava diventando rosso per le lacrime che non riusciva a placare. Iniziò a singhiozzare, a metà tra il pianto e lo stato di ebbrezza. «Non sopporto… che si facciano le cose… per dovere…»

«Proprio tu lo dici? Tu che sei la prima a fare tutto per dovere!» Jules le staccò il braccio dal viso obbligandola a guardarlo e mantenendo la stretta sul suo polso, pur non facendole male. Non lo aveva mai visto così. Mai i suoi occhi erano stati così accesi, così duri. Mai lui era stato così arrabbiato. Con lei. «Anche a quella cena del cazzo ci sei andata per dovere! Quando potevi dire semplicemente: "no, grazie". È concesso qualche "no, grazie" ogni tanto in questa fottuta vita. E sì, hai ragione, sono tutte cazzate. Ma la prima ad avere la testa piena di cazzate sei proprio tu! Tu, Diana! A causa di quello stronzo bastardo, di quel pezzo di merda che ti ha convinta di non essere abbastanza. Non soltanto per lui! No, non gli è bastato! Per nessuno! Perché non poteva lasciarti libera, vero? No, no... troppo comodo tenerti in trappola a scattare ai suoi ordini! Perché anche con gli altri è andata così, vero? E ancora adesso ti manipola, non ti permette di vedere chi sei, come sei. Sì, lui... l'unico che davvero aveva un dovere nei tuoi confronti. Ed è anche colpa della tua finta amica che hai sempre venerato come una santa, quando... mi dispiace per lei, ovvio. Però non si è comportata bene con te. E lui... ti ha mollata anche stavolta! Lo stronzo! Ora piangi, piangi pure. E mandami via! Ma quando ne avrai abbastanza, Diana? Quando?»

Jules si staccò da lei portandosi le mani alle tempie. Scosse la testa e abbassò lo sguardo, turbato dalle sue stesse parole. Le lacrime di Diana scorrevano inarrestabili, inondandole il viso.

«Perdonami, Diana. Mi dispiace, per tutto. Adesso me ne vado. Non dovevo dire, non dovevo...»

«Quello che hai sempre pensato...» La voce di Diana uscì lieve come un sussurro. Ma una parte della sua anima, inspiegabilmente, si sentì più libera dopo quelle parole.

«Soprattutto, non dovevo fare...» Jules in pochi passi raggiunse la porta d'ingresso e la aprì «...quello che ho sempre voluto.»

Diana sospirò profondamente portandosi una mano al petto. Riuscì a spostarsi e afferrò Jules per la camicia, ritrovandosi tra lui e lo spazio aperto della porta che richiuse con un colpo. Sollevò le mani sul suo viso e prima che lui potesse aggiungere altro lo baciò con passione mista a rabbia, afferrandolo per la nuca. Poi scese con le mani sul suo petto, nel tentativo di slacciargli la camicia, di spogliarlo.

La sua mente iniziò a vagare, tra presente e passato. Il giorno in cui si erano incontrati, l'espressione scettica che lui le aveva rivolto e con cui aveva continuato a squadrarla nel corso delle prime settimane, quasi con sospetto. Era tutto finito. I suoi ridicoli tentativi di formulare qualche frase in italiano, concentrandosi prevalentemente sulle parolacce. Per farla reagire, in qualche modo. Per strapparle una risata. Sì, era tutto finito. E una parte di lei le stava intimando di fermarsi, di non andare oltre, di non oltrepassare il limite. Oppure sarebbe davvero tutto finito, tra loro. Gli anni trascorsi insieme, gli scherzi, il modo in cui lui la chiamava "miele" e la prendeva in giro, le innumerevoli canzoni che avevano ascoltato insieme. Le volte in cui derideva gli "orribili mostriciattoli" e gli sceneggiati tratti dai classici che lei adorava. I suoi sguardi, i suoi rimproveri. Tutto finito.

La fine della loro amicizia, di quello che di bello c'era stato negli anni tra loro. Lo stava sporcando, macchiando per sempre. Così lo avrebbe perso. Per sempre.

«Jules...»

Diana scosse la testa, cercando ancora le sue labbra e scendendo con le mani ad accarezzargli le spalle. Rammentò improvvisamente il loro giro in barca. Dorothy... era iniziato da lì? O molto tempo prima? Il senso di fastidio. Ma Dorothy non era una donna, non per Jules. Mark, l'anziano marinaio. Che ancora amava la sua Dorothy. Erano le altre... Gloria e tutte le altre... che non sopportava più. Come lo guardavano. Come tentavano di mostrarsi ammalianti, seduttive ai suoi occhi.

Jules l'afferrò per i fianchi, sollevandola contro di sé. E ogni istante tra loro tornò vivo, in Diana. Estremamente lucido. Una vita insieme... tanti anni, tanti ricordi. Un attimo dopo i loro sguardi si incontrarono e a Diana parve tornato lo stesso Jules di sempre. Le stava sorridendo, prima di baciarla di nuovo sulle labbra e poi scendere a baciarle il collo, sfilandole il copriabito e abbassandole il vestito mentre percorreva il suo corpo con le mani. Lui che la faceva ridere, lui che la rendeva viva, in ogni momento.

«Ti sembra dovere, miele?»

«No... mi sembri ubriaco e strafatto, ragazzino...»

E non era l'unico. Lei stessa lo era, anche più di lui. Era stordita e sospesa a metà tra la necessità di scoppiare a piangere e la voglia di urlare di gioia. E mentre una vocina dentro di sé le ripeteva e le intimava di fermarsi, il suo corpo e i suoi desideri non ascoltavano più alcuna ragione. Sarebbe stato comunque troppo tardi per tornare indietro. Si erano spinti troppo in là. Ormai non si sarebbe più potuto salvare quello che erano stati per così tanto tempo, l'uno per l'altra. Era già tardi, troppo tardi.

Diana si aggrappò a Jules e gli circondò la vita con le gambe mentre lui la trasportava in camera. Sì, era davvero tutto finito tra loro. Oppure era tutto iniziato.

CAPITOLO 47

Jules le prese una ciocca di capelli tra le dita. Sembrava così tranquilla, ora. Addormentata e serena. Tutto sarebbe cambiato tra loro. L'aveva avuta così tante volte tra le braccia in una sola notte, oltre ogni controllo. Una notte di follie. Oltre ogni ragione. Non era riuscito a fermarsi. Nemmeno lei ci era riuscita. Ma lei era ubriaca e aveva fumato. Non era abituata e questa era la sua scusa. Lui invece non aveva scuse. Lui si era reso conto di cosa stava accadendo. Ne era ben consapevole. E non si era fermato comunque. Anche se avrebbe potuto e dovuto.

Non aveva idea di quali potessero essere le prime parole di Diana al risveglio, nei suoi confronti. Quasi le temeva. Come temeva i suoi ricordi in proposito. Ma avrebbe dovuto affrontarli entrambi.

In ogni caso li avrebbe rimandati, almeno per un po'. Lei dormiva ancora e non aveva la minima intenzione di svegliarla. Era ancora presto. Ne avrebbe approfittato per farsi una doccia e cercare di riflettere. Poteva aver distrutto tutto, ne era consapevole. C'era anche l'eventualità che lei non lo avrebbe mai perdonato. Forse sarebbe stato meglio andarsene piuttosto che restare e sentire le parole rabbiose che gli avrebbe scagliato contro. Era un vigliacco. Ma non era preparato al rimpianto di Diana nei confronti di quella notte, al suo sguardo sprezzante. Forse non lo sarebbe mai stato.

Dopo la doccia rientrò in camera per cercare i vestiti. Li avevano abbandonati intorno al letto, buttati qua e là senza troppa cura. Jules sospirò passandosi una mano tra i capelli ancora bagnati, poi iniziò svogliatamente a vestirsi. Era stata lei a iniziare a spogliarlo, come se volesse dimostrargli qualcosa. Ripercorse la scena più volte nella mente. Diana che si stringeva a lui, che percorreva il suo corpo con le mani, che cercava le sue labbra come se ne avesse bisogno per riprendere a vivere, per tornare a respirare.

«Diana…»

Jules si sedette sul letto, accanto a lei. Nel sonno si era girata e aveva cambiato posizione rispetto a prima. Ora il suo viso era sprofondato nel cuscino e coperto quasi completamente dai capelli. Jules li scostò con delicatezza per poterlo vedere. Riuscì a scorgere le sue labbra, sembravano disegnare l'accenno di un sorriso sul suo volto.

Si avvicinò a lei con timore. Le baciò la fronte e lo zigomo. Proprio in quel momento lei si mosse e le labbra finirono sulle sue.

«Mmh…» Diana schiuse la bocca e si protese verso di lui, alla ricerca di un bacio dolce, sensuale.

Jules, colto alla sprovvista, la assecondò e il bacio divenne più profondo. A tal punto che fu tentato di spogliarsi nuovamente e rientrare nel suo letto, stringerla a sé. Mentre si scostò per guardarla si accorse che lei sorrideva ancora ma si era riaddormentata. Sembrava quasi felice sprofondata nel sonno. Si chiese se sarebbe stata ancora così una volta sveglia, lucida e cosciente di ciò che era accaduto.

Si alzò dal letto per dirigersi in cucina. Prima o poi avrebbe dovuto affrontarla. A questo punto molto meglio prima. Si preparò un caffè amaro, come sempre non c'era molto in casa, così decise di uscire per prenderle qualcosa di più sostanzioso per la colazione. Solo in quel momento si rese conto di aver indossato gli abiti della sera precedente, recuperati nella stanza di Diana. Era talmente frastornato dall'accaduto da non essersene nemmeno accorto. Forse avrebbe fatto meglio a cambiarsi. Ma in fondo non aveva importanza.

Forse… forse lei non lo avrebbe odiato così tanto. Forse avrebbero potuto spiegarsi, capirsi… Forse era lui a odiare se stesso. Era successo tante volte, con tante altre donne. Ma mai con lei. Non ci aveva mai pensato, o meglio non ci voleva pensare. A parte un breve episodio durante il primo anno di Diana a casa sua, che aveva preferito rimuovere dalla mente. Da oltre vent'anni Diana era la ragazzina spaventata e taciturna che un giorno d'estate si era ritrovato in casa, al posto di sua sorella. Non aveva ancora quindici anni la prima volta che l'aveva vista. Nonostante lei avesse due anni in più il suo essere così smarrita, con quei grandi occhi scuri e tristi, aveva suscitato in Jules una sensazione sconosciuta e risvegliato un istinto che non aveva mai provato prima in vita sua. Nemmeno con Michelle, sua sorella. L'istinto di protezione. Oltre a quello di disprezzo nei confronti di chiunque potesse ferirla.

Quando si ritrovò sulla porta, pronto a uscire, sobbalzò al suono del campanello. Non proveniva dal citofono ma dall'esterno dell'appartamento. Forse era la vicina di casa che aveva bisogno qualcosa.

Aprì e se lo ritrovò di fronte.

«Ah, sei tu...» Jules non riuscì a forzare un sorriso nei confronti dello stronzo.

«Il portoncino era aperto.» L'espressione irritata di Daniele gli fece capire che in realtà non sentisse il bisogno di giustificarsi, non con lui. «Diana?»

«Sta ancora dormendo.» Se avesse seguito l'istinto lo avrebbe buttato fuori dalla porta e giù dalle scale. A calci. Invece restava lì, immobile, come per impedirgli di entrare.

Daniele si mosse per riuscire a oltrepassarlo e Jules fu costretto a spostarsi. Non poteva effettivamente buttarlo fuori, non spettava a lui purtroppo.

«Mi aspettava questa mattina. Abbiamo molto di cui parlare, in privato.» Daniele si rigirò verso di lui e lo fissò, come se si aspettasse che togliesse immediatamente il disturbo. «Immagino che abbia fatto tardi ieri sera con i suoi amici.»

Jules annuì, distogliendo lo sguardo da lui. «Sì, immagini bene.» Se solo avesse immaginato anche tutto il resto! Fu tentato di raccontarglielo, nei dettagli. Ma era costretto a trattenersi, ovviamente.

«Tu hai intenzione di restare qui ancora per molto?» Non era difficile comprendere che Daniele non attendesse altro che liberarsi di lui.

Jules sbuffò stringendosi nelle spalle. «No, in realtà... stavo uscendo.»

«Quello che intendevo dire... qui, a casa di Diana?»

Non voleva solo liberarsi di lui al momento. Definitivamente. Era evidente che la presenza di Jules interferisse nei suoi piani con Diana. Daniele era uno stronzo, lo aveva sempre pensato. Fin da quando era venuto a conoscenza della storia tra lui e Diana. Ma lei lo amava. Lo amava ancora e lo aveva amato per tutto quel tempo, nonostante tutto... questo era fuori questione.

«Sono solo di passaggio. Come sempre.» Jules si morse le labbra fissando la porta. Lei aveva cercato nuovamente un suo bacio quella mattina. Era ancora avvolta nel sonno e nell'ebbrezza della notte appena trascorsa. Sicuramente sarebbe stato l'ultimo tra loro. «Non ho più motivi per trattenermi.»

CAPITOLO 48

Aveva un mal di testa atroce. Ma allo stesso tempo si sentiva euforica, completamente rilassata. Come non lo era da tempo. In realtà non ricordava di essere mai stata così. Aveva bevuto troppo, se ne rendeva conto. Ma alla fine era contenta di aver accettato quell'uscita.

Diana sbadigliò e si stirò rotolandosi nel letto mentre le coperte le si avvolgevano intorno al corpo.

«Ehi...» Tastò l'altra parte del letto, come alla ricerca di qualcosa, qualcuno. Quei baci, le sue mani su di lei, il suo corpo che la stringeva, che scaldava tutto il freddo che aveva sofferto nel corso di quegli anni. Lui... lo voleva ancora, subito. Sorrise e sospirò, con le membra ancora intorpidite dal sonno, farfugliò poche parole per esprimere il suo desiderio. «Vieni qui... baciami ancora... adesso...»

«Ma che meravigliosa accoglienza!» Daniele sorrise e le baciò le labbra protendendosi verso di lei.

Diana gli accarezzò il viso ricambiando il bacio. Poi si staccò da lui, allontanandosi perplessa, confusa. Era come se i suoi baci al risveglio avessero un altro sapore. Erano sempre intensi, ma non eccitanti e appassionati come durante la notte appena trascorsa. Ma forse l'eccitazione era dovuta all'alcool. Si portò una mano sulla fronte. Lui l'aveva già baciata prima, di questo era certa. Non avrebbe mai potuto dimenticare quelle labbra. Non le aveva dimenticate durante quel loro primo bacio, tanti anni prima. Ed erano tornate la scorsa notte.

«Diana...» Daniele sorrise accarezzandole il viso a baciandola ancora delicatamente. «Dimmi che mi perdoni.»

«Io... ah sì, certo. Ti perdono.» Diana annuì brevemente. Non aveva importanza. Era lì con lei. Era rimasto. Si passò entrambe le mani sul viso, poi le trattenne tra i capelli. «Scusami, credo di avere bisogno di una doccia. Io vorrei…»

Più che bisogno di una doccia comprese di avere bisogno di stare un po' da sola, di riflettere. Non poteva averlo fatto. Non davvero.

«Sì, certo. Fai pure con calma. Poi facciamo quello che preferisci. Oggi sono tutto tuo. E anche domani.»

«Io… che ore sono?» Non le sembrava di aver dormito molto. Anzi, non le sembrava di aver dormito affatto. Però si sentiva bene, nonostante la sbornia.

«Sono solo le otto.»

«Mmh… ho due ore di lezione, oggi. Alle undici, per fortuna.» Diana si stirò ancora ma questa volta si rese conto di essere poco vestita. Anzi, in realtà non indossava proprio nulla. Si attirò le coperte al petto, sentendosi avvampare. «Ti dispiacerebbe aspettarmi in salotto. Non ci metterò molto, promesso. Poi se vuoi andiamo a fare colazione.»

«Sì, ottima idea. Dopo la scuola ti vengo a prendere e stiamo insieme tutto il resto della giornata, se non hai altri programmi.» Daniele sorrise accarezzandole il viso e si alzò per avviarsi in soggiorno.

Diana rimase immobile osservandolo muoversi verso la porta. Chiuse gli occhi per un istante, stringendosi addosso le coperte come se qualcuno potesse strappargliele via. Lui voleva stare con lei tutto il resto della giornata. Lo voleva davvero. L'avrebbe baciata ancora, l'avrebbe stretta a sé. Cosa avrebbe potuto desiderare di più?

Le sue braccia intorno, il suo calore. La voce roca, carica di desiderio, che sussurrava il suo nome nella notte. Non lo aveva sognato. Era accaduto davvero.

Diana scosse la testa e buttò indietro le coperte con un colpo. Sulla poltroncina accanto al letto dove erano posti i suoi orsetti notò il suo reggiseno nero, a terra da un lato c'era il suo vestito. Chiuse gli occhi e sentì il calore salirle dal petto verso il viso.

Poi percepì un'ondata di desiderio, di quel corpo ancora stretto al suo.

Scosse la testa e si mosse rapidamente verso il bagno. Entrò nella doccia e lasciò scorrere l'acqua su di sé. Prima fredda, poi tiepida. Sollevò il viso verso il getto e si appoggiò con la schiena alla parete. L'acqua le scivolò rapida lungo tutto il corpo alleviando la tensione che stava sentendo crescere attimo dopo attimo recuperando la lucidità. Era sul punto di avere quello che aveva sempre voluto, da tutta la vita. Perché tirarsi indietro ora? Perché rovinare tutto?

CAPITOLO 49

«Sono state ore molto intense?»

Daniele, come promesso, era andato a prenderla all'una dopo averla lasciata davanti alla scuola alle undici.

«Grammatica al secondo anno... Sì, direi che si possono definire intense per i due poveretti che ho interrogato nel corso della prima ora.» Diana sorrise e ricambiò il suo abbraccio con calore. «Tu invece, cosa hai fatto nel frattempo?»

«Non molto, in realtà. Una lunga passeggiata sulla spiaggia.» Daniele sospirò, percorse con le dita le braccia di Diana, le afferrò le mani e le strinse nelle sue. «Chi dice che il mare d'inverno ha un fascino particolare ha davvero ragione. Io credo di non averlo mai capito prima.»

«Io sono tra quelli che preferiscono il mare d'inverno.» Diana annuì e sorrise ancora. Si sentiva inspiegabilmente ancora un po' tesa a mostrarsi lì insieme a lui. «Non l'ho mai amato molto in estate. Era come... Con tutti quei turisti sulla spiaggia, era come se quell'ammasso di estranei mi togliesse ciò che era mio.»

«Ti ricordo che io facevo parte di quell'ammasso di estranei.» Daniele rise e le pizzicò lievemente la guancia.

«Questo è vero! Ma ti posso assicurare che non alludevo affatto a te!» Diana strinse le sue mani e si guardò intorno. Cominciava a sentirsi ancora più a disagio. Preferiva andare altrove, al più presto.

«Ti porto a pranzo.» Daniele le prese la mano e in pochi passi raggiunsero la sua auto. «Poi decidiamo cosa fare per il resto della giornata. Sono tutto tuo, oggi.»

Lo aveva già detto. E, nonostante il suo sguardo sereno e rilassato, Diana aveva la sensazione che volesse convincere più se stesso che lei.

Lo seguì senza replicare. Daniele aveva scelto un piccolo ristorante in Piazza Cavour, specializzato in piatti a base di pesce. Forse ricordava che a lei era piaciuto le volte che ci erano andati nel corso degli ultimi anni. Anche a Francesca piaceva, ma questo dettaglio non causò nessun imbarazzo tra loro. Non questa volta.

Non voleva ammetterlo, ma si sentiva ancora stanca per la serata trascorsa. Forse non era più abituata a uscire la sera e restare fuori fino a notte fonda, tra discoteca, alcool e fumo. Forse stava iniziando a fare davvero un po' freddo fuori. Era fine novembre. Il suo compleanno era passato e quasi nessuno se n'era ricordato. Soltanto Michelle e Denise le avevano scritto un biglietto di auguri che era arrivato qualche giorno prima. Mentina le aveva preparato una delle sue confezioni di tisane aromatiche e il professor Giullari le aveva telefonato per farle gli auguri e invitarla a pranzo, appena fosse stata libera. A lui non sfuggiva mai nulla, nonostante l'età avanzata. Se non fosse stato per questo anche lei lo avrebbe completamente dimenticato. Forse Michelle e Denise lo ricordavano soltanto perché cadeva il giorno prima di quello di Jules. Jules detestava tutti i compleanni, il proprio soprattutto, quindi lo ignorava automaticamente, ogni anno. Suo padre e i suoi fratelli lo ricordavano quando ormai si stava avvicinando Natale. Perché trovandosi ormai a dicembre rammentavano improvvisamente che il compleanno di Diana era il mese precedente, quindi doveva essere appena trascorso.

Dopo pranzo erano tornati nel suo appartamento. Seduti sul divano in silenzio, Daniele la stringeva tra le braccia. Diana teneva la testa appoggiata sul suo petto. La sensazione di stanchezza e intorpidimento non l'abbandonava. Come se stesse lentamente guarendo da una malattia che l'aveva indebolita e spossata imponendole una lunga convalescenza.

«Sto prendendo in affitto un nuovo appartamento, Diana...» Daniele improvvisamente abbassò il viso per incontrare il suo sguardo. «Sapevi già che avevo intenzione di vendere l'altro.»

Con l'altro intendeva quello in cui aveva vissuto con Francesca. Diana sollevò gli occhi su di lui e annuì, lui gliene aveva parlato già prima dell'estate.

«Ecco, io... vorrei che tu venissi a vivere con me nel nuovo appartamento. Ne ho trovato uno davvero carino, un po' in periferia. Sarebbe anche comodo per te, per la scuola. Non dovrai nemmeno attraversare tutto il centro di Rimini per raggiungerla. In realtà la mia idea di oggi era quella di portarti a vederlo, ma poi ho pensato... Non volevo metterti fretta.»

Parlando i suoi occhi scuri si erano accesi di entusiasmo, di passione. Davvero voleva mostrarle il nuovo appartamento? Davvero le stava proponendo una vita insieme?

«Daniele... sarei felicissima di vedere il tuo appartamento e...»

Le stava mettendo fretta? No, assolutamente. Non era nemmeno concepibile come idea. Era ciò che Diana aveva sempre desiderato. Era sorpresa, anzi... era assolutamente incredula. Ma non le stava mettendo fretta.

«Forse non vuoi lasciare il tuo? Ma io credo che uno più spazioso...» Daniele sorrise, sfiorandole le labbra con un bacio leggero. «Ci conosciamo da così tanto tempo...»

«Lo so, lo so Daniele. Ma io vorrei ancora un po' di tempo per organizzare tutto.»

Diana fu la prima a stupirsi delle sue stesse parole. Organizzare cosa? Doveva solo trasferirsi gradualmente a vivere con Daniele. Non aveva nessun impegno, nessun legame. Sarebbe bastato non rinnovare il contratto d'affitto che era comunque in scadenza entro pochi mesi. E avvisare il padrone di casa che aveva intenzione di andarsene.

«Certo, sono d'accordo con te.»

Daniele le baciò la fronte, poi scese a baciarle lo zigomo. Infine, si soffermò sulle sue labbra. La baciò con lentezza, stringendola a sé e accarezzandole piano la schiena. Scese poi ai suoi glutei, avvolti in pantaloni neri aderenti, infilando le mani sotto al suo maglione azzurro, lungo fino ai fianchi. L'attirò a sé con più energia e Diana si ritrovò seduta a cavalcioni in braccio a lui. A quel punto Daniele si mosse verso di lei, senza lasciare la presa. Le sue mani raggiunsero il bottone dei pantaloni di Diana e lo slacciarono rapidamente.

Diana chiuse gli occhi buttando la testa all'indietro e mordendosi le labbra. Sentiva il respiro farsi affannoso e il corpo di Daniele muoversi a cercare il suo, sempre di più. Stava per accadere, di nuovo. Era lui, l'uomo dei suoi sogni. Dopo tanto tempo sarebbe stato davvero suo, finalmente. Ancora suo.

«Daniele...» sospirò accarezzandogli il petto, mentre lui con le mani la reggeva ancora più saldamente e, dopo averle sfilato il maglione, sollevava il viso per baciarle il collo.

Diana voltò il viso di lato perché lui potesse percorrere il suo collo con le labbra fino al seno. Socchiuse gli occhi e li riaprì per un istante in direzione dell'atrio che conduceva alla porta di ingresso.

La scena fu proprio lì, davanti ai suoi occhi. Lui che stava andando via. Lei che alzava la voce. Dovere? Le sembrava dovere? La sua camicia aperta con foga, con desiderio. Tutto in quel momento era parso così spontaneo, così naturale. Inesorabile e vero. Quei baci. Lui che la sollevava spingendola contro la porta. E poi... Se l'era sognato. Era ubriaca e aveva sognato. No, non poteva averlo fatto davvero. Non lo avrebbe mai fatto. Lui se ne sarebbe andato per sempre. Lo avrebbe perso. Quel gesto avrebbe rinnegato tutto. Il loro passato. Il loro legame.

«No, no...» Il monosillabo le uscì ansioso, sofferente. Carico di un dolore che non riusciva a esprimere. «Ti prego, ho detto no!»

«Diana?»

Daniele inizialmente non se n'era reso conto, poi sentendo la sua voce pregarlo di fermarsi si era staccato da lei. Appena il corpo di Diana aveva iniziato a opporre una pacata ma inesorabile resistenza sembrò comprendere che qualcosa si era spezzato in lei.

Diana voltò lo sguardo su di lui e lo fissò stupita, quasi incredula. Perché lo aveva fermato? Perché la sua mente, il suo corpo non erano rimasti con lui?

«Scusami, io...»

«Non sei pronta.»

«Io...» sospirò posandosi entrambe le mani sugli occhi. Pronta lo era da sempre, fin troppo. Però...

«Hai ragione. In realtà non lo sono neanche io.»

«Mi dispiace...» Diana spostò le mani sul suo viso, accarezzandolo e guardandolo negli occhi. «Andrà tutto bene. Io sono sicura che andrà tutto bene.»

«Lo so, Diana. Ne sono sicuro anch'io. È come se una parte di me aspettasse questo momento da sempre.»

Era stato davvero lui a pronunciare quelle parole? Come poteva attendere lei, da sempre? Quando per anni l'aveva lasciata sola, l'aveva lasciata andare. Diana non lo interrogò in proposito. Avrebbe solo rischiato di rovinare tutto. Forse non voleva nemmeno sapere. Non era più importante sapere. Esistevano loro due e quel momento. Tutto il resto non aveva importanza. Tutto il resto non contava più, ormai.

CAPITOLO 50

I giorni successivi erano stati tranquilli. Tra i più sereni che Diana avesse vissuto negli ultimi tempi. Daniele dopo quel fine settimana era tornato a Milano. La chiamava quasi tutte le sere e restava al telefono con lei anche più di un'ora. Con l'anno nuovo sarebbe tornato a vivere a Rimini definitivamente. Era già trascorsa la prima settimana di dicembre. Le aveva annunciato che avrebbe trascorso il Natale con i suoi per prepararli alla decisione di restare a vivere a Rimini. Poi per Capodanno sarebbe tornato da lei ma aveva comunque intenzione di vederla prima. Diana era stata d'accordo con lui. Avrebbero trascorso quel Natale separati. Era meglio così del resto, per tutti. Un ottimo programma.

Jules, al contrario, sembrava sparito. Diana aveva trovato un suo biglietto accanto al telefono a metà della settimana, rientrata da scuola. Le spiegava solo di essersi trasferito a Imola per qualche giorno prima di rientrare in Inghilterra per Natale. Aveva lasciato le chiavi di casa a Marisa, la sua vicina.

Mancavano ancora diversi giorni a Natale, però. Concludeva con un "Call if you need me", chiamami se hai bisogno, scritto in inglese. Forse perché non c'era più spazio nel biglietto e l'inglese era una lingua che possedeva un dono di sintesi superiore all'italiano? Diana scosse la testa. Non comprendeva il motivo per cui non l'avesse chiamata al telefono, come sempre. Controllò automaticamente il cellulare ma non trovò nuovi messaggi. Forse sapeva che non avrebbe risposto o controllato la segreteria.

Inutile pensarci. Molto meglio concentrarsi su altro. Daniele, prima di partire per Milano, le aveva lasciato il diario di Francesca. Quello che aveva insistito perché lei avesse. Quello che Diana non avrebbe mai voluto leggere. Francesca gli aveva confidato di sentirsi in colpa per tutto ciò a cui Diana aveva dovuto rinunciare a causa sua, fin da ragazzine. Sport, divertimenti... cose che a Francesca erano negate perché troppo pericolose per la sua salute. E che Diana volontariamente si negava per starle accanto, per proteggerla.

Il diario aveva la copertina imbottita e morbida. Accarezzandolo sembrava di toccare una specie di trapunta ricamata, rosa antico con disegni vittoriani in cui fili d'oro si intrecciavano con la stoffa. Era l'ultimo diario di Francesca, considerate le date in cui lo aveva scritto. Ne aveva degli altri, ma quelle erano le sue ultime parole. Così aveva detto Daniele. Diana si chiedeva con quale diritto lui avesse ritenuto che lei dovesse leggerle. Non era certa che avesse interpretato correttamente la volontà di Francesca e, dopo aver aperto la prima pagina e controllato la data risalente a circa due anni prima, lo richiuse sentendosi assalire dall'imbarazzo, da un senso di disagio che la faceva sentire sporca, inadeguata.

Francesca desiderava che lei avesse cura di Daniele. Su questo non aveva dubbi. Era sul come a non sentirsi del tutto sicura. E nemmeno su cosa lei stessa fosse disposta a concedere.

Sospirò riaprendo il diario. Non lo lesse di seguito, pagina per pagina. Ma lo sfogliò cercando di captare qualche frase qua e là. Sentì il cuore aumentare i battiti mentre si ritrovava di fronte la calligrafia di Francesca, quel suo modo unico di arrotondare le lettere, soprattutto le "l". In particolare, notò la "l" che stava in Daniele. E rivide il suo nome ripresentarsi in quelle righe, più e più volte. Poi lo spessore che dava alla lettera D maiuscola. E anche il nome di Diana era presente lì, ripetuto costantemente e legato a quello di lui da quell'iniziale che sembrava unirli in modo indissolubile.

Diana si fermò scorgendo un nome familiare che non era né il suo né quello di Daniele. Ma involontariamente aveva oltrepassato la pagina. Tornò indietro a cercarlo, senza riuscirci. Fu costretta a sfogliarlo nuovamente, pagina per pagina. Infine lo trovò. Jules. Perché Francesca aveva scritto di lui? La data risaliva più o meno a un anno e mezzo prima, l'ultima primavera di Francesca. Quando si trovava a Milano con Daniele.

"Ho parlato al telefono con Diana, oggi. Sta già organizzando la partenza per l'Inghilterra, come ogni estate. Io so che mi mancherà, speravo di trascorrere più tempo insieme a lei. Ma è giusto che lei vada. Sta bene lì, quando torna sembra rinvigorita, rigenerata. Temo che le faccia male restare a Rimini, in estate. A volte mi sento un po' gelosa di Michelle, credo che sia per lei un'amica migliore di quanto lo sono io. E poi c'è Jules. Solo un cieco non noterebbe quanto tiene a Diana. Io me ne sono accorta dalla prima volta che l'ho visto. Credo che anche lei lo sappia ma lo consideri solo un amico. Non ha speranze con lei e lui lo sa. Perché il suo cuore appartiene a un altro. E anche lui la ama. Io l'ho sempre saputo, fin da quell'estate, che Daniele non sarebbe stato mai del tutto mio. Anche se ha scelto me, la mia fragilità. Non mi importava, mi bastava averlo convinto che io ne avessi più bisogno. Credo, o forse spero, che un amore non escluda l'altro. Non sento di perdere qualcosa. Mi chiedo se si possa amare più di una volta nella vita. Io non lo saprò mai perché per me non è andata così. Ho amato solo una volta, solo lui. Ma è il suo bene e la sua felicità che vorrei. Sempre."

Diana si posò una mano sulla fronte e la massaggiò premendo leggermente e poi con più vigore. Come se quelle parole le avessero causato un dolore intenso che rischiava di danneggiarle la mente e i pensieri se non l'avesse contenuto. Posò il diario sul divano, spingendolo poi un po' più lontano con la mano. Amare più di una volta nella vita? No, non era possibile nemmeno per lei. Secondo l'opinione di Francesca, Daniele amava entrambe. E poi quelle parole a proposito di Jules... Ovvio che Jules tenesse a lei, questo lo sapeva da tanto tempo. Come lei teneva a lui.

No, non poteva. Non voleva più leggere. Lo avrebbe restituito a Daniele, appena possibile. Voltò il viso verso il diario e lo riaprì, sfogliandolo ancora dall'inizio, pagina per pagina ma tenendolo a distanza. La scuola, la sua passione per l'insegnamento. La vita con Daniele. L'incertezza del trasferimento, la sensazione di aver perso il suo ambiente, il suo mondo, il mare. Il desiderio di avere un bambino ma il timore di affrontare una maternità. Il rimpianto... Se lui avesse sposato un'altra donna...

Richiuse il diario quasi con rabbia posandoci una mano sopra, come se temesse che si riaprisse da solo e le frasi sgusciassero fuori prendendola di mira, anche contro la sua volontà.

Francesca... Perché era ancora così viva, così presente in lei? Davvero avrebbe desiderato che Daniele non restasse solo? Lo doveva amare così tanto per accettare... Diana scosse la testa, ripetutamente. Era troppo egoista per poter ipotizzare una cosa del genere, se fosse stata al suo posto. O forse non aveva mai amato abbastanza.

Si sentiva schiacciata, questa era la verità. Come se il peso delle responsabilità incombesse su di lei. E di una cosa era certa. Quel diario non avrebbe fatto altro che accrescerle ancora di più se lo avesse letto tutto con disciplina, come avrebbe dovuto, dall'inizio alla fine. Forse per questo motivo Daniele lo aveva affidato a lei. Per condividere quel fardello che gli pesava sul cuore. E non era stato in grado di tollerare da solo. O forse per sentirsi la coscienza pulita su ciò che stava accadendo tra loro. Aveva bisogno di una certezza da parte sua, Diana lo comprese. Certezza di aver interpretato correttamente le ultime parole di Francesca.

Ripensò alla proposta di Daniele. Andare a stare con lui, iniziare una vita insieme. Lo aveva sempre sognato ma ora che il sogno stava per realizzarsi le sembrava una proposta insensata, irrealizzabile. Era qualcosa che aveva rincorso per anni ma ora provava un timore inspiegabile, quasi paralizzante. Doveva solo farci l'abitudine. Tornare a scorgere una possibilità tra loro, senza provare quel senso di oppressione che la indeboliva ogni volta che provava a pensare lucidamente.

Ma del resto, avevano tempo. Tutto il tempo del mondo. Diana sorrise, accarezzando con cura il diario di Francesca. Fece un respiro profondo trovando un certo sollievo nella morbidezza della copertina. Francesca le voleva bene. Sapeva ciò che era giusto, ciò che l'avrebbe resa felice. Aveva solo bisogno di tempo, anche per riuscire a leggere il suo diario dall'inizio alla fine. Se questo era davvero il suo desiderio non avrebbe più opposto resistenza, non si sarebbe più lasciata lacerare dai dubbi. Avrebbe fatto del suo meglio per rispettare la sua volontà. E concedersi una possibilità con l'unico uomo che aveva veramente amato.

CAPITOLO 51

Aveva bisogno di consigli. Consigli da parte di qualcuno che non l'avrebbe giudicata. E questo escludeva gran parte dei suoi familiari e delle persone di sua conoscenza. E in realtà includeva una sola persona al mondo che si trovasse in quel momento a breve distanza da lei. Jules. Forse anche il professor Giullari avrebbe fatto al caso suo, ma parlare di certi argomenti l'avrebbe fatta sentire in imbarazzo. Christian si poteva prendere in considerazione, ma temeva di non avere la confidenza necessaria. Troppo vecchio e troppo giovane, comunque. Aveva bisogno di un uomo dell'età giusta. No, era tutta una scusa. Sapeva che nessuno al mondo le avrebbe detto in faccia ciò che pensava di lei, senza ritegno. Probabilmente nemmeno Michelle. L'unico restava Jules.

«Possiamo vederci?» sospirò appena lui rispose al cellulare. «Ho bisogno di parlarti.»

«Posso essere lì domani.»

La risposta un po' fredda la lasciò sorpresa. Stranamente non aveva richiesto un'anticipazione sull'argomento di cui intendeva parlargli.

Non le restava altro che attendere pazientemente, quindi. Quando se lo trovò davanti alla porta, il pomeriggio seguente, ebbe un attimo di smarrimento per l'inconsueto atteggiamento di estraneità che Jules mostrava nei suoi confronti.

«Hai sete... o fame? Ho fatto la spesa in questi giorni. Sono stata brava, vero?»

«No, grazie Diana. Sto bene, ho pranzato poco fa.»

Jules entrò in casa ma rimase fermo all'ingresso, voltandosi immediatamente verso di lei.

«Daniele mi ha chiesto di andare a vivere con lui.»

Inutile tergiversare, meglio andare subito al punto. Ma Diana non riuscì a dirlo guardandolo in faccia. Mentre parlava si diresse verso il soggiorno, per andare a sedersi sul divano. Jules fu costretto a seguirla.

«Interessante.»

«È tutto quello che hai da dire?»

Diana si appoggiò allo schienale e incrociò le gambe mentre Jules rimaneva in piedi di fronte a lei.

«Credo che sia tu a dover dire qualcosa, non io.» Esitò prima di prendere posto sulla poltroncina di fronte a lei. «Non è quello che hai sempre voluto?»

«Gli ho detto che ho bisogno di tempo. E lui… mi ha dato un diario. Di Francesca. Non l'ho ancora letto tutto.» Diana sospirò e sollevò il diario, come se dovesse mostrargli la prova delle parole che aveva appena pronunciato. Si rese conto di fornire informazioni in maniera sconclusionata ma non si sentiva in grado di formulare un discorso di senso compiuto. «Parla anche di te.»

«Di me? Perché di me? Non siamo mai stati così amici.» Jules sgranò gli occhi, sembrava vivamente colpito dalla notizia.

«No, riguarda l'estate che sono venuta da voi, gli ultimi mesi di Francesca. Non intendevo la prima estate. E insomma… Ma non è importante questo. Cioè… sembra che lei volesse che io e Daniele…»

Diana si fermò per riprendere fiato e annullare quella sensazione di soffocamento e oppressione che sentiva accrescere nel petto a ogni parola.

«Lo sapevi già questo. Lo sapevo anche io. Perché sei così sorpresa ora?» Jules accennò un sorriso vago. «Hai la sua approvazione. Ne avevamo parlato anche qualche mese fa.»

«Sì, ricordo. *Via col vento* e l'approvazione della prima moglie.» Diana sorrise sforzandosi di stemperare la tensione.

«Esatto!» Jules annuì, rispondendo al sorriso.

«Ma non solo Rossella O'Hara io! Anzi… tutt'altro!» Magari lo fosse stata! Fu il pensiero successivo che Diana evitò di esprimere. Jules sicuramente l'avrebbe di nuovo incoraggiata ad esserlo.

«Anche perché lei...» Jules strinse gli occhi e sollevò le spalle.

«Lo so, lo so... non mi dire... Non sono abbastanza audace, non sono abbastanza sfrontata, do troppo peso al giudizio degli altri...» Diana sbuffò muovendo la mano circolarmente, con un gesto annoiato e ripetitivo.

«Stavo per dire che lei si accorge che non è più quello che vuole...» Jules si passò una mano tra i capelli, appoggiandosi poi con il gomito allo schienale della poltroncina. «Ma non è il tuo caso.»

«Già... non è il mio caso.» Diana ripeté le parole automaticamente, con un tono di voce piatto, asciutto. «Sto anche pensando di dare le dimissioni al più presto, mi sento una pessima insegnante.»

«Sono certo che tu non sia così pessima.»

Stranamente Jules seguì il suo cambio di discorso senza tentare di ribadire il concetto precedente. Non era da lui ma forse era stanco, annoiato da lei e dai suoi soliti problemi che richiedevano sempre la sua attenzione come confidente.

«No, hai ragione. Ma non era ciò che avrei voluto fare. L'ho scelto solo per seguire Francesca. L'insegnamento era il suo sogno, non il mio.» Diana si morse forte le labbra, prima di continuare. «Ho portato avanti e sto portando avanti tuttora le scelte della mia amica, non le mie. Credo sia giunto il momento di smettere. Io non vedo l'ora...»

«Lo so, Diana. Devi vivere per te stessa, è quello...»

«È quello che tu mi hai sempre detto...» Diana annuì inclinando il viso su di lui. I suoi occhi, la sua espressione stanca, l'aria di chi era corso da lei modificando all'ultimo momento i suoi progetti. Tutto di lui la intenerì. «Jules... Io vorrei tanto... essere stata una persona più forte di quella che sono diventata crescendo. Il tipo di donna che si salva da sola. Ecco, proprio a questo pensavo qualche tempo fa. Invece sono così...»

279

«Perché, Diana? Non è quello che hai fatto per tutto questo tempo?» Jules si alzò e mosse qualche passo avanti e indietro, prima di mettersi di fronte a lei. «Non sei qui ad affrontare queste scelte, a prendere queste decisioni… da sola?»

«No. Ci sei tu…» Diana sussurrò, con un filo di voce. Abbassò il viso per poi sollevare gli occhi su di lui.

«Io non prendo le decisioni per te, Diana. Nessuno dovrebbe farlo. Nessuno lo farà. Né io né la tua famiglia. E nemmeno Daniele. Non permetterlo.»

Diana annuiva alle sue parole. Sgranò leggermente gli occhi quando lo sentì pronunciare il nome di Daniele. Era forse la prima volta in assoluto che non lo chiamava "lo stronzo" oppure "quello là".

«Ora dovresti smettere di lasciare che lei decida per te. Non devi fare qualcosa per Francesca, ma per te stessa. Sono certo che in ogni caso anche lei lo vorrebbe. Ti ha sempre influenzata, come se avesse esercitato su di te un controllo, una pressione invisibile ma costante. Però a modo suo, anche se in modo incomprensibile per me, lei ti voleva bene.»

«Lo so, Jules.» Diana si passò le mani sul viso. Lui aveva ragione, pienamente ragione. Ma non doveva, non voleva piangere. «Credi che non me ne sia mai accorta? Lo sapevo. Me ne accorgevo, ogni giorno. Ma io non volevo… non potevo perderla. Dopo la morte di mia madre, tutto ciò che mi era rimasto era lei, Francesca. Per mio padre e i miei fratelli io non sono mai stata una priorità. Ero io a dover pensare a loro. Le mie zie erano lontane da me, una per carattere, l'altra forse più per distanza geografica. Il mio mondo, la mia salvezza, era lei. A volte mi è sembrato di non esistere per nessun altro, se non fosse stato per lei. Per questo le ho ceduto Daniele senza ribattere, senza tentare di riprendermelo, senza lottare. Non potevo essere arrabbiata. Come avrei potuto esprimere tutta la mia rabbia, la mia delusione? Nella sua situazione, nel suo stato di salute… come avrei potuto rinfacciarle il fatto che non si era comportata affatto da amica? Ho semplicemente fatto finta che lui non mi interessasse più.»

«E lei ha fatto finta di crederti. Diana...» Jules annuì e si andò a sedere sul divano accanto a lei, prendendole una mano nelle sue. Diana sentì un'ondata di calore salirle al petto ma contemporaneamente il contatto con la sua pelle la inondò di forza e di rinnovata energia. «Tu hai amato Francesca più di chiunque altro. Un amore esclusivo, puro, incondizionato, superiore addirittura a quello che provi per lui. Superiore a quello che lei provava per te.»

«Pensavo che se le avessi dato qualunque cosa... lei non se ne sarebbe mai andata. Non se ne sarebbe andata, come mia madre. Io non ho potuto salvare mia madre. Per questo cercavo, in tutti i modi, di salvaguardare e proteggere Francesca. Facevo in modo che non si stancasse troppo, che non si agitasse... che fosse sempre contenta, serena. Mi illudevo che se fosse stata felice il suo cuore avrebbe resistito. A costo di spezzare il mio.» Con la mano libera Diana si asciugò rapidamente una lacrima che scivolava giù, lungo la guancia.

«Allora fai in modo che nessuno spezzi più il tuo cuore. Liberati di chiunque provi a farlo, Diana. Di qualunque cosa. Scegli tu dove vuoi vivere e con chi. Scegli tu il tuo lavoro, i tuoi obbiettivi.» Jules le accarezzò i capelli e Diana piegò la testa per accogliere la sua carezza.

«Mi stai chiedendo... di diventare come te, Jules.» Diana sorrise e sollevò gli occhi nel tentativo di arrestare le lacrime. «Se fossi davvero come te mi farei una pessima reputazione.»

«Sai ciò che ti potrei dire ora, vero miele?»

«Sì, conoscendoti citeresti Rhett Butler. Ma credo di averne bisogno, volevo sentirmelo dire.»

«Chi ha coraggio fa anche a meno della reputazione.»

CAPITOLO 52

Jules aveva ragione. Aveva sempre avuto ragione. E anche Rhett Butler aveva ragione. Doveva iniziare a vivere per se stessa, non in un funzione di un altro essere umano. Aveva dato a Francesca tutto il meglio di sé. Ora non poteva più farlo. Ora era la sua vita, il suo futuro a richiedere il meglio, tutta la sua attenzione, le sue cure.

Era un rischio e chiunque le avrebbe detto che stava per commettere un gesto insensato, una vera e propria follia. Ma non si era mai sentita così decisa, così convinta di qualcosa.

«Ho deciso di lasciare la scuola.» Prima di affrontare direttamente Dietmar Donati, pensò di fare la prova generale con Mentina. Era arrivata apposta in largo anticipo. Si sentiva coraggiosa. Ma non ancora così coraggiosa. «L'insegnamento, intendo. Voglio provare a fare altro, anche se non sono ancora del tutto sicura cosa. Ma voglio rischiare, per una volta nella vita!»

«Io sono molto dispiaciuta, Diana, ti confesso. Ma tu...» Mentina le accarezzò la spalla fissandola dritta negli occhi. «C'è qualcosa di diverso in te. Mia cara, hai lo sguardo luminoso. Sembri...»

«Pazza, lo so!» Diana scoppiò a ridere, coprendosi la bocca con la mano nel tentativo di trattenersi. «Ho lo sguardo luminoso di una pazza!»

«No, non pazza. Stavo per dire... innamorata.»

«Credo di esserlo davvero. Oltre all'essere pazza.» Diana sospirò, stringendosi nelle spalle. Sospirò più profondamente. «Solo che... è ancora tutto molto confuso. Io credo di aver bisogno di tempo.»

Diana avrebbe anche proseguito il discorso ma non sapeva come. In ogni caso al momento era più determinata a raggiungere lo scopo, portare a termine la sua missione.

Appena vide Dietmar oltrepassare la porta a vetro dell'ingresso e attraversare il corridoio diretto al suo ufficio, lanciò uno sguardo d'intesa a Mentina e lo seguì.

Dietmar Donati si accorse di lei quando ormai aveva quasi raggiunto l'ufficio.

«Oh, buongiorno. È mattiniera oggi.» Le sorrise chinando leggermente il capo. Sembrava più tranquillo e meno nervoso del solito. Anche lo sguardo, solitamente gelido, era più pacato. In un certo senso appariva più umano.

«Non è un caso. Devo parlarle, se è possibile. Sarò breve, promesso.»

«Prego...»

Dietmar, dopo aver aperto la porta, si posizionò su un lato per farla passare. Diana non si sarebbe mai aspettata di trovarlo così compiacente e benevolo. Ne fu talmente sorpresa che quasi le dispiaceva dovergli comunicare la sua decisione. Ma in ogni caso non avrebbe cambiato idea.

Sentì uno strano fastidio al petto. Come se avesse mangiato qualcosa che le aveva fatto male. Però no, non era proprio così. Era più una sensazione fastidiosa, come se fosse sul punto di liberarsi di un peso pur essendo consapevole che poi le sarebbe mancato. Certamente tutti quegli anni, tutti quei ricordi, le sarebbero mancati. Forse anche quell'uomo stesso, Dietmar Donati, le sarebbe mancato.

«Arriverò subito al punto perché non so proprio come girarci intorno. E in ogni caso non voglio farle perdere tempo. Io...» Diana tentò di aggrapparsi a qualcosa o a qualcuno che le avrebbe dato la forza, il coraggio di proseguire. Ma no, non era giusto. Non più. Ormai doveva imparare ad aggrapparsi solo a se stessa. «Io ho deciso di dare le dimissioni. Voglio smettere di insegnare qui.»

«Cosa vuole dire?» Dietmar sgranò gli occhi incredulo mentre lasciava cadere sulla scrivania delle carte che aveva afferrato e stava controllando distrattamente prima di suddividerle nelle apposite cartellette. Li puntò addosso a Diana. Sembravano in quel momento aver assunto una tonalità più verde che grigia e decisamente non erano più freddi e distaccati come al solito. «Non vuole più insegnare in questa scuola?»

«No. Voglio dire, non si tratta di questa scuola. Non voglio più insegnare né qui né in un'altra scuola. Da nessuna parte, insomma.»

Diana sperò di aver espresso il concetto nel migliore dei modi. Con chiarezza ma senza lasciarsi trasportare troppo dai sentimentalismi. E senza fornire motivazioni personali. Del resto, le motivazioni per prendere una decisione definitiva ed esistenziale erano sempre personali.

«Le posso chiedere la ragione di questa scelta. E in ogni caso non può adesso andarsene così…»

«La ragione è strettamente personale.» Ecco, appunto. Non avrebbe fornito dettagli della sua vita privata a quell'uomo. E poi non vedeva l'ora di sfruttare quell'espressione. "La ragione è strettamente personale." «E non si preoccupi. Ovviamente non ho nessuna intenzione di andarmene dall'oggi al domani. Ma mi sembrava corretto avvisare lei prima di tutti.»

«No, io…» Dietmar Donati, l'uomo così distaccato e sicuro di sé, sembrava davvero essere rimasto senza parole. E senza fiato, anche. Diana lo vide deglutire due volte, a fatica.

«La mia è stata una decisione complicata.» Diana si morse leggermente le labbra. Quasi provava una strana sensazione di pena per lui. Anche se era abbastanza assurdo. E comunque no, non sarebbe tornata sui suoi passi.

«Si rende conto che potrebbe compromettere la sua carriera? Così, per un colpo di testa…»

Eccolo, era tornato in sé. Deciso e determinato, la metteva di fronte a un dato di fatto obbligandola ad affrontare la realtà in modo responsabile.

«Lo so. Mi rendo conto.» Diana sospirò e annuì, mantenendo poi il volto abbassato. «Non è una decisione che ho preso alla leggera. Mi piace insegnare, mi è piaciuto in questi anni, ma non è mai stata la mia vera strada.» Si fermò. Oppure poco alla volta gli avrebbe raccontato tutto. Tutto di sé, di Francesca, della sua vita. E preferiva non farlo. «Non pretendo che lei capisca...»

«Invece la capisco. Io sono uno storico, appassionato di ricerca, di antiche civiltà. Avrei voluto fare tutt'altro... l'archeologo!»

Inaspettatamente fu lui a parlare di sé. E Diana scorse nei suoi occhi, nel suo sguardo, l'ombra del sogno che non era riuscito a realizzare. Lo vide, anche se solo per un breve istante, accendersi di passione all'idea. Per poi tornare a spegnere l'entusiasmo, a smorzarsi, ripiombando nella realtà.

«Può capirmi, allora.»

«Io non so cosa lei voglia fare. Non posso fermarla, ma sicuramente i suoi studenti saranno molto delusi quando lei se ne andrà. Credo che lei... sia insostituibile. La sua presenza è necessaria qui.»

«No, si sbaglia.» Diana socchiuse gli occhi scuotendo la testa. «Nessuno è insostituibile. In ogni caso porterò a termine il mio compito per quest'anno scolastico. Non li abbandonerei mai così.»

Non sarebbe stato semplice, lo sapeva. Nemmeno per lei, sebbene fosse sicura di volersene andare.

«Vedo che è irremovibile e che non c'è nulla che io possa dire o fare per trattenerla.»

Dietmar allargò le braccia lungo i fianchi. Il suo volto parve rassegnato. Diana si riscoprì a pensare che non era arido, cinico e ottuso come aveva sempre creduto. Era un uomo interessante e piacevole, bello addirittura quando abbandonava quell'alone di irreprensibilità e freddezza di cui si circondava.

«No, proprio nulla...»

Diana non riuscì quasi a crederci. Era fatta! Ce l'aveva fatta! L'emozione forse le provocò uno strano capogiro. Fu costretta a portarsi leggermente avanti per appoggiarsi alla scrivania con una mano. Per un istante vide tutto appannato intorno a sé, poi i contorni ripresero la loro forma.

«Diana? Si sente bene?» Dietmar mosse un passo verso di lei, preoccupato.

«Sì, benissimo. Sarà stata la paura che avevo ad affrontare lei.» Diana sorrise, riguadagnando sicurezza. Del resto, era andata meglio di quanto avrebbe creduto. Lui si era dimostrato più dispiaciuto che risentito.

«Non sono stato così terribile, spero.» Dietmar si strinse nelle spalle. «E comunque ho intenzione di concederle ancora del tempo per ripensarci. Magari riuscirò a farle cambiare idea.»

«No, non è stato affatto terribile.» Diana decise di concedergli il beneficio del dubbio, di esporsi ed esprimere il suo pensiero, anche senza sbilanciarsi troppo. «Non dipende da lei. Io non sono mai stata una brava insegnante. O forse lo sono stata solo di riflesso. So che i miei studenti mi stimano, almeno alcuni. Altri mi tollerano meglio di quanto tollerino altri insegnanti. Sono paziente e li tratto con gentilezza, non ho mai pensato che questo equivalesse a essere debole. Ma la verità non cambia... non sono mai stata una brava insegnante. Del resto, come posso insegnare agli altri se io stessa non sono mai riuscita a inseguire i miei sogni?»

«Si sbaglia. Non si tratta solo di insegnare, ma di comprendere. Io oltre a non essere diventato un ricercatore o un archeologo, non sono in grado nemmeno di insegnare, di trasmettere la mia passione per la storia, per l'antichità. Insomma, è come conoscere benissimo qualcosa ma non riuscire a condividerla. È davvero triste.»

«Ci può provare.» Diana lo guardò negli occhi. «Se abbassasse un po' la guardia ogni tanto ci potrebbe anche riuscire. Non è difficile.»

«Potrei, sì...» Dietmar socchiuse gli occhi per un attimo. Sembrava davvero meditare sul suggerimento di Diana. Poi tornò a fissarla, a scrutarla attentamente. «È per questo che ha deciso di lasciare l'insegnamento? Per inseguire i suoi sogni?»

«Sì. Per inseguire i miei sogni. Probabilmente non riuscirò ad afferrarli davvero. Ma una cosa l'ho capita, anche attraverso i miei sbagli. Non voglio arrivare alla fine della mia vita con il rimpianto di ciò che poteva essere e non è stato. Soprattutto non voglio che avvenga per mancanza di coraggio da parte mia. Un sogno resterà per sempre un sogno finché noi non lo trasformiamo in qualcosa di vero.»

CAPITOLO 53

"Un sogno resterà per sempre un sogno finché noi non lo trasformiamo in qualcosa di vero."

Erano le parole che aveva rivolto a Dietmar Donati. E Diana non avrebbe mai immaginato che, mentre le pronunciava, le tornasse in mente proprio lei. Sharazade. Non che fosse qualcosa di vero. E sicuramente non si sarebbe trasformata in una bambina vera, così come nella storia di Pinocchio il burattino di legno diventava un bambino in carne e ossa. Sharazade sarebbe rimasta un sogno. Il suo sogno rivelatore, in un certo senso, forse molto più che un sogno ricorrente. Ma sempre un sogno.

Alcuni giorni più tardi quello strano malessere che l'aveva colta nell'ufficio di Donati si ripresentò. Poteva trattarsi dello stress, non era la prima volta che le faceva l'effetto di farla sentire debole, stanca e spossata. Oppure l'avvicinarsi delle festività natalizie che non le infondevano mai particolare allegria. Solitamente iniziava a contare i giorni già dopo la prima settimana di dicembre, augurandosi vivamente che trascorressero in fretta, che volassero via e la catapultassero nel nuovo anno nel modo più rapido e indolore possibile.

Si ritrovò nella terza settimana inoltrata quando una possibilità divenne sempre più plausibile. Nonostante non l'avesse mai presa in considerazione. Né in quel momento né prima. Aveva sempre fatto attenzione che non accadesse. Non aveva mai agito da incosciente, tranne quella volta in cui non aveva desiderato altro che lasciarsi andare. Smettere di pensare, di soffrire.

Chiuse gli occhi, stesa sul divano, mentre attendeva l'esito. Come se si trattasse solo di controllare se avesse o meno qualche linea di febbre. Con la differenza che, inspiegabilmente, una certezza quasi assoluta si era impadronita di lei già da quando aveva iniziato ad avere i primi sospetti.

Sospirò profondamente tenendo il test in sospeso tra due dita. E rendendosi conto di non avere proprio nessuno, nelle immediate vicinanze, a cui poterlo raccontare. E nemmeno lontano.

Era un sabato pomeriggio come tanti altri. Una giornata di dicembre con un sole pallido che la illuminava in modo costante anche se un po' triste. La gente era sempre più immersa nello shopping natalizio. Diana restò accoccolata sul divano, lasciandosi avvolgere dal calore della sua coperta preferita posata sulle ginocchia e dalla visione dei suoi classici in dvd. Uno dopo l'altro, quasi nella speranza che quelle storie non avessero mai fine e fossero legate tra loro come da un filo invisibile, incessantemente. Perché una volta terminate sarebbe stata costretta ad affrontare la realtà. La sua storia.

"Jules puoi passare da me domani mattina? Se ti va facciamo colazione insieme."

Digitò rapidamente il messaggio dal cellulare mentre era immersa nella visione del film tratto da *La piccola Dorrit* di Charles Dickens. Lanciando uno sguardo all'evolversi della vicenda e nessuna particolare attenzione alla scrittura del messaggio, come se volesse essere altrove, pensare ad altro mentre lo inviava. Agire quasi di nascosto da una parte di sé che le avrebbe impedito di comunicare la sua richiesta.

Qualche minuto dopo ricevette la risposta affermativa. Lanciò il cellulare lontano da sé, dall'altra parte del divano. Non era di lui che aveva bisogno. Però non aveva alternative. Forse l'unica poteva essere Michelle, ma era lontana. Così Diana si sentì ancora più rinchiusa in quell'abisso di solitudine in cui nessuno era in grado di comprenderla e confortarla. Sicuramente un uomo non ci sarebbe riuscito. No, nemmeno lui questa volta.

«Ti vedo un po' pallida. Stai bene?» Jules si presentò la domenica mattina con i cornetti caldi. «Hai dormito poco?»

«Diciamo che non ho dormito affatto.»

289

Diana si appoggiò alla porta per lasciarlo passare. Si sentiva ancora più stanca la mattina, quasi stremata.

«Allora riposa, è domenica!»

«Ho riposato tutto il pomeriggio, ieri. Non ho fatto proprio nulla oltre che restare sul divano a guardare i miei dvd preferiti.»

«Hai fatto bene. Diana, ma… ti vedo davvero strana… più del solito. È successo qualcosa? Troppo shopping nei giorni passati o stress natalizio?»

Il tentativo di scherzare non venne accolto. Diana lo invitò in cucina e Jules posò sul tavolo i cornetti. Accese il bollitore per il tè senza rispondere e oltre alle tazze posò sul tavolo anche due bicchieri con una caraffa di succo d'arancia.

Scosse la testa e si sedette di fronte a Jules, sorseggiando il succo che si era versata. Lui la imitò versandosi un bicchiere di succo che però rimase intatto sul tavolo.

«Vorrei parlare con qualcuno.» Diana aggrottò la fronte. Non era esattamente ciò che intendeva. «Mi dispiace averti invitato e non essere di buon umore. Mi dispiace davvero.»

«Sono qui. E sono qualcuno, almeno spero. Chi se ne frega dell'umore, lo sai che se hai bisogno io ci sono.» Jules sospirò afferrando uno dei cornetti per dargli un morso vigoroso. «Mangia, sono buonissimi!»

«Sì, lo so. Ma io intendevo… avrei bisogno di parlare con qualcuno che possa capire.» Ormai si era avviata su un sentiero pericoloso, troppo. L'unica possibilità era desistere e tornare indietro. «Con Michelle, ecco lei sarebbe la persona giusta a cui dire quello che…»

«E quale sarebbe questo mistero che puoi raccontare a mia sorella e non a me?» Jules sollevò gli occhi al cielo spazientito, poi posò il cornetto per afferrare il bicchiere con il succo d'arancia. «Michelle è partita per gli Stati Uniti, comunque. Deve parlare con Tim, ma credo che tra loro sia davvero finita questa volta. Lui ha deciso di non tornare per Natale. Puoi chiamarla al telefono però, se hai deciso di preferire lei a me!»

«Sarebbe stato molto meglio se fosse venuta qui invece che negli Stati Uniti. Comunque, non è una cosa che potrei dire per telefono.»

Diana mangiucchiò controvoglia un angolo del cornetto, poi puntò gli occhi su Jules, che giocherellava con il bicchiere che aveva in mano.

«Di cosa si tratta? Faccende di spionaggio internazionale femminile? Qualche gossip su personaggi famosi o l'ultima tendenza in fatto di tagli di capelli? Oh, non mi dire... sta per uscire un nuovo adattamento di *Cime Tempestose*?»

Diana non lo interruppe, evitò accuratamente di ribattere. Aspettò anzi che lui terminasse di parlare e restasse in silenzio a guardarla, in attesa di una sua risposta mentre sorseggiava il succo d'arancia.

«Sono incinta, Jules.»

Il silenzio divenne per un istante assoluto, quasi surreale. Come se all'improvviso qualcuno pigiando un interruttore avesse spento tutto il rumore del mondo, non solo quello che si era creato tra loro all'interno della stanza.

Poi Jules iniziò a tossire, sempre più forte, posandosi una mano sulla bocca dopo aver sputato involontariamente parte della bevanda che non era riuscito a deglutire.

Diana sospirò passandogli un tovagliolino di carta.

«Se tu reagisci così, cosa accadrà quando lo dirò al padre del bambino?»

«Tu non... non puoi essere...» Jules riuscì ad appoggiare il bicchiere sul tavolo senza ridurlo in frantumi, poi si posò una mano sulla fronte. Ancora incredulo. In realtà molto più sconvolto che incredulo. Era impallidito, poi arrossito. «Cioè... è lui... tu credi che sia di... da quando?»

«Di chi altro potrebbe essere, secondo te?» Diana chiuse gli occhi prima di terminare la frase, per poi riaprirli decisa e puntarli su di lui.

«Tu sei stata anche... cioè sei stata...» Jules scosse la testa abbassando il viso. «Ma che domande... ovvio che...»

«Ovvio…»

«E tu sei… sicura di volere questo bambino insieme a lui?»

Jules sembrò improvvisamente interessato all'intagliatura del tavolo di legno. Con lo sguardo seguiva le varie forme disegnate dal materiale stesso.

«Io credo di non avere alternativa. O sbaglio?»

«Sì, certo. Voglio dire… certo che non sbagli.» Jules si schiarì la voce risollevando gli occhi su di lei. «Lui… lo sa?»

«Ti ho già detto di no. Lui non lo sa. Tu sei il primo… a saperlo.»

Diana sentì un brivido percorrerla da capo a piedi. Improvvisamente ebbe freddo. Come se un gelo ignoto si fosse impossessato di lei, a tal punto da renderla immobile e rigida, come una statua di ghiaccio. Incapace di esprimere ciò che avrebbe desiderato dire, le sensazioni che stava provando e una verità che non avrebbe voluto essere costretta a celare.

«Io tornerò in Inghilterra a giorni, per Natale. A quanto pare qui non ho più nulla da fare. Tornerò solo per vendere la mia auto.» I programmi di Jules sembravano precisi, netti, definiti. Più di quanto lo erano solitamente. E sembrava ansioso di andarsene, di allontanarsi da lì. Da lei. «Anzi, tra poco avrei un appuntamento quindi…»

«Jules…» Diana lo interruppe, alzandosi in piedi. «Non ci vedremo più allora, fino a quando…»

Jules si alzò con uno scatto e in un istante fu di fronte a lei.

«Diana, io spero che tu sappia… E dovrai andare anche da un dottore se non ci sei ancora stata. Chiedigli di accompagnarti, almeno…»

«Andrò dal dottore la settimana prossima. Che io sappia quello che sto facendo? Questo volevi dire?»

«No. Voglio dire… che tu sappia se…» Scosse la testa con espressione contrariata. Improvvisamente quello che aveva intenzione di dirle non sembrò più tanto importante. «Ma sicuramente lo sai. È bello che tu… Insomma, io sono contento per te se anche tu lo sei. Del resto… lo hai sempre voluto, no? Stare con lui? Avere con lui tutto ciò che…»

«Sì, l'ho sempre voluto.» Diana mosse un passo verso Jules e si strinse tra le sue braccia. «Se l'ho sempre voluto… probabile che sia la cosa giusta.»

Jules annuì staccandosi da lei per guardarla negli occhi. Diana li chiuse per un attimo e posò la mano sul suo viso. Il cuore le accelerò di colpo per poi rallentare. E non sentì più freddo ma un calore si impadronì di lei, di tutto il suo corpo, da capo a piedi.

«Ho capito, certo. Diana… tu meriti di essere felice, lo sai?»

«Non più di molti altri, credo.» Diana sorrise ritirando la mano dal suo viso. La sensazione di calore non l'abbandonava, forse era un effetto collaterale della gravidanza a cui non era preparata. «Jules, io non vorrei che…»

«È la cosa giusta. Quello che hai sempre voluto, da quando ti conosco. Io spero tanto che lui si comporti bene con te. Anzi, che dico… certo che lo farà!»

«Sì, lo credo anche io. Ha detto che mi… insomma…» Diana sorrise stringendosi nelle spalle. Non voleva continuare. Non ne aveva più voglia. Non di parlare di lui, di Daniele. Di ciò che sarebbero diventati l'uno per l'altra. E soprattutto non in quel momento e non con Jules. «Oh, accidenti! Ho acceso il bollitore, preparato le tazze e non abbiamo bevuto il tè.»

«Non importa. Con la notizia che mi hai dato ho trovato un po' difficile bere e mangiare.»

Jules improvvisamente sembrava avere una gran voglia di andarsene. Fuggire via. Lontano da lei il più possibile.

«Hai ragione. Vedo che hai fretta di andare al tuo appuntamento. Buon viaggio, comunque. Abbraccia i tuoi da parte mia. E…» Diana si morse le labbra, quasi con forza. «E insomma… se volessi…»

«Diana, se dovesse capitare…» Jules corrugò la fronte, osservandola con attenzione. Diana ebbe l'impressione che la guardasse quasi come fosse destinato a non vederla mai più. «Tu puoi sempre chiamare me, oppure Michelle… sai dove trovarci.»

Diana annuì senza replicare. Solo un istante e lui era uscito, fuori da casa sua, lontano dal suo mondo. Si appoggiò alla porta con la schiena. E si rese conto più che mai che non si era trattato di un sogno né uno scherzo dell'immaginazione, un'illusione della mente causata da ciò che aveva bevuto e fumato, oltre che dalla tristezza e dal senso di delusione e abbandono. Era vero, tutto vero. E fu proprio lì, proprio in quel momento, che il suo ricordo, così come il suo desiderio, tornò ad ardere vivo, intenso. Come la sera in cui tutta la sua vita era cambiata.

CAPITOLO 54

Tutto procedeva nel migliore dei modi, aveva avuto rassicurazioni in proposito. Nonostante le difficoltà del caso. Ed era meglio, data la sua situazione, che evitasse sforzi e stress eccessivi. Facile a dirsi! Diana aveva deciso di rimandare il "problema" a data da destinarsi. Sapeva che c'era. Le faceva compagnia ogni giorno, ma era una compagnia discreta, non ancora ingombrante. E a parte qualche stranezza, stanchezza quasi costante e piccoli ma innocui sensi di nausea, quasi nulla era cambiato rispetto a prima.

Aveva deciso di continuare a tacere, almeno per un po'. Non era qualcosa di cui si poteva discutere al telefono e non aveva davvero nessuno a cui raccontarlo al momento. Il segreto era condiviso solo con Jules che, una volta tornato in Inghilterra, le aveva mandato un messaggio per sapere come stava, senza approfondire troppo la questione. Diana gli aveva risposto chiedendogli di non raccontare nulla a nessuno, neanche a sua madre e a sua sorella. Almeno per un po'. Ci avrebbe pensato lei a diffondere la notizia al momento più opportuno.

Un Natale trascorso in famiglia era l'ultima cosa che desiderava. Forse avrebbe dovuto semplicemente chiamare suo padre per avvisare che stava male e quindi non si sarebbe presentata. Fortunatamente non le era stato chiesto di cucinare quell'anno. Ci avevano pensato Emilia, la moglie di Luca, e Moira, la fidanzata di Alessandro. In collaborazione con le rispettive madri. Anche le loro famiglie erano invitate. Avevano scelto la casa di suo padre soltanto perché era la più spaziosa per contenere tutti quanti.

In ogni caso la sua presenza o assenza non sarebbe stata particolarmente notata. Sarebbero stati tutti presi dal bambino.

Non il suo, ovviamente. Quello di Luca ed Emilia, nato verso metà ottobre. Lo aveva visto solo due volte. Emilia sembrava monopolizzarne le cure in modo tale che il piccolo non si affezionasse a nessun'altra donna oltre a lei. E Diana si era guardata bene dall'insistere. Anche perché avere a che fare con Emilia e Luca significava tornare sempre sul solito discorso.

Diana sorrise tra sé. Quasi si immaginava attirare l'attenzione di tutti facendo tintinnare un bicchiere con la forchetta e dare il grande annuncio nel bel mezzo del pranzo natalizio. Strappando tutta la considerazione dovuta a Emilia, che sicuramente non glielo avrebbe mai perdonato. Magari sarebbe stato il caso di attendere anche il passaggio di zia Rita verso sera, così la notizia sarebbe stata ancora più eclatante. Una bomba più che una semplice notizia. E in breve avrebbe fatto il giro della città, con tanto di congetture sul nome del padre.

Sospirò appena parcheggiata la macchina di fronte a casa. Erano già tutti lì. Doveva farsi forza. Prevedeva che anche suo padre e Vittorio, prigionieri in casa loro, attendessero la fine, che tutti i parenti acquisiti o meno se ne andassero finalmente da dove erano arrivati.

Come aveva immaginato la sua presenza non venne particolarmente notata, dopo lo scambio di auguri iniziale. L'attenzione, o meglio, la venerazione era rivolta ad Emilia e a suo figlio Emanuele, un bebè grazioso e paffutello di due mesi e mezzo. Diana sperava soltanto che fosse abbastanza distratta da non iniziare una conversazione con lei e cercava costantemente di uscire dal suo campo visivo non incrociando il suo sguardo.

Doveva solo essere forte e attendere che il tempo passasse. Un'occhiata esasperata di Vittorio le fece comprendere che non era la sola a non reggere più quell'invasione di quasi estranei nella sua casa paterna. Ma era il primo Natale del bambino. Nando aveva la casa più grande in cui, spostando qualche mobile del soggiorno, tutti i parenti sarebbero stati felicemente riuniti a festeggiare il nuovo arrivato.

Diana si posò una mano sul grembo e socchiuse gli occhi, come se evitandone la visione potesse davvero mettere a tacere quel continuo e fastidioso vociare. Ma non accadeva, non sarebbe accaduto.

Non ne poteva davvero più. Decise di fingere di andare in bagno per poi rifugiarsi nella sua vecchia stanza, sperando di sgusciare via e di passare inosservata. Tentò di muovere la sedia senza riuscire a spostarla perché era incastrata tra quella di Moira, la fidanzata di Alessandro, e Sara, la sorella minore di Emilia. Le due furono quindi costrette ad alzarsi per fare in modo che Diana spostasse la sedia, liberandosi dalla trappola in cui era costretta.

«Scusate... grazie...» Mostrò un sorriso forzato, di circostanza. Le girava la testa e tutto quel cibo e odore di cibo le stava mettendo la nausea. Ma era abbastanza certa che non fosse dovuta tanto alla gravidanza, quanto alla sua sensazione di estraneità, di tristezza. Di solitudine.

Riuscì a recuperare la sua borsa, appesa nel guardaroba tra le altre, e il cellulare che aveva lasciato all'interno. Frugando con la mano lo trovò immediatamente. C'era un nuovo messaggio. Diana sospirò profondamente in attesa di leggere da chi arrivasse. Era di Daniele. Si erano già fatti gli auguri la sera precedente e la mattina. Ora le annunciava che l'avrebbe richiamata ancora, la sera. Anche lei avrebbe dovuto fargli presto un annuncio. E tutto sarebbe finito, ovviamente.

Ma intanto poteva ancora illudersi di vivere il sogno che il suo cuore aveva accarezzato, anno dopo anno. A ogni incontro, a ogni sguardo. Sì, poteva sognare ancora un po'.

Continuò a fissare il cellulare come in attesa di altri messaggi che sarebbero magicamente apparsi sullo schermo. Ma aveva già ricevuto una chiamata da Michelle e anche da Denise e Andrew. Denise, come ogni anno, aveva preparato per lei un tenero biglietto di auguri dipinto a mano. Né il telefono né la tecnologia erano mai riusciti a scuoterla da quell'abitudine che portava avanti fin da quando era bambina. Michelle aveva aggiunto un orsetto natalizio della nuova collezione.

Non comprendeva cosa si aspettasse esattamente. Aveva fatto e ricevuto gli auguri da tutti coloro da cui se li sarebbe aspettati. Quindi...

Si appoggiò con la schiena alla parete e chiuse gli occhi. Non sarebbe stato facile. Non era e forse non sarebbe mai stata la donna libera e moderna che sognava di essere. Non era come zia Linda. Detestava le convenzioni sociali ma veniva costantemente schiacciata da quell'ipocrisia e finto perbenismo di cui non era mai riuscita a liberarsi. Non restando lì. Zia Linda non restava mai a lungo termine, infatti. Per vivere come desiderava vivere era stata costretta a continuare a muoversi, a spostarsi quasi senza tregua. Ma Diana non ne aveva il carattere e tanto meno l'audacia.

«Ehi... ti senti male?» La mano di Vittorio sulla sua spalla la fece sobbalzare.

«Sì, vorrei che tutto fosse già finito.»

Diana si passò entrambe le mani sul viso. Cercò di sospirare ma il respiro le si bloccò a metà provocandole un'oppressione al petto. Vi posò una mano per tentare di riprendere fiato.

«Anch'io. Comunque...» Lo sguardo di Vittorio si fece incomprensibilmente serio. Fin troppo per l'occasione. Diana comprese che gli occhi castani del fratello più giovane stavano tentando di comunicarle qualcosa.

«Ti hanno mandato a cercarmi o è stata una tua iniziativa?»

«In realtà sono venuto ad avvisarti... di mia iniziativa, quindi. Ti stanno attendendo al varco.»

«Non dirmi il motivo, non voglio saperlo.»

Diana chiuse gli occhi e contemporaneamente si tappò le orecchie con le mani. Si stava comportando come una bambina ribelle invece che come una donna adulta. Ma forse era cresciuta solo in altezza e in età. Forse si era soltanto trasformata in una ragazzina cocciuta e irresponsabile.

«Luca ha un'ottima offerta per la casa, un uomo facoltoso. Sarebbe un delitto rifiutarla. Parole sue, non mie. E zia Linda a quanto pare è d'accordo con lui. Anche papà non sembra più tanto contrario. Per questo dicevo che ti stanno aspettando al varco. Mancherebbe solo il tuo consenso. A quanto ho capito quell'uomo è un conoscente del suocero di Luca, possiede alcune catene di ristoranti.»

«Tutto questo complotto nel tempo in cui mi sono alzata e sono venuta qui?»

«Evidentemente si sono accorti che c'eri anche tu e sono tornati sul discorso, una volta esauriti i complimenti a Emilia e al bambino.» Vittorio annuì brevemente stringendosi nelle spalle.

«Capisco, avrei dovuto restarmene buona e zitta. Immobile, soprattutto.»

«Era solo questione di tempo. Prima che tu arrivassi avevano già accennato qualcosa. Luca ed Emilia non si arrenderanno. Io ho la sensazione che loro e il padre di Emilia abbiano stipulato un patto con l'acquirente, forse vogliono collaborare. Ho ascoltato un loro discorso e mi hanno dato questa impressione.»

«Solo una sensazione? A me sembra evidente. Anzi, ora si spiega il motivo di un tale accanimento. Vorranno farne un megaristorante sulla spiaggia, oppure un hotel.»

«Ciò non toglie che tu non sarai in grado di acquistare la parte di zia Linda. Mi dispiace, Diana.»

«Anche a me!» Diana, come presa da un istinto irrefrenabile, si voltò e si lanciò alla ricerca del suo cappotto, appeso tra gli altri all'attaccapanni a muro poco distante. «Non sai quanto. Zia Linda può vendere a chi vuole a questo punto ma ciò non comporta che sia costretta a vendere anche io. Non comprendo perché vi siate fatti tutti quanti questa idea.»

«Diana... stai andando via?» La voce di Luca, proveniente dall'atrio, la fece sentire in trappola.

Sì, stava davvero andando via. Di soppiatto, senza salutare nessuno, senza rinnovare gli auguri.

«Non mi sento molto bene.» E non stava mentendo. Era la verità. Se fosse tornata di là, con gli altri, avrebbe vomitato tutto ciò che aveva mangiato, tutto ciò che altre donne, da brave regine della casa, avevano amorevolmente cucinato per festeggiare il Natale in quella che un tempo era stata casa sua. Sì, avrebbe vomitato tutto quanto, insieme alla rabbia, al risentimento, alla frustrazione. E insieme alla verità, soprattutto. «Sto andando, sì.»

«Lo so che non è il caso di discuterne a Natale, però…» Luca non mostrò di comprendere ciò che Diana stava dicendo. Ancor meno ciò che stava tacendo. Era troppo concentrato sul raggiungimento del suo obbiettivo.

«Allora non discutiamone.» Diana infilò rapidamente il cappotto e il cappello di lana, si arrotolò la sciarpa intorno al collo e mise la borsa tracolla. Passò lo sguardo da Luca a Vittorio, per poi tornare su Luca. «Tornate pure di là da quelle sante donne che hanno cucinato per voi. Tornate a fare i bravi bambini ubbidienti. Come Alessandro e anche papà, adesso. Io… mi ritirerò a fare qualche stregoneria. Vi garantisco che l'uomo che metterà le mani su quella casa non avrà vita facile con me. È una promessa.»

CAPITOLO 55

Diana sapeva di essere disperata, ma non avrebbe mai creduto di esserlo fino a quel punto. Al punto da minacciare qualche stregoneria sul facoltoso acquirente. Come se fosse realmente una grande e potente strega. In un certo senso però aveva funzionato. Le sue parole avevano lasciato Luca e Vittorio allibiti, mentre lei sgusciava come una gatta fuori di casa, quasi assottigliandosi per passare inosservata attraverso uno spazio ristretto.

Non era certa che avessero rivelato le sue minacce al resto degli invitati al banchetto. Ma in un caso o nell'altro non aveva importanza. Tutto ormai era irrilevante per lei. Era stanca. Ed era sola. Come se fosse stata abbandonata a se stessa. Come se anche la Diana che aveva sempre conosciuto e si era trascinata dietro da una vita l'avesse abbandonata una volta per tutte.

Stava male. Forse aveva qualche linea di febbre. Mantenne quella versione dei fatti anche con Daniele, per convincerlo a non andare da nessuna parte a Capodanno. Almeno non con lei. Comunque non avrebbe potuto festeggiare, bere… e presto sarebbe stata costretta a spiegarne i motivi.

«Non vorrei costringerti a passare il Capodanno chiuso in casa. Ma io non mi sento nelle condizioni per uscire a festeggiare.» Al telefono sapeva mentire meglio che dal vivo. Anzi, sapeva celare meglio la verità.

«A me interessa solo stare con te, Diana, lo sai.»

La voce calda di Daniele, così dolce e carezzevole ultimamente quando si rivolgeva a lei, sapeva infonderle un senso di armonia e di protezione allo stesso tempo. Aveva sempre avuto quell'effetto su di lei. Lo ricordava bene, anche tanti anni prima. Quando lui era stato tutto ciò che Diana aveva

301

sempre desiderato. Quando l'aveva convinta ad andare da lui, a raggiungerlo a Milano.

«Va bene. Allora ti aspetto qui.»

Un Capodanno intimo. Con un po' di cibo già pronto e il calore di un amore che stava rinascendo o che forse non era mai morto. Diana vagò per casa in attesa, senza sapere esattamente cosa fare. Preparare la tavola con le tartine, le pizzette e i salatini. Preparare il forno per la pasta che aveva acquistato alla rosticceria di Viserba, la sua preferita. Aggiungere qualche decorazione natalizia, con oltre una settimana di ritardo, per rendere l'ambiente un po' più caldo e accogliente.

Daniele si trovava ancora a Milano. Sperava di riuscire ad arrivare nel tardo pomeriggio. Non le restava che aspettarlo pazientemente. Le aveva detto che si sarebbe occupato lui del dolce. Si sentiva assente, completamente svagata. Stava attendendo l'uomo che aveva sempre amato. Avrebbe trascorso con lui l'ultimo giorno di quel 2003 e il primo di un 2004 che avrebbe riservato tante sorprese, non soltanto a lei. Probabilmente avrebbe avuto tutto per poi perderlo con una velocità di cui ancora non riusciva a rendersi consapevole.

Non aveva voglia di immergersi nell'ennesima visione di uno dei suoi classici in dvd. E nemmeno nella lettura. Si avvicinò allo stereo e prese tra le mani il cd che aveva acquistato qualche giorno prima e aveva posato sulla mensola una volta rientrata in casa, senza nemmeno scartarlo dall'involucro trasparente un po' opaco a causa del tempo. Eppure lo aveva cercato, disperatamente, da un negozio di musica all'altro. Per settimane. Anche nei mercatini natalizi. Fino a trovarlo in una piccola bottega in cui vendevano curiosità degli anni Sessanta, Settanta e Ottanta, tra cui anche vecchi dischi e cd usati o invenduti. Mentre gli altri si affannavano ancora tra ultimi regali e acquisti natalizi, addobbi colorati, preparativi per il cenone. Mentre una Rimini magicamente decorata a festa le regalava l'atmosfera incantata e suggestiva di un nuovo Natale, un Natale che non avrebbe mai dimenticato.

Appena inserito nel lettore saltò le prime undici canzoni per giungere alla dodicesima. Aggrottò la fronte e chiuse gli occhi. Quella voce così intensa, profonda, quelle parole penetrarono in lei come una carezza che scendeva e poi risaliva. Come un'onda del mare che si ritraeva per poi ritornare, più potente che mai, a infrangersi sulla riva. E fu proprio in quel ritorno che gli occhi di Diana si riempirono di lacrime.

Riascoltò la stessa canzone una seconda volta, poi fece ripartire il cd dal principio. Daniele le aveva mandato un messaggio, sarebbe arrivato a minuti. Diana si guardò intorno, era tutto pronto. Lo era anche lei. Aveva indossato un abito di lana rosso e bianco e si era data un filo di trucco sul viso e sugli occhi, lasciando i capelli sciolti sulle spalle.

Quando udì il suono del citofono comprese che lui era arrivato. Il portoncino restava spesso aperto, ma evidentemente Daniele aveva preferito avvisarla piuttosto che trovarsi direttamente alla porta. Dopo avergli aperto attese lanciandosi in una sorta di lento conto alla rovescia mentale.

Se lo ritrovò sulla porta e riuscì solo a stringerlo tra le braccia. Lui, l'uomo che aveva sempre desiderato, che aveva sempre amato. E che finalmente avrebbe potuto essere suo.

Era presto per cenare. Si accomodarono sul divano. Diana tentò di attirarsi le ginocchia al petto ma l'abito che aveva indossato non le facilitava i movimenti. Quindi rimase seduta e composta con le gambe accavallate.

«Sto facendo sistemare il mio nuovo appartamento, in modo che...» Daniele lasciò volutamente la frase in sospeso.

«Sì, lo so Daniele.»

Diana sospirò, annuì, sorrise. Mentre una parte di lei avrebbe desiderato scomparire. O partire per una destinazione ignota. Un tempio indiano, un luogo sacro o una spiaggia incontaminata. Alla ricerca di se stessa o per staccarsi da tutto e da tutti. Forse invecchiando stava somigliando davvero sempre di più a zia Linda. Più di quanto avrebbe creduto possibile e in più ambiti della sua esistenza. Forse era un'adolescente ribelle in ritardo di oltre vent'anni.

«Di cosa hai paura, Diana? Magari perché hai sempre vissuto da sola... Potrei stare io qui con te, almeno all'inizio.»

«Sì, potrebbe essere...» Diana si morse le labbra. E lui, invece? Fu tentata di chiederglielo. Lui, di cosa aveva paura? Forse per lui era l'esatto contrario. Non aveva mai vissuto da solo. Non era mai davvero stato solo. Per questo aveva paura? Per questo all'improvviso aveva così tanta fretta? Il pensiero le provocò un senso di fastidio che non fu in grado di controllare o reprimere. «Mi sono abituata a stare sola, credo. Però penso che...»

Abituata al rimpianto, abituata alla solitudine, abituata a quel senso di desolante sconfitta che... Diana sospirò profondamente. Senza che lei se ne rendesse conto il cd, una canzone dopo l'altra, era giunto nuovamente a quel punto. Interruppe la frase. E insieme alla frase interruppe anche il pensiero.

"There was a man, a lonely man
Who lost his love through his indifference
A heart that cared, that went unchecked
Until it died in his silence
And solitaire's the only game in town
And every road that takes him, takes him down
And by himself, it's easy to pretend
He'll never love again
And keeping to himself he plays the game
Without her love it always ends the same
While life goes on around him everywhere
He's playing solitaire..."

«Pensi che...?» Daniele inclinò il viso per incontrare i suoi occhi. Diana era rimasta immobile con lo sguardo fisso nel vuoto.

«L'ho cercato tanto. Questo cd dei Carpenters... l'ho cercato tanto.»

Diana chiuse gli occhi concentrandosi nuovamente nell'ascolto. Possibile che le avesse detto la verità? Davvero non pensava a nessuna ascoltando quella canzone? Un uomo che aveva perso l'amore a causa della sua indifferenza... un cuore che non era stato compreso... Scosse la testa. No, non poteva pensarci. Sarebbe impazzita se avesse continuato a pensarci. Magari in un altro momento, con più calma. Però, sostituendosi all'uomo della canzone, quelle parole potevano adattarsi perfettamente anche a lei.

«Ah, sono contento che tu l'abbia trovato. Io non credo di conoscere...»

«Sono... sono le parole di questa canzone.» Diana riaprì gli occhi e si voltò verso di lui, cercando di dissimulare la stizza nei suoi confronti per averla distratta ancora. «Tu... ti sei mai sentito così?»

«Mi sembra una canzone molto bella. La cantante ha una bella voce. Ma io non ascolto spesso le parole delle canzoni in inglese.»

«Già... Se è per questo non hai mai ascoltato nemmeno quelle in italiano.»

Diana non riuscì a evitare il sarcasmo impresso nel tono di voce, ma sperò che lui non se ne accorgesse.

«Sì, ricordo che ti ha sempre dato fastidio quando ti interrompono mentre ascolti una canzone. Ma alla fine sono sempre le stesse, Diana. Non cambiano mai le parole.»

«Invece cambiano. Cambiano in me le emozioni che suscitano. Come con i libri, quando si rileggono. Ogni volta cambiano.»

«Forse hai ragione. Ce n'è una che... Conosci *La canzone del sole* di Battisti, vero? Mi ha sempre fatto impazzire la parte in cui dice... com'era? Non ricordo esattamente... *"Quante braccia ti hanno stretto per diventare quel che sei..."* Qualcosa del genere. Ecco, io pensavo a te. Ogni volta. Tra le braccia di un altro.»

Diana annuì e accennò un sorriso un po' spento, forzato. Senza replicare.

«Comunque...» Daniele si alzò e si voltò verso di lei, tendendole la mano. «Visto che ti piace tanto, che lo hai cercato tanto... Ti va di ballare? In questo sono ancora bravo.»

«Mmh...» Diana accolse l'invito e prese la sua mano che la incoraggiava ad alzarsi, a stringersi a lui. Chiuse gli occhi e si lasciò trasportare mentre Daniele l'accoglieva tra le sue braccia. Cercando di non collegare quelle parole, quella sensazione così desolante, quella pacata disperazione che si mescolava a rassegnazione. «No, no... scusami. Mi gira un po' la testa. Purtroppo non mi sono ancora ripresa.»

«Stai tranquilla.» Invece di lasciarla andare, Daniele la strinse a sé ancora di più. Per non lasciarla cadere. «Ti amo Diana, lo sai?»

«Io ti ho sempre amato, Daniele.»

Sì, lo aveva sempre amato. Non aveva amato che lui, nella vita. Di questo era assolutamente certa. Per questo doveva parlargli, al più presto.

Daniele l'afferrò per la vita e prima che lei potesse reagire si impossessò delle sue labbra. Un bacio profondo, sensuale, mentre percorreva i suoi fianchi con le mani.

E intanto la canzone era finita. Tutto era finito. Anche quella sera, quell'unica notte, erano finite. E lei aveva perso. Avrebbe perso ancora, una volta rivelata nuovamente la verità.

«Daniele, io...» Appena riuscì a riprendere fiato appoggiò entrambe le mani sul suo petto. I suoi occhi erano carichi di una passione vibrante che non riusciva più a celare e avevano assunto una tonalità più scura. Diana li rammentò. Gli stessi occhi di tanti anni prima, le sue mani audaci che la percorrevano reclamando ogni parte di lei, desiderando ogni frammento del suo corpo, della sua anima. «Io ho bisogno di ancora un po' di tempo. Ho delle questioni in sospeso da risolvere.»

Mentiva sapendo di mentire. Non era il tempo. Era altro. Qualcosa in lei che inevitabilmente le stava provocando quel distacco che rasentava l'indifferenza se non addirittura il fastidio. Forse accadeva proprio così. Non ne era certa.

Chiuse gli occhi. E fu quel bacio dato per gioco, per scommessa, per indurre altri a credere, che si impossessò di lei, delle sue labbra. La notte in cui l'istinto e l'incoscienza, forse per la prima volta nella sua vita, avevano vinto sulla ragione. Gli accarezzò il viso, le spalle, la nuca.

«Ti amo…»

«Ti amo anch'io, Diana.»

Era più facile così, lasciarsi andare. Diana sorrise appoggiando la fronte alla sua, restando in silenzio.

«Io ti darò tutto il tempo di cui hai bisogno. Ti aiuterò a risolvere le questioni in sospeso, puoi parlarmene se vuoi. Sono qui per te, Diana, non ti lascerò mai più sola. Qualunque cosa accada io sarò sempre con te.»

Diana riaprì gli occhi e annuì posando le mani sulle sue spalle.

«Qualunque cosa accada?»

«Sì, Diana. Te lo prometto.»

«Ti credo, allora.»

Diana fece un passo indietro e gli prese le mani nelle sue. Presto tutto sarebbe finito. Si sarebbe lasciata alle spalle il vecchio anno per accogliere quello nuovo, già carico di timori, di insicurezze. Ma anche di sfide e di vita. Lui aveva detto che l'amava. Che non l'avrebbe più lasciata sola. Poco importava che avesse ripetuto più o meno le stesse frasi di tanti anni prima. E che avesse probabilmente fatto le stesse dichiarazioni anche a un'altra. La sua migliore amica, la sua rivale. Perché Diana sapeva che questa volta le parole di Daniele erano sincere e solo per lei. Per una semplice ragione. La sua paura. L'aveva percepita chiaramente, la paura di un uomo che non era mai stato solo. E che temeva di perdere l'amore di una donna che aveva tradito, abbandonato, deluso. Ma che lo aveva sempre amato.

CAPITOLO 56

«Io non credevo che lo avrebbe fatto davvero. Perché mi ha fatto questo, senza nemmeno rispondermi? Mi ha mandato uno schematico augurio di buon anno sapendo già quello che aveva in mente di fare! Ma a questo punto credo che abbia mandato lo stesso a tutti, quegli auguri un po' filosofici scritti dai grandi maestri... Però non ha mai risposto alla mia e-mail, mi ha completamente ignorata!»

Diana era rimasta in piedi nell'atrio. Appena Vittorio era entrato nel suo appartamento e le aveva dato la notizia, aveva scordato completamente di invitarlo a sedersi oppure di offrirgli qualcosa da bere. Anche la porta d'ingresso era rimasta semiaperta.

«Zia Linda ha sorpreso anche me. E ormai sono giunto a un'età e a esperienze di vita in cui più nulla mi sorprende.» Vittorio allargò leggermente le braccia e oltrepassò Diana, spostandosi verso il soggiorno. «Sapeva che tu non avresti potuto acquistare la sua parte, ma credevo che almeno ti avvertisse.»

«Quindi Luca alla fine aveva ragione...»

Diana si morse le labbra con rabbia, andando a sedersi sul divano. Sentiva lo stomaco in subbuglio dal giorno prima. Ormai i primi giorni di gennaio erano volati via. Daniele era andato a Milano per un affare urgente che doveva sbrigare ma aveva in programma di tornare nel fine settimana. Presto la sua permanenza sarebbe diventata definitiva.

«A quanto pare!»

Vittorio si lasciò cadere stancamente sul divano, appoggiando la nuca allo schienale.

«Si sa almeno a chi ha venduto? Quell'uomo facoltoso di cui parlava Luca?»

«No. Voglio dire non conosco il suo nome. E nemmeno in che percentuale Luca ed Emilia sono stati coinvolti nell'affare. Nemmeno Alessandro lo sa. Non credo stia fingendo, lo sai che Ale mente da schifo. E io sono troppo scaltro, lo scoprirei subito!»

Certo, Alessandro non sapeva mentire. Nessuno in realtà era un gran mentitore tra i suoi fratelli, nemmeno Luca. Vittorio era per lo più molto furbo, ma in quanto a bugie non era più preparato degli altri. Diana sbuffò. Forse il premio di gran bugiarda in famiglia al momento spettava proprio a lei. E a zia Linda, per altri motivi. Entrambe e in entrambe le circostanze stavano nascondendo la verità. Che, in fin dei conti, equivaleva a mentire.

Diana si ritrovò a tenere a bada una sensazione di furia che attendeva solo di esplodere. Quelle di Luca non erano state soltanto minacce. Lui sapeva bene cosa stava per accadere. E non poteva nemmeno accusarlo di averle mentito perché non l'aveva fatto. Aveva detto la verità. Era stata lei a non credergli.

«Proverò a scrivere di nuovo alla zia. Le chiederò perché ha fatto una cosa simile senza nemmeno concedermi un'ultima possibilità, un'ultima parola. Anche se ormai…» Ormai era tutto inutile. Non ci sarebbero state più possibilità, più parole. Doveva solo prepararsi a lasciar andare. «Ne avevamo parlato tante volte. Forse sapeva che non avrei potuto, comunque. E temeva che l'avrei indotta a ripensarci. Ma lo sappiamo tutti che vorrebbe una vita altrove, lontana da qui.»

Una vita altrove. Forse avrebbe dovuto approfittarne e seguire l'esempio. Una vita lontana da un luogo che non l'aveva mai compresa e accettata. Che non le aveva permesso di crescere come essere umano. Una mentalità meschina che sprofondava nella propria ipocrisia e mediocrità. Questo dichiarava sempre zia Linda. Diana non era mai stata del tutto certa che ci credesse davvero. In lei a volte affiorava anche tanta rabbia, tanta rassegnazione a non essere mai stata compresa. I suoi stessi genitori non l'avevano mai realmente compresa e questo l'aveva ferita. Aveva visto la madre e la sua stessa sorella gemella assuefarsi a norme sociali da cui si era sempre sentita estranea, tagliata fuori. Dopo la morte di Lorena si era allontanata ancora di più dalla famiglia, concedendo solo qualche breve visita. Pochi anni dopo erano morti anche i suoi genitori, per cui a Rimini le erano rimasti solo i nipoti. Diana, soprattutto, perché con i ragazzi non aveva mai realmente interagito. Per questo non aveva creduto alle parole di Luca. Ma il suo scetticismo si era dimostrato un grosso errore.

«Mi dispiace, Di. Davvero, avrei voluto fare qualcosa per aiutarti. Ma anche io non avevo creduto a Luca.» Vittorio si stirò allungando le braccia verso l'alto. «Comunque... vorrei poter rimediare in qualche modo. Lo so che non cambierà la situazione, ma direi di andare a bere qualcosa di forte per farti passare il cattivo umore. Che ne dici, sorellina?»

Diana si posò una mano sulla fronte. Vittorio non lo sapeva, ovviamente. E le aveva offerto l'occasione di dirlo. Quasi su un piatto d'argento. Poteva essere un inizio. Per lasciar libera la verità, lasciarla scorrere, non trattenerla più. Presto sarebbe stata comunque di dominio pubblico.

«Lo vorrei tanto e ne avrei proprio un bisogno disperato ma al momento purtroppo non posso bere qualcosa di forte, Vittorio. Sono incinta.»

CAPITOLO 57

Aveva fatto promettere a suo fratello Vittorio di non fare parola con nessuno di ciò che gli aveva rivelato. In realtà glielo aveva rivelato perché inconsciamente non le importava più che rimanesse un segreto. Avrebbe potuto continuare a tacere e inventarsi un'altra scusa per non bere, se avesse voluto. Quindi se a Vittorio fosse sfuggito, tanto meglio così!

Magari nessuno ci avrebbe creduto comunque. Da tempo non la vedevano con un uomo. A parte ultimante con Daniele, ovvio. In ogni caso non era nella situazione ideale per avere un bambino, questo lo sapeva già da sé. La sua vita stava cadendo a pezzi. Non che fosse stata mai idilliaca e felice. Probabilmente la felicità non faceva parte del suo destino o karma... o come accidenti lo si volesse chiamare. Non ci credeva. Ormai non credeva più in niente e in nessuno. Magari la felicità nemmeno esisteva davvero. Soltanto in certi romanzi, alla fine. Di Jane Austen. Che grande forza d'animo doveva aver avuto per regalare meravigliosi lieto fine alle sue protagoniste quando lei stessa non lo aveva avuto. O forse... sì, forse la povera Jane ci sperava ancora. Cosa costava in fondo una speranza? Nulla. Era una delle poche cose al mondo che non aveva un prezzo.

La casa che non aveva potuto acquistare da zia Linda, invece, un prezzo lo aveva avuto. Che lei non era stata in grado di pagare. Ed era assurdo e insensato arrabbiarsi. Anche se l'avesse saputo non ci sarebbe mai riuscita. E nessuna banca le avrebbe concesso un prestito del genere con le sue garanzie inesistenti.

La sua vita stava cadendo a pezzi, sì. E aveva anche deciso di lasciare un lavoro che non aveva mai scelto ma che almeno le garantiva uno stipendio fisso per uno che probabilmente era irrealizzabile. Eppure... eppure Daniele era tornato da lei, le aveva detto che l'amava, che non l'avrebbe più lasciata sola. Non era ciò che aveva sempre desiderato in tutta la sua vita? Come osava pensare che la felicità non esistesse quando si era finalmente manifestata a lei, quando avrebbe potuto vivere con l'uomo che aveva sempre amato?

Diana si ritrovò a vagare senza meta per le stanze del suo appartamento, fissando lo sguardo su punti indefiniti. Con chi poteva davvero confidarsi? Mentina o il professor Giullari le avrebbero rivolto qualche parola di conforto. Ma da quel punto sarebbe dovuta comunque ripartire, da sola. Si sentiva soffocare, lì dentro. Aveva bisogno di spazio, di tutto lo spazio che il suo appartamento non le garantiva in quella circostanza. Aveva bisogno di aria fresca, di camminare. Dei suoi ricordi. Non era tutto perduto. Una parte della casa sulla spiaggia restava sua. E non l'avrebbe ceduta, mai. Nemmeno al diavolo. A nessun prezzo. Per nessun motivo.

Decise di uscire. Così com'era, senza neanche cambiarsi. Prese la macchina, diretta verso Rimini. Percorse tutto il tragitto come in una sorta di trance. Raggiunta la spiaggia rimase immobile, a osservare la grande casa bianca in lontananza. Non l'aveva ascoltata. Non l'aveva protetta. Non aveva raccolto le sue promesse. Sospirando fissò lo sguardo sulla parte di zia Linda che ora apparteneva a uno sconosciuto. Aveva un ingresso separato, anche se forse avrebbe potuto pretendere di entrare dal suo. E ovviamente di utilizzare la stessa spiaggetta privata davanti alla casa, oltre a quella pubblica. Ben presto lo avrebbe scoperto. Diana detestava già l'idea di doverlo incontrare, prima o poi.

Fu tentata di voltarsi, riprendere la macchina e allontanarsi definitivamente da lì. Invece scese e si incamminò, passo dopo passo. Si tolse le scarpe e le calze e lasciò sprofondare i piedi nella sabbia umida. Era fine gennaio, anche se non aveva piovuto e la sabbia era asciutta, rischiava di prendere freddo a causa del vento che imperversava da qualche giorno. Così decise di lanciarsi in una breve corsa fino alla casa.

Tutto sembrava uguale a sempre, uguale a come l'aveva lasciata. Non sapeva perché immaginava di trovarla già diversa, come se avesse subito un'invasione estranea. Come se avessero già aperto un ristorante e l'odore di cibo fosse ormai penetrato nelle pareti corrompendo anche l'aria, il profumo della sabbia e del mare. Si sentì a disagio oltrepassando l'ingresso e si precipitò all'interno come se potesse essere fermata per violazione di domicilio.

Nulla aveva più senso ormai. Diana diede un rapido sguardo intorno. Rammentò il giorno in cui si era lanciata in una pulizia generale con l'aiuto di Christian. Erano trascorsi mesi ormai. C'erano state di mezzo le vacanze estive in Inghilterra, il ritorno a casa, la ripresa della scuola, Daniele... E poi quella cena con i compagni di scuola... Sì, erano trascorsi mesi, eppure sembrava soltanto ieri.

Passò una mano sui mobili del soggiorno. Avrebbe dovuto averne più cura. Di tutto ciò che la circondava avrebbe dovuto avere più cura. Compresa se stessa. Magari chiedere aiuto a Daniele. Ma cosa aveva a che fare Daniele con quella casa? Nulla, appunto. Eppure l'amava. Però era come se amasse di lei solo ciò che era bello, vivace, esuberante. Ciò che poteva dargli piacere e gioia. Non le zone d'ombra, le oscurità. Forse perché c'era già stato tanto dolore nella sua vita, c'era stata la preoccupazione, l'ansia costante per Francesca. E quindi cercava qualcosa di diverso, ora. Cercava lei che era viva, perché prendesse il posto di Francesca che era morta. E Diana lo capiva perfettamente. Nessuna più di lei poteva capirlo perché in tanti anni aveva sperimentato lo stesso. La stessa preoccupazione, la stessa ansia.

Improvvisamente si sentì soffocare. Lì, esattamente come nell'appartamento. Allora aveva proprio bisogno di stare all'aperto, nonostante le condizioni atmosferiche poco favorevoli. Si strinse nel giaccone pesante e si avventurò all'esterno. Si sentiva un po' ridicola con indosso abiti invernali ma senza scarpe e senza calze. Non aveva importanza. Si spostò lentamente verso la riva. Come se qualcosa o qualcuno la guidasse verso l'acqua. Immergersi tra quelle onde, lasciarsi andare. Sforzarsi di capire. Cosa in lei non andava bene? E perché non andava bene? Perché mandare tutto all'aria a un passo dalla felicità? Perché impuntarsi su qualcosa che non era mai stato veramente suo? Perché aveva perso... Sì, perché lo aveva perso e non ci sarebbe stato più rimedio. Mai più, dopo aver oltrepassato il limite.

Un altro passo, verso la riva. Verso quel mare che le apparteneva, che l'aveva vista nascere, crescere e cambiare. Trasformarsi in una bambina troppo adulta, in una ragazza che non era mai stata abbastanza per nessuno. In una donna che forse troppo tardi pretendeva di avere indietro la propria infanzia e una ribellione adolescenziale di cui non aveva approfittato al momento opportuno.

«Diana...»

Diana chiuse gli occhi. Era davvero lui a chiamare il suo nome oppure era solo il vento?

Si girò e se lo ritrovò di fronte. Fermo a pochi passi dalla casa, oltre il giardinetto ma all'interno della spiaggetta privata. Chissà perché aveva deciso di andare a cercarla proprio lì.

«Non mi aspettavo di trovarti qui. In realtà non mi aspettavo proprio di trovarti.»

«Non ti ho avvisata. Ho avuto da fare.» Abbassò il viso e si morse le labbra. «Non resterò per molto, comunque.»

«Capisco.» Invece no. Non capiva. Quel distacco la amareggiava, le pesava sul cuore come un macigno. Il silenzio opprimente tra loro. Come se tacendo entrambi avessero potuto annullare ciò che era stato. Diana si guardò intorno, improvvisamente consapevole di qualcosa che non aveva considerato al momento. Si voltò verso l'ingresso da cui era entrata. Lo aveva richiuso una volta passata. «Ma come...?»

«Come sono entrato qui senza di te o senza che qualcuno mi aprisse?»

«Mmh… avrò lasciato aperto. Non sono molto lucida ultimamente.»

«No, non hai lasciato aperto. Io ero qui già prima di te.»

«Ma… come?»

«Non ci arrivi proprio, miele?» Jules inclinò il viso e percorse i pochi passi che lo separavano da lei. «L'acquirente a cui tua zia Linda ha venduto la sua parte di casa… sono io.»

CAPITOLO 58

«Perché?» Diana, colta alla sprovvista, non fu in grado di formulare altre parole, altre domande oltre a quella.

«Avevo un po' di soldi da parte. Ho sempre avuto intenzione di prendermi una casa in Italia, un giorno. Anche i miei hanno contribuito, ovviamente.»

«Ma perché proprio questa? Jules… non ti è mai…»

Non gli era mai interessata in tutto il periodo trascorso lì. In tutti quegli anni. Non aveva mai mostrato particolare apprezzamento per la casa sulla spiaggia. Mai, nemmeno una volta.

Jules respirò profondamente, stringendosi nelle spalle. «Invecchiando mi sono reso conto che l'aria di mare mi fa bene.»

«Tu sei completamente…» Diana puntò l'indice contro di lui, seria. Ma lui sorrise e non fu in grado di resistere.

«Ho avuto un po' da fare, ultimamente. Unfinished business, affari in sospeso. Per questo continuavo ad andare avanti e indietro. Ma tra me e un totale estraneo proposto da tuo fratello, tua zia ha preferito me. Spero che per te sia lo stesso.»

«Oddio, Jules…» Diana sospirò portandosi una mano sulla fronte e trattenendola, ancora incredula. «Ero già pronta a combattere chiunque… senza esclusione di colpi!»

«Capisco. Io almeno ho il vantaggio di esserci abituato. Quel poveraccio invece no.»

«Io… non riesco ancora a crederci!»

«Spero di aver risolto almeno uno dei tuoi problemi. Sempre che avermi come vicino non si riveli un problema più grande. Ma meglio di un ristorante, no?» Jules le appoggiò una mano sulla testa premendo leggermente. «Diana… non sarò sempre qui, lo sai. E per quanto mi riguarda questa casa è tua, completamente tua. Potrai utilizzarla come vorrai. Io ci verrò a stare quando sarò in Italia e credo che ci starà anche Michelle. Ma considerato che solitamente stavamo quasi sempre nel tuo appartamento... non sarà poi così diverso.»

«Jules...» Diana abbassò lo sguardo, per poi sollevarlo su di lui. Le lacrime le percorrevano il viso, inarrestabili.

«Potresti sistemare tutto e venire a stare qui. Sarebbe una bella soluzione, secondo me. Per te e per...»

«Io ti pagherò!» Diana annuì e poi guardò verso il mare, passandosi ripetutamente le mani sul viso. «Ti pagherò l'affitto per la tua parte.»

«Diana, non dire sciocchezze! Se non ci fossi tu dovrei comunque assumere qualcuno che se ne occupi quando non ci sono.»

«Io vorrei...» La sorpresa mista alla confusione emotiva le stava provocando problemi nell'esprimere chiaramente ciò che provava in quel momento. O forse lei stessa non riusciva ancora a comprenderlo, a capacitarsi di ciò che era accaduto. Diana chiuse gli occhi per un istante e la sua nuova vita le si raffigurò dinanzi, come se il cammino si fosse finalmente rischiarato. «Ho intenzione di lasciare l'insegnamento per avviare una nuova attività, tutta mia. Questo potrebbe essere il punto di partenza. Il punto di partenza di un sogno...»

«Lo so, Diana. Mi sembra un'ottima idea. E vorrei che tu ricordassi che io... voglio dire, che Michelle sarà sicuramente contenta di aiutarti ad avviare la tua attività.»

«Se decidesse di espandersi anche in Italia, se considerasse ancora l'idea...» Diana annuì, sorridendo. «Io oltre all'attività avevo pensato di aprire una specie di charity shop sul modello inglese. Non so se sarà possibile qui, ma potrei sempre tentare. Oppure dei workshop di pittura sulla spiaggia, di scrittura, di creazione orsetti...»

«Di creazione di piccoli mostri orrendi!» Jules increspò le labbra in una smorfia disgustata.

«Sì, esattamente.» Diana sollevò una mano verso di lui, poi la lasciò ricadere lungo il fianco. Non poteva toccarlo. Non aveva idea di che effetto le avrebbe fatto. Oppure l'aveva e la temeva, come mai prima d'ora. «Io vorrei tanto che tutto… restasse come sempre…»

«Sì, anche io. E resterà come sempre. Stai tranquilla.» Jules guardò verso il mare, poi si girò verso la casa e il suo sguardo la oltrepassò per focalizzarsi sulla strada. «Devo andare, adesso. Ho un appuntamento molto importante.»

«Certo…» Diana annuì e si sedette sulla sabbia, dopo avergli rivolto un'ultima occhiata. Un appuntamento molto importante. Quasi sicuramente con una donna. «Divertiti, allora.»

«Sì, sicuramente mi divertirò.» Invece di allontanarsi non si mosse, rimase in piedi accanto a lei. «Non prendere freddo, miele. Lo sai che non devi ammalarti.»

«Lo so.»

In altre circostanze gli avrebbe chiesto chi era la persona tanto importante con cui aveva appuntamento. Ma ora non poteva più. Era come se non ne avesse più il diritto. Chiuse gli occhi sentendo i suoi passi allontanarsi. No, ironicamente non ne aveva più il diritto. Oppure ne aveva tutti i diritti. Ma aveva paura di affrontare la risposta, qualunque fosse stata.

CAPITOLO 59

Aveva deciso di non rimandare più e di affrontare, con coraggio e determinazione il cambiamento. Se avesse atteso ancora si sarebbe inevitabilmente persa. O meglio, sarebbe rimasta dov'era.

Christian si era offerto di aiutarla a spostare lo stretto necessario e aveva contattato per lei l'agenzia di traslochi del padre di un amico. Poi si era offerto anche di dare una ripulita, coinvolgendo alcuni amici. Erano giovani, agili e veloci. Diana al contrario si sentiva sempre più stanca e lenta nei movimenti.

Aveva tempo, comunque. Anche se aveva sempre più la netta impressione che il tempo le scivolasse tra le dita, inesorabilmente. Come la sabbia. Eppure, gli ultimi giorni erano trascorsi così lentamente da sembrarle mesi o addirittura anni. Era successo così tanto e così tanto era cambiato fuori e dentro lei. Dopo anni in cui il tempo era trascorso imperturbabile, senza grossi mutamenti né scossoni.

«Diana, tu dovresti riposare. Posso sistemare io il resto.»

Christian le indicò il divano con atteggiamento risoluto. Dopo averlo coinvolto nel trasloco era stata costretta a rivelare anche a lui il suo stato. Da quel momento era diventato, nei suoi confronti, premuroso e intransigente al tempo stesso. O meglio, la trattava come una bambola di porcellana. Non era esattamente il risultato che Diana voleva ottenere ma apprezzava comunque le sue premure.

Nemmeno Christian le aveva chiesto di chi fosse il bambino. Forse, come Vittorio, aveva dato per scontato che fosse di Daniele, visto che era passato spesso a casa sua. Ma non era stato l'unico e, fatta eccezione di lui e dei suoi fratelli, l'unico altro uomo che era passato da casa sua era Jules.

319

«Dovresti riposare anche tu, Christian. Mi stai aiutando talmente tanto che non saprò più come ripagarti. Questo posto in due settimane non sembra più lo stesso!»

«Non mi hai mai fatto pagare le lezioni di inglese, Diana. Quindi lascia che mi sdebiti come posso!» Christian sorrise, prima di guardare fuori dalla finestra del soggiorno che dava sull'ingresso e diventare improvvisamente serio. «Direi che hai visite.»

Tra tutte le visite che avrebbe potuto ricevere quella della sua famiglia al completo era senza dubbio la più inaspettata per Diana. Suo padre e i suoi tre fratelli si erano presentati alla porta della sua nuova casa. E Alessandro aveva portato con sé anche Bongo che fu il primo a correrle incontro e a scodinzolarle intorno festoso.

«Ciao, Bongo. Come va, bello?»

Diana si chinò per accarezzargli il testone morbido e Bongo, riconoscente, sollevò gli occhi quasi perennemente assonnati su di lei. Le intenzioni di Bongo, per lo meno, erano decisamente pacifiche. Per quanto riguardava gli altri non ne aveva l'assoluta certezza.

Si rimise seduta sul divano e si sollevò la coperta dalle ginocchia al petto, mentre Christian li faceva entrare, uno dopo l'altro.

«Io esco a prendere qualcosa da mangiare.» Avevano mangiato da poco ma evidentemente Christian non era riuscito a inventarsi una scusa migliore. E dagli sguardi dei nuovi arrivati aveva compreso che si trattava di una riunione di famiglia. «Comunque chiamami se hai bisogno di me, Diana.»

Vittorio, che era rimasto indietro rispetto agli altri, rivolse a Diana un'occhiata interrogativa che lei non riuscì a interpretare. Spostò lo sguardo sui volti più seri di suo padre e di Luca. Era pronta a subire e affrontare le loro accuse. Si sentiva fisicamente debole ma emotivamente non ricordava si essere mai stata tanto forte e determinata.

«Allora… ditemi pure. Così prima iniziate prima finirete.»

«Io non sarei mai venuto qui, Diana. Lo sai. E non sono mai nemmeno...» Suo padre si posò una mano sulla testa scompigliandosi un po' i capelli grigi, per poi lasciarla ricadere lungo il fianco. «Io non ti sono mai stato accanto, Diana. Ti ho lasciata sola. Ho preteso da te senza mai darti niente.»

Diana sgranò gli occhi su suo padre. Nando si avvicinò a lei, quasi timidamente. Stava scherzando? Che accidenti gli era preso?

«Questa casa ti appartiene.» Luca, più deciso, si venne a sedere accanto a lei sul divano. «Sono stato un cretino a dar retta a Emilia e a suo padre. Ma ormai credo che se ne siano fatti una ragione. E se non hanno capito ancora, capiranno!»

«Se hai bisogno di una mano io sono disponibile.» Alessandro si chinò su di lei, accarezzandole il viso. «E anche Bongo, ovviamente! Tu mi hai tenuto con te quando mi sono fatto male. Ora tocca a me.»

«Ma... da quale... da quale manicomio siete scappati?» Diana non trovò nulla di più ragionevole e sensato da dire. Non potevano essere davvero suo padre e i suoi fratelli. Li avevano rapiti e scambiati con qualcun altro. Oppure avevano subito un lavaggio del cervello. Oppure...

Dannazione, Vittorio! Diana puntò uno sguardo infuriato sul più giovane dei suoi fratelli! Aveva spifferato tutto, non c'era alternativa! E quello era il risultato. L'effetto "fragile donna in attesa" che evidentemente aveva su tutti gli uomini che la circondavano!

Ma Vittorio scosse lievemente la testa e sollevò le mani con aria innocente. Come a negare l'evidenza.

«Nessun manicomio. Almeno non io...» rise di gusto e strinse gli occhi. «Però abbiamo ricevuta la visita di un uomo che sicuramente deve essere un pazzo totale per aver deciso di averti come vicina di casa. Ecco cosa è successo... non altro.»

«Jules ci ha spiegato. Ha voluto vederci alcuni giorni fa, ci ha detto quanto ti faceva soffrire la questione della casa e come ti sei sentita qui. Tanto da cercare rifugio dai suoi, visto che in noi

321

non trovavi un sostegno.» Luca le posò una mano sulla spalla. Era cambiato. Il suo sguardo era cambiato. Forse era la mancanza di Emilia al suo fianco a cambiarlo, ma Diana riconobbe che in quel momento stava dimostrando un affetto nei suoi confronti che aveva avuto solo da bambino. Quando si era aggrappato a lei con tutte le sue forze, dopo la morte della mamma.

«Quando tua madre è morta eri solo una bambina, Diana. E non hai mai avuto l'aiuto di nessuno. Né il mio né quello delle tue zie o della mia seconda moglie. Ti abbiamo lasciata sola. Lorena ha lasciato questa casa a te. Tua madre sapeva bene ciò che voleva. Così come lo sai tu, adesso.»

Ecco, su questo suo padre si sbagliava. Non sapeva quanto. Ma Diana non ricordava di aver mai sperimentato un'atmosfera così rilassata con la sua famiglia. Suo padre e i suoi fratelli.

«Non sarà di quel ragazzino!» Vittorio la tirò in disparte, mentre gli altri erano usciti a dare un'occhiata al giardinetto di fronte alla casa e alla spiaggetta privata.

«Cosa? Quale ragazzino?»

«Ma il bambino! Non sarà di quel... come si chiama?» Alzò gli occhi al cielo gesticolando in direzione della porta d'ingresso. «Quello che era qui prima... Il tuo vicino di casa, insomma!»

«Christian. Ha venticinque anni, non è un ragazzino.»

«Oddio, non ci credo che sia suo!» Vittorio si mise le mani tra i capelli in un gesto a metà tra il comico e il teatrale. «Ero pronto a scommettere tra Daniele e Jules, propendendo per Jules comunque...»

«Jules? Perché avresti scommesso su Jules?»

Diana si sforzò di mantenersi calma. Che Vittorio pensasse che il bambino fosse di Christian la divertiva e non voleva mutare improvvisamente stato d'animo.

«Perché? Ma perché quell'uomo è pazzo di te!» Vittorio sbuffò sgranando gli occhi. «Ho sempre sospettato che lo fosse. Ma ora... Chi si comprerebbe metà di questa casa solo per far piacere a te? Un pazzo! Oppure il padre del tuo bambino, come risarcimento dei danni collaterali. E credo che Jules sia entrambe le cose. Per questo sta tentando di metterti al sicuro.»

CAPITOLO 60

Quindi Vittorio non aveva raccontato nulla agli altri. Non ancora. E le aveva garantito che non lo avrebbe fatto, dalla sua bocca non sarebbe uscita una parola in proposito. Diana aveva bisogno di riposare, di gestire i nuovi eventi della sua vita.

Chiuse gli occhi, nella sua nuova stanza. Era quasi completa anche se ancora mancava parte dell'arredamento. Magari un armadio un po' più capiente e la scrivania che al momento aveva lasciato ancora nell'appartamento. Non aveva importanza, ormai. Aveva tutto il tempo.

Vittorio senza dubbio si sbagliava. Jules... No, doveva a tutti i costi rimuovere il pensiero. Jules era pazzo, forse. Ma non a causa sua. E non era... Non poteva... O meglio non voleva, ecco. Non voleva e lei non lo avrebbe mai costretto. Mai. Conosceva bene le sue idee in proposito. Era sempre stato chiaro.

Decise di rimuovere davvero il pensiero per focalizzarlo su altro. In particolare sulle parole di suo padre, prima di salutarla.

«Ho sognato tua madre, Diana. Non è stato solo Jules a convincermi. Ha convinto i tuoi fratelli, ma è stata Lorena a convincere me. L'ho sognata così com'era quando l'ho conosciuta. Eravamo giovani, nel sogno. E lei... riusciva sempre a convincermi di un sacco di cose. Aveva un'abilità unica, innata nel raccontare storie da ragazzina. Riusciva sempre a incantare tutti. Forse tu non ricordi...»

«Io ricordo che dipingeva sempre, sulla spiaggia. Molti dei suoi dipinti sono rimasti qui. Vorrei appenderli tutti, per bene. Appena la casa sarà completa. Magari potremmo fare una mostra un giorno, chissà...»

«Sì, è vero. Poi ha iniziato a dipingere. Così quello che aveva in mente sarebbe rimasto impresso per sempre.» Suo padre annuì convinto.

Era bastato un sogno a cambiare tutto? Un sogno perché lui comprendesse?

Un sogno. Anche lei aveva sognato. Ma il suo sogno ricorrente di quella bambina un po' buffa aveva più che altro sconvolto il ritmo normale della sua esistenza. Sharazade. Il nome di colei che aveva raccontato storie per mantenersi in vita. E che comunque, nei suoi sogni, non appariva già da un po'. Da quando, esattamente? Da qualche mese, forse da ottobre. Da poco prima di quella cena con i compagni di scuola. Forse aveva deciso di lasciarla. Si era stancata di lei. Forse aveva creduto più opportuno apparire in sogno a una donna meno complicata.

Chi poteva essere la sua Sharazade in quel suo mondo, in quella sua esistenza circondata da uomini? Lorena, sua madre. Oppure Celeste, la gemella di Alessandro che era vissuta soltanto pochi giorni e che se n'era andata a causa di una malformazione cardiaca. Francesca... Per questo motivo si era legata a Francesca e avrebbe dato la vita per salvarla. Francesca aveva la stessa malattia di Celeste, o così Diana aveva creduto di capire da bambina. Ma Francesca era sopravvissuta e lei non l'avrebbe lasciata andare, per nessuna ragione. Non le avrebbe ceduto soltanto Daniele, ma il suo stesso cuore se fosse stato possibile. Per proteggerla da tutto e da tutti. Perché il suo cuore era forte, resistente agli urti, alle delusioni della vita. Nonostante fosse stato ferito più volte continuava a resistere, imperterrito, implacabile. Invece quello di Francesca era fragile, come quello di Celeste, bisognoso di cure, di carezze.

«Sharazade...»

Che fosse sua madre, Celeste o Francesca, non aveva importanza. Qualunque messaggio avesse per lei non era certa di averlo recepito. Forse non c'era proprio nessun messaggio, nulla da recepire. Solo un punto di svolta nella sua esistenza. La bambina che non era mai riuscita ad essere. L'infanzia che aveva perduto. L'adolescenza che aveva regalato a un'altra persona, per vegliarla, accudirla, proteggerla, cederle anche il suo stesso amore.

Ora tutto stava tornando indietro, come a un punto di partenza. La sua infanzia, suo padre e i suoi fratelli che si occupavano di lei. Daniele che l'amava come l'aveva amata tanti anni prima. Anche per quanto riguardava il lavoro poteva finalmente iniziare a sognare qualcosa di veramente suo.

Ma c'era qualcosa che non quadrava in tutto questo panorama confortante. Lui. Lui, nelle parole di Vittorio.

"Quell'uomo è pazzo di te! Chi si comprerebbe metà di questa casa solo per far piacere a te? Un pazzo! Oppure il padre del tuo bambino, come risarcimento dei danni collaterali. E credo che Jules sia entrambe le cose. Per questo sta tentando di metterti al sicuro."

CAPITOLO 61

La priorità era diventata una sola. Raccontare tutto a Daniele. Anche perché ben presto ci sarebbe stato davvero poco da raccontare. Ma l'aveva rivisto solo due volte nei fine settimana e non ci era ancora riuscita. Lui aveva smesso di forzarla ripetendo che presto avrebbe concluso il suo impegno a Milano e si sarebbe trasferito definitivamente. Avevano tempo. Ma la verità era che Diana di tempo non ne aveva affatto.

Tutto procedeva per il meglio, la dottoressa l'aveva tranquillizzata. Ma niente stress, niente sforzi. Solo tranquillità e pace. In pratica le stava chiedendo l'impossibile. Con l'occhiata tipica di chi le stava chiedendo implicitamente se fosse certa di voler portare avanti una gravidanza da sola, senza coinvolgere il padre del bambino. Diana automaticamente aveva ringraziato e promesso di fare del suo meglio per stare tranquilla e in pace.

Dalla casa sulla spiaggia riusciva a raggiungere la scuola più rapidamente. Non era più arrivata in ritardo, non un solo giorno. E stranamente il fatto che presto il suo impegno sarebbe terminato la portava ad affrontare il lavoro quotidiano con più serenità. Come se fosse spronata a dare il meglio di se stessa alla fine di quel percorso che aveva fatto parte della sua vita.

Ci sarebbe stato ancora molto da fare, molto da mettere a punto. Non aveva lasciato definitivamente l'appartamento di Viserbella, ne aveva bisogno ancora per un po'. Rientrando alla casa sulla spiaggia dopo il lavoro Diana sussultò. Il cancelletto laterale, quello che conduceva alla parte di zia Linda, anzi di Jules, era semiaperto. Ciò significava che… Sospirò portandosi una mano sul petto, sforzandosi di ricomporsi in fretta.

Lo oltrepassò muovendosi lentamente. Sicuramente non si trattava di qualcuno che si era introdotto all'interno furtivamente. Christian sarebbe dovuto passare per aiutarla a sistemare alcuni vecchi mobili e decidere se farli ristrutturare. E per riprendere qualche lettura in inglese. Però non aveva le chiavi, così avrebbe atteso il suo arrivo. E poi l'ingresso era aperto dall'altra parte. Quindi ci poteva essere solo una spiegazione.

«E allora ci sto pensando seriamente, mandare tutto all'aria e iniziare una nuova vita in Inghilterra!» La voce però era proprio quella di Christian.

«Iniziare una nuova vita è sempre un'ottima idea, secondo me.»

Diana riconobbe immediatamente l'altra voce. Sorrise e si affrettò alla porta che era rimasta semiaperta.

«Michelle!»

Trovò l'amica seduta sul divano grigio un po' ammaccato, uno dei pochi mobili presenti nella parte di casa che ora apparteneva a Jules, con le gambe che penzolavano da un lato. Michelle era splendida, come sempre. I capelli biondi, leggermente più lunghi dell'ultima volta, le incorniciavano il viso in modo delizioso. Al suo fianco era seduto Christian. Il ragazzo sollevò la mano verso Diana, in cenno di saluto.

«Diana! Eccoti qui, ti stavo proprio aspettando! E intanto è arrivato Christian e mi ha riconosciuta!» Michelle saltò su di scatto per correre ad abbracciarla. «Jules mi ha dato le chiavi. Ma qui servirà gran parte dell'arredamento.»

«Sì, zia Linda non si è mai premurata di mettere molti mobili in questa casa. In nessuna casa, in realtà. Ha solo disseminato le sue cose un po' ovunque, in parte anche al piano di sopra che va ancora tutto sistemato. Ci sono un'infinità dei suoi souvenir insieme alle tele di mia madre e oggetti di antiquariato. Potremmo farne un mercatino o una mostra di oggetti da tutto il mondo.» Diana rise e li invitò a seguirla con un cenno del capo. «Andiamo di là, almeno potremo stare un po' più comodi e bere qualcosa.»

«Jules mi ha parlato della tua idea. Mi sembra strepitosa! E io sono qui per darti una mano, se vorrai.»

Michelle la seguì diligentemente e si guardò intorno come se stesse ammirando un nuovo e meraviglioso pianeta per la prima volta.

«Forse stai esagerando, Michelle. Io non so nemmeno se ho le basi per avviare una nuova attività. Non ho nemmeno il capitale iniziale, poi non so se funzionerà qui... in pratica è come un salto nel vuoto.»

Diana non aveva mai avuto bisogno che qualcuno la riportasse con i piedi per terra. In questo era bravissima da sola. Sognare era fantastico. Ma sognare troppo in grande poteva avere come unico risultato quello di essere costretta ad avere a che fare con delusioni cocenti. Questo lo aveva già imparato troppo spesso a sue spese.

«Per questo sono qui. Per aiutarti a saltare! In fondo, sto per saltare anche io con la nuova rivista. E avrò bisogno di te!» Michelle sorrise stringendosi nelle spalle. «Lo stavo proprio dicendo anche a Christian. Quando si sente la necessità e la voglia di qualcosa di nuovo, quando si ha entusiasmo per una nuova sfida...»

Diana annuì e sorrise. Ormai comunque era troppo tardi per tirarsi indietro. L'avrebbe affrontata. La nuova sfida, la nuova avventura, la nuova svolta che aveva preso la sua vita. Sì, l'avrebbe affrontata a viso aperto, prendendo addirittura la rincorsa.

«Io vorrei un'attività simile alla tua, Michelle. È sempre stato il mio sogno.»

«Lo so. Ti ho già proposto più volte di diventare mia socia. Conosco già la difficoltà che comporterebbe. Jules mi ha spiegato, ha studiato per bene la situazione qui...»

«Jules è... è qui?»

Diana si sentì avvampare solo al tentativo di informarsi su di lui. Per distogliere l'attenzione di Michelle e Christian dal suo viso si avviò verso il frigorifero, fingendo di cercare qualcosa da bere.

«No, è rimasto a Leeds. Sta aiutando la mamma con l'azienda, ho delegato lei in mia assenza. Poi aveva qualcosa da fare con la barca...» Michelle la seguì, accettò la bibita in lattina che Diana le stava offrendo e ne porse una anche a Christian. «Comunque arriverà appena possibile.»

«Mmh...» Diana annuì senza aggiungere altro. Michelle non sapeva ancora. Quindi era evidente che Jules non avesse parlato e nemmeno Christian le aveva detto ciò che sapeva su di lei. Decise di cambiare completamente discorso, spostandolo su un terreno al momento più sicuro. «Mi sono scritta qualche idea per l'attività. Se vuoi possiamo rivederle insieme.»

«Sì, certo! Anche io ti devo raccontare tutto della rivista e vorrei la tua consulenza, sto già preparando il primo numero! Ancora non ci credo, Diana...» Michelle batté le mani come una bambina entusiasta ed eccitata dalla novità. «Questo significherà che saremo insieme più spesso. Tu potrai venire in Inghilterra quando vorrai, non solo in estate. E io potrò stare qui, lavorare con te e ampliare la nostra società, passo dopo passo. Mamma ha trovato altri contatti anche in Irlanda. Poi più avanti magari dovremo trovare il luogo adatto alla produzione qui in Italia e tutto il resto, ma questa casa è perfetta! Alla fine, mio fratello tra tanti pasticci questa volta ha combinato qualcosa di giusto! Sapevo che in fondo c'era speranza anche per lui.»

Michelle si lasciò andare in una risata che coinvolse anche Christian. Sembrava totalmente rapito da lei. Il suo modo di scherzare e prendere in giro Jules non era cambiato, era sempre lo stesso. Ovviamente non poteva sapere, non si rendeva conto. E nemmeno Christian si rendeva conto. Ma per Diana le sue parole avevano assunto un significato completamente diverso.

«Sì, lo credo anche io. Decisamente questa volta ha combinato qualcosa di giusto.»

CAPITOLO 62

Tutto quanto aveva assunto un significato diverso, ormai. Anche il cielo. Sì, anche il cielo sembrava più ampio. Diana non aveva mai avuto una sensazione così netta del suo estendersi oltre i confini dello sguardo, di ciò che era percepibile. Le stelle non erano più soltanto un puntino che tentava di scorgere con il suo cannocchiale, ma una distesa avvolgente paragonabile a un manto luminoso, protettivo.

Le ammirava la sera, dalla finestra o dalla veranda, con una tazza di tè stretta tra le mani. In perfetto silenzio, quando era sola. Oppure in compagnia di Michelle, di Christian. Anche i suoi fratelli e suo padre erano tornati a trovarla. E il professor Giullari era passato a vedere lei, la casa e il cielo che da lì sembrava veramente più immenso, più vicino.

«Mi sembri felice come non ti avevo mai vista, Diana.» Sorridendo le aveva posato una mano sulla testa, per accarezzarla. «E non è soltanto la casa e il cielo. Vorrei conoscere il responsabile di questa tua felicità.»

«Io credo che... Si ricorda il nostro discorso sugli universi paralleli, professore?» Diana aveva socchiuso gli occhi, rammentando quelle conversazioni. «Ecco, a volte ho la sensazione di essere approdata in uno di quegli universi e di essermi imbattuta in una delle altre versioni di me stessa. Una più felice, più spontanea. Forse non dipende da qualcuno, dipende da me come mi sento. E in ogni caso qui le stelle sembrano davvero più vicine. O forse sono io... a sentirmi più vicina al cielo.»

Non era proprio così. Ma Diana stava cercando di evitare di raccontare ciò che le stava accadendo e che non aveva nulla a che fare con gli avvenimenti esterni. Oppure temeva di dover

331

ammettere che il responsabile della sua felicità non sarebbe rimasto con lei. Perché era sul punto di perderlo, per sempre.

Si stava comunque aggrappando con tutte le sue forze a quell'idea. Ogni giorno di più. Un'altra versione di se stessa, appartenente a un universo parallelo. Una versione felice e realizzata. Così tentava di addormentarsi, la notte. Felice, serena. Pur sapendo che la verità avrebbe probabilmente corrotto e annientato quella sua felicità. E sarebbe venuta a galla, presto. Non poteva più celarla, ormai. Presto molte domande avrebbero preteso delle risposte. E lei sarebbe stata costretta a fornire spiegazioni del suo comportamento che non era ancora in grado di dare.

Era tornata a sognare Sharazade. Non erano sogni veri e propri, ma riusciva a vederla, a percepire la sua presenza al suo fianco. Le sorrideva tranquilla e restava in silenzio, come in attesa di una parola o di un gesto da parte sua.

Diana aveva smesso di interrogarsi a proposito di cosa o chi rappresentasse. Sua madre, Celeste, Francesca… forse nessuna, forse tutte loro insieme. Era stata comunque una guida per lei. Aveva intrecciato con lei parte della sua storia per condurla dove era arrivata in quel momento, scuotendosi di dosso anni di immobilità e frustrazione esistenziale. Quindi, in un modo o nell'altro, avrebbe affrontato anche l'ultimo passaggio. Il più delicato. Dire la verità. Senza sapere nemmeno esattamente quale fosse per lei, per gli altri. Dire tutta la verità che possedeva, la verità di cui era consapevole. Sperando che colui che l'amava davvero, da così tanto tempo, potesse accettarla e comprenderla.

CAPITOLO 63

«Io e Michelle stiamo programmando una sorta di inaugurazione della nuova attività. Ma in realtà si tratterebbe solo di una piccola festa nella nostra nuova casa, appena tutto sarà pronto.»

Diana doveva sforzarsi per trattenersi con Mentina. Era consapevole che sarebbe bastata una sola parola di troppo perché lei comprendesse tutto all'istante. Già da alcuni giorni la stava osservando con quel suo sguardo acuto a cui nulla poteva sfuggire. La conosceva troppo bene. E da troppo tempo.

«Bene, sono contenta. Anche se mi dispiacerà non vederti più ogni giorno. Ma fra poco andrò in pensione, quindi il tempo qui sta per finire anche per me.» Mentina la fissò negli occhi, poi scese a scrutare il resto del suo corpo. Diana trattenne il respiro per un istante. «O forse non dovrebbe dispiacermi. Ti vedo felice, per la prima volta da tanto tempo. Non è solo la casa e l'attività, vero? Sei innamorata e sei anche...»

«Sì, sono felice. Ed è vero, sono innamorata. Però...» Diana sospirò stringendosi nelle spalle. «Temo che possano subentrare dei problemi. Uno solo in realtà, ma insormontabile.»

«Se lui ti ama andrà tutto bene. E se ti rende così felice non potrebbe essere diversamente.» Mentina le sfiorò delicatamente la guancia con il pollice.

«Non è così semplice, purtroppo. Io vorrei essere stata più ragionevole e meno avventata.»

Diana socchiuse gli occhi. Si sentiva stanca ma non tanto fisicamente quanto moralmente.

«Diana... lo sei stata tutta la vita, da quando io ti conosco. Più ragionevole e meno avventata. Non mi sembra che ti sia mai servito a molto. Sicuramente non ti ha resa felice, mia cara.» Mentina le posò le mani sulle spalle poi scese ad accarezzarle le braccia. «Se ti ha resa così felice hai fatto bene. È l'uomo giusto. Devi solo trovare il coraggio di dirglielo, se non l'hai ancora fatto.»

«Io non...»

«Tu aspetti un bambino, Diana. E sei innamorata. Stai realizzando i tuoi progetti. Cosa ti impedisce di essere davvero felice? Perché ti preoccupi?»

«L'uomo che ho sempre amato...» Non sapeva bene come spiegare la questione a Mentina ma non avrebbe potuto farlo con parole diverse. «Ecco, lui non è il padre del bambino. Il padre del bambino invece... Lui non vuole figli, non li ha mai voluti. Lo conosco bene, è sempre stato chiaro su questo punto. Probabilmente quello che è accaduto tra noi per lui è stato tutto uno sbaglio di cui si è voluto scordare il prima possibile. E comunque non sa che il bambino che aspetto è suo. Magari nemmeno mi crederebbe. Solo che sta tentando di ripagarmi in qualche modo, come se volesse ricompensarmi per quello che è accaduto tra noi.»

«Capisco. Quindi in ogni caso hai paura di perdere uno dei due...»

«Tutti e due, in realtà. Uno l'ho già perso... per l'altro è questione di giorni. Appena saprà cosa ho fatto e la conseguenza che ne è derivata non vorrà più saperne di me.» Diana lanciò una rapida occhiata lungo il corridoio, verso la porta a vetro dell'ingresso. I primi studenti, i più mattinieri e puntuali, stavano per arrivare. «Non che sia una novità per me. Nulla di nuovo, insomma.»

«No, Diana. Chi ti ama resterà con te, questa è una certezza. Chi ama resta sempre. Non ti abbandona, nonostante i problemi o gli errori. La questione mi sembra un'altra, ora.» Mentina seguì la direzione del suo sguardo poi tornò a fissarla negli occhi. «Sei tu. Tu... chi ami dei due? È questo il tuo problema, al momento.»

«Io non...» Diana si interruppe vedendo arrivare Dietmar Donati trafelato, seminascosto da un fitto gruppetto di ragazzi.

«Eccone un altro con qualche problema…» bisbigliò Mentina nascondendosi la bocca con la mano per non mostrare troppo palesemente che stava ridendo. «Tu forse non l'hai notato, ma io sono quasi sempre qui. Da un po' arriva sempre in ritardo. Ed è stanco, con gli occhi segnati. Sembra distrutto dalla mancanza di sonno o dallo stress. A volte ha anche gli abiti sgualciti e i capelli in disordine. L'altro giorno mi ha addirittura chiesto una delle mie tisane per riprendersi.»

«Molto strano.» Diana ridacchiò proprio mentre lui le oltrepassava salutandole con un cenno del capo, pronto ad andare a rifugiarsi nel suo ufficio. Ricambiò il cenno di saluto poi tornò a rivolgersi a Mentina. «Avrà una vita privata impegnativa. Sarà colpa della fidanzata che ha troppe pretese e lo tiene impegnato.»

«Fidanzata? No, non credo proprio. L'ho visto con una bionda ma non mi sembrava rivolgerle particolari attenzioni.» Mentina scosse leggermente il capo, concentrando l'attenzione verso la porta dell'ufficio. «Secondo me ha altro per la testa. Come se avesse qualcosa di ben preciso in mente. Mi sembra anche piuttosto distratto. Io di solito sono brava a comprendere le persone, soprattutto quelle con cui ho a che fare ogni giorno. Anche quell'uomo ha un problema che lo affligge.»

«Bene, almeno non sono l'unica.» L'analisi proposta da Mentina la incuriosì. Dietmar Donati aveva un problema? E aveva davvero una fidanzata, apparentemente, se anche Mentina l'aveva vista confermando la versione di Adele sebbene fosse meno infarcita di dettagli a proposito della bionda e bellissima donna. «Però devo dire che quell'aria un po' distrutta e svagata gli regala più fascino dell'altezzosità e della freddezza. Lo fa sembrare quasi… quasi umano, ecco.»

CAPITOLO 64

Daniele aveva finalmente stabilito il giorno del trasferimento definitivo. Diana lo aveva sentito prevalentemente per telefono nel corso delle ultime settimane, per cui il momento della confessione era stata inevitabilmente rimandata.

Lui era consapevole del fatto di doverle concedere del tempo. Diana sapeva di ingannarlo ma durante i loro rapidi incontri non era mai riuscita ad affrontare il discorso. Poi c'era un'altra verità. Una verità che non riusciva del tutto ad ammettere, nemmeno con se stessa. Nonostante provasse un po' di vergogna, la verità era che non si sentiva in colpa nei suoi confronti. E nemmeno le sembrava di trattarlo ingiustamente. Insomma, anche se non era propensa ad ammetterlo, una parte di lei era convinta che Daniele meritasse la situazione in cui presto si sarebbe trovato. In cui lei lo avrebbe costretto, pur non avendola ovviamente pianificata. Ma era una parte piccolissima, davvero minuscola. Esisteva in lei da sempre, ma Diana il più delle volte evitava di ascoltarla, di darle ragione. Non poteva chiamarla vendetta. Forse non aveva nome ma era vagamente simile a una sensazione di risentimento che portava nel cuore da tanto, troppo tempo.

Così avrebbero davvero pareggiato i conti? Forse. O forse no. Era consapevole del fatto che l'amore non fosse un gioco, una gara a chi ferisce più l'altro. No, non doveva essere così. Non poteva.

«Ti trovo più bella che mai...»

Le prime parole di Daniele la lasciarono spiazzata. E anche il suo sguardo su di lei. Luminoso, intenso. Adorante. L'amava davvero, quindi. Allora come aveva potuto lasciarla? Per Francesca. Perché indubbiamente aveva amato anche lei. Forse l'amava ancora. Diana lo comprendeva. Come poteva non amarla? Francesca era splendida, dolce, spontanea, solare. Era tutto ciò che lei non era e non sarebbe mai stata. Erano lontane, differenti. Come il sole e la luna. Diana sentiva di risplendere solo di luce riflessa quando Francesca era intorno. Forse qualcuno la poteva anche notare quando lei non c'era. Così era accaduto, in effetti. Daniele l'aveva amata quell'estate perché Francesca non c'era. E ora? Ora era tornato ad amarla. Per lo stesso motivo?

«Grazie, Daniele.»

Diana socchiuse gli occhi mentre lui la prendeva tra le braccia. Scosse leggermente la testa. No, non ci voleva pensare. Aveva ottenuto il suo amore. Perché doveva affliggersi considerando il come?

Daniele le prese la mano, muovendosi con lei verso il divano. Diana gli aveva chiesto di raggiungerla al suo appartamento, dove aveva lasciato ancora buona parte delle sue cose e dei suoi mobili. Non se l'era sentita di incontrarlo alla casa sulla spiaggia. Temeva di non riuscire a dire la verità lì, di violare qualcosa di sacro con una reazione che non era in grado di prevedere. E temeva anche che da un momento all'altro arrivasse qualcuno, impedendole di portare a termine la sua missione.

«Diana, io volevo chiederti...» Daniele la fece sedere, stringendola a sé e portandosi la sua mano alle labbra. «Lo immagini già, vero? So della tua casa sulla spiaggia. Sono contento che tu abbia deciso di trasferirti lì e che abbia risolto i tuoi problemi.»

«In realtà io non ho risolto molto. Non da sola, almeno.»

Diana non aveva certezze, in quel momento. Immaginava già la richiesta di Daniele. Ma anche lei aveva qualcosa da dire. Per la sua comunicazione sarebbero state sufficienti due piccole, semplici parole. Molto più complicate e compromettenti del "Ti amo" che spesso aveva sognato di dire, proprio a lui.

«Comunque sei riuscita a realizzare il tuo sogno, come avevi programmato di fare.» Daniele annuì convinto e spostò le mani sulle sue spalle, poi sul suo viso.

«Già, sembra proprio di sì.»

Forse, tutto sommato, era stata una pessima idea incontrarsi lì. Forse la casa sulla spiaggia sarebbe stata la soluzione migliore. La spiaggia stessa, anzi. Sì, la spiaggia, che avrebbe potuto almeno concederle una via di fuga. Pensò addirittura di proporglielo, di trasferire la conversazione importante in un altro luogo. Ma era evidente che fosse solo un tentativo da parte sua di rimandare l'inevitabile.

«Quindi possiamo stare dove tu preferisci, Diana. Lascio a te la scelta. A me importa solo stare insieme a te.»

Le sue labbra sempre più vicine la costrinsero a chiudere gli occhi. Sentì il sapore del suo bacio, del suo alito. Le sue mani che le accarezzavano la schiena, con dolcezza inizialmente, poi diventando sempre più smaniose, avide di lei, del suo corpo.

Non lo capiva? Come poteva non capire? Diana si sforzò di lasciarsi andare immergendo le mani tra i suoi capelli scuri e mossi. Non capiva che era stata di un altro? Non capiva che grazie a un altro era tornata alla vita? Come poteva dire di amarla se non si rendeva conto di qualcosa di così evidente, così palese?

«Daniele...» Approfittò di un momento in cui lui si era staccato, solo con l'intento di tornare a baciarla ancora più intensamente di prima. «Daniele, c'è una cosa importante che io ti devo dire. E devo dirlo adesso, prima che... Io, io non posso. Tu devi sapere.»

Daniele si staccò da lei, mantenendo però quello sguardo vivo, acceso che l'aveva sedotta tanti anni prima. Annuì appena per incoraggiarla a proseguire.

Era davvero una missione impossibile, la sua. Come rivelare a un uomo che aveva amato per così tanti anni e che finalmente sarebbe stato suo di aspettare il figlio di un altro?

Comprese che proprio non esistevano troppe parole per girarci intorno. Oppure lei non era in grado di trovarle o di inventarsele.

«Sono incinta.»

Dallo sguardo iniziale che Daniele le rivolse, prima che cambiasse assorbendo il senso di quelle due semplici parole, Diana si rese conto che era tutt'altro ciò che lui si aspettava. Era infatti uno sguardo tranquillo, compiaciuto, quasi orgoglioso di se stesso e di ciò che avrebbe costruito insieme a lei. Diana ebbe la certezza che lui attendesse il rinnovarsi di un sentimento che in lei non si era mai placato, mai assopito. Quelle due parole tanto diverse, lui attendeva. "Ti amo". Non "sono incinta".

Daniele rimase immobile, quasi impassibile. Come se non avesse afferrato il significato della sua rivelazione. Poi il suo sguardo divenne incredulo. Diana rimase in attesa che la sua perplessità sfociasse in disappunto, forse in rabbia. Ma lui rimase in silenzio, posandosi una mano sulle labbra. Le ricordò in quel momento un bambino a cui avevano fatto una sorpresa inaspettata. E le venne persino il dubbio che considerasse il tutto uno scherzo, una presa in giro.

«Daniele…»

Si ritrovò costretta a pronunciare il suo nome per ottenere una reazione più esplicita da parte sua.

«Io non…»

Non ottenne molto di più. Diana avrebbe pagato per poter leggere nei suoi pensieri in quel preciso istante.

«Lo sappiamo entrambi che non è…»

Diana si morse le labbra con forza. Era l'inizio della fine? Non poteva essere altrimenti. E questa volta la responsabilità era sua. Tutta sua.

«Non è mio.» Daniele annuì e la voce gli uscì distaccata, quasi meccanica. Senza un solo segno della dolcezza e della passione di pochi minuti prima.

«No, non è tuo.» Diana si ritrovò a ribadire l'ovvio.

«Io… lo avrei voluto.» Il tono rassegnato di Daniele la sorprese. Tra tutte le possibili reazioni era l'unica che non si sarebbe mai aspettata.

«Mi… mi dispiace…»

Non era certa di conoscere il motivo di questo suo dispiacere. Le dispiaceva di essere incinta? Le dispiaceva che non fosse di Daniele? O le dispiaceva perché inevitabilmente il suo stato avrebbe segnato la loro fine?

«Tu... stai con lui?» Daniele chiuse gli occhi massaggiandosi la fronte, come se dovesse imprimere nella mente la confessione di Diana. «Con quell'uomo, voglio dire. Con il padre del bambino?»

«No. Lui non...»

«Non lo sa?» Daniele la precedette e fissò lo sguardo su di lei, ora più deciso, più consapevole.

«Sa che sono incinta. Non sa che è suo. È stato...» Diana sospirò profondamente alla ricerca delle parole adatte che ancora una volta aveva difficoltà a ritrovare. «È stata una situazione inaspettata. Per entrambi. E lui non vuole figli, questo è certo. Non li ha mai voluti.»

«Lo conosci bene, quindi? Voglio dire...» Daniele congiunse le mani intrecciando le dita, abbassò lo sguardo poi tornò a osservarla. «Non è stato un incontro casuale?»

«No... è stato...»

Diana sospirò e si strinse nelle spalle. Era consapevole che Daniele le avrebbe chiesto chi fosse. A questo punto sarebbe stato meglio un incontro casuale. Ma ovviamente non poteva mentire.

«Cosa hai intenzione di fare ora? Mi sembra di capire che tu voglia tenerlo. Oppure ho frainteso?»

Probabilmente lo aveva compreso dall'atteggiamento di Diana. In effetti non le era neanche passata per la mente la possibilità di non far nascere il bambino. Non aveva proprio considerato l'eventualità. Non perché lo volesse. Ma ormai c'era. Era suo. Indipendentemente da chi fosse il padre. Era suo.

«Sì, voglio tenerlo. E mi dispiace, Daniele. So di non poterti chiedere di accettarlo. E so anche che avrei dovuto dirtelo prima, appena l'ho scoperto.»

«Io... sì, forse. Ma non sarebbe cambiato nulla, comunque.» Daniele scosse leggermente la testa. Ora anche lui sembrava in difficoltà con le parole da pronunciare per definire il modo in cui si sentiva. «Tu... mi hai detto che mi amavi. E nello stesso tempo sei andata a letto con un altro. Perdonami, Diana. Non volevo dirlo in modo così brutale, ma... Posso sapere almeno chi è? Hai detto di conoscerlo bene...»

«Avevo bevuto. Avevamo bevuto entrambi. Ed è...» Diana sospirò. Non ci era ancora arrivato. Era ancora in tempo per inventarsi una scusa. Un nome sconosciuto a Daniele. Uno incontrato una sera per caso oppure un ex tornato alla ribalta solo per una notte. Ma dove l'avrebbe portata un'altra menzogna? «È stato durante quella cena... ricordi la cena con i compagni di scuola? Tu avevi detto che mi avresti accompagnata, poi non sei riuscito ad arrivare in tempo quella sera.»

Daniele corrugò la fronte. Forse stava iniziando a intuire il nome che Diana non aveva ancora fatto.

«Non sarà... Ecco perché l'ho trovato qui da te la mattina dopo, con quell'aria trionfante!»

«Non era la prima volta che stava da me. Quando è in Italia si ferma sempre da me.» Diana non aveva bisogno di fare o confermare il nome. Entrambi avevano compreso. «Quella sera si è offerto di accompagnarmi. Abbiamo bevuto durante la cena, poi anche in discoteca. E io... non sono abituata a bere e non mi sentivo...»

«Si è approfittato di te!»

La conclusione di Daniele fu fin troppo scontata. Scattò in piedi, come una furia. Sembrava essere arrivato al punto di non attendere altro che accanirsi su colui che gli aveva sottratto il ruolo di protagonista nella vita di Diana, tanto da non vedere l'ora di distruggerlo, di farlo a pezzi.

«No, non è andata così. In realtà...» Diana fu sul punto di dire che in realtà poteva essere il contrario. Poteva essere stata lei ad essersene approfittata. Però si trattenne.

Improvvisamente Daniele le rivolse una domanda di cui non comprese il senso.

«Da quanto?» Si passò una mano tra i capelli, rapidamente, voltandosi per poi rigirarsi verso di lei. E Diana comprese che erano giunti al momento in cui la sorpresa e l'incredulità stavano per lasciare definitivamente il posto alla rabbia. Nei suoi confronti, questa volta. «Hai detto che avevate bevuto durante la cena con i compagni di scuola. Ma da quanto tempo cercavi una scusa per andarci a letto? Mesi o addirittura anni? Tutti gli anni in cui avete fatto finta di essere solo amici?»

Diana chiuse gli occhi. Incredibilmente l'accusa di Daniele, neanche troppo velata, non la ferì. Rispose in modo pacato, senza scomporsi.

«Ti ricordo che io per mesi e anni sono stata libera di fare ciò che volevo. E di andare a letto con chi mi pareva. Lui compreso. Non avevo bisogno di cercare scuse.»

Così dicendo raddrizzò le spalle e assunse un'aria determinata a non lasciarsi accusare ingiustamente. Daniele sospirò, tornando a sedersi accanto a lei sul divano.

«Sì, hai ragione. Scusami. Ma cerca di capirmi… Tu hai detto che mi amavi, Diana.»

«Anche tu lo avevi detto.» Le parole questa volta le sfuggirono prima che avesse la possibilità o la prontezza di trattenerle. Ma erano vere, sentite. E per quanto tentasse di impegnarsi per non arrivare al punto di rivangare il passato, non riusciva a non sentirle reali dentro di sé. E non riusciva nemmeno a tacere quel dolore che era imploso in lei per troppo tempo. «Anche tu mi avevi detto che mi amavi e io ti avevo creduto.»

Daniele abbassò il viso mentre lei pronunciava le ultime parole. Lo aveva ferito. E in parte era consapevole di averlo fatto intenzionalmente.

«Perdonami. Hai ragione tu.»

Diana allungò la mano verso di lui, sfiorandogli appena la guancia. Quell'uomo l'aveva ferita. E la ferita non si era mai rimarginata completamente. Ora si chiedeva se lui stesse provando lo stesso. Probabilmente no. I suoi non erano i sentimenti traditi di un adolescente. Daniele era un uomo. Sarebbe andato oltre. Oltre lei, oltre la sua verità. E presto si sarebbe ricostruito un'altra vita, un altro amore. Senza di lei.

Temeva che la respingesse, invece lui posò la mano sulla sua trattenendola sul viso.

«Non cambia il fatto che io ti amo, Diana. Anche se ho il sospetto...»

Non proseguì. E lasciò Diana a tentare di interpretare il suo sospetto, le sue parole non dette. Inaspettatamente l'attirò a sé e la strinse. Cercò le sue labbra e Diana ricambiò il bacio.

Il sospetto. Mesi o addirittura anni. Tutti gli anni in cui avevano fatto finta di essere solo amici. Avevano fatto finta. Fatto finta. Fatto finta per non perderlo. Fatto finta per non rovinare tutto. Fatto finta per non rischiare di restare senza lui, senza il suo porto sicuro. E mentre Daniele le baciava ancora le labbra, Diana chiudendo gli occhi rivide quel porto nel nord dell'Inghilterra. E quella barca col nome di donna che lui aveva acquistato accettando di occuparsene al posto del proprietario. Dorothy. E forse lei era proprio come Dorothy. Così bisognosa di affetto, di cure. Così sola, dopo tanti anni. Ma lui era arrivato, in suo soccorso. Lui con gli occhi azzurri e lo sguardo vivace, scaltro. Lui che la rimproverava. Lui che la prendeva in giro. Lui che la salvava da se stessa, illudendola che fosse lei a salvarsi da sola. Lui che amava tanto una canzone immensamente triste. Lui che c'era. Lui che c'era sempre stato.

CAPITOLO 65

Daniele le aveva chiesto tempo. Diana non era certa di comprendere a cosa gli sarebbe servito questo tempo. Tempo per abituarsi all'idea? Tempo per stabilire se l'amava abbastanza da accettare il fatto che non l'avrebbe avuta tutta per sé? Non com'era rimasta quando lui l'aveva lasciata. Non avrebbe riavuto la confezione intatta che aveva restituito più di vent'anni prima. Ma forse non aveva intuito che non era il bambino che aspettava, un bambino non suo, a modificare la situazione in lei. Erano le ferite che non si vedevano a occhio nudo ad averla cambiata, irrimediabilmente. Quelle che, dentro di lei, sanguinavano di più.

Era tornato a Milano. E lei lo aveva lasciato andare. Perché in questo era diventata davvero brava nel corso degli anni. Lasciare andare chi non desiderava essere trattenuto. Lasciare andare sempre.

E anche Jules aveva lasciato andare. Come avrebbe potuto, del resto, trattenerlo o forzarlo? Lo conosceva. Sarebbe stato come costruire una prigione intorno a lui. Non gli avrebbe fatto questo. Non lo avrebbe costretto a farsi carico di una vita e di una responsabilità che non aveva mai chiesto.

Attese il ritorno. Perché sapeva che sarebbe tornato. Anzi, sarebbero tornati entrambi. Non perché gli uomini considerassero inevitabile e vitale tornare da lei. Ma loro lo avrebbero fatto. Daniele per dimostrare qualcosa. Jules per un'abitudine consolidata negli anni.

Il professor Giullari le aveva raccontato che il cielo diurno era pieno di stelle, anche se invisibili alla luce del giorno. Nonostante tutto Diana ci aveva provato comunque, tentando di scorgerle dalla veranda. Forse la cosa importante era sapere che

344

c'erano. Iniziava a sentirsi allo stesso modo, nei confronti di entrambi. Sapeva che c'erano. Anche se non poteva vederli, al momento.

E non c'era soluzione. Non poteva dire nulla. Doveva tacere. Jules aveva acquistato la parte di casa di zia Linda, liberandola di un peso che le aveva tolto il sonno e la tranquillità. Non poteva chiedergli di più. Non poteva caricarlo di altre responsabilità.

Michelle l'aveva avvisata del suo arrivo e si era preparata a dovere. Incredibile come i giorni scorressero così lentamente durante quelle settimane. Come se avessero subito un processo di rallentamento dovuto a qualche mutazione universale. Diana si ritrovò a credere che da qualche parte, in un universo parallelo, un'altra versione di se stessa stesse subendo il processo opposto procedendo a velocità megagalattica. Invece per la Diana del pianeta Terra i secondi, i minuti erano scanditi al rallentatore. Come quando era bambina o adolescente, i giorni passavano così lenti, quasi cristallizzati nel tempo. Crescendo le cose erano cambiate e il tempo aveva assunto una velocità sempre più folle, inarrestabile. Era così per tutti, aveva sentito dire. Invece in quel momento della sua vita tutto si era fermato, placato in quella sublime lentezza che rendeva le sue giornate infinitamente lunghe.

«Quindi, ti fermerai per un po'?»

Non era sua intenzione indagare nei suoi programmi. E non comprendeva come una semplice domanda, che gli aveva rivolto più volte anche in precedenza, sembrasse ora così innaturale e invadente da farla sentire in imbarazzo.

«Sì, per un po'…»

Anche la risposta vaga non era più spontanea della domanda. Jules si voltò a guardare il mare, mentre percorrevano qualche passo davanti alla casa. In questo modo le girò le spalle per un attimo.

«Spero che i tuoi stiano bene. Stanno… stanno bene, vero?»

Sempre peggio. Diana prese la saggia decisione di tacere e si fissò i piedi, le scarpe da ginnastica insabbiate che forse avrebbe fatto meglio a togliere nonostante il clima ancora freddo di febbraio. Amava il mare d'inverno. Anche se quello di Rimini non era il migliore al mondo, l'inverno la spingeva ad amarlo e ad assaporarne il profumo come in nessun'altra stagione.

«Stanno come sempre. Bene, quindi.» Jules si rigirò verso di lei con uno scatto spazientito. «Diana... perché non ti decidi a dirmi quello che devi dirmi?»

«No, è che... io... cioè, visto che hai comprato la casa...»

«Pensi che i miei verranno a stare qui? No, non è questo che ti preoccupa...» Jules abbassò lo sguardo su di lei stringendo gli occhi. «Lasciami capire... Si tratta di lui, vero? Vuole venire a vivere qui, con te. E mi sembra ovvio, date le circostanze.»

«No, ecco... io...» Diana chiuse gli occhi per non incontrare i suoi, per non permettergli di fare ciò che faceva di solito. Leggerle dentro o almeno provarci. «Sì, in effetti sì... Ma non è questo.»

Era altro. Era la verità che le bruciava dentro. La verità che lui avrebbe anche potuto sospettare ma che lei aveva celato, rigirato.

«Allora cosa? Temi che non avrò tanta voglia di vedermelo intorno? E hai ragione! Sai cosa ho sempre pensato. Ma se tu sei felice... è la tua scelta.»

«Mi chiedevo... mi sono chiesta perché... Perché hai comprato questa casa, Jules? Non ti era mai interessata prima. Non le avevi mai rivolto nemmeno un apprezzamento. Mai.»

«Posso aver cambiato idea. Cercavo una casa qui e tua zia mi ha fatto un'offerta.» Jules si strinse nelle spalle in modo apparentemente naturale e spontaneo. Ma Diana lo conosceva da troppo tempo per lasciarsi ingannare. Non era affatto spontaneo. Al contrario, era teso e nervoso. «Mi è sembrata una buona idea, anche per te.»

«Per me? E perché per me?» Diana sgranò gli occhi su di lui. Ora non era più lei a nascondersi, a tentare di evitare uno scontro. «Come risarcimento?»

«Risarcimento? Per cosa?»

Dannazione! Cosa le era venuto in mente di utilizzare il termine di Vittorio? E poi sapeva che non avrebbe dovuto dirlo. Che non avrebbe dovuto parlarne. Non ne avevano parlato, infatti. Come se fossero stati di comune accordo, come se avessero stretto un patto che li obbligava a restare in silenzio, a mettere a tacere ogni discorso in proposito. Ma la verità era che Diana aveva una grande voglia di parlarne. Fin dal primo giorno. E non sarebbe stata più in grado di restare in silenzio. Non un istante di più. Correndo qualunque rischio possibile.

«Per quello che è successo tra noi.»

«Cosa? Di cosa stai parlando, Diana?»

«Lo sai bene di cosa sto parlando!» La voce le si alzò gradualmente. Diana strinse un pugno per poi rilasciarlo lungo il fianco.

«Sì, io lo so. Lo sapevo anche la mattina dopo. Ma a quanto pare tu sembravi colta da amnesia riguardo a quella notte! Per questo motivo non ho detto niente, non volevo offenderti o turbarti ricordandoti qualcosa che evidentemente tu preferivi dimenticare. Sempre che te ne ricordassi. Ora improvvisamente ti è tornata la memoria?» Il tono di voce di Jules si alzò, seguendo il suo. «Ma non mi riferivo a quello. Cosa intendi con "risarcimento"?»

«Il motivo per cui hai comprato la casa. Per risarcirmi della… della notte di sesso!»

Lo sapeva che avrebbe rovinato tutto. E così era stato. Dopo averlo fatto. Dopo averlo espresso apertamente ancora di più. Ormai sarebbe stato impossibile tornare indietro. Si erano persi. Persi per sempre. La loro amicizia era sfumata, evaporata nel nulla.

«Sei pazza! Avevo già in mente di proporre a tua zia di venderla a me, sapendo che tu non potevi acquistarla. Dall'estate ci pensavo. Credi lo abbia fatto in cambio di una notte di sesso? Allora oltre a pazza sei anche stupida! Saresti parecchio costosa! Non vali così tanto a letto!»

«Ah grazie… grazie tante!»

Diana voltò lo sguardo intorno per evitare di guardare Jules. Seguì il volo di un gabbiano che si librava a poca distanza, sfiorando ripetutamente la superficie del mare.

«Oh Diana, non intendevo... quello che intendevo...»

«Intendevi benissimo, invece.» Diana replicò questa volta con un filo di voce. Era tutto sbagliato, tutto un errore. Lei era sbagliata. Inevitabilmente l'istinto rabbioso si impossessò nuovamente di lei. «Sono una pazza. E non so nemmeno io quello che faccio. E chissà perché non ricordavo? Forse lo avevo rimosso. Forse ero confusa. Sono ancora confusa, con tutti...»

«Sì, confermo. Sei confusa. Sei talmente confusa che non sai nemmeno con chi finisci a letto. Ma la buona notizia...» Jules si passò una mano tra i capelli e fece per allontanarsi da lei, pronto a rientrare oppure a dirigersi verso il cancello per andarsene del tutto. «La buona notizia è che la confusione è finita! Perché hai finalmente quello che vuoi. Lui, il grande amore della tua vita. Quello che...»

Jules scosse la testa, mordendosi le labbra nello sforzo di trattenersi. Diana si sentì fremere internamente e la nausea le salì alla bocca dello stomaco, impetuosa.

«Non mi importa, Diana. Non mi ferisce qualcosa che in fondo ho sempre saputo. A meno che tu abbia altri motivi...»

«E a me non ferisce la considerazione che hai di me. Come di quella che finisce a letto con chiunque dopo una sbornia. Non lo avevo mai saputo che pensavi questo di me!» Diana si strinse nelle spalle puntandogli addosso, questa volta, uno sguardo impassibile. Mentre si sentiva lacerare dentro. E non sopportava l'idea di essere la sola. «Ma vuoi la verità, già che siamo arrivati a questo punto? Riguardo a lui, a Daniele... C'era una parte di me, profonda... che nemmeno ero consapevole esistesse e che gli era ostile. E che non gli avrebbe mai concesso di riprendermi come se niente fosse, come se il passato non esistesse più... di essere per lui una seconda scelta. Per questo l'ho fatto, Jules. Non è stato un istinto spontaneo dovuto all'ubriachezza. Per questo quella notte, dopo che lui mi ha lasciata sola ancora una volta, sono venuta a letto con te. Ti garantisco che non ci sono altri motivi. Ti ho usato. E ora non voglio più sapere niente, non voglio più…»

«Non vuoi più vedermi? Ho capito. Mi hai usato.» Jules annuì stancamente, la scrutò un istante poi distolse lo sguardo. Un'ombra passò sul suo viso. E improvvisamente non sembrava più lo stesso ragazzo che aveva conosciuto durante il suo primo viaggio in Inghilterra. «Adesso sì, Diana. Ci sei riuscita. Mi hai ferito.»

CAPITOLO 66

La verità le urlava dentro più forte del silenzio dietro cui si era barricata. Non era vero. Era confusa, sì. C'era una parte di lei ostile a Daniele, sì. Per averla fatta sentire una seconda scelta, soprattutto. Ma la considerazione di Jules nei suoi confronti la feriva al di là di qualsiasi ragione. Non le permetteva di riflettere razionalmente e la spingeva ad attaccarlo per fare in modo che anche lui provasse lo stesso. Lo aveva usato? No. Non lo aveva usato. Non aveva nemmeno avuto il tempo di pensare di usarlo!

«Ragazzi, siete qui!»

La voce allegra di Michelle, che correva verso di loro, spezzò il silenzio. Diana fu costretta a fingere che anche la tensione fosse stata spezzata e si sforzò di sorriderle.

«Sì... siamo qui...»

«Diana, c'è una visita per te. Credo proprio che ne resterai sorpresa!»

Niente e nessuno poteva più sorprenderla, ormai. Ma Diana ne approfittò per prendere la rincorsa e scattare verso l'interno della casa.

Doveva però ammettere che in un'altra circostanza l'avrebbe davvero sorpresa. La presenza di Dietmar Donati nella sua casa sulla spiaggia.

«Immagino che non si aspettasse di vedermi qui.»

L'uomo era immobile all'ingresso. Spostava il peso da un piede all'altro, come a disagio. Ed era tanto diverso da come Diana si era abituata a vederlo. Indossava i jeans e una giacca sportiva verde scuro sopra la camicia azzurra. Tutto questo contribuiva a far risaltare il colore dei suoi occhi.

«Immaginava bene.» Diana annuì, spostandosi e invitandolo a entrare e ad accomodarsi sul divano oppure su una delle poltrone. «Posso offrirle qualcosa? Un caffè oppure...»

«No, la ringrazio. Sono solo passato per qualche minuto, non intendo disturbarla. La verità è che io...» Dietmar la seguì mentre il suo senso di disagio non sembrava svanire nonostante l'ospitalità di Diana. «Mentina mi ha raccontato... O meglio, credo di averla un po' costretta a raccontarmi della sua nuova attività. E so che non sarei dovuto venire qui, ma lei è diventata famosa.»

«Io? Famosa?»

Diana lo fissò allibita, sgranando gli occhi. Mentina aveva fatto la spia? E cosa poteva interessare a uno come Donati quelle che sarebbero state le sue scelte professionali una volta lasciata la scuola?

«Sì, tra i colleghi e anche tra gli studenti. Sta dimostrando un grande coraggio nel perseguire i suoi obbiettivi.» Dietmar sorrise appena, come chi non era mai stato abituato a sorridere troppo apertamente. Nonostante tutto sembrava sincero. «Volevo farle i miei complimenti, Diana. Per questo sono qui. E in realtà ero anche un po' curioso.»

«Più che di coraggio forse si tratta di incoscienza.» Diana rispose al sorriso. Entrambi erano rimasti in piedi, al centro del soggiorno.

«No, le assicuro che è proprio coraggio! E vorrei chiederle se... se lei avesse bisogno di qualsiasi aiuto, io potrei fare in modo...»

«Abbiamo intenzione di devolvere una parte degli introiti in beneficenza. La mia idea originaria era quella di sviluppare un'attività parallela sul modello del charity shop presente nel Regno Unito. Non so se qui sarà possibile, però devolvere una percentuale in beneficenza lo sarà sicuramente.» Diana si fermò per riprendere fiato. Si sentiva frastornata. Per lo scontro con Jules e per l'inaspettata presenza di Dietmar in casa sua. «Lei potrebbe aiutarmi a selezionare gli enti benefici, per esempio.

Coinvolgere anche gli studenti, se ho il suo permesso. Era una cosa a cui pensavo già, privatamente. Ma se avessi anche il sostegno della scuola...»

«Sicuramente, Diana. La trovo un'ottima idea. Mi dispiacerebbe perderla...»

Diana lo vide arrossire, abbassare lo sguardo e poi ricomporsi. Conseguentemente alle sue parole anche lei si sentì imbarazzata.

«Grazie, è davvero molto gentile da parte sua. Non osavo sperare nel suo aiuto.»

«È inevitabile, immagino anche perché non contasse sul mio aiuto. Deve sapere che io sono nato e vissuto in un ambiente molto rigido, mio padre era un uomo intransigente e freddo. Lo è ancora. Un diplomatico italo-tedesco. Avrei dovuto percorrere la stessa strada. Ho trascorso gran parte della mia infanzia e adolescenza da un collegio all'altro, restavo rinchiuso anche durante le feste e le vacanze estive, il più delle volte.»

«Mi dispiace... mi dispiace tanto...»

Diana provò un'istintiva pena per lui. Le diede l'impressione di un'anima nobile rinchiusa a forza, barricata dietro a un'armatura.

«Lo studio della storia mi ha salvato, da ragazzino. Mi sono appassionato ad altre epoche, altre vite... più avventurose della mia. E poi recentemente... i nostri colloqui, i nostri scontri dovrei dire. Io avevo torto. Insomma, è come se tu mi abbia risvegliato da un lungo sonno. Voglio dire, lei...»

«Non ho problemi se mi dà del tu.» Diana sorrise, stringendosi nelle spalle. «E non credevo che lo avrebbe mai ammesso.»

«Beh, a questo punto tu dovresti fare lo stesso, Diana.» Dietmar sembrò sciogliersi ulteriormente. Diana si rese conto che se la sua vita sentimentale non fosse stata già abbastanza confusa e se lui non avesse avuto la famigerata fidanzata bionda avrebbe potuto provare un certo interesse per quell'uomo. Comunque, riuscire a raggiungere un buon livello di comprensione e sviluppare un rapporto simile all'amicizia era già molto. Qualcosa di impensabile soltanto pochi mesi prima. «In ogni caso non abbandonerai la letteratura, vero? Anche se non sarai più un'insegnante?»

«No, non lo farò mai. Fa parte di me, del mio mondo. Anche se il mio destino non è mai stato quello di essere un'insegnante. Non in senso tradizionale, almeno. E tu sai che seguire le regole mi ha creato qualche problema.»

«Sì. Con un certo direttore un po' ottuso e cinico. Una sorta di Caronte, vero?» Dietmar annuì diligentemente mentre parlava. Rise citando il nome con cui veniva definito.

«Quindi lo sapevi.» Diana rise di gusto. «Non credo che il tuo ammorbidimento tardivo serva a qualcosa, ormai. Quel nome ti resterà appiccicato addosso.»

«Lo so. E ormai ci ho fatto l'abitudine. Se lo cambiassero mi mancherebbe.»

Diana non era abituata a un Dietmar Donati così sciolto e pronto alla battuta. Dovette ammettere con se stessa che si trattava di una piacevole sorpresa. Era piacevole conversare con lui, soprattutto. In modo così tranquillo, amichevole. La distoglieva dal resto delle preoccupazioni, dal resto del mondo. Ma, da un altro punto di vista, proprio quel tono scherzoso non faceva altro che rammentarle ciò che era stato lui per lei e quanto disperatamente le mancava. Quanto si sentiva soffocare da quelle parole crudeli che si erano rivolti. E completamente false, da parte sua.

«Ci si abitua a tutto, mi pare...» Forse in quel momento stava parlando più a se stessa che a Dietmar. «Anche se i cambiamenti sono sempre i più difficili da accettare.»

«Spero che il mio cambiamento nei tuoi confronti non lo sia.»

«No, direi di no Dietmar. Tutt'altro. Posso aggiungerlo alla lista di cose positive che mi sono accadute ultimamente.»

Diana sorrise. Erano rimasti in piedi tutto il tempo. Dietmar si accomodò finalmente su una delle poltrone e sollevò il viso verso di lei.

«Sono contento. Anche io ho deciso di tornare alla mia vecchia passione, in qualche modo.» Fece un respiro profondo, stringendo leggermente gli occhi. «Sinceramente ero convinto che mi buttassi fuori di casa.»

«Sarebbe potuto accadere, non sapevo cosa aspettarmi da questa tua visita.» Diana andò a sedersi sul divano, di fronte a lui. Incredibilmente tutti gli uomini stavano diventando troppo gentili nei suoi confronti. Tutti tranne uno. «Io credo che una vita lontana dai propri sogni, dalle proprie aspirazioni renda cinici, aridi. Lo comprendo perché lo sono stata anche io, in parte.»

«Sono d'accordo, Diana. È ancora valida l'offerta per quel caffè?»

CAPITOLO 67

«Non mi chiedi chi è venuto a trovare Diana?»

Michelle si sforzava sempre di continuare a parlare in italiano anche quando era sola con il fratello, ma si arrendeva presto e passava inevitabilmente all'inglese. Lui la prendeva sempre in giro, ma questa volta era rimasto indifferente.

«Non mi interessa saperlo. Forse perché già lo so. Lo stronzo.»

Jules espresse il concetto senza nessuna enfasi. Michelle era consapevole della sua scarsa simpatia nei confronti di Daniele e delle espressioni colorite con cui parlava di lui, il più delle volte in tono canzonatorio. Ma questa volta era davvero diversa. Oltre all'indifferenza, alla mancanza di entusiasmo, percepiva anche una certa insofferenza.

«No. È Dietmar Donati, il direttore della scuola di Diana. Stronzo anche lui, da quanto mi aveva raccontato. Ma forse è migliorato. In ogni caso è proprio un gran bell'uomo.»

«Buon per lui.» Jules si tormentò le labbra, mordendole nervosamente.

«Jules... Cosa aspetti a dirglielo?»

Michelle inclinò lievemente il capo e incrociò le braccia, restando ferma di fronte al fratello. Con un'espressione dolce e materna, ma che lasciava intendere allo stesso tempo un velato rimprovero.

«Dire cosa? A chi?»

«Che sei innamorato di lei. A Diana.»

«Non dire sciocchezze!» Jules strinse gli occhi e distolse lo sguardo dalla sorella, girandosi verso il mare.

«L'ho sempre sospettato. Ma non mi è mai apparso così chiaro, così evidente come in questi giorni.» Michelle mosse un passo verso di lui, appoggiando la mano sul suo braccio. «Devi dirglielo. Devi dirglielo subito, prima che sia troppo tardi.»

«Troppo tardi per cosa, Michelle?» Jules si staccò da lei con uno scatto improvviso, quasi rabbioso. «Troppo tardi per cosa? Forse non sai che è già troppo tardi. È sempre stato troppo tardi!»

«Perché ha sempre amato Daniele? Lo so, lo capisco. Ma se lei sapesse... Insomma, non avresti nulla da perdere...» Michelle non si lasciò intimidire dallo scatto nervoso del fratello e continuò con lo stesso tono tranquillo, pacato ma deciso. «Da quando sei arrivato io sono rimasta nel suo appartamento apposta, invece di stare qui alla casa sulla spiaggia. Per lasciarvi un po' di tempo da soli. Però tu...»

«E hai fatto male!» La replica di Jules arrivò secca e istantanea. «Siamo stati soli un sacco di volte.»

«Io la vedo confusa. È felice per la casa, per il lavoro... ma è profondamente turbata. Forse... forse non è così convinta di cosa vuole davvero. Voglio dire... di lui, di Daniele. Se la ami, tu devi dirglielo. O rischierai davvero di perderla per sempre questa volta. Perché questa volta lui non la lascerà più andare, ne sono certa. Se è stato un cretino prima, non lo sarà di nuovo. Non vorrà più perderla. Quindi quello che la perderà per sempre sarai tu.»

«Le voglio bene, lo sai.» Jules sospirò, stringendosi nelle spalle. «Nel senso che ci tengo a lei.»

«Non è vero. Non in quel senso...»

«La verità sai qual è, Michelle?» Jules chiuse per un istante gli occhi scuotendo leggermente la testa. Sospirò alla ricerca delle parole giuste. «Tu non puoi capire, davvero. Tu non l'hai vista. O l'hai vista solo per due giorni, prima di partire per l'Italia quando avete fatto lo scambio. Non hai visto Diana durante la sua prima vacanza da noi. Io... l'ho avuta intorno per due mesi. Era completamente smarrita. Ed era triste, di una tristezza intollerabile che non riesco nemmeno a descrivere a parole, ma faceva male. Aveva gli occhi sempre pieni di lacrime, anche se non piangeva mai. Tentava di sforzarsi di apparire allegra quando c'erano i nostri genitori. Ma io la osservavo quando lei non guardava. Facevo finta di fare altro e la osservavo. Non parlava nemmeno inglese, a parte qualche parola, qualche frase fatta. E io allora conoscevo pochissime parole in italiano. Tra noi non c'era comunicazione. Ogni tanto... sì, ogni tanto cercavo di provare a parlare per farla ridere. A volte ci riuscivo. Andavo a cercare le parolacce sul dizionario per farmi rimproverare da lei, per riuscire a scuoterla un po' da quella tristezza, da quel dolore. Cercavo di raggiungerla e non avevo altro modo. Credi che me ne fregasse qualcosa di imparare l'italiano a quindici anni? No, non me ne fregava proprio niente. Non quanto a te. Io lo facevo per lei. Volevo migliorare per lei. Ho continuato a farlo per lei, per dimostrarle che sarei stato in grado, perché lei...»

«Jules... Diana non mi sembrava così...» Michelle sospirò aggrottando la fronte. «Sapevo che era giù a causa di Daniele e perché non aveva più sua madre. Essere sola con il padre e tre fratelli più piccoli non deve essere stato facile per lei. Però...»

«No, non era solo quello. Capisco che tu o altri non ve ne siate accorti. Il suo era un dolore silenzioso, quasi indifferente, apatico. Io me ne accorgevo ogni volta che abbassava la guardia. Mi è rimasto impresso anche se ero solo un ragazzino, non l'ho mai dimenticato. E la notte... a notte fonda, la sentivo piangere dalla mia stanza attigua alla sua. Come se si stesse liberando di tutte le lacrime trattenute durante il giorno. Alcune volte mi sono affacciato alla porta della sua camera quando alla fine si addormentava. E una volta sono entrato e le ho dato un bacio...» Jules abbassò il viso, poi si strinse nelle spalle e tornò a guardare la sorella. «Durante quei mesi ho promesso a me stesso che anche se non potevo fare nulla in quel momento, un giorno l'avrei aiutata a essere felice. Non volevo più vederlo quel dolore che si sforzava di trattenere ma era così evidente per me... sul suo viso, nei suoi occhi.»

«Oh, Jules...» Michelle si passò le mani sul viso poi afferrò il fratello per le spalle. «Se questo non è amore, allora cos'è? Io non credevo, non avevo capito! Non lasciarla andare. Dille quello che hai appena raccontato a me. Lei deve sapere ciò che provi.»

«No. No, Michelle. La turberei inutilmente, la farei stare peggio!»

«Ma tu...»

«Io non posso, Michelle! Diana aspetta un bambino. Da quello stronzo... da Daniele.» Jules lanciò un'occhiata esasperata a Michelle. Non aveva avuto alternativa, non gli avrebbe dato pace. Oppure rischiava di parlare lei stessa con Diana, senza nemmeno essere al corrente dei dettagli, di ciò che era accaduto recentemente tra loro e che lui non aveva nessuna intenzione di confessare. «Capisci cosa volevo dire quando ti ho detto che è già troppo tardi? Ma se fosse soltanto questo... insomma, io potrei... Se lei mi volesse non mi importerebbe. Passerei sopra a tante questioni, anche al fatto che aspetta un figlio da un altro, anche da quell'uomo che disprezzo. Ma lei non mi vuole. La sua felicità è con Daniele. E anche se non mi piace, anche se lo detesto per averla fatta soffrire così tanto per tutti questi anni... devo accettare la sua scelta. Lui è l'unico che Diana abbia mai voluto.»

CAPITOLO 68

«Mi dispiace non averti risposto, Diana. Spero che capirai perché ti ho lasciata in sospeso.»

Con il ritorno di zia Linda la situazione riguardante la casa sulla spiaggia si era definitivamente chiarita.

Diana, seduta al tavolo del soggiorno accanto alla zia, sorseggiò piano la sua tisana.

«In realtà ci sono rimasta male. Ma ora capisco.»

«Scusami, tesoro. Davvero mi dispiace. Ma sapevo che Jules aveva buone intenzioni. Abbiamo deciso di non raccontare nulla a nessuno fino al momento giusto, nel timore che insorgessero complicazioni. Io avevo bisogno di soldi per un mio progetto e lui...»

«Un tuo progetto?»

«Sì, uno studio di medicina alternativa e meditazione. Anche se non so ancora dove. Probabilmente non in Italia.» Linda sorrise, strizzandole l'occhio. «Sono la disgrazia della comunità della zona oltre che della famiglia. Comunque... Jules è un bravo ragazzo e deve volerti molto bene.»

«Lo so. Non era necessario che comprasse questa casa per dimostrarlo.» Diana si sforzò di trattenere la stizza che inevitabilmente aveva impresso nel tono di voce. Non ci riuscì e di fronte allo sguardo perplesso della zia si impegnò per cambiare completamente argomento. «Mi avevi parlato di alcune fotografie quando sei arrivata...»

«Sì...» Linda afferrò la borsa di tela gigantesca che aveva appoggiato a terra. A Diana ricordò la borsa di Mary Poppins, sembrava contenere di tutto. A un certo punto si aspettò che ne uscisse anche qualche animale esotico che la zia si era portata a casa come compagnia dai suoi viaggi. «Eccola qui!»

Invece le porse una piccola scatola rettangolare. Ricoperta di stoffa di raso scarlatto, con alcune perline e ricami sul coperchio. Diana guardò la zia in attesa di un segnale da parte sua, poi si decise ad aprirla.

Rimase sconcertata e corrugò la fronte per un istante, prima di ricomporsi e sollevare con entrambe le mani il contenuto della scatola. Era un pacchetto di fotografie legate con un nastro rosa. Sulla prima si potevano individuare due bambine, dagli occhi e dai capelli scuri, che si tenevano per mano e restavano così in posa, anche se con un'espressione poco convinta. Indossavano entrambe un abitino sopra al ginocchio in tinta avorio e tra i capelli portavano un nastro dallo stesso colore. Una delle due sembrava insofferente, l'altra rassegnata a subire quella forzata immobilità, almeno fino a quando qualcuno al di là dell'obbiettivo si fosse deciso a scattare.

«Tu e la mamma...»

Diana annuì e indicò la bambina insofferente come zia Linda, quella più tranquilla come sua madre.

«In realtà è il contrario. Io da piccola ero molto più pacata, tua madre era vivacissima. Non stava ferma un minuto.» Linda rise e si passò una mano tra i capelli, sempre scuri, con un sospiro. «Ci siamo rovinate col tempo, credo. Anzi, tua madre è diventata un'adulta seria e responsabile. Io mi sono rovinata.»

«Vi siete scambiate il carattere a un certo punto.» Diana rise con lei, passando in rassegna altre foto che sembravano appartenere allo stesso servizio fotografico. Poi giunse ad altre fotografie. Non più scattate nel giardino del villino dove erano cresciute ma alla casa sulla spiaggia. Alcune in interno, altre sulla riva. Le due bambine si somigliavano a tal punto che in alcuni casi era difficile distinguerle. Diana sapeva che sua madre era leggermente più magra, ma per il resto erano due gocce d'acqua. Soprattutto da bambine. «Non avevo mai visto queste fotografie.»

«Io non me ne ricordavo più. Sono rimaste chiuse in un cassetto per anni. Le ho ritrovate ora perché sto sistemando la casa dei tuoi nonni.»

Diana annuì distrattamente giungendo a una fotografia in cui le due bambine erano sedute su una poltrona con un libro trattenuto sulle ginocchia che coprendo interamente le loro gambette appariva enorme.

«Vi piaceva leggere...»

Linda si spostò con la sedia per riuscire a vedere la fotografia.

«No, non sapevamo ancora leggere lì. In realtà a tua madre piaceva raccontare storie. Lo faceva di continuo, con ogni libro che le capitava in mano. Anche se non aveva immagini. A volte lo faceva anche con il giornale di nostro padre.»

«La mamma... raccontava storie?»

Diana si passò una mano sulla fronte trattenendola tra i capelli. Era la stessa cosa che... sì, la stessa cosa che aveva detto suo padre. Zia Linda stava confermando la sua versione.

«Sì, lo faceva sempre. Da piccola soprattutto. Alcune storielle che mi aveva raccontato le ricordo ancora. Lorena aveva una grande fantasia e vivacità da piccola, al contrario di me. Io tentavo in tutti i modi di imitarla, senza riuscirci.»

«Allora mio padre aveva ragione. Mi ha detto che la mamma raccontava spesso storie, prima di passare alla pittura.»

«Sì, è vero. Forse l'avvicinamento alla pittura è coinciso con la sua fase più adulta, più responsabile. Tua madre è sempre stata la migliore tra noi due, la più carina, quella che sapeva dare la giusta considerazione a ogni cosa, a ogni persona. Io sono sempre stata un disastro, in ogni aspetto della mia vita. Tu... tu le somigli molto, Diana.»

«In realtà credo di somigliare più a te in questo momento. Sono un disastro anche io.»

Diana inclinò la testa e passò delicatamente il dito sulla fotografia delle due gemelline intente a sfogliare il grande libro, sui loro visini concentrati.

Le somigliava. Entrambe le somigliavano, in effetti. Non aveva mai avuto molte occasioni di guardare fotografie di sua madre e della zia da bambine. Per questo non ci aveva pensato. La bambina. La piccola Sharazade del suo sogno. Si morse le labbra sentendo le lacrime pungerle gli occhi.

«Diana... avrei dovuto starti più vicina dopo che...» Zia Linda sospirò e le accarezzò la mano con dolcezza, trattenendola sulla sua. Evidentemente, nonostante i suoi sforzi, si era accorta che Diana era molto prossima alle lacrime. «Mia figlia ha sempre avuto una famiglia adottiva meravigliosa che si è occupata di lei molto meglio di quanto potessi fare io. Ma tu... sei rimasta sola. Eri solo una bambina. Avrei dovuto pensare io a te.»

«No, zia Linda. Io me la sono cavata, davvero.» Diana sorrise, stringendo la sua mano. «Solo che... stavo pensando. Voi due da piccole somigliavate a...»

«Sì, lo so. Somigliavamo a te da bambina. Avresti potuto essere la nostra terza gemella se non ci fosse stacco d'età. Avevi solo i capelli un po' più chiari e...»

«Allora io potrei essere...» Diana sospirò e rivolse alla zia un sorriso più sereno. «Sono contenta di aver visto queste fotografie, zia. E sono contenta che tu sia qui.»

«Confesso che le ho portate sperando di rabbonirti dopo lo scherzo che ti ho fatto in collaborazione con Jules. Temevo non mi perdonassi.» Zia Linda rise più apertamente e sollevò le spalle, strizzandole l'occhio. «Ma la prossima volta ti porterò un dolce o dei pasticcini.»

«No, hai fatto bene zia.» Diana rivolse un altro sguardo alle fotografie, ripassandole tra le mani, una dopo l'altra. E lei era sempre lì, onnipresente in quelle immagini un po' sbiadite dal tempo. Onnipresente anche in lei. Sharazade era sua madre. Sharazade era sua zia. Sharazade era lei. Sharazade era la coscienza di ogni donna che sapeva di valere di più, di meritare di più. Che sapeva di meritare la felicità. Lo sapeva fin da bambina. E non si sarebbe arresa mai, davanti a niente e a nessuno. «Hai fatto la scelta giusta.»

CAPITOLO 69

Non aveva idea di che giorno fosse, aveva perso il conto. Ma presto la verità sul suo stato sarebbe stata palese a tutti. Quindi aveva dovuto obbligatoriamente trovare il modo di riunire la famiglia e dirlo a suo padre e ai suoi fratelli. Quasi si pentì di aver costretto Vittorio al silenzio assoluto. Per una volta aveva sperato che le disubbidisse, come in effetti aveva sempre fatto. Almeno le avrebbe tolto l'incombenza di raccontarlo lei stessa.

La sorpresa fu tale che non dovettero nemmeno sforzarsi di sembrare entusiasti. Aveva chiesto a Luca e ad Alessandro il favore di lasciare la rispettiva moglie e compagna a casa. Non le serviva una dose di veleno femminile all'ennesima potenza a proposito del suo stato civile, la sua età e il misterioso padre del bambino.

«Ah, bene... Sai già se è maschio o femmina?» Il più reattivo era stato Alessandro anche se l'espressione era ancora perplessa.

«No, non ancora. E non sono neanche sicura di volerlo sapere.»

«Ti piacciono le sorprese...» Vittorio annuì decisamente più rilassato degli altri. Diana comprese che si stava trattenendo a fatica per non spifferare il fatto che lui era al corrente da tempo del grande segreto. E vantarsi di dimostrare che era il fratello preferito, conoscendolo.

«Non proprio. Ma dalle vostre facce sembra che la sorpresa l'abbia fatta io a voi.»

«Sì, decisamente.» Luca annuì, poi si sforzò in un sorriso un po' tirato.

«Stai già pensando a come dirlo a tua moglie?» Diana avrebbe dovuto risparmiargli la battuta sarcastica, ma non ci riuscì.

«Ma no, che dici... in realtà...»

«Io spero che sia una bambina.» Luca si interruppe quando la voce di Nando Vassalli si sovrappose alla sua. «Sì, sarà una bambina.»

«Lo spero anche io, papà.» Diana annuì tranquilla e istintivamente si strinse nella giacca che aveva tenuto addosso. Lanciò un'occhiata allusiva ai tre fratelli. «Ma sono abbastanza abituata ad avere a che fare con bambini piccoli e capricciosi, quindi non mi sconvolgerò se sarà un maschio. Però confesso che preferirei una bambina.»

«Perché sei convinta che il predominio maschile in questa famiglia debba finire, vero?» Vittorio rise, incrociando le braccia. Anche gli altri risero. «Quindi hai bisogno di un'alleata contro i bambini piccoli e capricciosi.»

Era fatta. Un altro peso che si era tolta. E nessuno le aveva chiesto notizie del padre del bambino o della bambina. Non ancora, almeno. Forse perché lo davano per scontato.

Così Diana credeva. Almeno fino a quando, dopo aver salutato il padre e i fratelli, raggiunse la porta d'ingresso pronta a tornare alla sua casa sulla spiaggia.

«Diana...» Luca la richiamò, trattenendola per un braccio. «Io ed Emilia... Ecco, lei si è trasferita dai suoi con il bambino.»

«Oh, no. Mi dispiace...»

«No, beh... non è come sembra. Lei è solo molto stanca, non dorme di notte e non riesce a riposare. Sta diventando isterica, più del solito insomma. Emanuele non ci dà pace, purtroppo. Temo che lo stia viziando troppo, anche se è così piccolo. Io devo lavorare e lei da sola non ce la fa. Emilia è dai suoi perché ha bisogno di aiuto, ma appena possibile tornerà a casa.»

«Sì, certo. Vedrai che questa fase passerà presto. Io... spero di non avere gli stessi problemi tra un po'...»

Diana si sentì a disagio. Non sapeva cosa dire esattamente. Lei ed Emilia non erano mai state grandi amiche, ma si sentiva costretta a incoraggiare il fratello ad avere pazienza.

«A te non accadrà, stai tranquilla.» Luca sorrise e le accarezzò con dolcezza la schiena. «Ma in realtà… quello che volevo dirti era altro.»

«Ho capito. Vuoi cercare di rivendermi i completini da neonato?» Diana tentò di scherzare ma l'espressione del fratello era estremamente seria. Forse troppo.

«No, non è neanche questo. Diana…» increspò le labbra e sbuffò nervoso. «Dimmi che non è di Daniele. Dimmi che non legherai la tua vita a quell'uomo. Non voglio sapere i fatti tuoi, ma… Scusa, in realtà sono fatti tuoi. E temo anche sia scontato che si tratti di lui…»

«Non è di Daniele.» Diana lo interruppe prima che potesse proseguire oltre. «Il bambino che aspetto è di Jules.»

Chiuse gli occhi. Non comprese il motivo per cui lo aveva rivelato a Luca. Così, senza nemmeno sentirsi forzata. Forse, semplicemente, aveva un bisogno disperato di dirlo a qualcuno. E ormai era troppo tardi per tornare indietro.

«Di Jules…» Luca ripeté il nome subito dopo Diana, quasi meccanicamente. Poi sembrò riflettere su qualcosa che gli rese la verità più chiara, meno strana e ambigua. «Certo, ecco perché ti ha difesa così e… ha preso la casa sulla spiaggia per te. Il bambino è di Jules…»

«Ti prego, Luca, Non dirlo a nessuno. La verità è che nemmeno lui lo sa ancora. Io…»

«Non lo dirò, stai tranquilla. Finché non sarai tu a dirlo. Ma sono contento.» Luca posò le mani sulle spalle di Diana, guardandola negli occhi. «Sì, sono davvero contento. Temevo che fosse di Daniele. Jules non ti abbandonerà, non ti lascerà sola.»

CAPITOLO 70

Si era alzata prestissimo. Prima delle sei. Non lo aveva programmato, ma non era più riuscita a riaddormentarsi. Guardò fuori dalla finestra e si accorse che era ancora buio e tirava un po' di vento. Nonostante tutto decise di infilarsi i jeans e una giacca sopra la felpa del pigiama per uscire a passeggiare sulla spiaggia. A breve sarebbe stata l'alba e Diana sentiva un bisogno quasi fisico di assistere allo spettacolo dalla riva del mare. Essendo già sveglia non si sarebbe lasciata sfuggire l'occasione.

Prevedeva una bella giornata. L'aria fresca dei primi giorni di marzo sferzò il suo viso e la fece rabbrividire per qualche istante prima che il suo corpo si abituasse al cambio di temperatura. Rimase sulla veranda a guardare il mare prima di decidersi a muoversi.

Solo quando abbassò lo sguardo le vide. Appoggiate al muro della casa, a poca distanza dall'ingresso. Un piccolo vaso di primule bianche e rosa. Trovò anche una piccola busta e un biglietto tra i fiorellini.

"Buona primavera, tesoro mio. È ancora presto ma le primule sono già sbocciate. Che i tuoi sogni, come nelle più belle favole, si realizzino sempre. E io per sempre resterò al tuo fianco."

Non era ancora primavera. Ma le primule erano già sbocciate, sì. Simbolo di rinascita, di speranza, di un nuovo inizio.

Non riconobbe la calligrafia. Poteva essere zia Linda. Suo padre o uno dei suoi fratelli, anche se non ce li vedeva a depositare un vasetto di primule all'alba o a notte fonda davanti a casa sua. Oppure…

366

Non aveva importanza. Forse erano apparse così, come d'incanto. A celebrare la sua vita, la sua rinascita. E anche la sua indipendenza.

Sospirò e si sedette in veranda, con il vasetto tra le mani. Non l'aveva più sognata recentemente. Forse quel vasetto di primule era il suo addio, il suo saluto definitivo. Sharazade. Chi poteva mai essere Sharazade nella sua vita? Forse sua madre, sua zia, la sorella che non aveva mai avuto, oppure Francesca, Michelle, Denise, Mentina… tutte le donne che l'avevano accompagnata per un tratto del commino. Forse lei stessa o la bambina che avrebbe avuto.

Sharazade. Una donna che si era mantenuta in vita raccontando storie. Si era salvata grazie al suo coraggio, alla volontà di resistere, di continuare a vivere. Non si era arresa. Una donna che si era salvata da sola. Diana si rese conto di non possedere questa forza, questa inarrestabile voglia di vita. Non ancora. Ma anche lei si era mantenuta in vita, anche lei era sopravvissuta in un mondo di uomini. Ora era pronta. A vivere a modo suo.

Sospirò portandosi una mano sul ventre e trattenendola per qualche istante. Stava iniziando a capire. Dove si trovava il suo cuore. Dall'ultima volta in cui Sharazade le era apparsa in sogno. Non sarebbe tornata più, ne era quasi certa. Era arrivata per farle comprendere che comunque sarebbero andate le cose, lei avrebbe trovato la forza necessaria ad affrontarle. Niente di tutto il resto aveva davvero importanza. Doveva solo dire la verità per essere totalmente libera. Poi iniziare a vivere. Non più all'ombra di qualcun altro ma per se stessa. Per il suo amore. E per i suoi sogni.

CAPITOLO 71

Il giorno seguente zia Linda aveva fatto in modo di farle avere piccoli ricordi e oggetti appartenuti all'infanzia e all'adolescenza di sua madre. Nastri, collanine, disegni. Diana si chiese come mai non ci avesse pensato prima. Non aveva importanza. Evidentemente era quello, e solo quello, il momento giusto.

In particolare aveva sottolineato l'importanza di un libro per Lorena, e in seguito anche per lei, durante gli anni giovanili. *Una donna*, di Sibilla Aleramo. Diana lo conosceva. Era stato uno dei primi libri femministi pubblicati in Italia.

«La forza di volontà, l'autostima, il coraggio sono le cose più importanti che una donna deve possedere. Più dei beni materiali, più dell'approvazione delle persone e della considerazione sociale. Non dimenticarlo mai, Diana. Dall'apprezzamento di sé deriva tutto il resto. Anche la felicità. Anche l'amore.»

Zia Linda sembrava assumere forza e determinazione a ogni parola pronunciata. Diana poteva davvero immaginarla a dirigere un centro di medicina alternativa, di meditazione o anche di pensiero positivo… in qualunque parte del mondo o anche restando nella sua città d'origine. In fondo la sua non era altro che una sintesi di ciò che Diana stessa aveva vissuto e sperimentato nel corso dell'ultimo anno.

Intanto doveva procedere con la sua missione più delicata e importante. Dire la verità o almeno provarci. Aveva lasciato gli abiti più leggeri nell'appartamento a Viserbella e doveva decidersi ad andare a prenderli dopo la scuola. Probabilmente vi avrebbe trovato Michelle che aveva stabilito di trattenersi lì per non intralciare i lavori alla casa sulla spiaggia. Come scusa Diana l'aveva trovata poco credibile. Gli sguardi che le aveva lanciato Christian da quando era arrivata erano abbastanza palesi. Comunque Diana aveva deciso di accettare la sua versione e non mettersi in mezzo.

In realtà anche quella di Diana era una scusa. Non aveva così tanto bisogno di abiti più leggeri. Doveva confidare a Michelle quello che non riusciva più a trattenere. Anche a rischio che lo dicesse a lui. O forse proprio perché non era in grado di dirlo a lui.

Lo sguardo che Michelle le rivolse era piuttosto ambiguo. Forse sapeva già tutto, ma Diana non era certa di cosa comprendesse questo tutto. Oppure lei stessa aveva qualcosa da confessare e non immaginava che anche Diana nascondesse un segreto.

«Va tutto bene, Diana?»

«Certo.»

Diana sospirò e si guardò intorno come alla ricerca di qualcosa. Gli occhi di Michelle erano puntati su di lei in attesa di una sua spiegazione. Forse l'aveva sentita litigare con Jules qualche giorno prima sulla spiaggia. Poi lui se n'era andato senza neanche passare a salutare e Michelle, rientrando in casa, si era trattenuta a parlare con Diana e Dietmar. Quando anche Dietmar era andato via tra di loro era calato uno strano silenzio, innaturale per due persone legate da un'amicizia tanto profonda.

«Certo, tutto bene. Ma non abbastanza da dirmi quello che ti sta succedendo.»

Ecco, come immaginava. Il tono di Michelle si era fatto ostile, nervoso.

«Avrei voluto, ma... ho avuto un po' da fare. È passata zia Linda, poi sono dovuta andare da mio padre e...»

Diana si posò una mano sulla fronte. Si stava giustificando, quasi come se temesse che Michelle potesse scomparire dalla sua vita da un momento all'altro. E ne aveva paura. Abbassò lo sguardo, ferita. Tutto il suo coraggio si stava già dileguando, dissolvendo nel nulla?

«Va bene, Diana. Stai calma.» Michelle le accarezzò la schiena con dolcezza, ripetutamente. «Sediamoci sul divano, ti preparo una tazza di tè.»

«No, io…» Diana le afferrò il braccio per non permetterle di allontanarsi. «Jules è…»

«È andato per delle corse di macchina, a Imola se non sbaglio. Poi aveva intenzione di andare anche altrove ma non so…» Michelle prese la mano di Diana e la condusse verso il divano. Diana la seguì diligentemente, senza replicare, e si sedette accanto a lei. «Mi ha detto tutto.»

«Oddio, Michelle… io non avrei mai pensato che potesse accadere…» Diana si morse le labbra con forza e arrossì dall'imbarazzo. «Eravamo… non eravamo in noi quella sera… quella notte…»

«Se vuoi dire che non era programmato, lo capisco. Ma forse avreste dovuto fare un po' più attenzione.» Michelle annuì e sorrise, accarezzandole la guancia. «Però in fondo lo sapevi che sarebbe potuto accadere, prima o poi. Forse è giusto così. Avrai un bambino, un nuovo inizio… È una bella notizia, Diana. Vorrei solo che tu sia certa che Daniele è l'uomo giusto per te, tutto qui.»

«Cosa...?» Diana rimase perplessa a fissarla. Non osava interrogarla direttamente e lasciò la domanda in sospeso.

«Jules me l'ha detto. Aspetti un bambino da Daniele. Mi dispiace non averlo saputo prima da te e comunque Jules era…»

«Solo questo ti ha detto? Che avrò un bambino… da Daniele?»

«Sì, state insieme ora. Quando lui verrà a vivere con te definitivamente…»

«Sì, stiamo insieme. Almeno credo.»

Diana fece un respiro profondo posandosi una mano sul petto. Con "tutto" intendeva la parte riguardante il bambino e Daniele, quindi. Jules evidentemente aveva tralasciato di dire a Michelle l'altra parte. Quella che riguardava lui. Loro.

«Sei sicura che ti renderà felice, Diana?»

Ecco che Michelle tornava all'attacco. Tutto sommato aveva ragione. Ma come poteva dirle che non aveva più certezze, ormai? Soprattutto se la sua felicità doveva dipendere da un'altra persona.

«La verità è che non sono più sicura di niente.» E la verità era anche un'altra. Che lei doveva trovare il coraggio di raccontare a Michelle. «Se Jules... Se Jules ti ha detto solo che io aspetto un bambino da Daniele, non ti ha detto davvero tutto. E poi lui crede qualcosa che non è...»

«Diana, stai tranquilla...»

Michelle afferrò la sua mano e la strinse nelle sue. Solo in quel momento Diana si accorse di tremare.

«Il bambino non è di Daniele. Non è affatto di Daniele!» Diana sgranò gli occhi su Michelle e si aggrappò a lei come a un'ancora di salvezza. «È di Jules. Ma lui non ti ha detto cosa è accaduto tra noi, quindi...»

«Cosa? Diana, no! Lui non mi ha detto...» Michelle la fissò incredula per un tempo che Diana non riuscì a quantificare. «Oh, adesso capisco!»

«Capisci perché ha comprato la casa? Come risarcimento, per ripagarmi di quella notte!»

«No, no. Lui non l'ha fatto per questo. E oltretutto lui pensa che il bambino sia... di Daniele. Mio dio, Diana! Perché?»

«Perché è quello che io gli ho detto e che lui ci ha creduto senza porsi nemmeno il minimo dubbio, Michelle! Non ha avuto neanche il sospetto che potesse essere suo! O forse ha preferito non averlo!» Diana alzò il tono di voce asciugandosi una lacrima che furtiva le scivolò sul viso. «Jules non ha mai voluto figli, lo sai anche tu. Ricordi i discorsi che ha sempre fatto? Anche Jasmine, la sua ex moglie, lo diceva. Lui diceva di non volere figli per non mettere al mondo qualcuno che non ha mai chiesto di essere messo al mondo. E poi... pensa che io vada a letto con chiunque, con Daniele o con chi capita, quindi...»

«Ma Diana... tu hai sempre amato Daniele. È ovvio che ti abbia creduto! Ora che Daniele è libero e voi state insieme...

371

anche io ci avrei creduto. Poteva essere una vostra decisione, avere un bambino.»

«Non è andata così. Nessuna decisione. Il bambino è frutto di una notte in cui io e Jules eravamo entrambi ubriachi e io avevo anche fumato qualcosa di forte. Io... quella sera aspettavo Daniele per andare a una cena con dei vecchi amici e lui mi ha lasciata da sola all'ultimo momento. Aveva un altro impegno, più importante di me. Nulla di nuovo, vero? Così Jules si è offerto di accompagnarmi e il resto... ora lo sai.» Diana rivolse a Michelle un sorriso amaro, sarcastico. «Non c'è una versione romantica di questa storia, non esiste. Non avrò un figlio dall'uomo che ho sempre amato e che alla fine è tornato da me. Perché comunque lui... Ecco, lui... non lo sa più se mi vuole incinta di un altro. Ha bisogno di tempo per pensare se gli sto bene così come sono. Come se fossi diventata merce difettosa, avariata. E sai qual è la vera tragedia in tutto questo, Michelle? Che io lo avrei ripreso dopo tutti questi anni, dopo che mi ha spezzato il cuore! Io, miserabile idiota che non sono altro, lo avrei ripreso!»

«Il fatto che Jules ti ami non conta nulla per te?»

Le parole di Michelle provocarono un mutamento inaspettato in Diana. Come se il cuore le rimbalzasse nel petto per poi fermarsi e riprendere a battere a ritmo accelerato. Si sforzò comunque di ricomporsi.

«Jules non mi ama, Michelle. Non nel senso che intendo io. Mi vuole bene, sì. E io... io ne voglio a lui. Voi inglesi usate le parole amore in modo diverso e a volte a sproposito... Così la gente si confonde...»

«Siete incredibili! La stessa cosa che ha detto Jules quando si è sentito scoperto. Siete uguali, voi due. Orgogliosi e testardi!»

«Ecco, vedi? È solo una tua fantasia!» Diana si sentì improvvisamente sfinita. Aveva commesso un errore. Non doveva raccontare tutto a Michelle. Anche se... sarebbe stato impossibile non dire la verità. Prima o poi avrebbe dovuto affrontarla comunque. «Noi non... non c'è niente tra di noi. A parte questo bambino che non è stato voluto da nessuno dei due. Ma che ora io...»

«Tu devi dirglielo, Diana.»

«Lo so.» Diana si appoggiò allo schienale del divano nel tentativo di rilassare il collo e le spalle. «Anche se mi odierà per questo. Ecco perché ho evitato di dirglielo. Io non volevo che lui mi odiasse. E conoscendolo si sentirà ancora più in debito nei miei confronti. Dopo aver preso la parte di casa sulla spiaggia di cui non gli importava nulla!»

«Jules non ha preso la casa di tua zia solo perché hai passato una notte con lui. Se credi questo ti sbagli.» Michelle sospirò e le accarezzò la spalla, poi si appoggiò allo schienale sollevando le gambe sul divano. «Ne aveva parlato già prima, durante la scorsa estate, quando tu sei stata da noi. Io non capivo il motivo ma ora lo so. Lui non sopporta di vederti stare male, Diana. Non solo da ora, da sempre. Dalla prima volta che ti ha incontrata. Non sopporta che qualcuno ti faccia del male. Che siano Daniele, i tuoi fratelli o chiunque altro... Ha venduto il suo appartamento a Londra e ha rivenduto la barca a Mark per poter comprare la casa sulla spiaggia per te. Questo prima di quella notte.»

«No, lui non...» A Diana parve di sprofondare, di cadere in un abisso da cui non sapeva come risalire. «Mi ha detto che aveva soldi da parte. E che hanno contribuito anche i vostri genitori, che avrebbero voluto una casa in Italia...»

«Non avevano abbastanza soldi a disposizione, al momento. Jules temeva di non fare in tempo e ha venduto l'appartamento di Londra e la barca.» Michelle fece una pausa, osservando l'incredulità di Diana. Senza riuscire a comprendere cosa si celasse dietro a quello stupore che l'aveva portata ad arrossire e a tremare. «A modo suo ti ha sempre amata, Diana. Nonostante sia orgoglioso e testardo e abbia tentato di negare con tutte le sue forze.»

«Lui... aveva così tante ragazze. E poi... mi ha detto di non volere relazioni serie con le donne che frequentava, di non essere in grado di portare avanti una storia. Infatti, i suoi matrimoni...»

«Era con le altre che non voleva avere relazioni. Tu non eri inclusa. Uno dei problemi che Jules ha avuto con Jasmine... sei stata tu. Lei non considerava normale il disprezzo che ha sempre avuto nei confronti di Daniele per averti ferita. Probabilmente aveva capito che celava altro.»

Diana si nascose il viso tra le mani. Non poteva credere alle parole di Michelle. Non si sarebbe mai permessa di crederci. E non avrebbe lasciato che il suo cuore seguisse una direzione che l'avrebbe distrutta.

«Devi dirglielo, Diana. Appena tornerà...»

«Sì, Michelle. Lo farò. Tu però... promettimi che non glielo dirai. Aspetterai che io sia pronta.»

«Te lo prometto.» Michelle annuì convinta. «Ma tu cerca di capire dove sta il tuo cuore. Perché nonostante Jules ti ami e forse anche Daniele, a modo suo... la persona più importante al momento sei tu, Diana. La tua felicità è la cosa che conta di più, ora. Dalla tua felicità dipenderà anche quella del tuo bambino.»

CAPITOLO 72

A Diana non restava che attendere. Che lui si decidesse a tornare, per poter chiarire la situazione. Che entrambi si decidessero a tornare, in realtà. Perché se entrambi l'amavano, come affermava Michelle, al momento manifestavano un talento eccezionale nel tenerla a distanza.

Intanto trascorreva parte dei suoi pomeriggi seduta nella veranda, a guardare il mare. E a leggere. Dal libro di Sibilla Aleramo che la zia le aveva fatto avere era scivolata fuori una poesia, sempre di Sibilla, scritta a mano. *Nome non ha.* Diana aveva riconosciuto la calligrafia di sua madre. Leggendola ebbe la sensazione di ritrovare se stessa. E allo stesso tempo di perdersi e di riconoscersi ancora una volta in quelle parole. Parole di una donna che, come tante altre donne, aveva amato e sofferto. E che era sopravvissuta.

"Nome non ha,
amore non voglio chiamarlo
questo che provo per te,
non voglio che tu irrida al cuor mio
com'altri a' miei canti,
ma, guarda,
se amore non è
pur vero è
che di tutto quanto al mondo vive
nulla m'importa come di te,
de' tuoi occhi
donde sì rado mi sorridi,
della tua sorte che non m'affidi,
del bene che mi vuoi e non dici,
oh poco e povero, sia,

375

ma nulla al mondo più caro m'è,
e anch'esso,
e anch'esso quel tuo bene
nome non ha..."

Non era nemmeno certa di sapere in cosa sperare. In chi. Il suo cuore lo sapeva. Anche se stava prendendo una destinazione inaspettata.

Li amava entrambi. Anche se in modo diverso. E mai avrebbe creduto che sarebbe ricaduta in una situazione del genere. Si ritrovò a fantasticare. Se fosse stata obbligata a una scelta?

Lo ritrovò davanti alla porta di casa. Non le aveva lasciato nessun messaggio, per cui non si aspettava di trovarlo proprio lì, dopo la scuola e un pranzo a casa di zia Linda in cui l'aveva aiutata a sistemare la collezione di vecchie fotografie e libri appartenenti all'adolescenza sua e di sua madre.

«Diana...»

«Non sapevo che saresti arrivato oggi. Sarei tornata prima.»

«Non ti ho chiamata e non ti ho mandato messaggi.» Daniele sospirò increspando leggermente le labbra. «Sono stato seduto in macchina, ad aspettarti. Appena ti ho vista mi sono avvicinato. Io temevo che tu... non mi volessi vedere.»

«No, io... posso capire.»

Non era certa di capire. Oppure non capiva perché lei dovesse essere ancora pronta a subire e ad accettare qualunque cosa mentre gli altri no. E non si trattava soltanto di Daniele.

«Mi dispiace per quello che ti ho detto. Mi dispiace per averti lasciata sola un'altra volta, per aver avuto bisogno di tempo. Quello che ti chiedo ora... è un'altra possibilità.» Daniele sollevò una mano verso di lei, senza però osare toccarla. «Io ho capito, anche se ti confesso che fa male. E non avrei mai pensato di stare così, ma ora so cosa significa, cosa tu puoi aver provato.»

«Daniele...» Diana abbassò il viso, sentendosi assalire da un'ondata di lacrime che non era certa di poter arrestare. «Cosa io ho provato tanti anni fa... tu non lo puoi sapere...»

«Sì, invece. Lo so. Ora lo so. Forse tu ti sei sentita tradita due volte, da me e da Francesca. La situazione è diversa, ma sono stato davvero male. Pensare a te tra le braccia di un altro. È che in realtà... ho sempre avuto difficoltà ad accettare questo pensiero, anche quando Francesca era ancora viva, anche quando tra noi...»

«Non dirlo, ti prego... non voglio...»

«Questa è la mia punizione, vero? Tu avrai un figlio da un altro uomo. Proprio ora che noi...»

«È questo che pensi? Che io lo abbia fatto apposta per punirti?»

Diana chiuse gli occhi. Il cuore prese a batterle all'impazzata e non seppe decifrare se fosse per delusione, rabbia o amore.

«No. Penso che sia stata una conseguenza del mio comportamento nei tuoi confronti. Della mia mancanza di considerazione per te e per le tue esigenze. Avevi bisogno di me... e io non ci sono stato.»

Diana sollevò lo sguardo su di lui. I suoi occhi, così intensi, così impetuosi, erano più scuri e lucidi di quanto ricordasse.

«Ti chiedo un'altra possibilità. Vorrei occuparmi di te e del bambino. Non ti deluderò più, te lo prometto.» Daniele continuava a guardarla negli occhi. Non l'aveva mai visto così sicuro, così determinato. «Ti prometto di esserci, sempre. Da ora in poi. Mettimi alla prova, Diana. Ci sarò per te e per il bambino. Voglio essere io a...»

«Daniele, il bambino è di Jules.»

«Avevi detto che lui non lo vuole.»

«Non lo sa, ancora...»

Diana si guardò intorno sentendosi smarrita. Erano rimasti fermi davanti al cancelletto che conduceva alla porta di casa. Per distogliersi da quel punto dolente nella loro conversazione lo aprì e invitò Daniele a entrare con un cenno del capo.

«Forse non dovrebbe neanche saperlo.» Daniele, una volta entrato in casa, riprese il discorso esattamente da dove era stato interrotto.

«Non posso. Lui lo deve sapere. Anche se non vorrà più avere a che fare con me, deve saperlo.» Diana sentì un brivido percorrerla, da capo a piedi. «C'è una cosa che... Si tratta di Francesca. Io ho letto il suo diario. Io le ho promesso di starti vicino, di prendermi cura di te nel caso... Non a parole forse, ma lei era convinta che lo avrei fatto. In tutti gli anni passati, lei mi ha sempre chiesto di non abbandonarti. E io ho promesso, anche se non esplicitamente. Ecco, adesso io non so... non sono sicura di poter mantenere quella promessa, perché...»

«No, non dovrai mantenere quella promessa. Perché sarò io... io a stare vicino a te, Diana. A prendermi cura di te.» Daniele si protese verso di lei, afferrandole le mani.

«Io non so se sarà possibile. Ti ho amato... per più di vent'anni, Daniele. Le storie che ho avuto con altri uomini sono solo servite a ferirmi ancora di più e a mettermi di fronte all'evidenza di ciò che non avrei mai potuto avere.»

Diana strinse le sue mani. Daniele le lasciò andare solo per cingerle i fianchi e attrarla a sé.

«Diana, tutto il male che ti ho fatto...»

«No, no Daniele.» Diana si sciolse dal suo abbraccio e fece un passo indietro per guardarlo negli occhi. «Tu non mi hai fatto niente. E nemmeno Francesca. O forse sì, ma solo all'inizio. Tu hai fatto una scelta, la tua scelta. Io ho sbagliato... Io avrei dovuto superare il dolore che ho provato e rifarmi una vita. Io ho agito da folle masochista, restando legata al ricordo di un uomo che non mi amava e che mi ha lasciata. Ora l'ho capito, finalmente. Da quando è arrivata la bambina...»

Alle sue parole vide il volto di Daniele mutare. Come se ognuna di esse fosse una lama che lo trafiggeva profondamente. Lo vide asciugarsi una lacrima e provò una strana pietà per lui che però aveva poco a che fare con l'amore. Con il tipo di amore che gli aveva sempre riservato, per lo meno.

«Sai... sai già che è una bambina?» Daniele si morse le labbra e subito dopo si sforzò di sorridere.

«No, io… non intendevo…» Non intendeva la sua bambina. Ma non lo avrebbe spiegato a lui. «Non lo so ancora. Ciò che intendevo è un'altra cosa. Io credo che ti amerò per sempre, Daniele. Ma ora è come se la bambina dentro di me ti rifiutasse. Una parte profonda di me… che non è mai riuscita a perdonarti e temo che mai sarà in grado di farlo. Se mi avessi davvero amata non mi avresti mai lasciata così. Né per Francesca né per nessun'altra. Forse tu non puoi capire, ma io…»

«Ho capito, invece. Ho capito, Diana.» Daniele annuì convinto. Aveva davvero compreso? Diana ne dubitava, ma forse si sbagliava. Forse lui era davvero in grado di capire il suo dolore. «Allora ti chiedo di non amarmi più. Non amare più quel ragazzo di diciannove anni che ti ha tradita e ti ha lasciata. Dimenticalo o disprezzalo, come preferisci. Ma permetti a quest'uomo di farti innamorare ancora, di renderti felice.»

«Io voglio qualcuno al mio fianco per cui non sono stata né sarò mai una seconda scelta. E tu questo non puoi darmelo.»

«Non sei una seconda scelta. Non lo eri nemmeno prima. Non lo sei stata in tutti questi anni in cui io… pur stando accanto a Francesca ho continuato ad amare te.»

Daniele la guardò negli occhi ma Diana distolse lo sguardo, abbassando il viso. Come poteva affermare una cosa del genere? Era stato felice con Francesca. L'aveva amata. Più di quanto aveva mai amato lei. Per questo l'aveva scelta.

«Hai sentito bene, Diana. Ho continuato ad amare te. Ma come potevo lasciare lei? Aveva bisogno di me. E lo sapeva, lo ha sempre saputo…»

«Quindi oltre a spezzare il mio cuore hai spezzato anche il suo.»

Diana sollevò nuovamente lo sguardo su di lui. E sentì, ancora una volta, il cuore che le si spezzava nel petto. Una sensazione quasi fisica. A tal punto da chiedersi se anche il dolore di Francesca doveva essere stato così devastante.

«No, non è andata così. Lei non è mai stata come te. Francesca ha sempre capito e accettato.»

379

«Capito e accettato cosa? Che suo marito amasse due donne contemporaneamente?» Diana scosse la testa, incredula. No, non poteva essere. Conosceva Francesca. Sì, la conosceva. Ma quanto? Era la sua migliore amica. Ma era anche la stessa che le aveva portato via l'uomo che amava, il ragazzo dei suoi sogni. E sapeva bene quanto ne fosse innamorata. Certo che lo sapeva, perché per un anno intero aveva confidato proprio a lei tutti i suoi sogni, tutte le sue speranze. «Ora io ti chiedo, Daniele. Tu... tu potresti accettare lo stesso?»

«Mi stai dicendo... che sei innamorata di lui, Diana?»

In realtà Diana non stava dicendo quello. Niente affatto. Non ci aveva nemmeno pensato. Ma evidentemente Daniele ci era arrivato ancora prima che lei formulasse il pensiero.

«Non lo so, Daniele. Ma ti sto chiedendo se tu saresti disposto a interpretare lo stesso ruolo che ho interpretato io per anni. E in cui, a quanto pare, hai costretto anche Francesca.» Diana lo sfidò con lo sguardo, più decisa e consapevole che mai. «Mi hai detto di dimenticare il ragazzo che mi ha lasciata tanti anni fa. Di permettere all'uomo che sei ora di farmi innamorare di lui. E io ti chiedo... puoi accettare che il mio cuore non sia completamente tuo? Puoi lottare per me ogni giorno? Puoi esserci e affrontare tutto il bene e tutto il male che potrei riservarti? Sarai forte fino a questo punto? Se credi di essere questo tipo d'uomo allora sì... puoi provare a riconquistarmi, a farmi innamorare di te per la seconda volta. Altrimenti... mi dovrai lasciare andare, Daniele. Perché io non saprei più che farmene di te. Come non saprei che farmene di chiunque altro.»

CAPITOLO 73

«Non sai quanto mi manchi, Diana.» Marisa sbuffò sorseggiando il tè che aveva appena preparato. «Vivo nel terrore che tu lasci l'appartamento definitivamente e io dovrò abituarmi ad altri vicini.»

«Non sono ancora riuscita a traslocare del tutto, Marisa. Per cui manterrò l'affitto ancora per un po'. Ma prima o poi…»

Diana sorrise debolmente. La conversazione con Daniele, la sua decisione di mettere in chiaro i suoi sentimenti una volta per tutte, l'aveva stremata. Aveva bisogno di un po' di distrazione e Marisa, al momento, era la persona più adatta per non affrontare i suoi dilemmi personali e sentimentali. Con tutti gli altri ci sarebbe ricaduta inevitabilmente.

«Prima o poi te ne andrai del tutto, capisco. Ma se potesse rimanere la tua amica Michelle… è adorabile almeno quanto te, quella bella biondina!»

«Ma no, che dici! Michelle è adorabile almeno cento volte me!»

«E mi ha insegnato a fare il tè con il latte!» Marisa riprese a sorseggiare il suo tè, entusiasta. «Sai, non lo avevo mai assaggiato prima, mi ostinavo a pensare che facesse schifo, invece… adesso non ne posso più fare a meno!»

«Io dubito che resterà qui, mamma! Rassegnati! Presto il piano sarà invaso da vicini rompipalle, magari qualche metallaro che suonerà la chitarra elettrica giorno e notte!» Christian fece il suo ingresso nel salotto buttandosi sul divano, accanto a Diana. Si rivolse direttamente a lei. «E nemmeno tu forse sai la novità, visto che sei stata tanto presa con… il tuo trasloco, diciamo.»

«Quale novità?» Diana spostò lo sguardo su di lui. Sembrava entusiasta e dal suo viso sprigionava un'allegria fuori dal comune. Anche se Christian era sempre allegro ed entusiasta a prescindere, questa volta si stava dimostrando addirittura euforico.

«Ah, novità! Per me è una follia bella e buona!» Marisa al contrario, scosse la testa indignata e posò la tazza sul tavolino.

«Ho deciso di trasferirmi in Inghilterra, finalmente. Subito dopo la laurea e… sto preparando esami uno dopo l'altro per riuscirci. La mia liberazione è vicina! Le donne inglesi non sapranno resistermi!» Rivolse a Diana uno sguardo allusivo.

Diana si chiese quanto Michelle fosse coinvolta in questa decisione. E se Marisa, che trovava la bella biondina adorabile, ne fosse a conoscenza. Sospirò rispondendo allo sguardo di Christian. Giovane e affascinante ragazzo italiano e bellissima donna d'affari inglese. Prevedeva guai nella loro storia. Ma ne aveva già abbastanza dei suoi per occuparsene.

«Vedi di comportarti bene, allora…» Strinse leggermente gli occhi su di lui e Christian annuì convinto.

«Ne ho tutte le intenzioni, fidati di me!»

Era stata talmente presa dalle sue vicende personali che non si era nemmeno chiesta fino a che punto si fosse spinta la relazione di Michelle con Christian. Forse perché era davvero molto lontana dall'immaginare una possibile relazione tra loro. E anche dal pensare che Michelle potesse prenderlo in considerazione.

Che cosa avevano in comune quei due? Nulla, apparentemente. Erano diversi per età, luogo in cui erano vissuti, forse anche mentalità. Però in fondo chi era lei per giudicare, per poter affermare che tra loro non potesse funzionare? Lei che aveva amato per un numero spropositato di anni un uomo che sembrava potesse avere tutte le caratteristiche per renderla felice. Lei che aveva ceduto alla passione per un altro uomo che era convinta non avrebbe mai potuto avere. Lei che era in lotta con se stessa per due uomini così distanti tra loro ma che avevano intrappolato il suo cuore rendendo i suoi sentimenti un groviglio inestricabile. Lei che ora si trovava in bilico tra affetto, desiderio, dolcezza e amore. No, Diana non poteva giudicare. Poteva solo confidare nel buon cuore di Michelle e Christian.

Scrutò il viso aperto e sincero del ragazzo e sorrise, convinta.

«Mi fido di te, Christian. Chiunque sarà la fortunata sono certa che farai del tuo meglio per renderla felice.»

CAPITOLO 74

Quando aveva affermato di essere deciso a riconquistarla, a farla innamorare per la seconda volta, era tremendamente serio. Diana se ne rese conto nel corso dei giorni successivi. Non le sarebbe restato altro da fare che cedere. Si trovava in sospeso tra una presenza assidua e un'assenza ostinata che per lei era un chiaro e definitivo messaggio. Era un addio che le spezzava il cuore. E non concedeva possibilità a nessuna speranza.

Nel corso degli anni aveva imparato a gestire il suo dolore per Daniele, come se fin da ragazzina fosse stata programmata per amare lui, soltanto lui. Non era preparata a doverne affrontare uno diverso e tutto nuovo per Jules, consapevole del fatto che sarebbe stato più profondo e radicale. Era stato un fuori programma con cui non aveva fatto i conti.

Chiuse gli occhi e si lasciò cullare. Passeggiando sulla spiaggia, Daniele le circondava la vita con un braccio. Quel suo modo di stringerla mentre camminavano ricordava così tanto il ragazzo che era stato. Diana scosse impercettibilmente la testa. No. Questo pensiero l'avrebbe riportata indietro. A ciò che quel ragazzo aveva fatto di lei. A ciò che lei aveva permesso che le facesse.

Lui l'amava, adesso. Ed era un altro uomo. Ma anche lei non era più la ragazza di un tempo. Era un'altra donna. E forse quest'uomo non aveva afferrato completamente le implicazioni di amare la donna che Diana era diventata.

Presto sarebbe stata primavera e poi di nuovo estate. E Diana era pronta ad afferrare la felicità, da dovunque provenisse, e a non lasciarsela sfuggire mai più. Anche con un buco nel cuore e una mancanza devastante tra le pieghe dell'anima. L'amarezza che la coglieva, soprattutto di notte. Soprattutto riafferrando nel sogno quel calore che non avrebbe assaporato mai più. Mentre i giorni passavano e nel suo cuore sembravano secoli di eternità, di distacco.

Ascoltava le canzoni che li avevano accompagnati nel corso di tanti anni insieme, soprattutto quelle della sua ultima vacanza in Inghilterra erano diventate la sua colonna sonora quotidiana. *Goodbye* degli Air Supply. L'aveva ascoltata tante volte insieme a lui. Canticchiandola senza rifletterci troppo. E invece era diventata straordinariamente reale.

"You would never ask me why
My heart is so disguised
I just can't live a lie anymore
I would rather hurt myself
Than to ever make you cry
There's nothing left to say but good-bye"

«Stai bene, Diana?» Daniele improvvisamente si fermò e le prese il viso tra le mani. Come se riuscisse a percepire il suo attimo di smarrimento. «A cosa pensi?»

«Mmh… bene…» Diana deglutì sperando di sopraffare il nodo in gola. Non aveva via di scampo, Daniele la stava guardando negli occhi. «Sono un po' stanca ma sto bene.»

«Rientriamo se vuoi, amore…» Daniele sorrise e le sfiorò le labbra con un bacio.

Non si trattava di stanchezza fisica e lui lo sapeva. Diana aveva capito che lui sapeva. Ma stava mantenendo la sua promessa, dimostrandole tutta la pazienza e l'amore che nessuno prima era mai riuscito a farle sentire. E lei lo amava, per questo. Lo amava ancora. Anche se si trattava di un amore più tranquillo, più equilibrato. Era pur sempre amore. Gli aveva chiesto tempo e lui glielo aveva concesso. Pur di non perderla. Pur di mantenere intatta la speranza di riuscire a riconquistarla del tutto, un giorno. E di riavere il suo ardore di ragazzina innamorata, la sua passione.

Diana ricambiò il bacio e annuì. Riuscì a distogliersi e a staccarsi da lui con la scusa del cellulare che aveva preso a squillare all'interno della sua borsa a tracolla.

«Ciao, Christian.»

Il nome di Christian apparso sul display la sorprese. Sicuramente non aveva più bisogno delle sue lezioni di inglese, visto che ormai aveva un'insegnante madrelingua tutta per sé.

«Diana... mmh...» Il tono di voce, troppo serio trattandosi di Christian, la spiazzò. E anche la sua esitazione. «Sei in casa?»

«Perché? Hai dimenticato qualcosa a casa mia?» Diana tentò di rammentare l'ultima volta che Christian era passato dalla casa sulla spiaggia. Le aveva portato uno scatolone di libri dal suo appartamento qualche giorno prima. «Sto facendo una passeggiata sulla spiaggia, comunque. Ma sto rientrando, se ti serve qualcosa.»

«No, non si tratta di questo. Ecco... c'è qualcuno con te?»

«Sì... sono con Daniele.» Mentre pronunciava il suo nome sollevò lo sguardo su di lui, che le afferrò la mano libera. «Christian, si può sapere... è successo qualcosa a Michelle, è lì con te?»

«Sì, ma... non si tratta di Michelle...» Il tono di Christian si stava facendo esitante, preoccupato. «Non a lei, a Jules...»

«Jules... Che cosa? Christian!» La voce di Diana si alzò a tal punto che lei stessa si sentì urlare. Ma non tanto esternamente, quanto all'interno. Nelle viscere.

«Diana... Passami Daniele, okay?»

La richiesta di Christian le apparve assurda, insensata. Conosceva appena Daniele, non aveva senso!

«No, Christian! Parli con me! Ora!» Diana si aggrappò a Daniele con tutta la forza che aveva. «Dov'è Michelle? Cosa è successo a Jules?»

«Jules... ha avuto un incidente, Diana. Con la macchina da corsa. Io e Michelle... Lei deve... riconoscerlo nel caso...»

«No, no... no...»

Diana lottò per trattenere il cellulare tra le mani che avevano preso a tremare in modo incontrollato, però le cadde inesorabilmente a terra. Lo guardò impassibile, giacere sulla sabbia, mentre le onde che si infrangevano sulla riva rischiavano di sommergerlo. Le sembrò improvvisamente di appartenere a un altro universo. Ecco, sì. Un universo parallelo, uno di quelli del professor Giullari, in cui lei doveva fare i conti con una voce al telefono che la prendeva in giro, che le comunicava una totale assurdità. Perché non aveva senso di esistere, nemmeno per scherzo, in un universo parallelo senza lui.

«Christian, sono Daniele. Cosa è successo?»

Daniele si era chinato per afferrare il cellulare di Diana. E lei lo fissava perplessa, seguiva il continuo aggrottarsi e distendersi della sua fronte, le sue labbra che si increspavano pronunciando parole che non riusciva a comprendere e si sforzava inutilmente di interpretare, come se appartenessero a una lingua estranea, sconosciuta.

"Incidente", "macchina", "fuoco", "ospedale", "grave", "ustioni"…

Cosa potevano mai significare, quelle parole? Non che lei lo aveva perso. Non che il ragazzino di cui non intendeva una sola frase ma di cui percepiva lo sguardo costantemente fisso su di lei non c'era più.

«No, no. Jules, non farmi questo…» Diana si risvegliò dallo stato catatonico e iniziò a scuotere la testa, meccanicamente. «Jules, non farmi questo…»

«Diana… Diana!»

Non si riscosse nemmeno quando Daniele, chiusa la comunicazione, l'afferrò per le braccia per provare a scuoterla. Diana sbarrò gli occhi su di lui. Ma non era lui che vedeva.

«Jules, non farmi questo… Non tu… Non punirmi così, Jules… Non adesso…»

«Diana, ti porto a casa. Diana ti prego, aiutami…» La voce disperata di Daniele la risvegliò mentre tentava di muoverla dal luogo in cui restava immobile, trascinandola di peso. Ma sembrava essersi trasformata in un blocco di marmo o in un albero, le cui radici non permettevano di spostarsi dallo spazio in cui era stato piantato. «Ti prego, cerca di... andiamo a casa. Ti porto a casa.»

«Lui... dov'è?» Diana si staccò da Daniele con forza, quasi con violenza, improvvisamente animata da un rinnovato impeto. «Voglio andare da lui. Voglio stare con lui. Subito!»

«Prima devi riprenderti, Diana. Ti prego. Devi pensare a te stessa e a...»

«Io devo... prendere la mia macchina... E tu...» Diana si trattenne in piedi, reggendosi con le mani alle spalle di Daniele. «Tu devi dirmi dov'è?»

Sfruttando il momento di esitazione di Daniele, gli strappò il telefono dalla mano. Christian. Lui doveva dirle dove si trovava! Non poteva lasciarlo solo. Non poteva lasciarlo andare.

«All'ospedale di Imola, Diana. Ti porto io da lui. Ma tu...» Daniele la strinse tra le braccia, così forte da toglierle il fiato. O forse il fiato le stava mancando per la disperazione, per il terrore. «Ti prego, Diana. Non fare così... Se accadesse qualcosa a te o al bambino...»

«Jules...» Diana chiuse gli occhi e annuì piano. «Jules, perché?»

Nella sua mente, intanto, tutto si stava ricomponendo, frammento dopo frammento. La casa. Le parole di suo padre. La casa stregata. Sì, quella casa che non sarebbe mai dovuta appartenere a un uomo perché lo avrebbe distrutto. Ed era stata lei, proprio lei, a minacciare con una stregoneria l'acquirente, ad amplificare la maledizione. Che era ricaduta su di lui, ora.

«Perché? Perché? Quella maledetta casa! Perché hai voluto comprarla per me?» Diana si staccò da Daniele e si portò le mani al viso, poi alle tempie. «Sono stata io. È colpa mia! Jules... non lasciarmi da sola. Cosa faccio adesso, senza di te? Non lasciarmi qui da sola.»

CAPITOLO 75

Con la testa appoggiata al finestrino invocava il suo nome. Mentre Daniele, dopo averla aiutata a salire sulla propria auto, guidava verso l'ospedale di Imola. Aveva richiamato Christian, Diana lo aveva sentito parlare con lui. Nessuna notizia, ancora. O forse non voleva confessarle tutta la verità. Che era rimasta sola. Che non l'avrebbe ritrovato mai più. Che la sua vita sarebbe stata un abisso arido e vuoto, senza lui. E che lui non avrebbe mai conosciuto ciò che aveva nel cuore.

Aveva maledetto chiunque si fosse impossessato di quella casa. E gli aveva lasciato intendere di non volerlo vedere mai più.

«Jules... non lasciarmi da sola...»

«Diana, ti prego... stai calma...»

Daniele anche nella guida cercava di raggiungere e stringere la sua mano, nel vano tentativo di confortarla.

«Gli ho detto delle cose orribili e che... che non volevo più vederlo, gli ho detto che lo avevo usato! Lui ci ha creduto...»

«Diana, sono sicuro che lui sapeva che non lo pensavi davvero.»

Raggiunto l'ospedale, Daniele aveva parcheggiato la macchina ed era corso da lei, per aiutarla a scendere. Aveva ripreso il telefono e composto nuovamente il numero di Christian. Tenendola tra le braccia l'aveva condotta con sé. Diana non sapeva dove, ma lo seguiva fiduciosa. Lungo un corridoio, poi su un ascensore.

Fecero appena in tempo a uscirne e Diana si ritrovò Michelle tra le braccia.

«Diana...» In lacrime, la stringeva talmente forte da farle quasi male.

Diana invece non aveva più forza per ricambiare la stretta. Percepiva le parole di Daniele e di Christian, come in lontananza.

«No, non è ancora riuscita a vederlo. Siamo arrivati da poco anche noi…»

Christian, rispondendo a Daniele, non si staccava da Michelle, temendo che potesse crollare da un momento all'altro. Non si fidava di Diana, il cui stato di prostrazione sembrava superiore a quello della stessa Michelle.

«Diana, vieni a sederti amore…» Daniele, individuando delle sedie a muro lungo una delle pareti, condusse Diana con sé e le si sedette accanto.

Christian annuì mentre stringeva Michelle tra le braccia.

«Ci sono io… Tranquilla, ci sono io…» le sussurrava all'orecchio, ripetutamente.

Diana sollevò il viso su di loro e li fissò, come trasognata. Sì, Christian c'era. Era così giovane, così incosciente a volte, ma c'era. E lei si era sbagliata, per l'ennesima volta. L'amore con cui Christian guardava Michelle era vero, era autentico.

Chiuse gli occhi e si sentì avvolgere da uno strano limbo. Per la prima volta sentì una presenza in lei. Come non l'aveva mai sentita prima. Respirò profondamente mentre le carezze di Daniele sulla testa e sulla schiena tentavano di placare i suoi fremiti. Tutto quel dolore che attendeva solo di esplodere e di trascinarla via con sé, lontano.

«Oh, my God!»

Fu l'improvviso urlo di Michelle a risvegliarla da quello stato catatonico in cui stava nuovamente sprofondando, in cui si stava rinchiudendo come in un bozzolo protettivo per non cadere a pezzi. Un urlo incontenibile che Diana non fu in grado di interpretare.

Spalancò gli occhi e riuscì a scorgere la figura della donna bionda, i suoi lunghi capelli sciolti sulle spalle. Abbracciata a un uomo, a pochi metri di distanza da dove lei era seduta. Un uomo che la stringeva forte e, nonostante fosse più alto di quasi tutta la testa, appoggiava la fronte sulla sua spalla. La cingeva per la vita, accarezzandole la schiena con dolcezza.

Diana sbatté le palpebre più volte. Tra le lacrime la vista le si stava annebbiando. Solo quando Michelle si staccò da lui riuscì a vederlo. I suoi capelli chiari, gli occhi azzurri. E lui la fissava confuso, quasi atterrito.

«Era la mia macchina...» Lo sentì pronunciare queste parole, cariche di dolore, di rimorso. «Ma l'avevo prestata a un ragazzo che voleva acquistarla, io mi trovavo a Ravenna per...»

Non riuscì a terminare la frase. Uno schiaffo in pieno viso lo colpì. Diana non fu nemmeno consapevole di essere scattata come una furia verso di lui, di averlo colpito.

«Diana... grazie dell'accoglienza...»

Si ritrovò di fronte il suo sorriso, quasi sarcastico pur nel dramma che stava vivendo. E sentendosi crollare, scivolare a terra, si aggrappò alla sua camicia stringendola nei pugni.

«Tu... tu... non farlo mai più! Non osare andare via da me e lasciarmi sola!» Lo stava scuotendo con tutta la forza e la disperazione che le era rimasta in corpo. «Mai più, Jules... mai più...»

«Diana, tesoro...»

Lo sentì fremere, mentre l'afferrava per i gomiti per stringerla tra le braccia. Mentre lacrime di sollievo le scorrevano sul viso e lungo il collo. Lacrime che non poteva e non sapeva più controllare. Non lo aveva perso. Lui c'era ancora. Non lo aveva perso. Forse invece sì, lo aveva perso in tutti i modi possibili e non lo avrebbe avuto mai più. Ma questo non aveva importanza, ormai. Perché lui c'era ancora. Era vivo.

Diana buttò la testa indietro e le ginocchia le tremarono. Rimase in piedi soltanto perché lui la teneva stretta a sé. Chiuse gli occhi posando le mani sul suo viso. Non lo vedeva più, ma lui c'era. Come una stella in pieno giorno. Lui c'era. Sentiva il suo calore, la stessa passione che era divampata tra loro quella notte. E non le importò più di nulla, di nessuno.

Lo baciò sulle labbra con tenerezza, poi con un impeto che non riusciva più a trattenere. Appoggiò la fronte alla sua, immergendo le mani tra i suoi capelli. Mentre voci distanti pronunciavano parole di cui riusciva a comprendere il senso ma che in quel momento nella sua mente suonavano assurde, vane, insignificanti. Non avevano la minima importanza. Perché lui era vivo. E la stringeva tra le braccia.

«Mi ero perso questa parte, credo…» La voce di Christian era velata da una lieve ironia, ma decisamente sollevata.

«Io me lo aspettavo da anni, lo sapevo…» Michelle impresse nelle parole una dolcezza e una gioia che ebbero l'effetto di una carezza, di un balsamo sul cuore ferito di Diana.

«Credo che… sia meglio che io me ne vada…»

Daniele. La voce di Daniele che si allontanava da lei. Sempre di più. Mentre gli altri pronunciavano altre parole. Ma tutte quante risuonarono in lei come un'eco sempre più lontana, come affievolita dal tempo, dalla distanza.

Restava aggrappata a Jules, per riuscire a sopravvivere, per restare a galla. A lui che, esattamente come lei, non diceva proprio niente ma continuava a stringerla a sé, a non lasciarla andare. Perché il mondo intorno non contava davvero più, poteva esplodere o svanire per sempre. E Diana, sorretta da un egoismo che non aveva mai sperimentato nel corso della sua intera esistenza, era indifferente a tutto e a tutti. In quell'istante contava solo la sua salvezza. La sua felicità. Il suo amore.

CAPITOLO 76

«Io direi di andare a casa. E magari mangiare qualcosa perché per lo spavento siamo ridotti male, davvero.»

La proposta di Christian sembrava ragionevole. Diana si staccò da Jules e annuì, mentre Michelle prendeva Christian per mano appoggiando la tempia sulla sua spalla.

«Sì, voi andate a casa.» Jules posò lo sguardo su Christian, su Michelle e infine su Diana. «Io rimango. Devo avere notizie del ragazzo che guidava la mia auto. E aspettare i suoi genitori, abitano lontano da qui. Sono corso appena ho saputo, purtroppo avevano pensato che fossi io, quindi hanno perso tempo prima di avvisarli. Ho tentato anche di telefonarti Michelle, più volte. Mi dispiace avervi fatto stare male, il tuo numero era tra i miei contatti di emergenza, così…»

«Io non ho neanche più guardato il cellulare!» Michelle sospirò, amareggiata e stanca. «Sapevo che tu eri qui e aspettavo…»

«Lo so. Ora voi dovete riposare. Christian può portarvi a casa.»

«Certo, ci penso io.» Christian annuì sfiorando la schiena di Michelle con una carezza. Sorrise a Diana, invitandola con un cenno a seguirli.

«No. Io resto qui.» Diana rispose al sorriso di Christian ma scosse la testa. Poi puntò gli occhi su Jules. «Resto qui con te.»

«Diana, tu hai bisogno di riposare…»

«Non discutere, Jules. Io resto qui con te.»

«Sei una ragazza testarda…» Jules sospirò ma socchiuse gli occhi, increspando le labbra in un sorriso arrendevole.

Diana posò una mano sul suo petto, mentre Christian e Michelle salutavano e si avviavano verso l'ascensore.

«Lo so. Ma sono anche una ragazza che non ti lascerà qui da solo in questo momento.»

«Miele...» Jules posò una mano sulla sua.

Diana sospirò guardandolo negli occhi. Era preoccupato e stravolto. Non lo aveva mai visto così. Avevano bisogno di tempo, entrambi. E lei aveva assolutamente bisogno di parlargli, di dirgli tante, troppe cose. Ma non era il momento.

Lo vide staccarsi da lei per dirigersi verso un'infermiera. Nessuna notizia. E comunque probabilmente non avrebbero detto nulla a lui, non era un parente.

Tornò da Diana e insieme si sedettero per minuti che parvero interminabili, assistendo al continuo andare e venire di persone lungo il corridoio. Poi improvvisamente tutto si calmò. Guardando fuori dall'ampia finestra alla sua sinistra Diana si rese conto che si stava facendo buio.

«Diana... Tu devi mangiare qualcosa, tesoro...» Jules si girò verso di lei accarezzandole i capelli e poi spostando la mano sul suo viso. «Devi pensare a te e al tuo bambino. Non dovevo permetterti di rimanere.»

«Credi di potermi permettere qualcosa, ragazzino?» Diana accennò un sorriso. Lui aveva ragione. Si sentiva esausta e ancora sconvolta. E aveva una gran voglia di stringerlo ancora, di baciarlo. E di continuare a stringerlo e baciarlo per ore. Aveva voglia del suo sapore, del suo corpo. «Io e il bambino stiamo bene. Tu stai tranquillo.»

«Io non so cosa... Lui...» Jules aggrottò la fronte e Diana non riuscì a comprendere cosa stava cercando di dire. «Vedrai che Daniele capirà, è stato...»

«No, non ha importanza ora. Tu non ci devi pensare.» Non avrebbe avuto importanza nemmeno in seguito. Ma per affrontare quel discorso avevano bisogno di tempo e di uno spazio tutto loro. Non si trattava di Daniele. Era lui a dover capire. Capire il motivo per cui lei era rimasta. Capire che avevano oltrepassato il limite nel loro rapporto e ormai non era più possibile tornare indietro. Almeno per lei non lo era. «Io vado… a cercare una macchinetta per prendere un tè o una cioccolata. Magari anche dei biscotti. Tu cosa preferisci?»

«Quello che prendi tu andrà bene.»

Jules sollevò lo sguardo mentre lei si alzava. Diana gli passò le dita tra il ciuffo di capelli che cadeva disordinatamente sulla fronte. Sembrava che alcuni anni si fossero accumulati su di lui, sul suo volto, improvvisamente. Togliendogli in così poco tempo tutta la spensieratezza, la gioia di vivere.

«Torno subito, Jules.»

Si incamminò per il corridoio, raggiungendo l'ascensore. Dovevano sicuramente esserci un paio di macchinette al pian terreno. In effetti aveva assolutamente bisogno di bere e mangiare qualcosa di dolce. Le girava la testa. Era come se le troppe emozioni le avessero consumato tutta l'energia. Ora l'adrenalina la spingeva a resistere, a non cedere. Jules aveva bisogno di lei. Più che mai. Lo sentiva. E anche lei non poteva resistere lontana da lui. Il bambino. Daniele. Tutti gli altri. Al momento non contavano. Nemmeno le spiegazioni che avrebbe dovuto fornirgli contavano. Tutto si sarebbe sistemato, in un modo o nell'altro. Ma qualunque cosa accadesse, qualunque cosa fossero diventati, Diana aveva una certezza. Il suo cuore non lo avrebbe più lasciato andare.

Riuscì a prendere due tè dalla macchinetta e a recuperare un pacchetto di biscotti alla crema. Forse aveva esagerato con lo zucchero ma entrambi ne avevano bisogno. Purtroppo la macchinetta non forniva miele e latte da aggiungere al tè, per cui si sarebbero dovuti accontentare.

Arrivata al piano percorse il corridoio sentendosi più leggera. Presto gli avrebbe confessato tutto. Presto si sarebbe sentita libera di vivere, di amare.

Lo trovò in piedi. Sembrava stranamente ingobbito, come ripiegato su se stesso, con lo sguardo fisso su una donna bruna e dai capelli corti che gli stava di fronte. Gli occhi erano velati di malinconia. No, non era soltanto malinconia. Era un dolore incontenibile che lo aveva quasi pietrificato.

«Avrà mio figlio sulla coscienza, disgraziato! Lo avrà sulla coscienza per tutta la vita. E io spero che il rimorso la tormenti, giorno e notte. Che non la lasci dormire per quello che gli ha fatto! Se muore sarà lei il suo assassino!»

Le parole della donna giunsero fino a lei mentre si avvicinava. Diana accelerò il passo per raggiungerli ma la donna si era già incamminata nella direzione opposta. Per un attimo fu tentata di seguirla, di fermarla. Ma il volto di Jules, atterrito e ancora più sconvolto, la dissuase immediatamente.

Senza nemmeno guardarla o forse senza vederla, Jules si mosse verso la finestra e si appoggiò al muro con entrambe le mani, lo sguardo fisso a terra.

Diana appoggiò i bicchierini di tè e i biscotti su un tavolino accanto alle sedie, lasciò cadere anche la borsa. Lo raggiunse e rimase in piedi, dietro di lui. Vedeva le sue spalle fremere, il respiro sempre più affannoso. Scostandosi leggermente si accorse che stava piangendo.

«Jules…»

«Io… È tutta colpa mia, la madre del ragazzo ha ragione…» Scosse la testa, passandosi una mano sul viso. «Non avrei dovuto lasciargli guidare la mia macchina. L'avrò ucciso io se…»

«No, non è vero… lei è solo disperata, Jules…»

«Invece ha proprio ragione, Diana.» La testa abbassata evitava di incrociare il suo sguardo. «Sono sempre stato un incosciente, lo sai anche tu. Quante volte mi hai rimproverato? Ho sbagliato tutto, ho sempre preso la vita come un gioco. Ho giocato con i sentimenti delle persone. Ho giocato anche con te, Diana…»

«Smettila, Jules. Smettila, ti prego…» Diana appoggiò entrambe le mani sulla sua schiena. «Tu non eri al volante di quella macchina. Tu non c'eri. È stato lui il responsabile…»

«Non capisci, Diana.» Jules si appoggiò al muro con entrambe le braccia. In modo che per lei non ci fosse più possibilità di raggiungerlo, di incontrare i suoi occhi. Non piangeva più. Non tremava più. La sua voce ora era fredda, arida.

«Doveva accadere a me. Lui… era come me. E io lo sapevo, però l'ho lasciato fare. Sapevo che era un incosciente, sapevo che correva dei rischi… proprio come me. A me doveva succedere, a me! Io rovino tutto e tutti…»

«No, no Jules…» Fu Diana a scoppiare in singhiozzi. E ad abbracciarlo da dietro, circondandogli la vita e appoggiando il viso sulla sua schiena. Riusciva a percepire il suo respiro attraverso la camicia leggera. «Non è vero, non è vero amore mio…»

«Diana…»

«Non è vero… non è vero per niente…» Diana approfittò dell'attimo di smarrimento e incredulità di Jules per costringerlo a staccarsi dal muro e stringerlo a sé. «Tu non rovini tutto. Tu sei stato l'unica mia salvezza, sempre…»

«È stato solo l'impulso del momento, perché credevi che io fossi…»

Gli tremava la voce. Diana si staccò da lui e gli baciò il viso e le labbra, ripetutamente.

«No, no. Non è stato un impulso del momento dettato dalla disperazione.» Diana sospirò e deglutì, sforzandosi di frenare le lacrime. «Io devo dirti tante cose, tante Jules. Una soprattutto…»

Diana gli prese entrambe le mani per convincerlo ad andare a sedersi. Le girava la testa. E aveva paura. Paura di se stessa e della sua reazione. Temeva che lui opponesse resistenza, invece Jules la seguì docilmente.

Appena si furono seduti un uomo dall'aspetto un po' dimesso li raggiunse, posizionandosi davanti a loro.

«Mia moglie… mia moglie non intendeva…»

«Mi dispiace…» Jules sollevò lo sguardo su di lui. «Se io potessi prendere il suo posto lo farei, in questo momento.»

«Lo so. Mio figlio Tommaso mi ha sempre parlato tanto bene di lei, Jules. Era il suo idolo. E voleva la sua macchina, a tutti i costi. Non è stata colpa sua. Lui è fatto così… Sempre, in tutto. Fin da bambino, gli piaceva oltrepassare i limiti…» Scosse la testa con una sorta di rassegnazione negli occhi grigi. «Non sarebbe cambiato nulla se non gli avesse concesso di provare la sua macchina. Ne avrebbe trovata un'altra. Mio figlio non si poteva fermare...»

«Lui è...?» Diana afferrò le mani di Jules, stringendole forte.

«Potrebbe farcela. È forte, potrebbe farcela anche se...» L'uomo sospirò profondamente, poi socchiuse gli occhi. Quel velo di speranza lo manteneva in vita, concedendogli ancora stabilità fisica ed emotiva. «Lei vorrebbe vederlo, Jules? Per qualche minuto?»

«Sua moglie...» Jules abbassò lo sguardo, afflitto.

«Mia moglie sta provando a capire.» L'uomo annuì, incamminandosi verso il corridoio. «La perdoni, è difficile per lei...»

Jules sollevò il viso su Diana che si allungò verso di lui per baciargli rapidamente le labbra.

«Vai. Io ti aspetto qui.»

Lo avrebbe seguito, se avesse potuto. Lo avrebbe seguito per proteggerlo da tutto il male, dalle parole aspre e crudeli di una madre disperata. E per proteggerlo dal suo rimorso, soprattutto, che probabilmente lo avrebbe accompagnato per tanto tempo.

Diana sorseggiò uno dei due tè lasciati sul tavolino. Era quasi freddo ormai, ma aveva bisogno di bere, di qualcosa di dolce per recuperare le energie. Perché aveva bisogno di tutta la forza che possedeva per stare accanto a Jules. Per ridargli la voglia di vivere, di superare quel dolore. Per dirgli del loro bambino. E per confessargli che i suoi baci e i suoi abbracci non erano il frutto della paura, della disperazione di averlo perso. Ma di un amore che era cresciuto in lei giorno dopo giorno, anno dopo anno. Inconsapevole ma irrefrenabile, mentre tentava di convincere se stessa di amare ancora un altro. Un amore che ora non aspettava altro che di liberarsi, di esprimersi. Di vivere.

CAPITOLO 77

La vide camminare piano, nel corridoio e poi nella saletta attigua. Come se cercasse un punto di appoggio. Diana non perse tempo a riflettere se fosse un bene o un male. Si alzò di scatto e la raggiunse.

«Signora, mi scusi...»

Una volta raggiunta non sapeva esattamente come introdurre il discorso. Sapeva solo che le avrebbe parlato e avrebbe tentato di farsi ascoltare.

La donna le rivolse uno sguardo stupito, sembrava quasi incosciente, come se si trovasse al confine tra il mondo reale e uno immaginario che l'aveva frastornata e disorientata.

«Io sono...» Diana si inumidì le labbra, incerta su come presentarsi e rivolgersi a lei. «Sono qui con Jules.»

«Ah... capisco...»

Non era certa di quanto la donna potesse capire. I suoi occhi castani erano spenti, come se qualcuno improvvisamente avesse spento la luce interiore che la animava.

«Io invece non posso nemmeno avvicinarmi a capire la sua sofferenza. Ma posso dirle che conosco Jules. Lo conosco bene... ed è la persona migliore che io abbia incontrato in tutta la mia vita. Non avrebbe mai fatto del male intenzionalmente. Mai, a nessuno. E le garantisco...» Diana fece un respiro profondo. Sentì un'improvvisa oppressione al petto, probabilmente ancora dovuta all'angoscia. Vi posò la mano per placare le emozioni. La donna era rimasta inaspettatamente ferma ad ascoltarla, senza opporsi, senza controbattere, come rapita dalle sue parole. «Le garantisco che se potesse prendere il posto di suo figlio in questo momento... lo farebbe senza pensarci due volte. Ora sta così male e io...»

Diana abbassò il viso. Si sentì profondamente egoista. Il suo desiderio di difendere Jules, di proteggerlo, la rendeva egoista e forse ingiusta nei confronti di quella madre che stava rischiando di perdere suo figlio.

«Mi scusi...» Si asciugò una lacrima e tornò a guardare la donna. «La prego solo di non condannarlo più di quanto lui stia già condannando se stesso. La supplico di...»

Gli occhi della donna erano fermi su di lei, su ogni suo mutamento, sul suo tremito che non era in grado di celare, di controllare. Diana si aspettò si essere aggredita a sua volta, con parole amare, sprezzanti. Invece si sentì stringere una spalla, con fermezza mista a pietà.

«Lei deve... deve amarlo molto...» La donna percorse il suo viso e il suo corpo con una rapida occhiata. «Suo marito... o il suo compagno... Per restare qui tutto questo tempo nelle sue condizioni e venire a parlare con me.»

Diana posò la mano su quella della donna, che ancora la teneva ferma sulla sua spalla.

«Jules... è l'unico uomo che mi è sempre stato accanto. L'unico che mi ha difesa, l'unico che mi ha protetta. Mi ha salvata da tutto e da tutti, soprattutto da me stessa. È la mia forza. È il mio migliore amico. E sì... lo amo molto.»

CAPITOLO 78

«Diana, tu devi andare a casa. Ti chiamo un taxi. E devi mangiare, un pasto completo non la roba delle macchinette.»

Jules era tornato da lei sollevato. La situazione del ragazzo era critica, ma c'era speranza. I medici erano ottimisti. Aveva diverse ustioni su tutto il corpo ma era uscito dal coma e aveva aperto gli occhi. Per fortuna erano riusciti a tirarlo fuori dall'auto in tempo e la situazione che appariva tragica inizialmente si era ridimensionata.

«Di qui non mi muovo senza di te.» Diana, seduta accanto a lui, incrociò le braccia decisa e gli rivolse un'occhiata imbronciata.

«Io vorrei aspettare ancora un po'. Non voglio lasciare i genitori di Tommaso così soli, lontani da casa...»

«E io non voglio lasciare solo te. Quindi aspettiamo.» Lo sguardo di Diana si addolcì, mentre gli prendeva le mani. «Jules...»

«Miele, non ti fa bene restare seduta qui, su queste sedie scomode... Il tuo bambino è la cosa più importante in questo momento, non io.»

«Jules, ascoltami... Non volevo parlarne ora. Preferivo aspettare un momento più tranquillo, ma il bambino...»

Diana appoggiò la fronte alla sua e lui le accarezzò i fianchi con una tenerezza che le riempì il cuore di emozione e di pace allo stesso tempo.

«Io farò del mio meglio, se tu pensi di... se davvero vuoi... Per te e per il bambino, ti prometto che farò del mio meglio. Ti aiuterò a crescerlo, io ci sarò per entrambi, io...»

«Jules…» Diana si staccò da lui per guardarlo negli occhi, ora così lucidi e sinceri, trattenendo però le mani sul suo viso. Doveva dirglielo. Ora. «È tuo… il bambino è tuo…»

«Sarà come se lo fosse…» Jules si fermò, guardandola incredulo e staccandosi leggermente da lei, dalla sua stretta. «Stai dicendo…?»

«È davvero tuo… non è di Daniele. È sempre stato tuo, ma io…» Diana abbassò il viso, sentendosi terrorizzata ed estasiata allo stesso tempo. «Lo sapevo fin dal principio. Ma avevo paura, tu non volevi… e mi hai creduto. Può essere solo tuo perché io non sono stata con nessun altro. Però farò il test, così potrai essere sicuro e credermi…»

«Il test? Ma quale… Diana, io non voglio nessun test!»

Jules le sollevò il mento costringendola a guardarlo negli occhi. Erano azzurri e colmi di lacrime. Ma diversi da prima. Erano profondi, teneri, innamorati.

«Tu… mi hai accusata di non ricordare nemmeno con chi vado a letto dopo essermi ubriacata…»

«Che sciocca, Diana! Ero arrabbiato… Tu amavi lui, ancora! Volevi lui.» Jules avvicinò il viso al suo, cercando le sue labbra. «Quando mi hai detto del bambino… io ho sperato così tanto, ma tu mi hai assicurato…»

«Non sono stata con Daniele. L'ho sempre respinto perché…» Diana si strinse a lui, fremendo di passione e di felicità. «Non ci sono riuscita. Perché non lo amavo più. Gli ero affezionata, ma non lo amavo più. Non lo amavo più da tanto tempo, per me era solo un'abitudine che non mi faceva più troppo male. Non fino al punto da distruggermi completamente. Dopo che noi… dopo quella notte non sono più riuscita a non pensare a te. Ma ero disperata all'idea di perderti… di perderti del tutto, anche come amico. Non potevo sopportarlo. Quindi avrei detto e fatto qualunque cosa perché ciò non accadesse… Io… non saprei cosa fare se non ti avessi più.»

«Anche io, miele. Anche io.» Jules le baciò la fronte, il viso e poi le labbra. Si guardò intorno imbarazzato per controllare che

nessuno li stesse osservando. «Ti porto a casa, presto. Diana…
quello che provo per te non sarebbe cambiato anche se il
bambino non fosse stato mio. Anche se fosse stato di Daniele o
di chiunque altro. Mi sarei preso cura di te comunque.»

«Lo so. Lo hai sempre fatto.»

«Quello che provo per te non è mai cambiato, dalla prima
volta che ti ho vista. È te che voglio, in qualsiasi situazione. È te
che ho sempre voluto.»

CAPITOLO 79

Avevano perso la cognizione del tempo. Una volta tornati a Rimini, seduti sulla sabbia della spiaggetta privata davanti a casa. Jules l'aveva avvolta in una coperta e la teneva tra le braccia. Osservavano il mare infrangersi sulla riva, onda dopo onda. Era incredibilmente bello. E si confondeva con il cielo, tempestato di innumerevoli stelle. Qualunque universo parallelo esistente non poteva essere migliore di quello che Diana stava vivendo lì, insieme a Jules. E in ognuno di essi avrebbe scelto lui. Sempre lui.

Jules le accarezzava il viso continuamente per poi baciarla e tornare a stringerla a sé e a intrecciare le dita con le sue, quasi nel timore di perderla, che lei potesse svanire da un momento all'altro. Diana si sentiva come sospesa in un sogno che le appariva troppo incredibile e meraviglioso per essere vero. Non rammentava più nulla e nessuno all'infuori di loro due.

«I momenti in cui sono stata felice in questi anni... sono stati quelli trascorsi con te. Anche con Michelle e i tuoi genitori... ma con te, soprattutto.» Diana si appoggiò con la schiena al suo petto sollevando il viso verso di lui per guardarlo negli occhi. «Riuscivo a dimenticare tutto il resto perché tu mi rendevi felice, Jules. Tu, più di chiunque altro al mondo.»

«Allora ci sono riuscito.» Jules sorrise accarezzandole le braccia. «Vedi, miele. Non sono un disastro totale.»

«Mmh...» Diana si staccò da lui e si stese sulla sabbia con il viso rivolto verso il cielo. «Dicono che se si guardano le stelle per un'ora si potrà notare il cielo ruotare lentamente sopra la nostra testa. Non so se è vero. Non sono riuscita a vedere le comete. E forse non riuscirò mai a riconoscere le costellazioni, nemmeno Orione che è la più riconoscibile. Ma so che non potrei

404

mai incontrare nessuno migliore di te, né in questo né in altri mille universi paralleli. Tu mi rendi me stessa. Tu mi rendi libera. Tu hai guarito il mio cuore.»

Sollevò la mano verso di lui e sfiorò il suo viso, poi intrecciò le dita con le sue attirandolo sopra di sé.

«Diana... è quello che vuoi? Sei davvero sicura?»

Diana lo afferrò per la nuca baciandolo con passione e muovendo il corpo verso di lui, liberandosi con uno scatto della coperta.

«Ti sembro indecisa... o denoto insicurezza su quello che voglio?»

«No, in effetti direi...» Jules ricambiò il bacio accarezzandola con passione e delicatezza insieme. «Mi sembri abbastanza convinta, sì.»

«E non sono nemmeno ubriaca o fatta di qualche strana sostanza allucinogena...» rise sulle sue labbra riprendendo a baciarlo. «Sono perfettamente lucida e ti voglio... Ti voglio ancora più di quella notte. Perché anche quella notte non ero così stordita da non capire cosa stava accadendo...»

«Lo sembravi, però. Tanto che mi sono sentito in colpa per essermi approfittato di te... Tu eri ubriaca, inconsapevole. Io ero cosciente.»

«No, ti confesso che forse è avvenuto il contrario. Io mi sono approfittata di te. Ero cosciente anche io. Sapevo esattamente cosa volevo. Ho bevuto e fumato per trovare il coraggio di farlo davvero. Ero ubriaca ma non a tal punto da perdere completamente la lucidità di cosa stava accadendo.»

Era stata ipocrita a non ammetterlo prima. Daniele in un certo senso aveva avuto ragione affermando che ci pensava già da tempo. Jules l'afferrò per i fianchi e Diana salì a cavalcioni sopra di lui.

«Vedo che adesso il coraggio non ti manca.»

«Taci... e non smettere...»

Diana si lasciò andare ai suoi baci, alle sue carezze. Si ritrovò nuovamente distesa sulla sabbia mentre lui esplorava il suo corpo e sfiorava la sua pelle regalandole brividi intensi e un desiderio che non era più in grado di trattenere.

La prese infine tra le braccia trasportandola in casa. La loro casa sulla spiaggia. Che nonostante tutto non gli aveva fatto male. Anzi, forse lo aveva protetto da un pericolo imminente. O forse no. Forse era stato solo il destino. Mentre tra loro stava nascendo una storia antica, nuova e comunque tutta da vivere.

CAPITOLO 80

Era stato completamente diverso dal risveglio precedente, dopo aver trascorso tutta la notte insieme e buona parte della mattina. Lui la teneva tra le braccia, in silenzio. Nella stanza tanto simile a quella del suo appartamento, dove aveva fatto portare gran parte del suo arredamento. Diana si stava abituando a sentire il suo corpo accanto, il suo respiro. Quel calore di cui non avrebbe più voluto fare a meno.

«Non andrai più... via da me...» Diana sussurrò sollevando il viso su di lui.

«Resterò finché tu mi vorrai, miele.» Jules le baciò la fronte, attirandola ancora più a sé, sul suo petto.

«Tu sei andato via da me, quella mattina... Perché?»

«Cosa avrei dovuto fare?» Le accarezzò le braccia posando le labbra sui suoi capelli. «Aspettare che ti risvegliassi e vedere quanto ti fossi pentita? Anche se hai cercato ancora un mio bacio nel dormiveglia, io... Temevo davvero che non mi avresti perdonato. Soprattutto quando è arrivato lui...»

«Non mi sarei pentita. Tutto quello che volevo...»

«Tutto quello che io volevo era stringerti tra le braccia, ancora. Amarti, ancora. E sapere che anche tu lo volevi. Davvero.»

«Jules, quello che ti ho detto... che ti ho usato. Perdonami... Non era vero. Ti volevo. Ti volevo disperatamente. Ti voglio ancora, allo stesso modo.»

«Confesso che ti avevo creduto, in quel momento.»

«No, no... avevo paura. Perché io non volevo...» Diana posò le mani sopra quelle di Jules, intrecciando le dita con le sue. «Non volevo tornare con lui. Questo è vero. Una parte dentro di me si ribellava all'idea. E voleva scoprire cosa significava essere amata, da te.»

«Ora che lo sai?»

«Dovrai rinunciare per sempre alla tua brillante carriera di seduttore.» Rise sulle sue labbra e lo baciò ancora. «Perché sei mio... e non ti divido con nessuna.»

«Quando...» Jules sospirò mordendosi piano le labbra. «Quando Francesca è morta, io sapevo che sarebbe stata solo questione di tempo tra te e Daniele. Ma speravo comunque che tu ti tirassi indietro. Ci speravo davvero, non immagini quanto! Anche quando ti davo consigli su come tornare con lui. Ho avuto altre donne ma è solo a te che appartengo. Dal primo momento in cui ti ho vista, Diana. Mi hanno accusato di essere distaccato nei sentimenti, come se cercassi sempre altro... qualcosa lontano, molto lontano da dove mi trovavo. Qualcosa che non potevo avere. Cercavo te. In ogni altra donna che ho avuto, ho sempre cercato te.»

«Non dovrai più cercare. Sono qui. Sono tua.»

Non si sarebbero mossi da lì, se non fosse stato il campanello a obbligarli ad alzarsi. Diana si infilò la felpa e i pantaloni del pigiama, raggiunse la porta d'ingresso per aprire da lì il cancelletto. Jules intanto controllò il cellulare.

Poco dopo Michelle e Christian erano davanti a lei. Si scostò per lasciarli passare, mentre Christian le sventolava sotto il naso il sacchetto della pasticceria.

«Krapfen e brioche, se ci offri caffè e tè per la colazione.»

«Mmh...» Diana non osò replicare che già che ci erano passati potevano fermarsi in pasticceria a fare colazione.

«Non volevamo disturbare. O forse sì!» Michelle sorrise guardandosi intorno, finché Jules apparve dal corridoio che conduceva alla camera di Diana. «Eravamo un po' preoccupati. Conoscendovi...»

«Io non lo ero affatto, ma ho capito che mi conviene assecondarla.» Christian sospirò e attirò Michelle a sé, cingendole la vita.

«Come vedete stiamo bene.» Diana sorrise stringendosi nelle spalle e si avviò verso la cucina, dove gli altri la seguirono.

«In realtà stavamo anche meglio, prima del vostro arrivo.» Jules accarezzò piano il fianco di Diana. «Ma prima o poi avremmo dovuto fare colazione, quindi approfittiamo della gentile offerta.»

«È quasi ora di pranzo, in realtà. Ma qualcuno qui deve mangiare per due, allora possiamo iniziare dalla colazione per poi passare al pranzo.» Michelle incrociò le braccia. «E a proposito, Diana. Ho telefonato alla tua scuola per dire che hai avuto un problema familiare e sei stata poco bene. Il tuo amico Dietmar era preoccupato e mi ha detto di rassicurarti, di dirti di riprenderti presto.»

Diana si portò una mano sulle labbra! Oddio, la scuola! Se n'era totalmente dimenticata.

«Hai l'espressione di una ragazzina che ha saltato la lezione ed è stata scoperta!» Christian rise di gusto.

Si sedettero intorno al tavolo a fare colazione. Diana era costretta a placare i suoi sentimenti per Jules, temendo che fosse fin troppo evidente ciò che provava per lui. Non glielo aveva ancora detto, espressamente. Ma lo avrebbe fatto, al più presto. Lo avrebbe fatto appena fosse stata totalmente libera.

Quando il suo cellulare squillò annunciando un messaggio, Diana rispose rapidamente e andò a vestirsi nella sua stanza. Infilò una gonna lunga, una camicia leggera e si avvolse in un morbido scialle dalle tinte pastello. Si truccò appena, solo per nascondere i segni della stanchezza e di una notte quasi insonne.

Tornando in cucina si ritrovò gli occhi di Jules puntati addosso, quasi rassegnati. E in seguito anche quelli di Michelle e Christian, che la fissavano interrogativi.

«Devo uscire per un po'. Tornerò presto.»

Immaginava che Jules avesse compreso. Dal modo in cui l'aveva guardata era piuttosto chiaro. Le leggeva dentro. E Diana sperò comprendesse anche che non poteva sfuggire alla situazione. Doveva affrontarla, chiarire.

«Ciao, Daniele.»

Non si era allontanata troppo. Si erano ritrovati sul lungomare, poco distante dalla casa di Diana.

«Ti dispiace se andiamo a camminare sulla spiaggia. Qui in mezzo alla gente mi sento…» sospirò e scosse la testa.

Aveva il viso segnato. Come se anche lui avesse passato una notte insonne. I suoi occhi erano cupi, spenti. Segnati da una stanchezza indecifrabile.

«Certo.»

Diana annuì, prendendo la stradina che dal lungomare portava alla riva ma non direttamente davanti alla sua casa. Lui la seguiva in silenzio. Quando arrivarono Diana si fermò e si voltò a guardarlo.

«Quindi… davvero non mi ami più, Diana. Ami lui, ora?»

Non si sarebbe aspettata una domanda così diretta ma non poteva esimersi dal rispondere. E la sua risposta fu altrettanto diretta.

«Sì, Daniele. Amo Jules.»

«Solo perché è il padre del tuo bambino…»

La replica di Daniele fu una costatazione più che una domanda. Diana scosse il capo, decisa.

«Anche per quello. Ma lo amerei anche se il bambino fosse di un altro. Lo amerei anche se non fossi incinta.»

«Posso chiederti perché?» Daniele si morse le labbra con forza. «Perché mi hai illuso? Perché mi hai fatto credere…»

Diana sospirò, cercando di trovare le parole adatte. Aveva atteso, nel corso degli anni, che un altro uomo prendesse il posto di Daniele. E non era mai arrivato nessuno. Per questo aveva sempre creduto di amare solo lui. Non aveva capito che non doveva cercare qualcuno che avrebbe preso il posto di Daniele… ma qualcuno che ne avrebbe occupato uno tutto suo.

«Perché ci credevo anche io. Ci ho creduto davvero. Con tutte le mie forze. Ti amavo. Ti ho amato tanto. Credevo di dover aspettare qualcuno che prendesse il tuo posto nel mio cuore ed è stato impossibile per me. Poi mi sono accorta che… Daniele, io a differenza tua non riuscirei mai ad amare due persone contemporaneamente. Forse perché sono una donna… ma più probabilmente perché sono io. Per un po' sono stata confusa, proprio perché ti avevo amato tanto, per così tanto tempo. Ma quando mi sono accorta di amare lui… mi sono anche accorta di aver smesso di amare te.»

«Deve averti proprio fatta impazzire, quella notte!»

Il commento sarcastico di Daniele la ferì. Ma Diana comprese che anche lui era ferito e decise di prendere tempo per calmarsi e non rispondere istintivamente, in modo brusco. Evitò quindi di raccogliere la provocazione, il tono rabbioso che le aveva rivolto.

«Non si tratta di questo. Non c'entra il sesso o quanto mi abbia fatta impazzire. Tra me e Jules… c'è sempre stata una comprensione profonda, un legame. Che andava ben oltre le parole. C'era anche quando io sono arrivata la prima volta in Inghilterra e non riuscivamo nemmeno a scambiarci una sola frase di senso compiuto. Già da allora. Lui mi leggeva dentro. Lo ha sempre fatto. Quando questo legame è andato oltre e si è trasformato in altro… io ho avuto paura di perderlo, di non averlo più. E mi faceva male pensare che per lui non fosse lo stesso.»

«Mi dispiace, Diana. Perdonami. Non dovevo dire quello che ho detto… ma mi fa stare male perderti. Averti persa…» Daniele sospirò sfiorandole appena i capelli e trattenendo una ciocca tra le dita per poi lasciarla andare, poco alla volta. «Non ci sarà più modo per me di riconquistarti, quindi?»

«No, Daniele. Né per te né per nessun altro.»

Diana si voltò verso il mare. Non stavano passeggiando. Erano rimasti nel punto in cui si erano fermati. Che Diana riconobbe più o meno simile al luogo dove tutto era iniziato tra loro, tanti anni prima.

«Lui ha vinto… ha vinto te.»

«Lui mi ha dato tutto quello che né tu né nessun altro siete mai riusciti a darmi.»

«Certo. Il bambino, la casa… Il fatto che non ti abbia tradita e lasciata per la tua migliore amica, che non ti abbia delusa ancora una volta, quella sera…»

«No. Il suo cuore, completamente. Come lui ha il mio, ora. Quella notte… Ecco, quella notte io non ero solo delusa e amareggiata. E non ero nemmeno così ubriaca da non capire cosa stava accadendo. Ero già innamorata di lui.»

Diana socchiuse gli occhi. Sì, lo amava già da allora. E presto gliclo avrebbe confessato. Aveva amato ogni suo gesto, ogni sua parola. Di quella notte e anche precedente a quella notte.

«Non mi concedi alternative e nemmeno una speranza. Devo lasciarti andare, allora…»

«Sì, mi dispiace. Tu sei stato importante per me. Lo sarai sempre.»

«Avrei preferito che te ne accorgessi prima… che amavi lui e non me.»

Abbassò lo sguardo, distogliendolo da lei. Non riusciva a nascondere l'amarezza e anche un pizzico di rancore nei suoi confronti. Ma Diana lo sapeva. Daniele era così. Lo aveva amato, non lo avrebbe mai dimenticato. Forse avrebbe capito che non tutto il mondo ruotava intorno a lui. Anche se si rendeva conto che in fondo non era colpa sua. Era stata lei a permetterglielo.

«Forse alla fine lo avevo capito. Anche se non ho voluto ammetterlo, nemmeno con me stesso.»

«Anch'io, Daniele… avrei voluto capirlo prima. Molto prima.»

Diana posò la mano sul suo braccio. Lui si ritrasse ma poi l'attirò a sé, stringendola tra le braccia. Poi sollevò il suo viso con un dito, per guardarla negli occhi.

«Forse riuscirò a rassegnarmi un giorno all'idea di averti persa. Forse riuscirò ad accettare che non tornerai più da me. Però, tu… cerca di essere felice, Diana. Io… spero davvero che lui ti renda felice come io…» Scosse la testa, voltandosi e muovendo qualche passo lungo la riva, calciando via un po' di sabbia che gli intralciava il cammino. «Come io non ho saputo fare.»

«Daniele… Mi hai resa felice anche tu. Quell'estate tra di noi non morirà mai. Resterà per sempre nel mio cuore. Sei stato il mio primo amore e nessuno potrà mai sostituirti in questo. Neanche Jules.»

Lo vide voltarsi verso di lei, lentamente. Con quel sorriso che le ricordò immediatamente il ragazzo di tanti anni prima. I capelli scuri e mossi che gli incorniciavano il viso. Gli occhi ardenti di passione e tenerezza.

«E tu sei stato il mio. Davvero, Diana. Per quanto abbia amato Francesca o potrei amare un'altra donna, un giorno… Tu resterai per sempre la mia più grande speranza. Il mio più grande rimpianto.»

CAPITOLO 81

Quando rientrò, Diana scoprì che Michelle e Christian se n'erano andati. Jules la fissava con un'aria circospetta, diffidente.

«Ho incontrato Daniele» gli confessò Diana senza attendere una sua domanda.

«Sì, lo avevo intuito.» Jules sospirò, voltando lo sguardo intorno come alla ricerca di qualcuno. «Michelle e Christian... sono andati. Avevano qualcosa da fare.»

«Meglio così. Perché io ho bisogno di parlarti. Senza loro di mezzo, possibilmente.»

Jules annuì, mordendosi le labbra quasi con forza. Si passò le mani più volte nei capelli, poi abbassò lo sguardo.

«Se... se devi dirmi qualcosa... se hai cambiato idea, se ti ha convinta a tornare con lui... Insomma, dimmelo subito, per favore. È inutile girarci intorno.»

Diana si avvicinò e gli posò le mani sulle braccia che teneva incrociate al petto.

«Gli dovevo una spiegazione. Lo capisci, vero?»

Lui sembrò non percepire le sue parole. Diana gli accarezzò le spalle, poi inclinò la testa per tentare di incontrare il suo sguardo che teneva ostinatamente rivolto a terra. Non riuscendoci avvicinò le labbra alle sue, baciandolo con dolcezza.

«Non... ti ha fatto cambiare idea...»

«Non ci sperare proprio!» Diana si allungò verso di lui per baciarlo ancora.

«Ah, peccato. Dovrò sopportarti, allora...» Nonostante la battuta ironica Jules aprì le braccia per accoglierla sul suo petto. «Mio dio, miele. Mi sembra che tu sia stata lontana un'eternità ed ero terrorizzato all'idea!»

«Sei uno stupido. Davvero uno stupido!»

«Uno stupido geloso da impazzire...» Jules confermò e le baciò le labbra con tenerezza e passione insieme.

«A proposito di gelosia... Tu lo sai come sono, vero Jules?» Diana strinse gli occhi, sfidandolo con lo sguardo. «Io pretenderò l'esclusiva, da te!»

«Fai bene. Perché la pretenderò anche io, da te!»

Uscirono sulla spiaggia. Diana si sfilò le scarpe e corse verso la riva, giocò per qualche istante con un'onda leggera, mentre il sole regalava all'acqua una sfumatura dorata. Si voltò verso l'uomo che amava, verso la casa bianca che aveva accolto e protetto entrambi, sollevò una mano per salutare la delicata brezza primaverile, socchiuse gli occhi e sorrise. Poi tornò da lui e si lasciò cadere sulla sabbia. Jules si sedette al suo fianco.

«Mi hanno chiamato i genitori di Tommaso. È stabile. Io voglio tornare in ospedale per vederlo, più tardi.»

«Ti accompagnerò.»

«Tu devi...»

«Riposare, vero?» Diana rise e lo colpì leggermente con la spalla, inclinandosi verso di lui. «Ma io non riposo bene se mi sei lontano. Quindi non insistere.»

«Diana...» Jules percorse il suo viso e il suo profilo con un dito, diventando improvvisamente serio. «Sei qui. Sei rimasta con me.»

Diana chiuse gli occhi per un istante, poi li riaprì su di lui. La sua espressione non era cambiata, la fissava come rapito, estasiato ma ancora incredulo.

«Sono qui perché ti amo, Jules... con tutto il mio cuore. Io ti amo.»

«Ti amo anche io. Non permetterò mai più all'orgoglio e alla rabbia di separarmi da te.»

«Tu... amavi anche Dorothy e l'hai restituita a Mark. E anche il tuo appartamento a Londra...»

Jules si strinse nelle spalle. «A Londra sto quasi sempre da amici, non ne avevo bisogno. Ma per quanto riguarda Dorothy... Sì, l'amavo follemente te l'avevo detto!» rise e confermò deciso.

«Però dovevo lottare per la mia ragazza. Quando Mark ha saputo che era per te… è stato lui ad offrirsi di riprendere Dorothy. E comunque ci permetterà di usarla, se vorremo. Anzi, in realtà mi ha detto che mi avrebbe permesso di usarla solo se fossi riuscito a conquistarti. Sai come ragionano i marinai…»

«È stato da quel momento, credo… che ho iniziato a capire. Quando mi hai portata a conoscere Dorothy. Ho iniziato a capire di amarti già da prima. Magari è stata Dorothy a risvegliarmi… magari l'amore di Mark per lei, per sua moglie intendo. Ho guardato nei suoi occhi e ho capito…» Diana sentì gli occhi bruciare ma non si trattenne. Le lacrime le solcarono il viso, intervallate anche da qualche singhiozzo. «Ho capito che era quello che volevo per me. Che credevo di meritare. Che speravo di meritare. Anche se mi ritenevo sbagliata. Ancora adesso, a volte. Anche se per tanti uomini ero stata sbagliata…»

«Miele… tu ti ritieni sbagliata e pensi che altri ti ritengano sbagliata. Non hai capito che è proprio ciò che di te stessa ritieni sbagliato che io amo. Che ti rendono unica. Che cercare di essere come le altre donne, come le altre persone… significa avvizzire, corrompere la propria anima. E tu non sei così, non sarai mai così.»

Diana annuì e puntò lo sguardo verso la riva. Le tornarono in mente i castelli di sabbia, quelli che da bambina costruiva insieme a Francesca. Quelli che il vento, il mare o il tempo spazzavano via, giorno dopo giorno. Non aveva importanza il fatto che ogni giorno tornassero a ricostruirli. Non aveva importanza quanto abili fossero diventate e quanto i loro castelli fossero ogni giorno più belli, elaborati, magari anche resistenti all'apparenza. Sarebbero crollati. E non solo loro. Tutto quanto. Tutto quanto nel mondo era destinato a crollare. A naufragare.

«Solo l'amore…» sussurrò Diana tra sé.

Jules le lanciò uno sguardo interrogativo.

«Solo l'amore resiste.»

«Sì, credo proprio che tu abbia ragione.»

«Jules io… io ho paura…» Diana si asciugò le lacrime e sospirò sulle sue labbra, prima di baciarlo. «Tra noi… Abbiamo avuto altre storie, ma non sopporterei…»

«Lo so cosa intendi, Diana. Ho paura anche io. Lo so che non sarà facile. Conoscendoci… come ha detto Michelle!» Jules sorrise, poi alzò gli occhi al cielo con espressione divertita. «Conoscendoci so che non vivremo per sempre felici e contenti, ma ci daremo addosso praticamente ogni giorno. Sarà una lotta. O quasi. Però… se non posso stare con te non voglio stare con nessun'altra al mondo. Non più. Per cui… possiamo affrontare la paura insieme, se anche tu sei d'accordo.»

«Sì… per questa volta sono perfettamente d'accordo anch'io.» Diana annuì convinta e sorrise per poi cercare nuovamente le sue labbra. L'amore che provava avrebbe superato finalmente tutti i limiti, tutte le paure? Non lo sapeva. Sapeva solo che voleva viverlo, insieme a lui. «Quando mi hai baciata quella notte in discoteca… non era la prima volta, vero?»

«No. Ti avevo baciata tanti anni fa. Quando piangevi nella tua stanza, fino ad addormentarti. Mi sentivo goffo, stupido e totalmente inutile perché non sapevo come aiutarti, come consolarti. Diana…» Jules la guardò sorpreso. Come poteva saperlo? Forse era stata Michelle a raccontarlo?

«Non eri goffo e stupido. E soprattutto non eri inutile. Io ti sentivo, Jules. Quella notte… non stavo dormendo. Ho sentito il tuo bacio.» Diana sorrise accarezzandogli il viso. La mano di Jules si posò sulla sua, poi si spostò per sfiorare le sue labbra, fino a scendere ad accarezzarle delicatamente il fianco e il ventre. «Mi hai baciata sulla bocca. Sei rimasto per qualche istante con le labbra sulle mie. E io mi sono sforzata di rimanere immobile. Forse perché volevo che continuassi. Avrei voluto aprire gli occhi, scoprirti lì, chiederti di restare con me. Chiederti di abbracciarmi, di cancellare il dolore che provavo. Come se sentissi già che tu saresti stato l'unico a riuscirci. Ma di giorno ti trasformavi in un ragazzo ostinato e ribelle, uno che pensava solo allo sport e a vincere qualsiasi tipo di competizione… prima di dedicarti alle ragazze.»

«Volevo mettermi in mostra per farmi notare da te.» Jules la circondò con le braccia e Diana ancora una volta si sentì protetta, a casa. «E comunque, quello è stato il mio primo bacio. Spero di essere migliorato, nel frattempo.»

«Direi di sì, accidenti a te! Tanto che oltre che da me ti sei fatto notare anche da tutte le altre! Anche dalle mie amiche quando sei arrivato qui… con le tue canzoni. Ne hai trovata una per tutte.»

«Un tentativo vano di farti ingelosire, però non funzionava. Non sapevo facessi così tanto caso a me.»

«Certo che facevo caso a te. Ora dovrai smetterla di cantare canzoni alle altre ragazze. Anzi, dovrai proprio smetterla con le altre ragazze! Ci sei davvero riuscito a farmi ingelosire, alla fine!»

«Sai quella canzone dei Carpenters? *Solitaire*… Ti ho mentito, Diana. Non era vero che non mi importava il senso delle parole. Era per te. Pensavo a te quando l'ascoltavo. Ogni volta.»

«E non me lo avresti mai detto! Come io non ti ho detto che ho cercato il cd per tutta Rimini. Chissà dove sarei arrivata se non l'avessi trovato!» Diana rise e si morse le labbra. Poi iniziò a giocherellare con la sabbia, lasciandola scivolare tra le dita. «Mi ero riempita la testa di congetture perché non ti avevo creduto, comunque. Ho passato in rassegna gran parte delle tue donne…»

«Diana… ti ho amata ogni istante, dalla prima volta che hai messo piede in casa mia, a Leeds. Con quella tua buffa valigia carica di dolci che tua zia ti aveva fatto portare dall'Italia. Con il visetto sorridente ma gli occhi pieni di lacrime. E la notte ti sentivo piangere dall'altro lato della parete e non sapevo come aiutarti. Una notte credo di essere rimasto a osservarti per ore chiedendomi cosa potevo fare, ti eri addormentata e avevi il viso ancora bagnato. Un po' come adesso…»

«Sono… sono un altro tipo di lacrime, adesso.»

Diana si morse le labbra per trattenersi. Piangeva spesso, ultimamente. Lacrime che si era sempre sforzata di trattenere davanti a tutti gli altri ma che lasciava scorrere di fronte a lui. Sì, piangeva spesso. Per la tristezza, prima. Poi per la rabbia, per la paura, il terrore di perderlo. Ma ora... ora erano davvero un altro tipo di lacrime.

«Lo so, miele.»

«Tutto quello che è accaduto, in questi anni. Tra noi e intorno a noi. Io non mi sono mai sentita abbastanza amata, abbastanza bella, abbastanza buona. Altre lo erano. Francesca lo era. E anche Michelle... e tante altre donne ma io mai...» Diana respirò profondamente. L'odore del mare, a pochi passi da loro, penetrò dentro di lei e rinvigorì la sua anima, spingendola a continuare. «Non sono mai stata dolce, Jules... con nessuno.»

«Lo sei, adesso. Con me. E in qualche modo assurdo, non so come né perché ma io ci credevo. Credevo in te. Credevo in noi due, anche quando sembrava impossibile. Diana, ascoltami... tu sei tu. Io non potevo permettere che tu diventassi come tutte le altre. Non tolleravo l'idea. Forse nemmeno quella bambina che sognavi poteva permettere che tu offuscassi volontariamente la tua luce.»

«Sharazade, è questo il suo nome. Ho sognato Sharazade.» Diana annuì appena, rammentando il visino dolce ma il temperamento ostinato della piccola apparsa nei suoi sogni. La sua scintilla di vivacità, di entusiasmo per la vita. La stessa che aveva risvegliato la sua passione, il suo amore per Jules. Sorrise baciandogli le labbra e trattenendo la mano sul suo viso mentre lo accarezzava piano. «C'era una scintilla in me, una scintilla di vita, a ricordarmi che io meritavo di più. Per questo ho iniziato a rifiutare tutto il resto. Per questo sono diventata una donna più forte. Per questo volevo te, con tutta me stessa. Perché quella scintilla era innata in me, ho impiegato un po' di tempo ma l'ho riconosciuta. E ho capito che c'è sempre stata anche se assopita, non si era dissolta, non si era mai spenta. Era innata in me, un po' come la piccola Sharazade nel mio sogno. Sì, quella scintilla

c'è sempre stata in me. Ma tu le ricordavi di splendere. Tu,
Jules... tu la tenevi in vita.»

Citazioni

William Shakespeare: "Let me not to the marriage of true mind"

Dante Alighieri: "Divina Commedia – Paradiso: L'amore che move il sole e l'altre stelle"

Percy Bysshe Shelley: "Love's Philosophy"

Sibilla Aleramo: "Nome non ha"

Playlist

Air Supply: "All out of love"

Lucio Battisti: "7 e 40"

Tchaikovsky: "Il lago dei cigni"

Abba: "The winner takes it all"

Lucio Battisti: "Mi ritorni in mente"

Abba: "Dancing Queen"

Carpenters: "Solitaire"

Carpenters: "Top of the world"

Bee Gees: "How deep is your love"

Mia Martini: "Minuetto"

Umberto Tozzi: "Gloria"

Umberto Tozzi: "Ti amo"

Il giardino dei semplici: "Miele"

Paul Anka: "Diana"

Richard Sanderson: "Reality"

Air Supply: "Making love out of nothing at all"

Lucio Battisti: "La canzone del sole"

Air Supply: "Goodbye"

Ringraziamenti

Giunta qui, alla pagina che solitamente dovrebbe essere destinata ai ringraziamenti, mi rendo conto di non avere molto da aggiungere oltre a ciò che in questa storia è già stato detto e narrato. *Ho sognato Sharazade* è ed è stata una storia molto importante per me. Come tutte le mie altre storie, del resto, ma anche in modo totalmente diverso. Soprattutto perché ha avuto un'evoluzione, un'elaborazione completamente differente rispetto alle altre.

Il risveglio di Diana alla sua vera storia, al suo vero amore, alla riscoperta di Sharazade e della sua scintilla di vita è stato anche il mio "risveglio" che è avvenuto in fasi e in processi diversi del mio sviluppo personale e umano. Tra sconfitte e vittorie, dolori e gioie, cadute e ricadute che mi hanno comunque sempre lasciato la forza di rialzarmi. Perché così è la vita, del resto. Ed è giusto sia così.

Ho trascorso a Rimini parte della mia infanzia e della mia adolescenza, estati assolate che ricordo con affetto ed emozione. Anche qualche meraviglioso autunno e qualche magico inverno. Fa parte di me, della mia vita. Oltre a Rimini la mia memoria e il mio affetto vanno soprattutto a Viserba, Viserbella, Rivabella, Torre Pedrera. Non posso non ricordare le lunghe passeggiate sul lungomare e sulla spiaggia, i bagni al mare (pochi in realtà, come Diana non sono un'eccellente nuotatrice!), le stelle che dalla riva sembravano più luminose, i giochi, le risate, le canzoni.

Come sempre ringrazio le persone che hanno fatto parte della mia vita, anche qui, e che mi hanno accompagnata per una buona parte del cammino. Ovviamente ringrazio anche l'Inghilterra che ha invece raccolto gran parte delle mie esperienze di crescita e di formazione personale, soprattutto nell'età adulta.

Ringrazio i libri e le canzoni che mi hanno accompagnata nel mio percorso di vita e nella scrittura.

Ringrazio la mia casa editrice Ghostly Whisper Ltd. e i miei correttori di bozze.

Ringrazio la mia famiglia per il sostegno costante e per l'incoraggiamento a non abbandonare mai la scrittura.

Infine, ringrazio voi, lettrici e lettori. Voi siete, come sempre, una delle più importanti "scintille di vita" che mi spingono a proseguire con tutta la mia energia come narratrice di storie oltre che come essere umano, che mi spingono ogni volta a dare il meglio di me con entusiasmo.

Spero che la storia di Diana vi abbia fatto compagnia. Non solo come storia d'amore in sé, grazie all'evolversi e all'intensificarsi del suo legame con Jules tra amicizia e amore, ma anche come storia di vita, di speranza. Mi rendo conto che si tratta di una storia molto al femminile, infatti con i suoi personaggi, tra presente e passato, esplora la donna in gran parte delle sue fasi. Ma ho amato molto anche i miei personaggi maschili, che sono un gran numero e molto importanti, significativi e per quanto mi riguarda coprotagonisti eccellenti per la protagonista.

Grazie ancora e alla prossima storia!

Barbara Morgan legge e scrive da sempre. Predilige urban fantasy, horror, distopici e fantascienza ma si avventura spesso in altri generi. Lavora nell'ambito della scrittura, dell'editoria e della moda. Laureata in lingue e letterature straniere, specializzata in letteratura inglese, letteratura americana e letterature comparate, ha vissuto tra Inghilterra, Francia, Italia, Svizzera e Stati Uniti, per poi trasferirsi in Irlanda, dove organizza eventi culturali e book club. Traduce dall'inglese, dal francese e dallo spagnolo.

Ghostly Whisper, la Casa Editrice che ha fondato in Irlanda, è un po' la sua storia.

Website: https://www.barbara-morgan.com

Facebook: https://www.facebook.com/BarbaraMorganAuthor/

Instagram: https://www.instagram.com/barbaramorganbooks/

Twitter: https://twitter.com/BabsiMorgan

www.ingramcontent.com/pod-product-compliance
Lightning Source LLC
Chambersburg PA
CBHW051514250626
47156CB00001B/94